Un cri dans l'orage

Line Véronic Boucher

Un cri dans l'orage

ROMAN

ÉDITION DU CLUB QUÉBEC LOISIRS INC.

Dépôt légal — Bibliothèque nationale du Québec, 1992
ISBN 2-89430-046-8
(publié précédemment sous ISBN 2-89074-415-9)

À Martine,

Qui a su si bien m'accompagner
dans ce merveilleux voyage de
mon imaginaire.
Merci à toi que j'aime.

CHAPITRE 1

Confortablement assise dans son fauteuil pivotant, Marie-Hélène observait les gens qui défilaient à l'extérieur du centre commercial de Rivière-du-Loup.

C'était l'heure du repas; le va-et-vient des promeneurs était donc limité. Seule l'institution bancaire, dont Marie-Hélène était la directrice, demeurait achalandée, les caissières s'affairant à servir la nombreuse clientèle. Il y régnait une agréable atmosphère d'excitation, causée par l'approche de la fin de semaine.

Marie-Hélène soupira. Dans moins d'une heure, la banque fermerait ses portes et elle pourrait enfin se reposer un peu.

Le tambourinement de la pluie qui s'abattait doucement sur les vitres teintées de son bureau attira son attention et son regard se porta vers l'extérieur. Une lueur d'inquiétude apparut sur son fin visage. Comme toujours, le mauvais temps rendait la jeune femme morose et des images plus vives que l'éclair se mirent à défiler dans sa tête; d'horribles images, liées à une tragédie passée qui avait cruellement marqué sa destinée.

Comme un rituel obsédant, l'angoisse lui noua la gorge et un sanglot étouffé s'échappa de sa bouche. Instinctivement, elle couvrit son visage de ses deux mains, comme pour effacer ce tableau effroyable qui suscitait en elle des sentiments d'épouvante qu'elle n'arrivait pas à chasser.

Déçue de sa propre attitude, Marie-Hélène se leva de sa chaise, repoussant avec acharnement les émotions qui l'assaillaient. Tel un animal blessé, elle contourna rapidement son bureau, en proie à la panique. Elle se pinça cruellement les bras, de façon à remplacer cette souffrance morale insupportable par un mal physique. Ressentant alors la douleur provoquée par ce geste incompréhensible, elle poussa une plainte lancinante et des larmes jaillirent de ses yeux. Complètement épuisée, elle se laissa tomber sur sa chaise et appuya sur le bouton de l'interphone. Le son produit par l'appareil suffit à la calmer. Au moins, quelqu'un viendrait à son secours.

Pour meubler l'attente, elle s'activa à classer les documents qui traînaient sur sa table de travail. Il fallait qu'elle parvienne à se changer les idées, et le premier geste à faire, c'était de quitter ce bureau le plus rapidement possible.

Les longues minutes qui la séparaient de la présence rassurante de Nicole, sa dévouée secrétaire de même que sa meilleure amie, lui parurent une éternité. Elle leva les yeux en direction du comptoir de services et vit que Nicole conversait avec un client. À proximité se tenait le nouveau directeur-adjoint de la banque.

Marie-Hélène sourit. Elle savait que Nicole espérait que ce jeune homme, qui répondait au nom de Mathieu Rioux, la remarque enfin et l'invite à sortir avec lui. Dès que Mathieu était officiellement entré en fonction au sein de l'établissement, Nicole avait adopté son regard dévastateur de séductrice et elle s'était mise à lui tourner autour comme un vautour. Ce rapprochement entre Nicole et un vautour la fit ricaner.

«Chère Nicole, tu ne changeras donc jamais», se dit-elle pour elle-même.

Cette réflexion fit naître dans le cœur de la jeune femme une multitude de questions qui restèrent sans réponse.

Comment pouvait-elle entretenir une relation sincère d'amitié avec une fille aussi différente d'elle? Toutes deux étaient aussi dissemblables que le jour l'est de la nuit.

Nicole était ouverte, confiante, et quelque peu volage. Elle embrassait la vie avec hardiesse et foi, et elle donnait l'impression, à la voir vivre de façon aussi légère, que tout lui réussissait. À l'opposé, elle-même était plutôt réservée, rationnelle, voire même froide.

Nicole recherchait toutes les occasions de faire des rencontres galantes. Elle n'hésitait jamais à user de ses charmes auprès du sexe fort et cela réussissait presque toujours. Marie-Hélène, elle, refusait tout rapprochement compromettant. Une seule chose comptait dans sa vie: sa carrière.

Nicole profitait de tous les plaisirs que lui apportait la vie: quelques verres d'alcool, une escapade romantique avec un bel inconnu rencontré à peine quelques jours plus tôt. Les loisirs de Marie-Hélène se limitaient à la pratique abusive de divers sports et elle sortait rarement pour s'amuser. Tout, mais absolument tout chez la jeune femme était planifié, et personne n'avait le pouvoir de la faire dévier de son sacro-saint horaire.

Cette façon de vivre, que Marie-Hélène avait d'ailleurs choisie en toute connaissance de cause, avait le don d'exaspérer sa mère. La pauvre femme ne pouvait pas comprendre les états d'âme qui agitaient et bouleversaient continuellement sa fille chérie. Comment pouvait-elle seulement concevoir l'ampleur du drame qu'était devenue, au fil des jours, son existence, laquelle ne se résumait souvent qu'à simplement survivre?

La jeune femme soupira de nouveau. Bien qu'elle ressentît des sentiments profonds d'affection envers sa mère, elle ne pouvait s'empêcher de constater que son amour l'étouffait à petit feu. Sa mère espérait tant qu'elle se marie un jour, et Marie-Hélène savait qu'elle la décevait beaucoup. Ses projets ne ressemblaient à rien de ce que sa mère souhaitait pour elle. Tout ce que Marie-Hélène désirait, en fait, c'était le succès de sa carrière comme administratrice. Ensuite, elle pourrait envisager une retraite agréable en voyageant autour du monde. Une vieille fille! Voilà ce à quoi elle était condamnée.

Un sourire amer se dessina sur ses lèvres crispées. La jeune femme comprenait que sa mère pense ainsi. N'avait-elle pas connu un mariage heureux? Marie-Hélène restait convaincue que sa mère avait eu beaucoup de chance. Son père était un homme absolument merveilleux. Malheureusement, des hommes comme lui, généreux et compréhensifs, il en existait très peu.

Complètement perdue dans ses réflexions, la jeune femme prit soudainement conscience que Nicole pointait son bureau du doigt et elle constata que le client inconnu regardait lui aussi dans sa direction. Pendant les quelques secondes qui suivirent, le regard de l'homme capta le sien et tous deux se mirent mutuellement à s'observer.

Cet homme calme et impassible la séduisit instantanément. Marie-Hélène pouvait presque palper la force de caractère qui émanait de lui. Mille pensées se bousculèrent avec une rapidité folle dans son esprit. «Énergique!» Voilà le qualificatif qui décrivait le mieux cet homme à l'allure athlétique, quoique très «homme du monde». Tout, chez lui, était impeccable: de la tenue vestimentaire semi-classique qui lui allait à ravir jusqu'à son maintien qui mettait en évidence son allure physique et le rendait extrêmement séduisant.

Marie-Hélène se surprit même à poser un regard avide sur la chevelure très foncée, d'une coupe parfaite, pour ensuite descendre sur le nez droit puis le menton volontaire, et enfin remonter vers le regard sombre qui lui parut dévorant de sensualité. Elle écarquilla les yeux et baissa la tête. Jamais elle n'avait vu autant de beauté et d'assurance chez un seul homme. Elle prit peur mais ce sentiment de malaise fut bref, car Nicole était dans son bureau, se tenant debout en face d'elle, brouillant par sa présence l'image hallucinante de ce... chef-d'œuvre de la nature.

— Salut! dit Nicole d'une voix amusée.

— Euh... Salut! Que veut cet homme? demanda Marie-Hélène, le plus naturellement du monde.

— Il est beau... n'est-ce pas? répliqua Nicole sur un ton rêveur.

— En effet, répondit Marie-Hélène. Que veut-il?

— Il désire te voir. Son nom est Marc Durand.

— Je quitte le bureau à l'instant, Nicole. Dis-lui que je le verrai lundi matin.

— Il sera très déçu. Il semble impatient de te rencontrer.

Marie-Hélène afficha un visage las.

— Je m'en contrefiche. Je suis fatiguée et je désire rentrer chez moi. Tu peux lui faire le message!

— Quelle mouche t'a donc piquée? demanda Nicole, surprise de la réaction de son amie.

Marie-Hélène haussa les épaules.

— Qu'on en finisse! Présente-le moi et je lui ferai moi-même le message.

— D'accord. Suis-moi, se contenta de répondre Nicole en souriant malicieusement.

Les deux femmes s'apprêtaient à sortir du bureau lorsque Marie-Hélène interpella à nouveau Nicole:

— Oh! Nicole! redis-moi le nom de ce type.

Nicole s'arrêta à sa hauteur, sourit à nouveau et répondit d'une voix très lente:

— Marc Durand.

— Merci!

— Ce n'est rien.

Les jeunes femmes se dirigèrent vers le comptoir de services et s'approchèrent des deux hommes qui conversaient allègrement.

— Bonjour, Monsieur Durand! dit Marie-Hélène en tendant la main à ce nouveau client.

— Bonjour, Mademoiselle Pelletier.

L'homme referma sa main sur celle de la jeune femme. D'instinct, il sut qu'il avait affaire à une personne sûre d'elle-même. Son regard fut attiré par la chevelure blond doré, souple, abondante et légèrement indisciplinée. Il éprouva le désir de caresser ces cheveux; ils devaient être extrêmement doux au toucher.

Soudain revenu à la réalité, Marc sentit que la jeune femme éprouvait un malaise en sa présence. Il leva les yeux et rencontra les siens en forme d'amande, de couleur vert émeraude, et qui laissaient transparaître de vives émotions. Et sa bouche, pleine et sensuelle, lui fit passer un frisson dans le dos qui le laissa sans voix. Cette jeune femme était très belle mais elle ne semblait en retirer aucune vanité personnelle. Elle n'était pas d'une beauté froide dépourvue de sentiments, mais plutôt d'une beauté chaleureuse et enjouée. Elle resplendissait de santé et de force de caractère et cela le séduisit instantanément. Cependant, il dut admettre qu'il éprouvait du mal à la définir réellement. Elle semblait mystérieuse et il percevait quelque chose qui voilait sa personnalité et la rendait complexe.

Marie-Hélène tenta de dégager sa main de celle du jeune homme. Cet homme la troublait mais elle se refusait à analyser ses sentiments. Une angoisse s'empara d'elle de façon insidieuse, comme si son subconscient l'avertissait d'un quelconque danger. Elle décida qu'il était préférable d'amorcer la conversation:

— Mademoiselle Bouvier vient de me prévenir que vous désiriez me rencontrer, dit-elle sur un ton professionnel.

— C'est exact! J'aimerais obtenir une marge de crédit de votre institution bancaire.

— Êtes-vous de la région? s'informa-t-elle.

— Non. J'habite Québec. Cependant, mes affaires m'obligent à m'installer ici pour quelque temps.

— Bon! Êtes-vous libre lundi matin?

— Oui.

— Je vous donne donc rendez-vous à dix heures, lundi matin. Cela vous convient-il? demanda Marie-Hélène sans se départir de son calme professionnel.

— Ce sera parfait... Mademoiselle Pelletier.

— À lundi donc! Au revoir!

Marie-Hélène tourna les talons et revint dans son bureau. Elle fit signe à Nicole de la suivre et toutes deux disparurent.

Marc resta songeur quelques secondes. Décidément, cette jeune personne avait piqué sa curiosité. Puis, il s'adressa au directeur-adjoint:

— Cette jeune femme est réellement la directrice de cette succursale?

Mathieu sourit et répondit:

— Oui, Monsieur Durand.

— Elle est merveilleuse...

— Oui, Monsieur. Mais gare à qui s'approche un peu trop près d'elle!

— Est-ce une mise en garde?

— Si vous voulez, Monsieur.

Marc grimaça et demanda:

— Est-elle mariée à un professionnel de la boxe?

Mathieu partit d'un grand éclat de rire et répondit:

— Non. Mademoiselle Pelletier est célibataire et elle n'a pas besoin d'un boxeur pour se protéger. Elle est tout simplement... inaccessible. Je ne sais rien de sa vie privée mais j'ai la certitude, cependant, qu'elle prend sa carrière très au sérieux et qu'elle ne mêle jamais les affaires et les sentiments. Ici, on la surnomme «la tigresse». Alors... imaginez.

Un rictus moqueur incurva les lèvres de Marc. Cette situation l'amusait énormément.

— Si je comprends bien, cette femme représente un défi?

— C'est à peu près ça, répondit Mathieu, malicieux.

— J'aime les défis.

Marie-Hélène quitta son bureau et se dirigea vers la porte de sortie. À nouveau, son regard fut attiré par Marc Durand qui conversait toujours avec Mathieu. Il captura une fois de plus son regard et tous deux se dévisagèrent pendant quelques secondes. Marie-Hélène se sentit rougir jusqu'à la racine des cheveux. Une pensée lui vint à l'esprit: elle détestait au plus au point l'arrogance déplacée de cet homme. «Mais quel homme!» lui chuchota une voix intérieure. Le genre d'homme beau à en couper le souffle, sûr de lui et pleinement conscient de sa virilité et de son pouvoir sur les femmes.

Marie-Hélène sentit un soulagement indescriptible l'envahir lorsqu'elle se retrouva à l'extérieur du centre commercial. Une brise légère vint caresser son visage. La pluie avait enfin cessé et la jeune femme aspira à pleins poumons cet air vivifiant qui la régénéra un peu tout en tempérant l'atmosphère déjà chaude de ce début de juillet.

Pendant qu'elle prenait place dans sa voiture, Marie-Hélène se détendit. Un sourire au coin des lèvres, elle se dit que deux jours de congé lui seraient des plus bénéfiques.

Au cours de la matinée, elle avait reçu un appel de sa mère qui l'invitait à venir passer le week-end à leur chalet de Notre-Dame-du-Lac. Marie-Hélène s'était empressée d'accepter. Comment refuser une telle invitation? Deux jours entiers à se prélasser au soleil, en compagnie des membres de sa famille, c'était une perspective qui l'avait tout de suite enchantée.

Tout en songeant à sa mère, Marie-Hélène se remémora leur conversation téléphonique. Celle-ci lui avait annoncé avec empressement que son père et elle avaient loué pour l'été le chalet qu'ils possédaient à la Pointe de Rivière-du-Loup à un homme de Québec qui s'installait dans la région pour affaires. Sa mère avait précisé que cet homme était célibataire et riche. Marie-Hélène avait souri et, comme toujours, elle avait très vite dévié la conversation vers un sujet moins compromettant. «Pauvre maman!» se dit une fois de plus Marie-Hélène en soupirant.

La jeune femme chassa ces pensées, et elle se concentra sur le paysage familier qui défilait devant elle et qui lui rappelait tant de bons souvenirs de son enfance. Elle se revoyait, toute petite, se promenant sur la rue Lafontaine avec ses parents, entrant dans toutes les boutiques, l'une après l'autre. C'était chaque fois pour elle un jour de fête. Après les courses, son père l'emmenait toujours manger une glace à son endroit favori: la Pointe de Rivière-du-Loup, ainsi appelée parce qu'elle est formée d'une pointe de terre qui s'avance dans l'embouchure de la rivière du Loup.

Elle s'y baladait, presque chaque jour, à bicyclette lorsqu'elle était jeune. Elle avait grandi dans une petite maison située à proximité de ce site enchanteur que les touristes fréquentaient en grand nombre pendant la saison estivale.

Marie-Hélène pensait que jamais elle ne quitterait cet endroit. Elle aimait trop le fleuve pour seulement songer qu'elle pourrait vivre ailleurs, un jour. C'était son coin de paradis. Contempler chaque jour les vagues qui se brisaient sur les rochers de la Pointe, respirer l'air marin, regarder partir le traversier, tout cela était pour elle une question de survie. Ce lieu était le seul où elle se sentait réellement elle-même. Le fleuve la pacifiait et la renouvelait en lui procurant l'énergie nécessaire pour l'aider à poursuivre sa route, pour l'aider à accepter sa vie qui lui paraissait si souvent vide de sens et qui la rendait si taciturne et mélancolique, par moments.

CHAPITRE 2

Les rayons lumineux du soleil filtraient doucement à travers les rideaux de délicate dentelle, lorsque Marie-Hélène ouvrit enfin les yeux.

La jeune fille tourna son regard vers son radioréveil et constata qu'il était déjà plus de sept heures. Telle une chatte, elle s'étira langoureusement et sortit du lit avec un soupir d'aise. Elle fut heureuse de constater que son humeur était bien meilleure que la veille.

— Adieu, nostalgie! Aujourd'hui, je prends du soleil! s'écria-t-elle en sortant rapidement du lit.

D'un pas énergique, elle se dirigea vers la fenêtre et regarda à l'extérieur. Pas un nuage n'obscurcissait le ciel. Ravie de cette constatation, la jeune femme se précipita, en chantonnant, sous la douche, le cœur léger, pour en ressortir quelques minutes plus tard, fraîche et bien éveillée.

Elle s'habilla en hâte et entreprit de se maquiller légèrement. Elle brossa soigneusement ses cheveux qu'elle noua en une lourde queue de cheval, laissant quelques mèches folles encadrer son visage d'un ovale parfait.

Vingt minutes plus tard, elle se retrouva confortablement assise sur la terrasse, dégustant un second café. Tout était si calme. Le quartier était encore endormi et aucun bruit ne lui parvenait. Marie-Hélène savourait ce silence et cette tranquillité. Chaque matin, comme un rituel, elle s'éveillait à l'aube pour savourer cette paix qui l'aidait à bien commencer une journée parfois longue de travail.

Son petit déjeuner terminé, elle vaqua à quelques tâches ménagères, puis elle fit ses bagages pour déguerpir aussitôt.

Elle roulait depuis près d'une heure lorsqu'elle distingua le village natal de ses parents. Elle amorça un virage et se retrouva sur le chemin du Lac. Elle ralentit l'allure. Encore une fois, elle s'émerveilla du paysage qui s'offrait à elle. Elle embrassa du regard le lac Témiscouata, symbole d'une enfance heureuse et paisible, à côtoyer ceux qu'elle chérissait particulièrement. Que de merveilleux souvenirs ce lac évoquait!

Du haut de la colline où elle se trouvait, Marie-Hélène pouvait voir les voitures des occupants de ce site enchanteur. C'était un vaste terrain qui avait appartenu à ses grands-parents maternels. Ils l'avaient partagé équitablement entre leurs neuf enfants pour que chacun possède sa part de verdure. Des chalets érigés ici et là tenaient compagnie aux arbres gigantesques qui ornaient le bord de ce lac impressionnant par sa taille.

Marie-Hélène éprouvait une certaine fierté à faire partie de cette famille peu ordinaire. C'était des êtres extrêmement chaleureux, remplis de joie de vivre, de délicatesse et de franchise. Ils s'épaulaient les uns les autres et possédaient un sens des valeurs familiales qui leur était unique.

Les dimanches de la saison estivale ressemblaient à des jours de fête, car tout le monde se retrouvait très souvent réuni. Les hommes discutaient entre eux, laissant les femmes se rassembler pour effectuer la tournée des chalets. Elles étaient inséparables. À force de fréquenter ces gens, Marie-Hélène avait puisé chez eux force, courage et amour désintéressé.

Son regard se porta machinalement sur les voitures qui entouraient le chalet de ses parents. Elle sourit lorsqu'elle reconnut celles de ses frères Guillaume et Patrice.

Patrice, l'aîné de la famille Pelletier, était maintenant âgé de trente-deux ans. Il avait épousé Johanne, une petite brunette aux yeux moqueurs que toute la famille avait acceptée immédiatement, car elle s'avérait une compagne compréhensive en plus de posséder un sacré sens de l'humour qui amusait tout le monde. En huit années de mariage, elle avait donné naissance à deux adorables fillettes: Jessika, cinq ans, et Mélanie, quatre ans.

Quant à Guillaume, son cadet de cinq ans, c'était une tout autre histoire. Âgé de vingt-quatre ans, il incarnait l'éternel adolescent. Il venait tout juste de terminer sa dernière année d'université et il s'orientait vers le métier d'arpenteur. Tous s'accordaient à dire qu'il était brillant, extrêmement débrouillard et que sa vie affective était des plus endiablées. Il accumulait les conquêtes féminines, présentant à ses parents chacune de ses nouvelles flammes comme étant la femme de sa vie, mais ces amours n'étaient jamais éternelles. Ce rituel amusait beaucoup Benoit Pelletier, son père, mais avait aussi le don d'irriter au plus haut point Françoise, sa mère.

Mais tout cela importait peu à Marie-Hélène. Elle entretenait des rapports privilégiés avec Guillaume. Il avait toujours été son meilleur allié, elle l'affectionnait de façon particulière.

Marie-Hélène stationna sa voiture et en sortit précipitamment. Son premier regard fut pour ses petites nièces qui s'amusaient dans le carré de sable que leur grand-père avait improvisé pour elles.

«Comme elles sont mignonnes!» pensa la jeune femme en les regardant. Dès que les fillettes aperçurent leur tante, elles se précipitèrent dans ses bras. Marie-Hélène les accueillit en riant et en les embrassant.

— Salut, mes petites chattes! Où sont les autres?

— Au bord de l'eau, l'informa Jessika.

— Déjà?

— Oui, et il y a un monsieur avec eux, renchérit Mélanie.

— Ah! oui? Qui est-ce?

— Il s'appelle Marc, répondit fièrement Jessika, qui semblait heureuse d'informer sa tante de ce fait nouveau.

Marie-Hélène fit une grimace, et les fillettes éclatèrent de rire.

— Qu'est-ce qu'il fait ici? demanda-t-elle en ne sachant quelle humeur adopter.

Elle se sentait déçue par cette nouvelle.

— C'est un invité de grand-papa et de grand-maman.

— Ah! bon! Je ne savais pas que vos grands-parents avaient invité quelqu'un.

— Nous non plus. Mais maman dit qu'il est très beau.

Marie-Hélène partit d'un grand éclat de rire. Intriguée, elle sortit les bagages du coffre arrière de sa voiture, tout en se demandant qui pouvait bien être cet homme mystérieux que sa belle-sœur trouvait de son goût. Elle entra dans le chalet, enfila rapidement son maillot de bain, puis elle se versa un grand verre de limonade et décida d'aller rejoindre le reste de la famille.

Tout en descendant l'escalier qui conduisait au lac, Marie-Hélène entendit des éclats de rire qui fusaient de partout. Cet invité semblait être un joyeux luron à en juger par les exclamations de voix qui lui parvenaient clairement. Mais, en y réfléchissant bien, cette voix ne lui était pas inconnue.

Lorsqu'elle vit Marc Durand, son corps se figea sur place et son verre de limonade glissa de ses mains pour atterrir sur une roche plate et se fracasser en mille éclats avec un bruit infernal. Aussitôt, le silence se fit et tout le monde se retourna vers elle.

«Idiote! pensa-t-elle lorsque enfin elle parvint à réfléchir. On pourra dire que tu n'as pas raté ton entrée!»

Sa mère réagit rapidement et vint à sa rescousse:

— Marie-Hélène! Tu n'es pas blessée, au moins?

Marie-Hélène se sentit tellement humiliée par sa maladresse qu'elle ne réussit qu'à faire un signe de négation de la tête en guise de réponse. Sa mère lui tendit la main et l'invita à se joindre à eux.

— Viens que je te présente Marc Durand. Il arrive de Québec et vient s'installer dans la région pour affaires. Il va passer l'été avec nous. C'est le nouveau locataire dont je t'ai parlé hier... Tu t'en souviens, n'est-ce pas?

— Oui, maman. Je connais déjà monsieur Durand. Nous nous sommes rencontrés hier après-midi, juste avant la fermeture de la banque.

Marc sourit. Il était enchanté de passer le week-end en compagnie de cette délicieuse créature. Il lui tendit la main en disant:

— Vous pouvez m'appeler Marc... Marie-Hélène, tout comme le font les autres membres de votre famille.

Marie-Hélène avala péniblement sa salive. Elle posa nerveusement une main sur son épaule et se gratta avec l'énergie du désespoir. Comment allait-elle se sortir de ce merdier? Adroitement, elle tenta une diversion en changeant la direction de son regard qui finalement se posa sur son frère Guillaume. Souriante, elle se précipita dans ses bras en s'exclamant:

— Guillaume! Tu es déjà debout à cette heure?

De ses mains tremblantes, elle ébouriffa la chevelure de son frère, espérant oublier le choc qu'elle venait à l'instant de subir.

Complètement insouciant de l'embarras de sa sœur, Guillaume la souleva de terre et la fit tournoyer autour de lui en la gratifiant d'un baiser sonore sur la joue. Au bout de quelques secondes qui parurent une éternité à Marie-Hélène, il consentit à lui répondre.

— Eh oui! petite sœur! Comme tu vois, je perds tranquillement mes habitudes de vieux garçon.

— Oh! fit Marie-Hélène, peu convaincue. Ne me dis pas que tu as encore rencontré la femme de ta vie.

Un sourire narquois se dessina sur les lèvres de Guillaume. Dans une caresse inattendue, il frotta le bout de son nez contre celui de sa sœur en disant:

— Ne te moque pas de moi, sœurette! Je suis follement amoureux, expliqua-t-il en portant une main sur son cœur dans un geste théâtral.

Marc suivait la scène avec attention, mais il s'aperçut qu'il n'était pas le seul. Patrice, l'aîné de la famille, décida de mettre un terme à cet échange affectueux. S'adressant à son frère, il lui dit:

— Dis donc, petit frère! Tu m'en laisses un peu? Marie-Hélène est ma sœur à moi aussi!

C'est ainsi que Marie-Hélène fit le tour de la famille, embrassant tout le monde avec chaleur. Bientôt, la conversation reprit normalement. La situation semblait parfaitement rétablie lorsque Françoise décida d'aller préparer le dîner.

— Je monte t'aider, maman! annonça Marie-Hélène, qui éprouvait un urgent besoin d'interroger sa mère et qui trouvait là l'occasion idéale de le faire.

— Ce n'est pas nécessaire, Marie-Hélène. Détends-toi. Tu mérites bien de te reposer un peu.

— Je t'assure que cela me fait plaisir, maman! J'aime bien t'assister dans la cuisine, cela me change les idées.

La mère et la fille gravirent l'escalier. Ne pouvant plus contenir sa colère, Marie-Hélène explosa:

— Qu'est-ce qui t'a prise, maman?

— De quoi parles-tu, Marie-Hélène?

— Ne fais pas semblant de ne rien comprendre, maman. Je veux savoir pourquoi tu as invité cet... cet étranger... à venir s'installer ici pour la fin de semaine.

Françoise haussa les épaules et répondit:

— Ton père et moi avons bien le droit d'inviter qui l'on veut?

Marie-Hélène serra ses poings contre ses hanches. Sa mère avait toujours réponse à tout.

— Maman! fulmina-t-elle.

Françoise arrêta sa course et enfonça son regard dans celui de sa fille.

— Ce jeune homme aux manières extrêmement polies était seul pour le week-end. Il n'avait pas de voiture et il ne connaît personne dans la région. Il vient à peine de s'installer dans notre chalet. Ton père et moi avons pensé que ce serait aimable de notre part de l'inviter à se joindre à nous.

Exaspérée, Marie-Hélène explosa:

— Admets, maman, que tu avais l'intention de me présenter à cet homme.

— Peut-être... répondit Françoise sur un ton évasif. Mais cela ne t'engage à rien.

— Maman... te rends-tu compte de ce que tu as fait?

— Que veux-tu dire?

— Tu joues les entremetteuses. Cet homme n'est pas un idiot. Il se croira obligé de me faire les yeux doux toute la fin de semaine.

Françoise se mit à rire, ce qui augmenta la fureur de la jeune femme.

— Tu t'en fais beaucoup trop, Marie-Hélène.

— Et toi, maman? On dirait que tu refuses de comprendre que j'ai le droit de faire mes propres choix dans ma vie. Quand cesseras-tu de vouloir me marier à tout prix?

— Marie-Hélène, tu exagères toujours.

— Explique-moi donc alors pourquoi ce Marc Durand n'a pas eu la brillante idée de louer une voiture pour la fin de semaine. Il ne semble pas démuni!

— Tu as raison pour une chose, il n'est pas du tout démuni et il avait loué une voiture à son arrivée. Mais, vois-tu, ce garçon n'utilise pas un moyen de transport très commun. C'est un homme d'affaires et il se déplace en hélicoptère. Il est venu avec son ingénieur. À leur arrivée, ils ont loué un véhicule, mais l'employé de Marc a reçu un appel téléphonique lui annonçant que sa mère venait de décéder. Marc lui a alors laissé le véhicule. Il nous a téléphoné pour nous dire de ne pas l'attendre, qu'il devait se louer une autre voiture et qu'il nous rejoindrait un peu plus tard. Mais tu connais ton père. Il l'a convaincu que ce n'était pas nécessaire, puisque tu venais passer le week-end au chalet et qu'il pourrait repartir avec toi.

— Quoi? Il savait donc qui j'étais?

— Bien sûr. Ton père lui a parlé de toi. Il avait l'air enchanté d'avoir fait ta connaissance.

— Maman! Un de ces jours, je vais t'étriper...

Françoise Pelletier se pencha vers sa fille et l'embrassa sur le front en lui caressant les cheveux.

— Si tu savais comme je t'aime, ma grande! lui murmura-t-elle doucement. Tu cesserais de toujours t'imaginer que je veux te causer des ennuis. Bien au contraire, puisque mon principal souci, c'est ton bonheur!

— Maman!

* * *

Le reste de la journée s'écoula lentement. Marie-Hélène avait décidé d'adopter une attitude polie mais réservée vis-à-vis de Marc. Celui-ci ne s'était pas imposé et Marie-Hélène continuait de garder ses distances. Marc feignait de l'ignorer et il bavardait avec son père et ses frères. La jeune femme se sentait à l'abri du danger... quoiqu'elle était tout de même un peu déçue du détachement que le jeune homme manifestait à son égard.

L'après-midi paraissait s'éterniser en longueur. Marie-Hélène l'avait passée étendue au soleil et ses membres engourdis par l'absence d'activité physique réclamaient un peu d'exercice. C'est alors qu'une idée germa dans son esprit. Elle se leva de la chaise longue où elle était allongée et lança à la cantonade:

— J'ai envie d'une partie de tennis. Qui vient jouer avec moi?

— Certainement pas moi, répondit Guillaume.

— Mais pourquoi? demanda Marie-Hélène d'un air dépité.

— Mon copain David m'a entraîné dans des parties de balle-molle toute la semaine. Mes pauvres muscles sont fatigués, expliqua Guillaume avec une moue de lassitude.

— Et toi, Johanne? s'enquit la jeune femme avec espoir en levant les yeux vers sa belle-sœur.

— Oh! non! Je vais plutôt prêter main-forte à belle-maman. Elle aura sûrement besoin d'aide pour nourrir ces affamés.

Sur ces mots, Johanne se dirigea vers le chalet.

— Moi, dit Patrice en souriant, je ne suis pas de taille à me mesurer à toi, petite sœur!

— Trouillard! répliqua Marie-Hélène, qui se sentait à la fois contrariée et déçue.

Marc n'avait pas perdu un mot de la conversation. Il se leva du hamac où il était allongé depuis plus d'une heure et s'approcha lentement de la jeune femme.

Marie-Hélène ne put retenir un frisson d'appréhension. Tout le temps qu'il avait été allongé, elle l'avait observé à son insu. Étendu, les yeux clos, le jeune homme lui avait paru vulnérable et cela l'avait émue. Elle avait dû lutter contre le désir de toucher ses cheveux qui semblaient doux comme de la soie. Un sentiment d'irritation s'était cependant emparé d'elle lorsqu'elle s'était rendu compte que son observation abusive l'avait conduite à imaginer ses doigts caresser la toison sombre qui recouvrait son torse agréablement musclé. La seule présence de Marc étendu près d'elle, alangui et sans défense, avait eu le pouvoir de troubler Marie-Hélène jusqu'au plus profond d'elle-même. Cette constatation la fit rougir jusqu'à la racine des cheveux.

Comprenant qu'il avait l'avantage de la situation, Marc s'approcha suffisamment de la jeune femme pour respirer son parfum. Instinctivement, elle recula d'un pas. Sans se départir de son sang-froid, il capta son regard et l'obligea à le regarder:

— J'aimerais bien jouer avec vous, dit-il avec confiance.

— Vous... vous en êtes sûr?

— C'est un sport que j'affectionne particulièrement.

Marie-Hélène ne manqua pas de remarquer ce regard étincelant de malice. Elle détourna les yeux et s'obligea à réfléchir promptement. Elle ne pouvait pas refuser cette invitation sans s'attirer les foudres de la famille. De plus, c'était précisément elle qui avait eu cette idée insensée. Elle décida donc de dissimuler son malaise, ne sachant trop comment se sortir de cette impasse.

Françoise se tenait à proximité et elle avait suivi avec intérêt l'affrontement silencieux des deux jeunes gens. Il n'était pas bien difficile de comprendre que sa fille se trouvait dans l'embarras, ce qui, soit dit en passant, ne la gênait aucunement. «Pour une fois que quelqu'un a l'audace de l'affronter et de s'imposer à elle», pensa-t-elle. Un sourire se dessina sur ses lèvres. Elle se leva et dit:

— Quelle merveilleuse idée, Marie-Hélène!

Puis elle se tourna vers le jeune homme et s'enquit d'une voix aimable:

— J'espère pour vous, Marc, que vous maîtrisez ce sport! Marie-Hélène est imbattable sur un court de tennis.

— Je me défends assez bien, répondit Marc en souriant.

— Tant mieux! Le souper sera prêt vers dix-huit heures. Cela vous laisse donc deux bonnes heures pour vous affronter...

Sur ce, Françoise tourna les talons et disparut dans le chalet.

— Si nous allions nous changer? proposa Marc tout en enveloppant d'un regard dévorant les formes sensuelles de la jeune femme.

Marie-Hélène perçut immédiatement l'allusion admirative contenue dans la voix de son adversaire. Elle prit alors conscience que sa tenue de bain dévoilait audacieusement les courbes de son corps. Cette allusion qu'elle jugeait déplacée eut pour effet de l'exhorter à soutenir avec audace le regard de Marc.

Amusé par cette confrontation muette, Marc décida que cette petite «peste» avait bien besoin d'une bonne leçon. Il fronça les sourcils puis, sans crier gare, il lui tourna le dos et s'éclipsa.

Son frère Guillaume, qui n'avait rien manqué de cette scène insolite, éclata soudainement de rire devant l'expression de colère qu'il lut sur le visage de sa sœur.

Marie-Hélène bouillait littéralement. Elle pointa Guillaume du doigt et murmura entre ses dents:

— Toi! Tu la fermes!

Ce fut au tour de son père d'éclater de rire.

— Attention, Marie-Hélène! Tu viens de découvrir un adversaire de taille! ricana Guillaume en faisant un clin d'œil complice à son père.

Marie-Hélène haussa les épaules et pénétra à son tour dans le chalet. Tout en changeant de vêtements, elle se dit que Marc n'était certainement pas dupe des regards insistants qu'elle posait constamment sur lui. Elle se promit d'être plus prudente mais elle dut s'avouer, non sans réticence, qu'elle trouvait Marc Durand *sexy* et fort séduisant.

— Mon Dieu! Je deviens complètement sénile, dit-elle en propulsant son maillot de bain sur son lit dans un geste rageur.

Elle s'était bien juré, pourtant, de combattre ce genre de faiblesse et ce, jusqu'à la fin de ses jours. Inévitablement, elle pensa à Christine, son amie d'enfance. Le jour où on avait descendu son corps dans la terre froide du cimetière de Saint-Patrice, Marie-Hélène avait juré sur sa tombe qu'elle demeurerait à jamais célibataire. Elle espérait ainsi se déculpabiliser vis-à-vis de la mort de son amie.

À l'évocation de ce souvenir pénible – comme un mauvais rêve qui ressurgit continuellement à la mémoire – Marie-Hélène se rembrunit et sa gorge se noua de sanglots. Mais elle dut chasser ce sentiment dépressif car, à ce moment, elle entendit trois coups frappés discrètement contre le battant de la porte de sa chambre. La voix de Marc se fit entendre:

— Marie-Hélène! Êtes-vous prête?

— Oui, j'arrive!

La jeune femme ramassa son sac de toile, ouvrit la porte et se retrouva nez à nez avec «lui». Il la regarda longuement, une lueur interrogative dans ses yeux sombres, mais il s'abstint de tout commentaire. Galamment, il lui prit le bras et la guida vers la sortie. Ce simple contact suffit pour rendre Marie-Hélène mal à l'aise.

Marc ouvrit la portière du véhicule, prit le sac qu'elle tenait dans ses mains, le déposa sur la banquette arrière et rejoignit aussitôt la jeune femme.

Marie-Hélène retenait son souffle. Cet homme paraissait immense dans sa *Honda Accord.* Elle s'efforça de ne pas le regarder et démarra instantanément. Un profond silence se glissa entre eux. Marc regardait défiler le paysage par la vitre de la voiture et cette attitude contribuait à accroître le malaise de la jeune femme. Finalement, il posa son regard sur elle et demanda:

— Jouez-vous au tennis depuis longtemps?

Marie-Hélène détourna vivement les yeux. Elle n'avait même pas eu la présence d'esprit d'écouter ce qu'il venait de dire, tellement elle se sentait troublée par sa présence.

— Pourriez-vous répéter votre question? J'étais concentrée sur autre chose...

«Eh merde!, pensa-t-elle, quelle idiote je suis!»

Marc sourit devant son embarras et éprouva le désir de s'amuser à ses dépens.

— Je vous fais de l'effet, n'est-ce pas?

Marie-Hélène devint cramoisie. Ce séducteur arrogant méritait qu'elle le remette à sa place et vite.

— Je ne m'intéresse pas aux «Jean-Paul Belleau», dit-elle en le fusillant du regard.

Marc partit d'un grand éclat de rire.

— Moi, je crois que je vous plais, répondit-il en tentant de calmer son fou rire.

Marie-Hélène ne put que sourire. Après tout, à quoi servait cette guerre entre eux? Il ne pouvait pas la forcer à tomber dans ses bras. Cette pensée la calma et elle dit:

— Vous feriez mieux de vous concentrer sur des pensées plus pratiques, Monsieur Durand. Je suis très forte au tennis.

— Où avez-vous appris à jouer?

— À l'université.

— Avez-vous fait vos études à l'Université Laval?

— Précisément, oui!

— Serait-ce Michel Ladouceur qui vous a enseigné le tennis?

— Oui... Mais comment se fait-il que vous soyez au courant de ce fait?

Devant l'air stupéfait de la jeune femme, Marc sourit.

— C'est simple, il m'a également enseigné, l'informa-t-il. Mais cela remonte sans doute à quelques années de plus que vous.

Cet échange permit à Marie-Hélène de se détendre. Peut-être s'était-elle fait une idée préconçue de cet homme et qu'il n'était pas aussi monstrueux qu'elle voulait bien le croire. Elle stationna sa *Honda* et tous deux sortirent du véhicule. Ils marchèrent côte à côte jusqu'au court.

— Savez-vous que vous êtes ravissante dans ce costume de tennis, et si jolie... lorsque vous souriez ainsi.

Marie-Hélène s'arrêta à sa hauteur et répliqua d'un ton enjoué:

— Monsieur Durand, ne vous avisez surtout pas de me faire la cour dans le but de me faire perdre ma concentration. C'est une tactique déloyale. L'heure est grave. Nous sommes ici pour disputer le match le plus important de notre vie. Voyons qui, de nous deux, aura le mieux retenu les conseils de notre excellent professeur.

— Déloyal, moi? Mais jamais je n'ai eu l'intention de recourir à des tactiques déloyales envers vous. Je pensais ce que j'ai dit...

— Au jeu! le coupa-t-elle en rencontrant l'éclat intense du regard sombre de son adversaire.

Marc remporta, non sans difficulté, la première manche. À bout de souffle, il s'enquit, avec une lueur admirative dans les yeux:

— Jouez-vous souvent?

— Une à deux fois par semaine, répondit Marie-Hélène en se félicitant intérieurement.

— Eh bien, bravo! Je n'ai jamais eu d'adversaire plus redoutable que vous. Je vous ai battue de justesse!

— La partie n'est pas terminée, Monsieur Durand! rectifia Marie-Hélène. La victoire des deux autres manches m'appartient, vous verrez!

À sa plus grande joie, Marie-Hélène tint parole et gagna le match. Le souffle court, elle s'effondra sur un banc. Marc la rejoignit et lui dit, haletant:

— Vous êtes une experte... et j'exige de vous une revanche. Que diriez-vous de demain, à la même heure?

— C'est d'accord, j'accepte le défi. De toute façon, c'est vous qui êtes à plaindre dans tout cela. Si vous aimez être battu de la sorte, moi, je n'y vois aucun inconvénient. Mais permettez-moi de vous dire que j'appelle cela du masochisme! s'exclama la jeune fille, un sourire béat de contentement sur les lèvres.

— Vous semblez très sûre de vous, n'est-ce pas? Mais je vous rappelle que vous n'avez pas eu une victoire facile, chère demoiselle...

— C'est vrai, concéda Marie-Hélène, et je l'avoue très humblement. Quoi qu'il en soit, le perdant paie les consommations et je meurs de soif!

— Je n'étais pas au courant de ce nouveau règlement! s'exclama Marc.

— Je viens à peine de l'inventer, ricana Marie-Hélène.

Souriant, Marc fouilla dans son sac et en retira sa montre. Constatant qu'il leur restait une demi-heure avant le souper, les jeunes gens quittèrent les lieux et se retrouvèrent installés devant une table à pique-nique.

Marie-Hélène était contente du cours que prenait leur relation. Elle était détendue et ne souhaitait que profiter du moment présent.

Marc allongea ses longues jambes sous la table, frôlant ainsi les jambes de la jeune femme.

La proximité de ce corps viril et puissant, provoqua chez Marie-Hélène un sursaut de panique. Ébranlée par ce simple contact, elle frissonna légèrement.

Marc, qui la surveillait de près, remarqua aussitôt l'expression qui se lisait sur son visage, et il lui demanda, sur un ton qui laissait percevoir sa déception:

— Vous suis-je donc tellement désagréable, Marie-Hélène?

À ces mots, le regard de la jeune femme se voila, et une moue contrite se dessina sur son beau visage. Elle ne put que secouer la tête avec accablement. Le choc causé par cette question directe lui coupa le souffle. Elle prit une profonde inspiration et répondit:

— Mais non, voyons! Quelle idée!

— Pardonnez-moi d'insister, mais j'ai cru sentir un mouvement de recul de votre part... Cela m'a étonné.

Marie-Hélène baissa la tête.

— J'aimerais que nous devenions amis, insista Marc. Nous aurons souvent l'occasion de nous rencontrer dans le futur.

— Je crois que ce sera impossible, Monsieur Durand, répondit Marie-Hélène sur un ton dissuasif.

— Mais pourquoi? Peut-être avez-vous quelqu'un dans votre vie?

Marie-Hélène écarquilla les yeux:

— Je suis libre comme l'air!

«Pourquoi diable est-ce que j'éprouve le besoin de me justifier devant lui?» se demanda-t-elle.

Marc tenta de comprendre sa réticence. Comment pouvait-il interpréter ce comportement? Habituellement, les femmes qu'il fréquentait ne se faisaient pas prier pour sortir en sa compagnie. Peut-être ne lui plaisait-il pas réellement? Pourtant, il avait remarqué, tout au cours de la journée, que la jeune femme avait posé à plusieurs reprises son regard sur lui, surtout lorsqu'il avait fait semblant de dormir dans le hamac. Non... c'était autre chose. Il sentait une certaine gêne chez elle. Marie-Hélène avait souvent baissé la tête lorsqu'il s'était adressé à elle. Elle semblait confuse et embarrassée... À moins que ce ne soit que de la pudeur...

Tout en tentant de synthétiser ses impressions, Marc dut s'avouer que cette jeune personne lui plaisait énormément. Elle possédait un charme qui l'attirait... dangereusement.

— Vous entretenez sûrement des relations... disons... masculines? demanda-t-il, surpris de sa propre question.

— Pas dans le sens où vous l'entendez, répondit Marie-Hélène. Mais j'ai effectivement un ami très cher avec qui je partage mon zèle pour le sport. En particulier pour la planche à voile.

— Vous pratiquez ce sport? s'écria Marc, heureux de trouver un terrain neutre pour poursuivre leur échange.

— Depuis trois ans. Mais je suis loin d'être douée. J'ai encore beaucoup de mal à conserver mon équilibre. Mais Pierre... c'est le nom de mon ami... Pierre est un guide excellent. Il possède un tempérament calme et patient... C'est pour cette raison que je l'apprécie autant, je crois.

— C'est merveilleux! Figurez-vous que je pratique ce sport depuis plusieurs années. J'ai su que Guillaume s'y exerçait aussi. Malheureusement, je n'ai pas emmené mon équipement, mais on m'a dit que l'on pouvait en louer un au lac Saint-Mathieu.

— C'est exact! répondit Marie-Hélène.

— Que diriez-vous si l'on s'y rendait tous les trois au prochain week-end?

— Je crois que Guillaume serait fou de joie!

Avec un sourire triomphant, Marc s'écria:

— Alors, c'est réglé!

Marie-Hélène comprit qu'elle venait d'acquiescer un peu trop rapidement à la demande du jeune homme. Marc semblait très satisfait de sa réponse. Elle ne voulait surtout pas qu'il se méprenne sur ses intentions et qu'il s'imagine qu'elle recherchait sa compagnie. «Prudence, ma vieille!» se dit-elle, mécontente de son attitude.

De son côté, Marc ne semblait pas conscient du dilemme dans lequel se trouvait la jeune fille. Manifestement, il attendait qu'elle poursuive la conversation.

Marie-Hélène se jeta à l'eau, mal à l'aise à l'idée que ce silence permette à Marc d'observer ses réactions.

— Cachez-vous d'autres talents ou aptitudes susceptibles de m'intéresser, Monsieur Durand?

Marc sourit et répondit:

— Je joue du piano.

— C'est vrai?

— Oui. Depuis vingt ans.

Constatant la surprise que cette nouvelle produisait chez la jeune femme, Marc expliqua:

— En fait, c'était un caprice de ma mère.

Marie-Hélène perçut une note de tendresse dans l'intonation de sa voix. Sans trop savoir pourquoi, cela la réconforta. Elle songea au piano qu'elle s'était offert l'an dernier. Elle avait tenté de suivre des leçons, mais elle avait dû les abandonner. Elle avait compris par elle-même qu'elle n'était pas une élève très douée. De plus, elle manquait de temps pour pratiquer tous les jours. Elle avait tout de même conservé l'instrument, le trouvant décoratif dans son salon. Elle décida de cacher cette information à Marc, car elle ne voulait pas se sentir obligé de l'inviter chez elle.

— Quoi d'autre?

Marc l'enveloppa d'un sourire ensorcelant et la contempla longuement avant de répondre. Marie-Hélène se sentit submergée par des émotions nouvelles qui lui parurent tout à fait inacceptables. Il tentait de la séduire, elle en était certaine. Elle décida de se composer un visage impassible, voire même impénétrable. Finalement, Marc consentit à lui répondre:

— Je pilote des hélicoptères.

— Oh! Rien que ça?

Marc passa une main dans son abondante chevelure et expliqua:

— Il est à l'aéroport de Rivière-du-Loup en ce moment.

— Êtes-vous sérieux? demanda-t-elle d'un ton amusé.

— Bien sûr. Il appartient à la compagnie. Je n'aurais pas les moyens de me payer un tel engin. C'est d'ailleurs pour cette raison que je n'ai pas de voiture cette fin de semaine...

— Je sais...

Marc la scruta du regard et sourit:

— Vous saviez?

— Euh!... oui. Ma mère m'a informée...

— Vous avez donc parlé de moi? insista Marc pour la rendre mal à l'aise.

— Les secrets des femmes ne regardent que nous, Monsieur Durand!

Marc sourit béatement. Il comprit qu'il était un sujet de conversation important pour la famille Pelletier et cet intérêt le flatta énormément.

Marie-Hélène, pour sa part, se rendait compte à quel point son attitude était naïve. Sa nervosité lui enlevait sa belle assurance...

— Quoi qu'il en soit, murmura Marc, un de ces jours, je vous ferai goûter au plaisir de voler. Vous verrez, c'est absolument extraordinaire, cette sensation de liberté que l'on éprouve à flotter dans le ciel.

Il s'arrêta et regarda plus attentivement la jeune femme.

— Ne croyez-vous pas que nous possédons beaucoup de choses en commun tous les deux? Je pense qu'une solide amitié peut naître entre nous si, bien entendu, vous acceptez ma proposition.

Prise au dépourvu, Marie-Hélène fixa le jeune homme sans vraiment le voir. C'était un homme tenace et son invitation était tentante, mais Marie-Hélène jugea que ce ne pouvait être possible. Elle déclina l'offre en disant:

— Je regrette... mais je ne recherche pas la compagnie des hommes...

Aussitôt cette phrase dite, elle se mordit la langue. «Pauvre idiote! Que va-t-il s'imaginer? Que je suis lesbienne? Après une telle phrase, un homme normalement constitué devrait comprendre que je ne suis pas disponible.»

Elle posa son regard sur lui et sut qu'elle venait de le décontenancer. Il scrutait les traits de son visage, comme s'il cherchait un indice pour comprendre ce qu'elle venait de dire. Son hésitation fut de courte durée, cependant, car une lueur taquine apparut dans son regard inquisiteur. Sans aucun doute, Marc ne la prenait pas au sérieux. Après un laps de temps assez court, il dit:

— À mon tour, de vous demander si vous êtes sérieuse.

— Absolument! répondit-elle vivement.

— Un homme aurait-il laissé des traces d'amertume en vous, Marie-Hélène?

— Je ne désire pas en discuter avec vous. Ni avec personne, d'ailleurs.

Marie-Hélène se leva et annonça:

— On nous attend pour souper!

Cette phrase mettait définitivement un terme à cette conversation. La jeune femme était choquée. Pressée de rentrer, elle hâta le pas et se dirigea vers sa voiture.

Marc comprit qu'il venait de toucher une corde sensible de la personnalité complexe de la jeune femme. Il jugea plus prudent de détourner la conversation vers un sujet moins dangereux. Pour rien au monde, il ne voulait compromettre leur relation naissante.

Dix minutes plus tard, ils pénétrèrent dans le chalet. La table était dressée et on semblait attendre leur retour.

Marie-Hélène se sentit gênée de rentrer en compagnie de cet homme. Sa mère vint à son secours en lui demandant:

— Qui a gagné?

— C'est votre fille, Madame Pelletier! répondit Marc. Mais je ne m'avoue pas vaincu pour autant. J'ai exigé une revanche.

— C'est une excellente idée, mon garçon, applaudit Benoit Pelletier. Savez-vous comment on surnomme ma fille, Marc?

— Non! répondit ce dernier sur un ton amusé.

— *La tigresse!*

La famille entière partit d'un grand éclat de rire.

— Cette petite tigresse, si vous me permettez l'expression, est imbattable au jeu, et malheur à celui qui se mesure à elle. Vous aurez besoin de courage, mon garçon, ainsi que de nerfs d'acier pour la dompter, poursuivit Benoit Pelletier le plus naturellement du monde, mais j'avoue cependant que cela ne me déplairait pas du tout que quelqu'un lui tienne tête pour une fois dans sa vie.

— J'y veillerai personnellement, Monsieur! annonça Marc sur un ton solennel.

Marie-Hélène se tourna vers son père et le fusilla du regard:

— Papa, tu es un mufle!

Tous se mirent à rire devant cet accès de mauvaise humeur puis ils se précipitèrent tous joyeusement vers la table bien garnie. Le dessert était particulièrement appétissant: les femmes avaient coupé quelques fruits en tranches et les avaient saupoudrés de sucre à glacer pour ensuite les recouvrir de crème fouettée. C'est alors que se produisit un incident que l'on pourrait qualifier de cocasse.

Marie-Hélène tenait du bout des doigts une fraise qu'elle leva à la hauteur de ses yeux. Avec une moue de dégoût, elle s'écria:

— Quel scandale de camoufler une aussi merveilleuse petite chose sous cette horrible crème riche et calorique!

Sa mère comprit immédiatement les allusions de sa fille et elle s'écria à son tour:

— Chaque fois que j'aurai la chance de te nourrir convenablement afin que tu puisses prendre quelques grammes, sois certaine, Marie-Hélène, que je ne raterai pas l'occasion.

— Maman, je t'assure que je me nourris convenablement.

— N'empêche que quelques kilos de plus ne te feraient pas de tort, rétorqua Françoise. Tu es beaucoup trop mince.

Guillaume suivait la scène avec beaucoup d'intérêt. S'adressant à sa mère, il dit:

— Maman, je ne crois pas que ce serait une bonne idée que Marie-Hélène prenne du poids.

— Quelle théorie vas-tu encore nous inventer, mon fils? demanda Benoit Pelletier.

— Benoit, je ne crois pas que ce soit une bonne idée de lui laisser la parole, s'interposa Françoise.

— Nous verrons... laisse-le s'expliquer, Françoise. Vas-y, Guillaume.

— Euh!... en fait, je n'ose pas vous le dire, répondit ce dernier, mystérieux.

— Guillaume Pelletier! s'écria Marie-Hélène, si tu as quelque chose à exprimer, fais-le tout de suite! Surtout si c'est pour voler à mon secours...

— Bon! Puisque vous insistez tous, je vais vous le dire! Mais je t'avertis, Marie-Hélène, tu ne seras pas contente...

— Alors, tais-toi, répliqua la jeune femme.

— Moi, je veux savoir, s'interposa Benoit Pelletier. Vas-y, Guillaume! Ne te laisse pas impressionner par ces deux femmes.

— Bon! Eh bien!... je pense que Marie-Hélène ne serait pas jolie avec quelques kilos en plus. Elle risquerait d'avoir le dos courbé...

Guillaume s'arrêta de parler pour vérifier sur les visages des deux femmes l'effet des paroles qu'il venait de dire. Heureux du résultat, il poursuivit:

— En fait, cette hypothèse est facile à expliquer et elle se comprend par la génétique. Les femmes de notre famille ont les hanches fines; par contre, elles possèdent des poitrines généreuses. C'est précisément le cas de Marie-Hélène. Prendre quelques kilos n'est pas, en soi, une catastrophe irréparable, mais nous savons tous que lorsque l'on commence à prendre du poids, cela s'aggrave avec le temps. Après deux kilos, c'est souvent quatre, puis ça devient dix. Bref, dans le cas précis de Marie-Hélène, cette augmentation de poids risquerait de se répercuter sur son adorable poitrine et de lui occasionner des maux de dos importants... comme tante Agathe... vous saisissez?

— Guillaume! s'écria Françoise, scandalisée.

Toutes les têtes étaient tournées vers Marie-Hélène qui affichait un visage rouge de confusion.

Benoit Pelletier, qui avait du mal à contenir son fou rire, éclata soudainement. Marc le suivit de près, et bientôt ce fut l'hilarité générale.

Marie-Hélène se sentit rougir à nouveau. Elle savait qu'elle méritait cette platitude de la part de son frère. Elle-même ne ratait jamais une occasion de l'agacer, mais là, elle trouvait qu'il était allé beaucoup trop loin et elle se promit de se venger un jour prochain.

— Tu vas me payer ça, Guillaume Pelletier! s'écria-t-elle en feignant d'être très en colère.

Marc ne quittait pas la jeune femme des yeux. Il éprouvait une envie folle de la serrer contre lui et il cherchait une façon de pouvoir réaliser ce vœu. Une idée germa alors dans son esprit. Profitant des bonnes dispositions de tout le monde, il lança à la cantonade:

— Que diriez-vous d'aller danser ce soir?

Une vive discussion s'amorça sur le sujet. Marc fut fortement appuyé par Johanne, l'épouse de Patrice. Sur l'insistance de sa jeune femme, celui-ci dut accepter l'invitation. Monsieur et Madame Pelletier décidèrent pour leur part de rester à la maison et ils s'offrirent pour garder les fillettes. Les enfants s'opposèrent à cette décision, mais Benoit Pelletier affirma qu'il désirait rester seul avec son épouse, ce qui donna une fois de plus à Guillaume l'occasion de faire une mauvaise blague. Se tournant vers Marie-Hélène, il lui dit:

— Tu vois bien, Marie-Hélène, que nous n'avons pas tellement le choix de sortir ou non ce soir. Regarde nos parents, on dirait bien... qu'ils ont d'autres projets pour la soirée...

Tous se mirent à rire, sauf, bien entendu, Françoise Pelletier. Elle leva les bras au ciel et, avec un geste fataliste, elle s'écria:

— Qu'ai-je fait au bon Dieu, commença-t-elle... pour mériter un fils pareil? compléta en chœur, le reste de la famille.

* * *

Marie-Hélène se regarda une dernière fois dans la glace. Elle se sentait affreusement nerveuse. Heureusement, sa robe en tricot de coton vert émeraude s'harmonisait parfaitement avec la couleur de ses yeux et rehaussait son teint de pêche, légèrement bronzé. Le corsage ajusté dévoilait les courbes harmonieuses de sa poitrine tandis que la jupe ample lui donnait un air extrêmement féminin et jeune.

Sa longue chevelure tombait en cascade sur ses épaules. Seuls deux peignes maintenaient en place quelques mèches folles et rebelles tout en dégageant agréablement son visage.

«Quel âge peut-on me donner? se demanda-t-elle. Pas plus de vingt-cinq ans, j'espère!»

Cette pensée laissa la jeune femme perplexe. Habituellement, elle ne s'attardait pas à de telles futilités. Un coup discret frappé contre le battant de la porte la sortit de sa rêverie. Johanne entra sans attendre la réponse. En apercevant Marie-Hélène, elle s'exclama:

— Tu es jolie à croquer!

— Merci! Toi aussi, Johanne.

Les rapports entre les deux belles-sœurs étaient excellents. Johanne était une personne discrète et fiable, et Marie-Hélène l'estimait beaucoup. En très peu de temps, elle était devenue l'une des meilleures alliées de la jeune femme.

— Ce sera sûrement toi la vedette de cette soirée, prononça lentement Johanne avec un clin d'œil malicieux.

— Johanne... s'impatienta Marie-Hélène. Je sais ce que tu as en tête. Ne te fais surtout pas d'idées. Il y a bien assez de maman qui rêve en couleurs. Je n'ai aucunement l'intention de séduire ce monsieur Durand.

— C'est dommage! J'aimerais bien l'avoir comme beau-frère, murmura Johanne en soupirant. Je le trouve irrésistible, pas toi?

— C'est un très bel homme, en effet, mais il est trop arrogant à mon goût...

— Marc, arrogant? Tu es sûre que nous parlons du même homme?

— Parfaitement!

— Tu ne serais pas de mauvaise foi, par hasard? Moi, je pense qu'il est charmant et...

— Viens! Je crois qu'on nous attend, la coupa Marie-Hélène. Pour rien au monde, elle ne désirait éterniser cette conversation compromettante.

Assise à l'arrière de la *Tempest* de Patrice, Marie-Hélène se retrouva coincée entre Marc et Guillaume. Les jambes et les épaules du jeune homme la frôlèrent à plusieurs reprises, comme lorsqu'il se penchait pour parler à Guillaume. Ce comportement troublait Marie-Hélène plus qu'elle ne voulait l'admettre. Pour camoufler son embarras, elle n'arrêta pas de bavarder tout au long du trajet.

Les jeunes gens avaient choisi de se rendre dans l'état américain du Maine, situé à proximité de la frontière québécoise. Ce trajet demandait une heure de route depuis Notre-Dame-du-Lac. La localité sélectionnée regorgeait de bars dansants. Ils pourraient donc s'amuser jusqu'aux petites heures du matin.

C'est précisément ce qu'ils firent. Marie-Hélène pensa qu'il y avait longtemps qu'elle ne s'était pas aussi follement amusée. Un sentiment de bien-être l'envahissait peu à peu, si bien qu'elle en oublia sa réserve habituelle vis-à-vis de Marc et qu'elle se retrouva à plusieurs reprises entre ses bras sur la piste de danse. Elle se laissait guider par le rythme de la musique et elle se sentait prête à conquérir le monde.

Vers la fin de la soirée, Marc l'invita à danser un *slow*. La jeune femme hésita une fraction de seconde, puis elle accepta. Pour se donner plus d'assurance, elle termina d'un trait son troisième verre d'alcool. Légèrement ivre, elle se leva, et suivit son cavalier. Marc encercla sa taille fine de ses deux mains, de sorte que Marie-Hélène n'eut pas d'autre choix que de mettre ses bras autour de son cou. À ce contact intime, elle sentit un long frisson lui parcourir le corps. Elle s'efforca de se détendre puisque Marc ne semblait pas s'apercevoir de son agitation. Elle luttait contre les sensations nouvelles qui l'engourdissaient tout entière. Elle pouvait sentir le souffle court et chaud du jeune homme contre son cou et cela lui donna le vertige. C'était... délicieusement grisant.

«Profite de cette soirée, lui souffla une petite voix intérieure, ce sera sans doute la première et la dernière...»

Un sentiment de déception l'envahit lorsque la danse prit fin. Souriant, Marc la saisit spontanément par le cou et il l'entraîna vers les autres qui discutaient gaiement.

Dès leur arrivée à la table, Guillaume lança son éternel «J'ai faim!». C'est ainsi que tous se retrouvèrent soudain dans l'air frais de la nuit. Marie-Hélène se mit à frissonner et, cette fois, c'était de froid. Marc retira galamment son veston pour en couvrir les épaules de la jeune femme. À travers le léger tissu, Marie-Hélène huma son odeur masculine et elle s'empressa de serrer le vêtement contre son corps transi. Marc remarqua ce geste et adressa à la jeune femme un clin d'œil complice. Nerveusement, Marie-Hélène détourna les yeux et ses joues s'empourprèrent. Elle était sensible à l'attention que le jeune homme manifestait ouvertement à son égard, mais elle ne pouvait s'empêcher d'être inquiète. Comment interpréterait-il son attitude?

De retour au chalet, tous s'empressèrent d'aller se coucher, mais sur la pointe des pieds. Il était plus de trois heures du matin lorsque Marie-Hélène s'endormit d'un sommeil réparateur, peuplé de rêves merveilleux...

CHAPITRE 3

Marie-Hélène fut réveillée par une délicieuse odeur de bacon qui flottait dans l'air. Elle bondit de son lit, pressée d'aller rejoindre sa mère pour bavarder. Cependant, en ouvrant la porte de sa chambre, elle fut saisie d'une vague appréhension qui se confirma lorsqu'elle constata que ce n'était pas sa mère qui cuisinait, mais Marc.

Dès qu'il se rendit compte que quelqu'un arrivait dans la cuisine, Marc se retourna et Marie-Hélène remarqua une fois de plus la beauté virile qui émanait de lui. Il devait sortir de la douche, car ses cheveux étaient encore humides. Il portait pour tout vêtement un short très court qui révélait ses jambes musclées. Il était torse nu et, devant cette vision des plus suggestives, Marie-Hélène réprima un frisson. Le regard du jeune homme était braqué sur elle, et la jeune femme constata qu'il l'examinait avec insistance. À la fois gênée et furieuse contre elle-même, elle s'écria:

— Mon Dieu! Je dois être horrible!

Sa tenue, en fait, des plus audacieuses, se résumait à un léger déshabillé très court qui révélait impudiquement ses longues jambes nues. Avec ses cheveux en bataille et ses yeux certainement gonflés par le manque de sommeil, elle se demandait ce que Marc allait penser d'elle à présent. Une horrible pensée traîtresse se fit jour dans son esprit. Et si Marc allait s'imaginer qu'elle cherchait à le séduire?...

De son côté, Marc n'était nullement embarrassé par la situation. Au contraire, il était ravi de contempler cette ravissante créature, svelte et élancée, moulée dans ce déshabillé très court qui laissait voir des jambes de rêve et une poitrine qui pointait sous le fin tissu du vêtement de nuit. Il fit l'impossible pour dissimuler les pensées qui enflammaient son imagination. Quel homme, d'ailleurs, aurait pu résister à un pareil spectacle?

Il lui fut pénible de détacher son regard de cette vision de rêve. Complètement envoûté, il réussit à articuler:

— Je crois que vous n'êtes pas consciente de votre charme... chère demoiselle. Vous êtes la créature la plus séduisante qu'il m'ait été possible de contempler à cette heure matinale de la journée.

Marie-Hélène se sentit happée par ce regard sensuel et direct.

— Vous n'êtes pas très difficile, Monsieur Durand!

— Et vous, vous n'êtes pas consciente de l'image que vous m'offrez, répliqua Marc avec un sourire désarmant.

La jeune femme s'empourpra délicieusement.

— Pas de flatterie entre nous, Marc. N'oubliez pas que vous m'avez offert seulement votre amitié. Et je tiens à ce que nos rapports en restent là. Me suis-je bien fait comprendre, Monsieur Durand?

— Certainement, jeune femme! Mais sachez que je le regrette amèrement. Offrir uniquement son amitié à une personne aussi délicieuse que vous se révèle de la pure folie, répliqua Marc en exécutant une courbette exagérée, ce qui fit pouffer de rire Marie-Hélène.

À cet instant précis, Françoise sortit de sa chambre et regarda avec amusement la scène qui se déroulait sous ses yeux.

— Je crois que je me lève trop tôt, dit-elle en souriant. Je suis navrée de vous avoir dérangés.

— Maman! s'écria Marie-Hélène en refermant la porte de la chambre derrière elle.

De sa chambre, elle entendit Marc qui riait de bon cœur. Elle s'habilla rapidement et se coiffa. Bientôt, toute la maisonnée fut debout. Marc et Marie-Hélène préparèrent de bon gré le petit déjeuner pour tous ces occupants affamés. Ensuite, ce fut le départ pour la célébration dominicale.

Au sortir de la petite église de Notre-Dame-du-Lac, Marie-Hélène s'assit sur le muret qui bordait le perron de l'église. Elle désirait admirer le spectacle sublime qui s'offrait à sa vue émerveillée. L'endroit étant élevé, on pouvait apercevoir une partie du village ainsi qu'une fraction du lac Témiscouata.

Le lac était calme, ce matin. On aurait dit un immense miroir dans lequel se reflétaient les rayons du soleil.

Perdue dans sa contemplation, Marie-Hélène ne s'aperçut pas que Marc l'avait rejointe. Tel un chat silencieux, il s'était assis auprès d'elle et la jeune femme sursauta lorsqu'il mit sa main sur son épaule en disant:

— Désolé. Je me demandais à quoi vous rêviez?

Marie-Hélène s'obligea à détourner son regard de cet homme qui semblait si bien lire en elle. Après quelques secondes d'hésitation, elle consentit à lui répondre.

— Ce paysage me rappelle les souvenirs d'une enfance heureuse.

— Serait-ce indiscret de vous demander lesquels?

— Les parents de mon père habitaient sur cette rue, un peu plus bas, à gauche de l'église. Je me rappelle que, très souvent au sortir de la célébration, nous allions leur rendre visite.

— Sont-ils décédés?

— Mon grand-père est mort alors que j'étais encore une adolescente. Ma grand-mère, elle, est très malade...

— Je vois. Et vos grands-parents maternels?

— Grand-maman habite seule. Vous voyez la bâtisse là-bas, à votre gauche?

— Oui.

— Vous ferez sans doute sa connaissance aujourd'hui. C'est une femme extraordinaire... pleine d'énergie.

— Et votre grand-père?

— Il est décédé l'hiver dernier, dit-elle avec tristesse. Voyez-vous, je l'aimais beaucoup. C'était un homme remarquable... et d'une telle patience! Toute petite, grand-papa me trimballait partout avec lui. Il était agriculteur et sa terre représentait toute sa vie. Il m'a appris à monter à cheval, à traire les vaches, à nourrir les animaux. Je ne m'ennuyais jamais en sa compagnie. J'avais... l'extraordinaire impression... d'être la personne la plus importante au monde pour lui. Il me manque terriblement... mais je reste convaincue qu'il veille sur moi.

Marie-Hélène s'arrêta de parler. Dans les yeux de Marc, elle pouvait lire un sentiment tendre qui la remplit de bonheur. Se pouvait-il qu'il soit sensible à ce qu'elle lui racontait?

— Ce paysage est vraiment très beau, dit-il enfin.

Marie-Hélène se leva et lui fit signe de la suivre.

— Venez, dit-elle. Allons dîner!

Vers treize heures, le site jusque-là paisible fut envahi de toutes parts. Marc fut présenté à tout le monde et soudain, à sa grande déception, Marie-Hélène le perdit de vue. Il avait rejoint le clan des hommes et jouait au golf avec eux. Marie-Hélène se décida à aller rejoindre ses tantes. Qu'espérait-elle donc? Qu'il passe tout son temps libre auprès d'elle?

Cette pensée la rappela à l'ordre et la força à réfléchir sur ses réactions. L'angoisse l'étreignit lorsqu'elle prit conscience que cet inconnu s'était rapidement fait une place dans sa vie. En moins de deux jours, il s'était infiltré dans ses pensées, au point qu'elle se sentait déçue lorsqu'il s'éloignait d'elle.

«Que m'arrive-t-il?» se demanda-t-elle, très alarmée par la situation. La tournure que prenaient les événements ne lui plaisait pas du tout. Toute sa famille semblait accepter Marc comme un des leurs. Elle-même avait le sentiment de le connaître depuis toujours. Paniquée, elle ne savait plus vers qui se tourner. Ses réflexions la conduisirent tout naturellement vers Christine, son amie d'enfance, morte à l'âge vulnérable de la puberté.

— Rassure-toi, Christine! Il ne m'aura pas. Je te le promets! dit-elle à haute voix, sans même remarquer qu'elle n'était pas seule.

— De qui parles-tu? s'enquit sa tante Jocelyne, assise tout près d'elle.

Brutalement revenue à la réalité, Marie-Hélène remarqua les regards de ses tantes qui s'étaient tournés vers elle. Elle en devint écarlate. Confuse, elle parvint à balbutier d'une toute petite voix:

— Pardonnez-moi, je pensais tout haut, je crois...

Et pour alléger l'atmosphère, elle éclata d'un rire cristallin, vite imité par ses tantes. À son grand soulagement, la conversation reprit. Quelques minutes plus tard, prétextant la fatigue, elle prit congé du petit groupe en expliquant qu'elle avait du sommeil à rattraper. Sitôt refermée derrière elle la porte de sa chambre, elle s'abattit de tout son long sur son lit et sombra dans un sommeil agité. Dans son rêve, Marc tentait de l'enfermer dans une cage en criant:

— Tu es ma prisonnière... et tu ne t'échapperas pas d'ici!

Terrifiée, Marie-Hélène se débattait dans son sommeil. De l'intérieur, on pouvait entendre ses cris angoissés.

— Ne me touchez pas! hurlait-elle d'une voix désespérée. Ne me touchez pas...

Quelqu'un la saisit par les épaules et se mit à la secouer. Quand la jeune femme ouvrit les yeux, elle était complètement désorientée. L'homme qui la tenait lâcha prise et c'est alors qu'elle prit conscience que le visage de l'homme qui l'avait tellement terrifiée durant son sommeil se trouvait en face d'elle: le visage de Marc.

La voix de Marc se fit très douce. Il désirait la rassurer.

— Je crois que vous venez de faire un cauchemar. Qui vous poursuivait ainsi dans votre sommeil?

Marie-Hélène posa les yeux sur lui. La voix du jeune homme, douce et chaude, lui fit l'effet d'une caresse. Tous deux étaient conscients de l'attirance qu'ils éprouvaient l'un pour l'autre. Marc rompit le charme en disant:

— Je vous cherchais pour prendre ma revanche au tennis. On m'a informé que vous étiez ici. C'est alors que je vous ai entendue hurler, et c'est la raison pour laquelle vous m'avez trouvé près de vous. Voulez-vous me raconter votre rêve?

— Je regrette, Marc... je... je ne m'en souviens plus très bien, mentit-elle.

Comme s'il avait lu dans ses pensées, le jeune homme répliqua:

— Vous n'avez aucune confiance en moi, n'est-ce pas?

La pièce parut saturée d'agressivité. Marie-Hélène éprouvait une forte colère. Il était évident que Marc ne pouvait être dupe d'une telle dérobade. Mais elle ne pouvait tout de même pas l'informer que c'était lui l'objet de son tourment. Ils s'affrontèrent en silence.

— Tout d'abord, j'apprécierais que vous sortiez de ma chambre. Ensuite, je ne crois pas avoir de comptes à vous rendre. Et pour terminer, sachez, Monsieur Durand, que ce sont les hommes en général qui ne m'inspirent pas confiance. Ne le prenez surtout pas d'un point de vue personnel.

— Mais pourquoi êtes-vous donc aussi mordante? s'écria le jeune homme d'une voix impatiente.

— Cela ne vous regarde absolument pas, Monsieur Durand!

Marie-Hélène bouillait. Il outrepassait ses droits et cette attitude désinvolte à son égard la choquait profondément.

— Changez-vous et allons jouer cette partie, commanda-t-il.

— D'accord, Monsieur Durand! Et que le meilleur gagne.

Marc sortit de la chambre en claquant la porte derrière lui. Dans un excès de rage, Marie-Hélène ramassa un oreiller et le propulsa contre le mur de sa chambre.

Ils quittèrent la demeure familiale dans un parfait silence, chacun semblant perdu dans ses propres réflexions.

Lorsque Marie-Hélène sortit de son véhicule, elle constata que le temps se couvrait rapidement. La peur lui nouait les entrailles. À mille lieues de se douter des préoccupations de la jeune femme, Marc s'empara de son bras et l'obligea à ralentir sa course. Marie-Hélène s'arrêta enfin et le fusilla du regard.

— Écoutez, Marie-Hélène, commença-t-il sur un ton ferme. Je tiens à vous présenter mes excuses pour mon comportement de tout à l'heure. Je constate que je n'avais pas le droit de vous questionner de cette façon. Je ne désire pas me disputer avec vous.

Marie-Hélène secoua son bras pour se libérer. Elle se sentait complètement idiote. Au bout de quelques secondes, elle se calma. Elle songea qu'il était complètement inutile de chercher ainsi à se protéger contre un étranger qui n'avait aucune chance de faire partie de sa vie. Finalement, elle sourit.

— Cette partie... dit-elle, j'ai bien l'intention de la gagner!

— Moi aussi! répondit Marc en riant.

Le match fut à nouveau serré. Pour Marie-Hélène, il s'agissait d'un duel muet, d'une confrontation.

«Quelle situation ironique!» pensa-t-elle lorsqu'elle comprit qu'elle perdait. En effet, Marc jouait merveilleusement bien et remporta deux manches sur trois.

Heureux comme un poisson dans l'eau, il la rejoignit. Sur un ton triomphant, il déclara:

— C'est à votre tour de m'offrir une consommation!

La famille avait organisé un souper communautaire. La nuit tombée, certains rentrèrent au chalet tandis que d'autres quittèrent les lieux pour retourner vers leur demeure.

Inquiète, Françoise s'approcha de sa fille en disant:

— Je pense que tu devrais attendre à demain pour retourner chez toi, Marie-Hélène! Ton père nous a avertis qu'un orage était sur le point d'éclater.

Marie-Hélène s'efforça de conserver son calme. Depuis son adolescence, elle avait une peur panique des orages. Mais

Marc se tenait près d'elle et elle ne voulait pas qu'il connaisse cette faiblesse. Elle prit sa mère par le cou et lui dit:

— Ne t'inquiète pas, maman! Je pars immédiatement. Je suis sûre de pouvoir arriver avant l'orage.

— Comme tu voudras. De toute façon, je me sens rassurée à la pensée que Marc t'accompagne.

— Tout se passera bien, Madame Pelletier. Je veillerai sur votre fille, soyez sans crainte.

— Merci, Marc!

Il était plus de vingt et une heures, lorsque Marie-Hélène embrassa ses parents avant de les quitter. Marc leur serra la main à son tour tout en promettant de revenir sous peu.

À peine vingt minutes après que les jeunes gens soient partis, l'orage éclata. Marie-Hélène conduisait de façon tendue, essayant tant bien que mal de maîtriser sa peur. Callée au fond du siège de sa *Honda*, elle s'efforçait de respirer calmement. Les traits de son visage étaient convulsés, son regard fixe.

— Je crois que nous ne pourrons pas éviter cet orage. Il se dirige droit sur nous. Et d'après ce que je peux voir, il sera terrible, l'informa Marc.

En entendant ces paroles, Marie-Hélène serra le volant de sa voiture de ses mains crispées. La panique la gagnait rapidement et elle se sentait furieuse contre elle-même d'avoir à exposer à Marc une de ses faiblesses.

— Pourriez-vous conduire la voiture à ma place, Marc? Je vous avoue que je ne me sens pas très sûre de moi... Habituellement, j'évite de conduire dans de pareilles circonstances.

— Je serais heureux de vous rendre ce service, répondit-il.

— Merci!

Ils changèrent de place et Marie-Hélène se sentit soulagée d'avoir pris cette décision.

Malheureusement, ils avaient à peine roulé un kilomètre que la pluie s'abattit avec force sur la route. Bientôt, la visibilité fut nulle et les essuie-glace ne parvenaient plus à nettoyer adéquatement le pare-brise de la petite voiture. Prudent, Marc ralentit considérablement l'allure tout en déclarant sur un ton qui n'admettait pas de réplique:

— Il s'avère dangereux de persister à vouloir se rendre à Rivière-du-Loup. Cet orage est vraiment trop violent. De plus, je ne connais pas cette route. Nous allons nous arrêter, le temps que le calme revienne. Reconnaissez-vous le paysage? Savez-vous si nous sommes près d'un restaurant où nous pourrions nous abriter?

— Nous venons de dépasser Saint-Louis-du-Ha-Ha! Nous sommes entre deux villages et il n'y a aucun restaurant à proximité, dit Marie-Hélène que l'affolement gagnait.

Elle avait l'impression que son cerveau refusait de réfléchir correctement.

— Attendez! cria-t-elle soudainement. Regardez à votre droite. Il y a là une ancienne cantine mobile où nous pourrons nous arrêter.

— Tant mieux! répondit Marc, rassuré.

Dès qu'il aperçut la cantine, il bifurqua, puis il arrêta la voiture et coupa le contact en disant:

— Au moins, ici, nous sommes en sureté.

C'est alors qu'il remarqua la panique qui se lisait sur le visage blême de la jeune femme. Il prit son menton entre ses mains et l'obligea à le regarder. Aucun son ne sortit de sa bouche tremblante. Marc s'approcha plus près et constata que la jeune femme respirait péniblement. Complètement figée par la peur, elle se trouvait dans un état presque phobique. Un profond désir de protection s'empara du jeune homme. Sous ces grands airs de femme déterminée et inaccessible se cachait une petite fille vulnérable. Cet aspect le surprit et il s'exclama:

— Mais... vous êtes terrorisée! Marie-Hélène, n'ayez pas peur... vous n'êtes pas seule. Je suis près de vous et je vous assure que vous ne courez aucun danger dans cette voiture immobilisée!

— Je... je ne peux pas rester ici. J'ai besoin d'air... Laissez-moi sortir d'ici.

— Marie-Hélène... Non!

Marc saisit la jeune femme par le poignet, mais elle se dégagea d'une secousse. Elle ouvrit la portière et sortit rapidement de la voiture. D'un mouvement vif, Marc sortit à son tour et courut à sa suite.

Il la rattrapa aisément, et lui saisit la taille par derrière. Marie-Hélène se débattit et Marc dut la soulever pour l'empêcher de s'échapper. Elle était habitée par une telle frayeur qu'il dut la porter pour la ramener dans la voiture.

— Doucement!... doucement! murmura-t-il contre son oreille. Je suis là et je vais vous protéger.

La jeune femme cessa de se débattre. Elle n'offrait plus de résistance, mais sa poitrine se soulevait convulsivement dans un rythme saccadée et ses pupilles étaient dilatées.

— Je crois... que mon cœur va éclater, dit-elle dans un souffle.

— Non. Rassurez-vous. Vous n'êtes pas en danger. Votre cœur va très bien. Vous respirez trop vite et pas assez profondément. Calmez-vous. Je vous ramène à la voiture.

Marie-Hélène se laissa transporter. Elle n'était pas en état de combattre ni même de résister. Marc la força à s'installer à l'arrière du véhicule et il alla chercher son sac de toile dans le coffre arrière, puis la rejoignit.

Elle était livide. D'une main, il saisit ses bras et les lui ramena derrière la nuque pour lui permettre de mieux respirer alors que sa main libre s'insinua sous son tee-shirt pour dégrafer son soutien-gorge.

— Mais que faites-vous?

— Ne vous inquiétez pas! Je ne vais pas vous violer. Je veux simplement vous offrir la possibilité de mieux respirer. Qui aurait imaginé que nous en viendrions aussi vite à une telle intimité? dit-il en souriant.

— Je ne trouve pas ça drôle, fit remarquer Marie-Hélène qui tentait de retrouver une respiration normale.

— Allons! détendez-vous! J'essaie simplement d'alléger l'atmosphère. Pressez vos mains l'une contre l'autre, ce geste aidera à dégager les muscles de votre poitrine. Respirez profondément. Voilà! C'est ça! Vous sentez-vous mieux maintenant?

— Oui, dit-elle péniblement.

— Tant mieux! répondit Marc d'une voix soulagée. Heureusement que j'ai suivi un cours de premiers soins.

Continuez vos respirations, nous allons nous installer plus confortablement. Ses yeux explorèrent rapidement l'intérieur de la petite automobile. Celle-ci était plutôt étroite et elle n'offrait pas beaucoup de confort, mais ils devaient s'en accommoder.

Le jeune homme s'étrangla presque de rire lorsqu'il aperçut Marie-Hélène assise sur un oreiller.

— Dites-moi, jeune fille, que fait cet oreiller sous votre adorable postérieur?

— Je sais ce que vous pensez. Vous me prenez probablement pour une idiote... Ma chère maman appelle ça une habitude de vieille fille. Je... je le possède depuis mon enfance et je... ne peux pas m'en départir.

Marc sourit. Il était de plus en plus étonné par le comportement de la jeune femme.

— Quoi qu'il en soit, cet oreiller est une bénédiction! Passez-le-moi, voulez-vous? Il nous permettra de nous installer plus confortablement.

Marie-Hélène le lui tendit, une lueur d'inquiétude dans le regard.

— Qu'avez-vous l'intention d'en faire, Marc?

— Faites-moi confiance. Levez-vous quelques instants.

La jeune femme s'exécuta et Marc en profita pour étendre ses jambes sur la banquette de la voiture. Il plaça l'oreiller contre la portière du véhicule et s'y appuya. Écartant ensuite les jambes, il prit fermement la jeune femme par les hanches pour la faire basculer entre ses cuisses. Sa tête vint tout naturellement s'appuyer contre la poitrine du jeune homme.

Marie-Hélène se retrouvait ainsi coincée, dans une position assez embarrassante, sans qu'elle ait le temps de dire ou de faire quoi que ce soit. Elle s'apprêtait à réagir violemment lorsque la foudre s'abattit sur un arbre, non loin de là. Celui-ci tomba lourdement sur le sol, dans un fracas infernal.

Marie-Hélène poussa un cri de terreur et se mit à sangloter. Marc la serra étroitement contre lui et la berça doucement, comme une enfant, en lui murmurant des paroles réconfortantes.

— Doucement... du calme, petite fille! Respirez lentement, profondément! C'est ça!

— Oh! Marc! sanglota Marie-Hélène. Je sais que c'est ridicule... mais je suis incapable de me maîtriser...

— Les peurs ne s'expliquent pas, vous n'avez pas à vous justifier. Mais vous grelottez! J'oubliais que nous sommes trempés. Attendez, nous allons changer de vêtements.

— Vous n'êtes pas sérieux! s'objecta la jeune femme.

— Mais si! reprit-il calmement. Je vais vous prêter un de mes chandails.

Rapidement, Marc fouilla dans son sac et en sortit un chandail molletonné de couleur marine.

— Tenez, mettez ça! Je ne veux pas que vous preniez froid.

— Vous ne croyez tout de même pas que je vais retirer mon chandail devant vous?

— Pardon! répliqua Marc en riant. Je ferme les yeux.

À l'évidence, cette situation l'amusait beaucoup.

— Qui me dit que vous ne tricherez pas?

— Je vous en donne ma parole! répondit-il.

— Alors, prenez votre veste et couvrez-vous-en le visage.

— D'accord, fit Marc, de plus en plus amusé.

Pendant qu'il s'exécutait, Marie-Hélène retira vivement son tee-shirt trempé.

— N'oubliez pas votre sous-vêtement, lui rappela Marc.

Marie-Hélène sursauta.

— Quoi?

— Vous avez compris... dit-il en riant.

— Mais... que vais-je en faire?

— Mettez-le dans mon sac, proposa-t-il.

Quel soulagement ce fut pour la jeune femme lorsqu'elle eut enfin terminé!

— Voilà, c'est fait, dit-elle.

— Parfait! À mon tour maintenant.

Marc retira lui aussi son tee-shirt et enfila une chemise sport dont il roula les manches. Il dit ensuite:

— Saviez-vous que l'on peut savoir à quelle distance se trouve un orage en calculant les secondes qui séparent l'éclair du coup de tonnerre?

— Non.

— Un laps de temps de dix secondes signifie que l'orage n'est qu'à deux milles de distance. Si aucun grondement ne se fait entendre après l'éclair, cela signifie que l'orage est au moins à une quinzaine de milles et qu'il ne représente aucun danger. Que diriez-vous de dormir un peu pendant que je compterai les secondes. Nous en aurons pour longtemps, je le crains.

— Marc... murmura Marie-Hélène sur un ton reconnaissant, vous êtes si gentil... Je m'en veux terriblement de vous écraser ainsi le dos...

— Ne vous inquiétez pas pour moi, la rassura-t-il. Je vous affirme que je peux supporter votre poids plume sans aucune difficulté.

— Merci!

— Ce n'est rien. Savez-vous que vous êtes très séduisante dans mon chandail?

— Marc!...

Un nouveau grondement sourd se fit entendre et un autre arbre s'effondra sur le sol.

Marie-Hélène tremblait de tous ses membres. Marc resserra son étreinte et la jeune femme se lova instinctivement au creux de sa poitrine. Malgré sa peur, l'odeur virile du jeune homme l'envahit d'une douce torpeur et la calma quelque peu.

— Je vais vous raconter une histoire, annonça-t-il sur un ton très doux.

— Vous n'êtes pas sérieux!

— Je pense que cela aura sûrement le pouvoir de vous endormir, affirma-t-il en riant:

— Que me proposez-vous?

— *La Belle au bois dormant. La Belle et la Bête. Le Chat botté. Cendrillon,* ou encore *Boucle d'or.*

Marie-Hélène écarquilla les yeux.

— Vous connaissez vraiment toutes ces histoires?

— Oui. Je peux toutes vous les raconter mot à mot.

— J'ai du mal à imaginer un homme tel que vous... lisant des contes de fées.

— Cela s'explique. Voyez-vous, j'étais le plus jeune de la famille chez moi. Je suis donc devenu oncle très tôt. Ce sont mes petites nièces qui m'ont obligé à apprendre ces contes de fées. Lorsque mes sœurs sortaient le soir, j'allais les garder. C'est ainsi que j'ai appris à raconter des histoires.

— Êtes-vous nombreux dans votre famille? demanda Marie-Hélène.

— Je suis le seul garçon au milieu de trois filles, et le plus jeune de surcroît. Vous pouvez imaginer à quel point on a pu abuser de moi...

Marie-Hélène sourit. Cette facette de la personnalité du jeune homme lui plaisait énormément. Elle fut immédiatement tentée de le mettre au défi. La curiosité la rongeait. Elle désirait également pouvoir oublier la proximité de ce corps viril et puissant qui la troublait tout en lui apportant une sensation de sécurité jamais ressentie auparavant.

— Je me souviens combien les contes du *Chat botté* et de *Boucle d'or* m'impressionnaient lorsque j'étais petite fille.

— Comme vous voudrez! Je vais débuter par *Le Chat botté* et, si vous êtes bien sage... je poursuivrai avec *Boucle d'or.*

C'est d'une voix douce et chaude qu'il commença sa longue narration:

— Il était une fois un vieux meunier qui n'avait pour toute fortune que son moulin, son âne et son chat. À sa mort, ses trois fils héritèrent de ses pauvres biens. L'aîné eut le moulin, le second l'âne et le plus jeune le chat, ce qui ne le satisfaisait guère...

Marc poursuivit ainsi, changeant de voix au rythme des personnages. Marie-Hélène redoubla d'attention, oubliant tout ce qui l'entourait pour se concentrer uniquement sur la voix de son compagnon.

— Mes frères, eux, vont s'associer, continua Marc. L'un fera travailler son âne au moulin de l'autre. Ainsi, ils ne craindront pas la misère... Mais moi, que vais-je devenir? Que puis-je faire d'un chat? Je vais mourir de faim!

Marie-Hélène pouffa de rire lorsqu'elle entendit Marc qui prenait une toute petite voix pour personnifier le légataire du chat.

Mettant alors un doigt sur les lèvres de la jeune femme, Marc lui dit:

— Chut! N'interrompez pas l'artiste, petite fille!

Et il enchaîna:

— Vous vous trompez, mon maître, fit le chat. Donnez-moi une paire de bottes et un sac, et vous verrez que vous n'avez pas fait une si mauvaise affaire avec moi!

Marc continua ainsi sa narration avec le plus grand des sérieux. Dehors, les grondements du tonnerre continuaient leur tintamarre, mais Marie-Hélène était complètement fascinée par la voix de son compagnon. Elle fut extrêmement déçue lorsque arriva la conclusion:

— Le Chat botté, quant à lui devint grand seigneur et il ne courut dorénavant plus après les souris que pour se divertir!

La jeune femme applaudit de bon cœur, puis avec un regard malicieux, elle supplia:

— Voyons maintenant si vous pouvez faire aussi bien avec l'histoire de *Boucle d'or.*

Marc se racla la gorge et commença:

— Il était une fois une petite fille qui habitait à la lisière d'une grande forêt. Ses cheveux étaient si dorés et si bouclés qu'on l'appelait *Boucle d'or.* Tous les jours, elle jouait dans le jardin, et tous les jours, sa maman disait...

Marc ne termina pas son récit, car Marie-Hélène s'était enfin assoupie. Il était en admiration devant ce petit bout de femme. Ainsi endormie contre lui, elle avait l'air si frêle et si vulnérable. Marc pouvait deviner chez elle une sensualité à fleur de peau. Il se prit à la désirer intensément et il lutta de toutes ses forces contre l'envie de l'embrasser et de la caresser. Il n'avait jamais désiré une femme avec autant d'intensité. Cependant, la raison lui soufflait d'être prudent, car il savait d'instinct qu'elle ne serait pas facile à conquérir. Dès qu'il l'approchait, en effet, elle devenait tendue comme un ressort.

Il se demanda alors quel était l'homme qui avait osé la blesser aussi cruellement. Il comprit qu'il lui faudrait s'armer de patience s'il voulait éclaircir ce mystère.

Son dos le faisait terriblement souffrir et l'orage ne semblait pas vouloir s'arrêter. Il consulta sa montre. Il était plus de minuit.

«Nous serons contraints de passer la nuit dans cette voiture, se dit-il. Tant pis, ma belle, il va falloir changer de position! Je n'en peux plus!»

Tant bien que mal, Marc réussit à s'allonger derrière Marie-Hélène. Le dos de la jeune femme était toujours appuyé contre sa poitrine, mais ils étaient maintenant tournés sur le côté, face à la banquette avant de la voiture. Marc parvint à descendre l'oreiller sous leurs deux têtes.

Marie-Hélène s'éveilla légèrement.

— Marc... que se passe-t-il? demanda-t-elle.

— Rien, répondit Marc. Dormez, Marie-Hélène.

La jeune femme se rendormit aussitôt.

— Marc... murmura-t-elle à nouveau d'une voix sensuelle.

Marc se pencha sur elle pour lui répondre, mais la jeune femme dormait profondément. Elle rêvait donc de lui. Marc savoura cette idée. Doucement, il glissa un de ses bras sous l'oreiller, tandis que l'autre vint encercler la taille de Marie-Hélène. Il huma son odeur délicate et féminine, et une bouffée de plaisir s'empara à nouveau de lui. Il s'efforça de penser à autre chose.

«Du calme, mon vieux! Ne fais pas de bêtises que tu pourrais regretter. Sois patient! D'ailleurs, tu ferais mieux de dormir.»

Après une demi-heure de douce torture, Marc sombra à son tour dans un sommeil profond.

* * *

Ce sont les courbatures qui tirèrent Marie-Hélène du sommeil. Son corps était engourdi et ses jambes ankylosées pendaient hors de la banquette. Avec une grimace de douleur, elle se souleva sur un coude et se tourna vers Marc. Le jeune homme la tenait fermement enlacée. Elle était emprisonnée entre ses bras possessifs. Stupéfaite, elle se libéra d'une secousse et Marc gémit faiblement. Aucun doute, il dormait profondément.

Le tableau qu'il lui offrait l'ensorcela. La situation devenait dangereuse. Il fallait qu'elle réagisse rapidement. Commentavait-elle pu être aussi imprudente? Marie-Hélène prenait soudain conscience qu'elle avait accordé à ce jeune homme beaucoup trop de temps et de privilèges. Que penserait-il d'elle à présent? Sans doute qu'elle était prête à se jeter dans ses bras? Cette pensée la fit blêmir. Scandalisée par sa propre attitude, elle jeta un coup d'œil à sa montre. Il était six heures du matin.

— Mon Dieu! s'exclama-t-elle à voix haute.

Ces paroles eurent pour effet de réveiller son compagnon. Marc ouvrit les yeux et se hissa instantanément sur la banquette de la voiture. Dans un geste charmant, il se passa la main dans les cheveux tout en s'étirant. Marie-Hélène ne put réprimer son admiration. Avec sa chemise entrouverte sur sa poitrine, Marc était l'image même de la séduction. Il la regarda alors en souriant et lui dit:

— Bonjour! Avez-vous réussi à dormir un peu?

Cette remarque eut le donc d'irriter Marie-Hélène. Sur un ton qui ne laissait aucun doute sur son humeur du moment, elle s'écria:

— Pouvez-vous m'expliquer ce que l'on fait encore ici, à six heures du matin?

Marc sourit, ce qui eut pour effet d'augmenter la fureur de la jeune femme.

— Si ma mémoire est bonne, nous avons passé la nuit, et de façon très agréable, dans cette voiture, à cause d'un orage.

— Vous vous croyez drôle? ironisa-t-elle, très en colère. Vous... n'êtes qu'un insolent. Comment osez-vous sous-entendre qu'il s'est passé quelque chose entre nous?

Sous le sarcasme de la jeune femme, Marc se sentit submergé par une vague de colère et d'indignation:

— Sous-entendre quoi, au juste? demanda-t-il. C'est plutôt vous... qui sous-entendez des choses... Croyez-vous que je suis homme à profiter d'une pareille situation?

Ce commentaire claqua comme un coup de fouet dans l'esprit de Marie-Hélène. Cette repartie cruelle, mais juste, la remplit de stupeur.

— Me croyez-vous assez vil pour profiter d'une petite fille apeurée par un orage et qui, en plus, raffole des contes de fées?

La jeune femme s'empourpra violemment. Marc avait raison. Elle était entièrement responsable de cette situation. Cette prise de conscience l'obligea à revenir sur les événements de la veille. Le comportement du jeune homme avait été irréprochable.

— Mais sachez bien, reprit Marc, qu'en ce qui me concerne, je qualifierais mon attitude d'héroïque. Le fait de dormir aussi près de vous sans vous toucher mérite une médaille. Vous étiez plutôt vulnérable et follement désirable ainsi enfouie dans le creux de mes bras...

Marie-Hélène devint écarlate.

— Espèce... de prétentieux! Croyez-vous que j'avais envie... de...

— De moi? acheva Marc sur un ton rauque. Bien sûr que vous avez envie de moi! Je le vois dans vos yeux. Ils me révèlent tout ce que vous voulez me cacher. Et croyez bien que cela me flatte et attise le désir que j'éprouve pour vous.

— Ne vous faites surtout pas d'idées sur moi, Marc Durand! Jamais... vous ne réussirez à me toucher! répondit Marie-Hélène qui se sentait près de défaillir. Et vos insinuations ont assez duré! Cessez votre petit numéro de séducteur avec moi. Vous frappez à la mauvaise porte!

Marc ouvrit la bouche pour répondre, mais il jugea que cela n'en valait pas la peine pour l'instant. Il se contenta donc d'ouvrir la portière de la voiture et de sortir. Quelques secondes plus tard, il était assis à l'avant de la *Honda* et attendait que la jeune femme vienne le rejoindre. Mais elle n'en fit rien.

— Vous pouvez partir, lui lança-t-elle sur un ton de défi.

Marc se retourna lentement vers elle et croisa son regard chargé de rancœur. Une lueur amusée apparut dans ses yeux sombres:

— Vous vous comportez vraiment comme une petite fille! dit-il en riant.

Marie-Hélène grimaça.

— Soit! reprit Marc. Si c'est ce que vous désirez, Mademoiselle, vous pouvez rester à l'arrière de votre véhicule aussi longtemps qu'il vous plaira.

«Qu'il aille au diable!» se dit Marie-Hélène. En aucune façon, elle ne désirait poursuivre cet échange mordant. Elle estima que l'indifférence s'avérerait beaucoup plus efficace pour le décourager.

Marc ouvrit la radio et se mit à siffloter pendant que la jeune femme bouillait de rage contenue. Elle pensa qu'elle aurait pu éviter cette situation compromettante, si elle avait été un peu plus avisée. Pour la première fois depuis des années, elle avait perdu la maîtrise de ses émotions, ce qui était très grave pour elle.

Elle refoula son humiliation lorsqu'elle prit conscience que Marc savait depuis le début qu'elle le désirait. «Quelle audace! Il ne manque pas de front!» Pour qui se prenait cet individu? Il verrait bien à qui il avait affaire. Elle ne changerait pas ses positions au profit d'un séducteur à la recherche d'une aventure facile et sans lendemain. Sa façon de la regarder ne laissait aucun doute sur ses intentions. C'était même très clair. Marie-Hélène se félicitait d'avoir pu déceler son petit jeu à temps. «À nous deux, Monsieur le séducteur! Nous verrons bien qui est le plus fort!»

Marc gara la voiture dans l'aire de stationnement d'un restaurant puis, se passant de nouveau la main dans la chevelure, il dit sur un ton qui n'admettait pas de réplique:

— Allons déjeuner. Je meurs de faim!

Il guetta la réaction de la jeune femme dans le rétroviseur, mais elle n'ouvrit pas la bouche.

— À moins... que vous préfériez m'attendre dans la voiture!

Cette déclaration cinglante fit sortir Marie-Hélène du véhicule. Sans un regard pour Marc, elle se dirigea, d'un pas décidé, vers l'entrée du restaurant.

Ils déjeunèrent dans le plus complet silence et repartirent aussitôt. Quand ils arrivèrent enfin au chalet où Marc s'était installé, ils n'avaient toujours pas échangé un mot. Marc récupéra ses bagages dans le coffre arrière de la voiture puis, se penchant vers Marie-Hélène qui s'était empressée de réintégrer sa place au volant de sa *Honda*, il dit:

— Merci, petite fille, pour cet agréable voyage... et n'oubliez surtout pas notre rendez-vous de dix heures!

Sur ce, Marc lui tourna le dos et Marie-Hélène le vit disparaître à l'intérieur du chalet. C'est alors qu'elle se laissa aller à son chagrin. Cette confrontation s'était avérée une rude épreuve pour elle et elle s'était efforcée, tout au long du trajet, de retenir les sanglots qui l'assaillaient fortement.

«Il me paiera ça!» se dit-elle, tout à son malheur.

CHAPITRE 4

Marc stationna sa voiture, une *BMW* bleue de l'année, en face de l'institution bancaire du centre commercial de Rivière-du-Loup et poussa un profond soupir de lassitude. Il était fatigué, car il manquait de sommeil. Il s'adossa au siège de la voiture tout en se demandant quelle pouvait bien être l'humeur de Marie-Hélène en ce moment. Il sourit en pensant que c'était bien la première fois qu'une femme lui faisait perdre son sang-froid. Le pire, dans cette situation, c'était que cette petite tigresse l'avait immédiatement ensorcelé.

Depuis son arrivée au chalet, il ne cessait de se rappeler les longues heures passées auprès d'elle, dans l'espace réduit de la *Honda*. Ils étaient alors si étroitement enlacés... À ce souvenir, une bouffée de désir monta en lui... «Une vraie princesse! se dit-il. Cette femme est vraiment différente de toutes les femmes que j'ai connues.» Un mélange de mystère et de sensualité l'enveloppait et il avait un mal fou à définir sa personnalité. Une chose était cependant évidente, c'est qu'un événement triste l'avait profondément marquée. Mais lequel? Il l'ignorait totalement...

Il avait remarqué qu'une sorte de peur voilait son beau regard émeraude. Ses yeux... il n'en avait jamais vu de pareils... Et son regard! Pétillant d'intelligence, légèrement agressif, mais lourd d'un désir confus, avec une petite touche d'ironie qui se pointait presque effrontément dans les prunelles d'un vert envoûtant. Des yeux de tigresse!...

«Je la trouve tout simplement irrésistible! dut-il s'admettre. Mais je devrai m'armer de patience et de courage pour percer à jour le secret qu'elle s'efforce, avec beaucoup d'énergie, de me cacher. Mon bonheur en dépend... Suis-je donc devenu fou? Ou suis-je bêtement tombé amoureux d'elle?»

Cette évidence s'imposa peu à peu à son esprit, le laissant perplexe. Se pouvait-il?... Non, c'était parfaitement impossible... On ne pouvait devenir amoureux d'une femme en moins de deux jours...

Mais il devait s'admettre que pour la première fois de sa vie, une femme occupait continuellement ses pensées, ne cessant de le tourmenter.

Exaspéré, Marc sortit de sa voiture et se dirigea vers la banque.

* * *

Sitôt arrivée à sa demeure, Marie-Hélène avait pris une douche rapide, après quoi elle s'était rendue au bureau de bonne heure. Elle voulait profiter au maximum du temps qu'elle avait devant elle pour se préparer mentalement à l'entretien qu'elle aurait sous peu avec Marc.

Traiter des affaires avec lui ne serait pas facile, étant donné leurs relations tendues. Comment réussirait-elle à adopter une attitude professionnelle après ce qui s'était passé entre eux la nuit précédente? Comment parviendrait-elle à contenir le bouleversement intérieur qui l'envahissait chaque fois qu'elle le rencontrait? Autant de questions qui restaient sans réponse, ce qui créait chez elle un sentiment d'insécurité émotive qui la laissait perplexe et indécise. C'était loin de la rassurer...

Un coup discret frappé à la porte de son bureau interrompit le fil de ses pensées. Consultant nerveusement sa montre, elle constata que c'était déjà l'heure du rendez-vous. Un sentiment de panique la gagna rapidement, mais elle n'eut pas le temps de réagir, car la voix de Nicole se fit entendre:

— Marie-Hélène, monsieur Marc Durand me prie de l'annoncer.

— C'est bien, Nicole, faites-le entrer!

Les deux femmes avaient convenu de se tutoyer le moins possible pendant les heures de bureau et cette politique était la même pour tous les employés de l'entreprise. Marie-Hélène jugeait que cela démontrait beaucoup plus de professionnalisme. Courtoisie, politesse, tact ainsi que respect de la confidentialité étaient essentiels dans ce genre d'établissement.

Lors des nombreuses réunions du personnel, Marie-Hélène insistait sur l'attitude que les employés devaient adopter envers la clientèle ainsi qu'envers leurs collègues de travail. Ils devaient se respecter les uns les autres. Un climat calme et harmonieux était bénéfique pour la clientèle et, en bout de ligne, il représentait un atout important pour la succursale bancaire. Un client servi de façon courtoise et polie revenait toujours, propageant ainsi l'excellente image de l'institution financière. Cette pratique s'avérait la meilleure publicité qui soit.

Marc s'introduisit dans le bureau. Marie-Hélène s'empressa de cacher ses mains tremblantes sous son bureau et le contempla, presque malgré elle. Il était beau et séduisant à lui en couper le souffle. Il portait un pantalon blanc ultra chic et une veste légère de couleur marine qui rendait son allure encore plus athlétique et impressionnante. Elle ne parvenait pas à détacher ses yeux de lui. Elle était envoûtée...

— Cessez de me regarder ainsi! dit-il d'une voix rauque, l'œil amusé.

— Pardon, dit-elle, cramoisie. Bonjour... Veuillez vous asseoir, je vous prie.

— Décidément, elle se comportait très bizarrement. Elle devait se reprendre rapidement...

— Bonjour, Mademoiselle Pelletier, articula-t-il d'un ton narquois, tout en lui tendant la main. Comment allez-vous ce matin?

— Très bien, Monsieur. Que puis-je faire pour vous? s'enquit-elle, espérant ainsi entrer le plus rapidement dans le vif du sujet.

— Écoutez, Marie-Hélène... Je voudrais vous dire... à propos de cette nuit... Je suis désolé...

— À votre tour de m'écouter, riposta-t-elle. Je regrette sincèrement ce qui s'est passé... et je ne désire pas en parler, vous comprenez? Vous êtes ici pour affaires, et je suis la personne responsable de cette succursale bancaire. Nous allons donc devoir nous rencontrer et discuter ensemble de vos projets... Alors, je vous demande d'oublier ce qui s'est passé cette nuit, et même tout ce qui a existé au cours de cette fin de semaine... En ce qui me concerne, il ne s'est absolument rien passé. Suis-je suffisamment claire?

Marc réprima avec peine un frisson de déplaisir et elle perçut sa déception. Mais il n'était pas dupe. Il se rendait parfaitement compte qu'elle était sur la défensive. Elle tremblait, en proie à une peur inexplicable.

— Je crois que vous aimez la provocation, avança-t-il.

Un silence accueillit cette réplique. Que pouvait-elle répondre à cette constatation?

— Permettez-moi de vous dire à quel point vous m'étonnez! reprit-il.

Nous venons de passer une fin de semaine complète ensemble... et vous avez décidé de tout balayer comme ça, simplement parce que vous l'avez décidé ainsi.

Ils s'affrontèrent en silence, lui devinant sa vulnérabilité et elle forcée d'admettre qu'elle avait agi avec une totale inconscience. Humiliée et complètement désemparée par sa propre réaction, elle chercha quelque chose à dire... Elle se lança finalement:

— Écoutez, mon métier exige de moi la plus grande discrétion. Je m'efforce de ne jamais mêler ma vie privée et ma vie professionnelle. Pour ce qui est de nous... enfin... pour ce qui s'est passé entre nous... je pense... que nous pourrions en discuter une autre fois, acheva-t-elle dans un souffle.

— Soit! dit-il simplement.

Cette explication parut le satisfaire. Après un bref moment de silence, il lui annonça le but de sa visite et la raison pour laquelle il avait besoin d'une aide financière pour réaliser ses projets.

— Je suis hôtelier et j'ai besoin de fonds pour réaliser la construction d'un futur motel qui sera érigé sous peu aux abords de la route 20, à Notre-Dame-du-Portage.

Soulagée, la jeune femme dit:

— Hôtelier, dites-vous? Votre nom me dit soudain quelque chose. Ne seriez-vous pas le célèbre propriétaire de la chaîne de motels *Le Repos de Pierrot?*

— En personne, répondit Marc, amusé par la soudaine expression d'excitation qui se lisait sur le visage de son interlocutrice.

— Mon Dieu, mais je connais vos motels! Vous ne pouvez pas savoir le plaisir que j'ai à m'y arrêter lorsque je suis en voyage à travers la province. Je suis tout à fait fascinée par la décoration de vos chambres... C'est mon refuge préféré!

À la vitesse de l'éclair, elle revit les épaisses douillettes bleu royal ornées de minuscules petits pierrots blancs imprimés sur le tissu duveteux qui habillaient de grands lits blancs de dimension *queen.* Ces lits accompagnaient majestueusement tout le mobilier des chambres, également blanc. La moquette bleu royal, exactement de la même teinte que les douillettes, faisait contraste avec les murs tous peints de blanc, à l'exception de celui qui se trouvait à droite du lit. Celui-là avait été peint par un artiste et il représentait, dans des dimensions imposantes, un pierrot assis sur un croissant de lune entouré d'étoiles. Il jouait un air de flûte et les notes qui s'échappaient de son instrument allaient rejoindre, dans un mouvement léger, les étoiles du firmament.

Ce pierrot était l'emblème officiel de la chaîne de motels *Le Repos de Pierrot.* On le retrouvait partout dans l'établissement: sur les serviettes de bain, les cartes postales, les verres, les serviettes de table, etc.

Marie-Hélène raffolait de ces établissements. Les forfaits étaient d'un coût raisonnable, vu le luxe offert et le service impeccable du personnel. On pouvait y passer la nuit pour la modique somme de soixante-cinq dollars. Marie-Hélène considérait que c'était relativement peu, comparativement à d'autres établissements du même genre qui demandaient parfois jusqu'à cent dollars la nuit.

Marc toussota, voulant ainsi rappeler sa présence. Marie-Hélène se sentit rougir de confusion. Elle s'excusa en expliquant:

— Pardonnez-moi, Monsieur Durand. Mais je me trouvais en pensée dans l'un de vos somptueux motels. C'est tellement magnifique! admit-elle, sincère. Mais dites-moi qui a trouvé le nom de l'établissement et qui s'est occupé de la décoration.

— Disons que c'est une de mes nièces qui m'en a donné l'idée. Au début, *Le Repos de Pierrot* portait le simple nom de *Durand & fils.*

Marc comprit qu'il avait toute l'attention, alors il poursuivit:

— Lorsque j'étais un tout jeune homme, je passais beaucoup de temps auprès de mes nièces et l'une d'entre elles possédait une collection de pierrots. Mon père, à cette époque, subissait une forte concurrence. Ses affaires avaient quelque peu diminué et il était à la recherche d'une idée originale qui lui permettrait de se faire connaître comme hôtelier et d'attirer la clientèle. C'est alors qu'un soir, en racontant une histoire à Nathalie pour l'endormir, je remarquai ses pierrots, disposés sur différentes tablettes de sa chambre. C'est eux qui m'ont inspiré la décoration, de même que l'emblème que vous connaissez. Y a-t-il quelque chose qui invite plus au sommeil qu'un pierrot assis sur son croissant de lune et qui joue un air de flûte avec plein d'étoiles autour de lui?

— Hum! c'est vrai! dit Marie-Hélène, rêveuse.

— De retour à la maison, j'ai soumis mon idée à mon père qui n'a pas hésité à faire appel à un publiciste renommé. Celui-ci a trouvé l'idée excellente. Après avoir demandé des soumissions pour la décoration, nous nous sommes finalement lancés dans cette aventure. Et veuillez me croire, c'était bel et bien une aventure, compte tenu des coûts exorbitants que ce changement entraînait. Mais je suis particulièrement fier de mon père, car il n'a pas eu peur de foncer. L'entreprise a tellement bien marché que trois ans plus tard, notre premier emprunt était entièrement remboursé. Papa a donc décidé de construire un deuxième établissement à Trois-Rivières. Deux ans plus tard, ce fut le tour du Lac-Saint-Jean, puis de Drummondville, Montréal et Ottawa. Et maintenant, à la demande de notre clientèle, nous voulons nous établir dans les régions du Bas-Saint-Laurent et de la Gaspésie. Et voilà, vous connaissez maintenant l'histoire du *Repos de Pierrot*, acheva-t-il en souriant.

— J'avoue que c'est fascinant, dit Marie-Hélène, visiblement très impressionnée. Mais pourquoi avoir choisi Notre-Dame-du-Portage?

— C'est simple. Après avoir effectué une étude de marché, nous avons constaté que Notre-Dame-du-Portage était l'endroit tout désigné, principalement parce que cette municipalité longe le fleuve et qu'elle est traversée par l'autoroute. Le voyageur ne sera donc pas obligé de sortir de la route pour trouver de l'hébergement, puisque le motel sera visible de la route principale. Il ne faut pas oublier non plus que Notre-Dame-du-Portage est une des plus belles municipalités du Québec. Le panorama qu'elle offre est extraordinaire et pittoresque.

Marc fit une pause de quelques secondes, juste le temps de constater l'approbation qui se lisait dans le regard de la jeune femme, puis il poursuivit :

— Une autre raison qui nous est apparue comme fondamentale, c'est que cette ville arrive avant Rivière-du-Loup sur l'itinéraire du voyageur. Comme la renommée du *Repos de Pierrot* est maintenant acquise, les voyageurs s'y arrêteront volontiers, puisqu'ils savent que Rivière-du-Loup est saturée de tourismes durant la saison estivale et que les nombreux motels qui s'y trouvent ne suffisent pas à accueillir tous les vacanciers qui désirent visiter votre belle région.

— Votre décision est tout à fait justifiée, ne manqua pas de mentionner Marie-Hélène, une lueur admirative dans le fond de ses prunelles. Je présume que vous possédez déjà le terrain approprié?

— Oui. Mais ce fut la transaction la plus difficile de ma carrière. Elle m'a en effet occupé l'esprit, pendant plusieurs mois, me volant quelques nuits de sommeil.

Marie-Hélène sourit à cette remarque, car elle était assurée de la détermination du jeune homme. Il n'était pas du genre à abandonner facilement, elle en était convaincue. Il devait être tenace et têtu.

— J'ai réussi à convaincre le propriétaire du terrain en lui offrant une somme plus qu'avantageuse poursuivit-il. Il a fini par fléchir devant ma détermination. Par la suite, il a fallu que j'effectue des recherches auprès de la municipalité même de Notre-Dame-du-Portage, ainsi que de la Municipalité régionale de comté. Il me fallait savoir si ce terrain n'était pas zoné «agricole» et si je pouvais obtenir un permis de construction. Mais, dans l'ensemble, tout s'est assez bien déroulé... à ma plus grande satisfaction, d'ailleurs.

Il fit une pause et reprit :

— Cela m'a permis de vérifier la réputation d'accueil des gens du bas du fleuve. J'ai été agréablement surpris de constater qu'elle était justifiée, ajouta-t-il un sourire aux lèvres. Ce qui m'a le plus étonné, c'est d'avoir eu la chance de constater les liens très serrés qui unissent les gens. Presque tout le monde se connaît. Il existe entre eux une certaine complicité, que l'on ne rencontre nulle part ailleurs. J'ai eu l'impression très agréable de m'insérer dans une sorte de grande famille. Cela m'a plu.

Marie-Hélène était décontenancée par la finesse d'esprit du jeune homme. Il semblait très attentif à son entourage. Ne sachant trop quoi penser, elle dit:

— Vous avez raison. Mais vous ne devez pas oublier l'autre côté de la médaille. Ce sont également des gens très conservateurs, qui s'adaptent mal aux changements et qui sont méfiants envers les étrangers. Ils vivent dans une région économiquement défavorisée où le taux de chômage est très élevé. C'est un peuple fier, ce qui explique la raison de leur méfiance envers les inconnus. Ils désirent conserver leurs emplois et leur patrimoine et ils sont peu ouvert aux nouveautés. Croyez-moi, ces petites localités où les gens se connaissent si bien sont parfois friandes de commérages et cela est très désagréable. Les nouvelles vont vite et elles arrivent souvent, pour ne pas dire la plupart du temps, déformées de la réalité, acheva Marie-Hélène.

— J'en ai effectivement entendu parler, répondit Marc, intéressé.

— Voyez-vous, il n'est pas rare qu'une jeune fille qui a accepté d'aller dîner avec un jeune homme se fasse demander quand sera célébrée la noce... Le moindre événement prend parfois des proportions énormes et il n'est pas toujours le bienvenu, conclut Marie-Hélène avec un sourire.

— Je vois! dit Marc.

— Mais n'allez pas croire que je sois en désaccord avec vous, en ce qui concerne la chaleur des gens d'ici! Il est vrai qu'ils sont accueillants et chaleureux. Il s'agit simplement d'être prudent dans ses confidences et de se faire des alliés d'eux. Alors là, ils vous offriront leur propre chemise si vous la leur demandez, expliqua-t-elle sur un ton espiègle.

— Quand comptez-vous commencer la construction?

— D'ici une quinzaine de jours, répondit Marc. Le plus tôt sera le mieux. J'ai l'intention d'ouvrir le restaurant ainsi qu'une aile contenant quelques chambres pour la mi-décembre. Ensuite, la publicité aura le temps de rejoindre la future clientèle pour la prochaine saison estivale.

— Avez-vous l'intention d'embaucher du personnel d'ici?

— Oui, à part l'ingénieur, le contremaître et la décoratrice, le personnel entier sera de la région. Par l'entremise de mon entrepreneur actuel, je suis entré en contact avec le Centre d'Emploi du Canada, afin d'engager des ouvriers spécialisés et des manœuvres. Par la suite, je m'occuperai du personnel d'hôtellerie et d'entretien, qui sera nécessaire au bon fonctionnement de mon entreprise.

— Vous allez donc vous attirer immédiatement la sympathie des gens de la région, constata Marie-Hélène, heureuse à cette idée. Un tel projet procurera de l'emploi à de nombreuses familles et l'économie ne s'en portera que mieux!

Le temps passa ainsi à converser de façon agréable lorsque Marie-Hélène constata qu'il était déjà midi. Elle n'avait pas vu le temps filer. Elle réalisa qu'elle perdait toute notion du temps en compagnie de cet homme. Songeuse et perplexe, elle posa lentement son regard sur lui et dit:

— Je vous invite à dîner aux frais de la maison. Nous pourrons ainsi continuer notre entretien. Si, bien entendu, vous en avez le temps.

— Tout à fait, répondit Marc. J'ai prévu prendre toute la journée à cet effet.

— Parfait! Après le dîner, nous pourrons revenir ici afin de remplir divers formulaires relatifs à votre marge de crédit. Cela vous convient-il?

— Parfaitement!

— Où aimeriez-vous aller manger?

— On m'a vanté les mérites d'un restaurant chinois, tout à fait digne de mention. Il est situé pas très loin de l'endroit où vous demeurez, me semble-t-il. Peut-être pourrions-nous nous y rendre... si toutefois vous aimez la cuisine chinoise... Je ne voudrais pas vous imposer mes goûts alimentaires, car j'ose espérer que ce repas pris ensemble sera des plus agréables...

Marc voulait ainsi faire allusion au repas qu'ils avaient partagé le matin même. Juste par cette remarque, il venait de rappeler à Marie-Hélène l'intimité qui les avait liés la nuit précédente. Les souvenirs de la jeune femme refirent surface. Elle revoyait Marc, les yeux encore ensommeillés, se hisser sur la banquette de la voiture, et passer les mains dans son abondante chevelure. Elle revoyait la chemise entrouverte qui dévoilait la large poitrine musclée... Elle avait du mal à imaginer que cet homme était bien le même que celui avec lequel elle avait passé la matinée, c'est-à-dire un homme suprêmement élégant, sûr de lui, professionnel en tout. Y avait-il deux Marc Durand? L'un raffiné et très «homme du monde», l'autre essentiellement sensuel et chaleureux... Se pouvait-il qu'il soit tout cela à la fois?

Émergeant brusquement de ses pensées excessives, Marie-Hélène se sentit furieuse contre elle-même. Marc la regardait, une lueur interrogative dans les yeux. Se pouvait-il qu'il ait deviné ce à quoi elle pensait? Elle se leva rapidement de son siège, prit son sac à main et contourna adroitement le bureau qui les séparait. Marc glissa sa main sous son bras et la guida vers l'extérieur, jusqu'à sa *BMW*. Marie-Hélène se laissa diriger, sans qu'aucun son ne sorte de sa bouche. Elle était en fait beaucoup trop troublée pour protester.

Le dîner se passa sans anicroche. Marc lui raconta son projet en détail, après quoi ils retournèrent tous les deux à l'institution financière pour remplir les formalités d'usage. Lorsque tout fut en règle, les deux jeunes gens se quittèrent en se serrant la main.

Marie-Hélène se retrouva seule dans son bureau, envahie par un sentiment de solitude. Agacée par ses propres réflexions, elle balaya le tout du revers de la main, comme pour chasser de son esprit une pensée importune.

* * *

La semaine passa à une vitesse vertigineuse. Marie-Hélène était tellement absorbée par les démarches que nécessitait le projet du *Repos de Pierrot* qu'elle ne voyait pas les jours passés.

À part quelques appels strictement professionnels, Marie-Hélène n'avait pas revu Marc. Elle dut s'avouer qu'il lui manquait et cette idée l'irritait au plus haut point.

Un jour où elle était concentrée sur son travail, elle sursauta légèrement lorsque Nicole l'interpella à l'interphone:

— Marie-Hélène, monsieur Sirois demande à vous parler sur la deuxième ligne.

— Parfait, Nicole. Merci! Je le prends tout de suite, répondit joyeusement Marie-Hélène, franchement heureuse de cette diversion. Elle prit immédiatement la communication.

— Bonjour, Pierre, dit-elle à son correspondant d'une voix enjouée.

— Bonjour, poupée! lui dit ce dernier. Comment vas-tu?

— Pierre! Cesse de m'appeler ainsi. J'ai horreur de ça, tu le sais très bien.

— Tu parles d'un accueil fait à son meilleur ami! Je me languissais d'entendre une voix douce, féminine, ensorcelante et suggestive. Je raccroche et on recommence, O.K.

Ce qu'il fit à l'instant.

— Pierre, non... attends!

Mais Marie-Hélène se buta sur une ligne coupée, car Pierre avait vraiment raccroché... Elle déposa le combiné à son tour, tentant de réprimer son envie de rire. Elle jeta un coup d'œil dans l'établissement et constata qu'il était particulièrement achalandé en ce jeudi soir.

— Marie-Hélène, appela à nouveau Nicole, d'une voix franchement étonnée. C'est encore monsieur Sirois. Il prétend que tu lui as coupé la ligne au nez.

— Laisse tomber. Ne cherche pas à comprendre, et passe-le-moi, dit Marie-Hélène. C'est encore une de ses plaisanteries habituelles...

— Il est sur la deuxième ligne, lui annonça Nicole d'un ton flegmatique.

La jeune femme se prépara mentalement à répondre à son interlocuteur. Lorsqu'elle se sentit prête, elle décrocha le combiné et, d'une voix sensuelle, elle susurra, en guise de préambule:

— Bonjour, mon trésor adoré!

Puis, elle poursuivit:

— Je croyais que tu m'avais oubliée. Il y a si longtemps que je ne t'ai pas vu, vilain charmeur! M'aurais-tu déjà remplacé dans ton cœur par une femme plus *sexy*, plus désirable que moi?

— Ah! voilà qui est beaucoup mieux! dit Pierre. Ça fait du bien de t'entendre parler ainsi. Tu ne peux pas savoir l'effet que cela produit, sur un pauvre homme comme moi, d'entendre une voix comme celle-là après une dure journée de travail, ma poupée...

En entendant de nouveau cette épithète, Marie-Hélène, prise d'une impulsion subite, raccrocha à son tour le combiné du téléphone. Et, cette fois, elle ne put se retenir plus longtemps et elle se tordit dans un accès de fou rire. Quelques instants plus tard, Nicole pénétra en coup de vent dans son bureau, les bras levés au plafond. Elle demanda:

— Peux-tu m'expliquer à quoi vous jouez, Pierre et toi? C'est la troisième fois en moins de dix minutes qu'il appelle... Si tu ne veux pas lui parler, tu n'as qu'à me le dire, et je le lui dirai à mon tour, acheva-t-elle sur un ton amusé en voyant l'expression du visage de Marie-Hélène.

Tentant de se calmer, Marie-Hélène réussit à balbutier:

— Passe-le-moi. Je ne raccrocherai plus, je te le promets!

— D'accord, dit Nicole, mais j'ai autre chose à faire, moi.

— Oh! Nicole! Il est déjà dix-huit heures, et je n'ai plus besoin de toi. Tu peux rentrer chez toi. Je quitte le bureau dans quelques minutes, moi aussi, car je suis très fatiguée. Alors, prends ta soirée de congé. Je crois que nous avons toutes les deux bien mérité ce repos. Un peu de détente ne nous fera pas de mal.

— Merci, Marie-Hélène! Tu es un amour! Je vais en profiter pour aller magasiner.

Marie-Hélène sourit et reprit sa conversation avec Pierre. Ils convinrent de se retrouver à dix-huit heures trente sur le court de tennis, et d'aller ensuite souper à l'*Auberge de la Pointe.*

La jeune femme fut très heureuse de cette invitation. Elle n'avait pas revu son ami depuis deux semaines et elle s'était ennuyée de lui. Il savait si bien la divertir et lui faire oublier ses petits soucis. Il était amusant et elle l'appréciait beaucoup.

Elle se dépêcha donc de rentrer chez elle pour changer de vêtements et le retrouva à l'heure convenue sur le court de tennis.

Comme d'habitude, elle réussit sans peine à le battre au jeu. Essoufflé, Pierre s'écria :

— Je ne sais pas pourquoi je m'obstine à t'inviter à jouer avec moi... Je perds tout le temps!

— Allons, console-toi. Tu sais bien que tu ne fais pas le poids avec moi, répliqua-t-elle en riant. Tu m'invites simplement parce que tu ne peux pas te passer de ma compagnie, voilà tout...

Le regard de Pierre s'assombrit légèrement et il baissa les yeux. Ce n'était pas la première fois que Marie-Hélène remarquait cette attitude.

Pierre était divorcé depuis presque trois ans. Sa femme l'avait quitté en prétextant qu'il n'était jamais à la maison et qu'elle en avait assez d'être seule. Elle avait emmené avec elle leur petite fille de quatre ans. Il était évident que Pierre n'avait pas encore surmonté cet échec. À plusieurs reprises, il avait avoué à Marie-Hélène qu'elles avaient toutes deux laissé un grand vide dans sa vie.

Marie-Hélène savait par expérience que le mieux à faire était de lui changer les idées. Elle s'empressa donc de lui prendre la main en lui suggérant :

— Viens, je t'emmène chez moi. Nous allons prendre une douche, puis nous irons souper.

— Hum! répliqua-t-il. Je pourrai la prendre avec toi?

— Mais non, idiot, je suis capable de me laver toute seule.

— Comme c'est dommage! Il y a si longtemps que je n'ai pas pris de douche en compagnie d'une aussi jolie femme. Tu ne veux même pas me frotter le dos? supplia-t-il en adoptant le ton d'un petit garçon.

— Non! Ma mère ne veut pas! répondit Marie-Hélène sur le même ton. Mais j'accepte volontiers de te prêter ma brosse à dos, si tu la veux.

C'est sur ce ton de léger badinage qu'ils entrèrent dans la demeure de Marie-Hélène. Après une douche rapide, ils partirent aussitôt pour l'*Auberge de la Pointe*. Ils prirent place dans un coin tranquille et ils se détendirent peu à peu en prenant un bon repas et en contemplant la vue magnifique qu'ils avaient sur le fleuve. Cette contemplation rendit Marie-Hélène rêveuse. Sentant Pierre tout à fait détendu, elle amena la conversation sur un terrain plus personnel en lui demandant:

— Pierre, tu sais qu'il n'y a pas d'homme dans ma vie. Mais je me demandais quel effet cela faisait d'être amoureux de quelqu'un.

Pierre haussa les sourcils, une lueur interrogative apparaissant dans son regard ambré. Marie-Hélène fut soudain saisie par le charme particulier de son compagnon. Il n'était pas spécialement beau, mais une force tranquille se dégageait de sa personne. Il possédait beaucoup d'atouts: il était grand, brun; il avait des yeux moqueurs et un corps musclé. Il démontrait également une démarche virile qui attirait les regards.

Marie-Hélène savait que les femmes le trouvaient séduisant, car elle avait été témoin à plusieurs reprises des tentatives qu'elles faisaient pour l'aborder. Il était libre, intelligent, et sa profession d'avocat lui permettait de se faire valoir. Mais quelque chose était brisé en lui. Malgré sa popularité, il écartait volontairement les femmes qui lui manifestaient trop d'intérêt. Il se protégeait. Peut-être avait-il peur de vivre un nouvel échec ou peut-être était-il toujours amoureux de sa femme...

Malgré l'amitié qui les liait, Pierre ne parlait jamais de sa vie privée et Marie-Hélène ne pouvait que supposer qu'il livrait un combat intérieur, tentant du mieux qu'il pouvait de cacher sa peine et son amertume face à son divorce et à sa solitude.

Voyant que sa question avait profondément surpris son compagnon, Marie-Hélène se reprit en demandant d'une toute petite voix :

— Toi qui as déjà été marié, peux-tu m'expliquer ce que tu as ressenti lorsque tu as rencontré Ginette?

— Mais pourquoi me demandes-tu ça? Je croyais que tu ne t'intéressais pas à cette question! Je suis franchement surpris de cet intérêt subit.

— Pierre... je t'en prie, tu es mon ami... réponds-moi franchement! De toute façon, c'est par simple curiosité que je te pose cette question...

— Bon! fit-il, étonné. Je vais te répondre... Eh bien! lorsque nous nous sommes rencontrés, Ginette et moi, un simple regard a suffi pour nous rendre compte que l'attrait que nous éprouvions l'un pour l'autre était différent de tout ce que nous avions connu jusqu'alors.

— Que veux-tu dire, au juste? demanda Marie-Hélène gênée par sa propre audace.

— C'est différent pour chacun. Comment veux-tu que je t'explique ça?

— Parle-moi de ton expérience à toi. Comment as-tu vécu cela, toi?

À l'expression qui se lisait sur le visage de Pierre, Marie-Hélène comprit qu'elle venait de toucher une corde sensible qui était reliée à sa vie secrète. Elle le vit se plonger peu à peu dans ses souvenirs et elle attendit patiemment qu'il daigne formuler les sentiments qu'il avait du mal à exprimer. Finalement, la réponse vint, lente et méditative:

— J'avais vingt-cinq ans, commença-t-il, je venais à peine de terminer mon droit. J'étais jeune et frivole, je volais de branche en branche, c'est-à-dire d'une fille à l'autre. Je... je l'ai rencontrée dans le parc où je faisais mon jogging quotidien. À cette époque, les femmes représentaient pour moi un agréable divertissement...

Pierre s'arrêta quelques secondes, car il avait constaté que ses dernières paroles avaient choqué Marie-Hélène. Alors, il expliqua:

— Tu me demandes comment ça s'est passé. Il faut bien que je me situe dans le contexte dans lequel je vivais, non?

— C'est bon! Continue, je t'en prie.

— Je disais donc que je l'ai rencontrée dans ce parc... Je me suis assis près d'elle et nous avons bavardé tout simplement. Les premiers jours, je croyais vivre un simple béguin, mais je me trompais. C'était beaucoup plus profond comme sentiment. Je me suis mis à penser presque continuellement à elle et à désirer la revoir. Un soir, je l'ai invitée à danser et je me rappelle qu'après la soirée, nous nous sommes promenés sur le bord du fleuve et que nous avons bavardé pendant des heures. Chose curieuse, moi qui n'étais pas précisément du type bavard, je lui ai raconté presque tout de ma vie, et elle... elle m'écoutait très attentivement. Je ne m'étais jamais senti aussi bien en présence d'une femme. Lorsque je l'ai ramenée chez elle, je l'ai embrassée presque timidement. Ce fut pour moi une révélation... Ses lèvres étaient si douces et si chaudes... J'ai eu du mal à détacher ma bouche de la sienne...

— Tu l'as donc embrassée si rapidement? Le premier soir? demanda Marie-Hélène, surprise.

— Je me demande parfois si tu ne viens pas d'une autre planète! N'as-tu jamais été embrassée par un homme le premier soir où tu sortais avec lui?

— Hum! disons que je suis très fleur bleue, dit Marie-Hélène pour éluder la question. Mais, dis-moi, embrasses-tu le premier soir toutes les filles avec qui tu sors?

— Oui... enfin, celles qui le désirent. Mais avec Ginette, ce fut différent. Elle me rendait fou. J'avais tellement envie de la prendre dans mes bras... de la caresser... de lui faire l'amour...

Les joues de la jeune femme s'empourprèrent violemment. Pierre le remarqua et s'écria:

— Bon sang, Marie-Hélène! On dirait que tu n'as jamais désiré un homme de toute ta vie... Tu ne sais pas ce que c'est que le désir physique? De vouloir ne faire qu'un avec une autre personne?

— Je... dois être une de ces femmes... que l'on qualifie de frigides dit Marie-Hélène, embarrassée.

— Je suis sûr du contraire, répliqua Pierre avec véhémence. Je suis même certain que tu es une fille sensuelle...

— Mais comment peux-tu te prononcer ainsi sur moi! Tu n'en as aucune idée, dit Marie-Hélène, plus troublée qu'elle voulait bien le laisser voir.

— Disons que je le sens. Tes gestes, ton regard, toute ta personne est sensuelle. Tous les hommes dignes de ce nom sont capables de percevoir ce comportement très rapidement. Oublies-tu les lois de la nature? Que fais-tu de l'instinct animal? Si les animaux le possèdent de façon innée, les hommes, eux, avec leur intelligence, peuvent le développer.

Embarassée mais curieuse, Marie-Hélène questionna:

— Mais, comment peux-tu expliquer, si ce que tu prétends est exact, que tu as désiré d'autres femmes que Ginette?

— Avec les autres femmes, j'éprouvais un béguin ou, si tu préfères, une attirance sexuelle. Notre corps d'homme réagit à la présence d'un certain type de femme. On peut désirer faire l'amour avec une femme, sans toutefois l'aimer vraiment. Lorsqu'on aime une personne du sexe opposé, le désir physique n'est pas la seule réalité qui existe, mais plus il est fort et intense, plus il nous pousse à aller plus loin dans notre relation. L'amour suscite le désir de protéger, de chérir, de bâtir une vie avec la personne que l'on aime. C'est avec son cœur et son corps que l'on aime et c'est avec tout son être que l'on se donne. Pour moi, c'est cela aimer et être aimé, comprends-tu maintenant?

Marie-Hélène était très émue. Sans aucun doute, Pierre aimait encore sa femme. C'était même évident. Elle fit un geste affirmatif de la tête pour signifier qu'elle avait compris, et Pierre poursuivit immédiatement ses explications:

— L'amour vient du cœur, Marie-Hélène. Il est l'essence même de toute notre vie. Sans amour, nous ne pouvons être heureux, parce qu'il nous manque alors le principal, l'essentiel. Sans amour, nous sommes voués à une vie fade et vide de sens. Lorsqu'on est amoureux, les moindres gestes, les paroles les plus banales prennent une signification importante à nos yeux. L'autre devient unique; sa façon de parler, de rire, de marcher, de sourire, tous ses gestes, les expressions de son visage et même ses défauts deviennent des raisons pour lesquelles nous l'aimons. Parce que c'est elle, parce que c'est lui... Cela ne s'explique pas, ça se vit, tout simplement. Il suffit de se laisser porter par cet état merveilleux... et de tout faire pour conserver son bonheur. Car, crois-moi, l'amour est la clé du bonheur... la seule et unique raison de vivre et d'exister...

Pierre se tut; il semblait transporté dans un autre monde. Il avait l'air si triste que Marie-Hélène en eut du remords. C'était elle qui avait soulevé ce lièvre... Elle l'avait forcé à se retrouver dans la réalité amère de son existence.

Prenant sa main, elle lui dit d'une voix douce:

— Pardonne-moi, Pierre. Je me rends compte que je suis une parfaite égoïste, mais je comprends ce que tu ressens. Il m'apparaît évident... que tu aimes toujours ta femme, même si elle t'a quitté.

Le regard déchiré du jeune homme se posa sur elle. Après quelques secondes de silence, il parvint à dire:

— Ne t'en fais pas pour moi, Marie-Hélène, je survivrai, même si Ginette me manque terriblement... Je croyais que ma douleur pourrait s'effacer avec les années, mais il n'en est rien. Si seulement j'avais su l'écouter lorsqu'elle essayait de me faire part de ses préoccupations et de ses désirs... J'aurais évité cette situation désastreuse et j'aurais pu sauver notre mariage. Mais au lieu de ça, je ne trouvais jamais une minute à lui consacrer. C'est mon ambition qui a détruit notre union. J'étais harassé de travail, mais j'aurais pu parfois remettre des rendez-vous. Mais non, je désirais avant tout la réussite professionnelle et sociale et, dans mon esprit, Ginette devait comprendre ce fait et l'accepter, puisque j'agissais pour notre bien...

Il fit une pause avant de poursuivre:

— Les problèmes ont commencé lorsque Marie-Josée est venue au monde. Avant sa naissance, Ginette travaillait et elle était comblée. Elle se sentait valorisée. Elle rencontrait beaucoup de gens et elle avait plusieurs amies avec qui elle sortait lorsque je travaillais tard le soir. Mais lorsque la petite est née, je lui ai fortement conseillé de rester à la maison pour en prendre soin. Vois-tu, j'avais des idées bien arrêtées sur l'éducation des enfants et je tenais à ce que Ginette demeure auprès de notre fille. Dans le domaine où elle exerçait sa profession, elle aurait pu facilement continuer à travailler à temps partiel, soit trois jours par semaine. Cet emploi lui aurait permis d'avoir une vie plus intéressante, plus enrichissante. Mais mon égoïsme et mon orgueil de mâle... m'ont fait perdre ce que j'avais de plus précieux au monde. Je me suis conduit comme un mufle vis-à vis d'elle... Tu connais le reste de l'histoire.

De ses deux mains, il se massa le cou en un geste d'impatience, puis il dit, sur un ton qui laissait percer son agressivité:

— Mais il est trop tard, maintenant. Je l'ai perdue à jamais! J'ai brisé sa vie ainsi que la mienne, et je me sens terriblement coupable de cet échec.

— Est-ce que tu la vois souvent? demanda Marie-Hélène.

— J'ai la garde de Marie-Josée une fin de semaine sur deux, répondit-il d'une voix laconique, et cela me prend chaque fois une semaine entière pour m'en remettre... Elle... elle est merveilleuse. Chaque fois que je la revois... j'ai envie de la prendre dans mes bras, de lui dire... que je l'aime... Tu l'aimerais, tu sais; elle te ressemble un peu. C'est peut-être la raison pour laquelle je me suis attaché à toi. Tu es la seule femme que j'aie laissée entrer dans ma vie depuis mon divorce. Lorsque je suis avec toi, il m'arrive de m'imaginer que je suis avec elle, acheva-t-il dans un souffle, sans la regarder.

Marie-Hélène était bouleversée par cette confession. Elle tremblait d'émotion et s'en voulait de ne pas avoir compris plus tôt la détresse de son compagnon. Dans un geste de solidarité, elle prit sa main entre les siennes et lui dit:

— Je suis très sensible à la confiance que tu me témoignes en ce moment et je regrette que tu ne m'aies pas parlé de cela plus tôt. J'aurais pu essayer de mieux te comprendre.

— Je ne voulais pas t'ennuyer avec mes histoires sentimentales. Peut-être est-ce ce foutu orgueil qui m'empêche de parler. Tu es une chic fille à mes yeux et, malgré ma souffrance, j'éprouve beaucoup de plaisir en ta compagnie. Tu es le rayon de soleil qui réussit à percer le ciel orageux de mon existence. Le fait de te parler et de te rencontrer me fait un bien immense, et particulièrement ce soir, alors que j'ai réussi à m'ouvrir un peu le cœur. Tu sais, je suis triste à la pensée que tu n'aies jamais rencontré un homme qui ait réussi à faire battre ton cœur. J'espère pour toi que tu le rencontreras un jour.

La jeune femme rougit légèrement et dit:

— Pour le moment, je n'en souffre pas et je n'y songe même pas. Mais revenons plutôt à toi. Pourquoi ne racontes-tu pas à Ginette tout ce que tu viens de me dire?

— Tu es cinglée! Jamais elle ne m'écoutera, s'objecta-t-il avec un geste de la main.

— Écoute-moi. Je suis sûre qu'elle ne peut rester insensible à ce que tu ressens encore pour elle. Et qui te dit qu'elle n'éprouve pas les mêmes sentiments à ton égard?

— C'est complètement insensé, voyons! Cela fait trois ans que nous ne vivons plus ensemble. Tu me vois débarquer chez elle et lui dire tout bonnement que je l'aime?

— Dis-moi, Pierre, est-ce que l'amour s'efface, avec le temps?

— Bien sûr que non!

— Alors, tu l'aimes, oui ou non?

— Si, comme un fou!

— Qu'attends-tu alors pour le lui dire? Le pire qui puisse t'arriver, c'est qu'elle refuse de t'écouter! Mais, au moins, tu seras fixé, ne crois-tu pas? Tu es seul et malheureux, tu n'as rien à perdre.

D'un seul coup, le visage de Pierre s'éclaira et il retrouva son sourire charmeur. Sans se soucier de l'endroit où ils se trouvaient ni des gens qui les entouraient, il se leva de sa chaise et prit la jeune femme dans ses bras pour l'embrasser avec effusion. Gênée, Marie-Hélène subit cet élan de reconnaissance en riant aux éclats lorsqu'elle vit tout à coup une silhouette connue qui entrait dans le restaurant. Elle devint écarlate quand elle vit le regard désapprobateur de Marc posé sur elle. Elle tenta désespérément de se libérer de l'étreinte de Pierre, mais celui-ci, tout à sa joie, la souleva de terre et la serra contre lui en refusant totalement de tenir compte de ses protestations.

Lorsqu'ils furent enfin sortis du restaurant, Pierre ouvrit la portière de son véhicule et invita Marie-Hélène à y prendre place. Celle-ci tentait de se ressaisir du mieux qu'elle pouvait. Pourquoi diable se sentait-elle si bouleversée. Se pouvait-il qu'elle éprouvât un béguin pour Marc?

— Tu m'invites à prendre le digestif? demanda Pierre, totalement inconscient du trouble de la jeune femme.

— D'accord, mais je t'accorde une heure. Je dois me coucher tôt, car j'ai une grosse journée demain.

— Promis! Le temps d'écouter le bulletin de nouvelles et je te laisserai tranquille. Je n'ai pas envie de rentrer chez moi tout de suite.

— D'accord, dit-elle simplement.

Arrivée à sa résidence, elle s'empressa de servir une crème de menthe à son compagnon pendant qu'il ouvrait le poste de télévision. Il s'assit confortablement sur le canapé, totalement absorbé par la nouvelle qui était diffusée en ce moment. Un procès relié à une cause d'avortement était en cours au Québec et faisait couler beaucoup d'encre, comme toute cause qui fait appel au sens des valeurs humaines. Pierre semblait suivre ce procès avec beaucoup d'intérêt.

Marie-Hélène vint s'asseoir près de lui et tenta de se concentrer sur le débat. Son compagnon, lui, semblait avoir oublié jusqu'à son existence. Parfois, il changeait de position en maugréant, marmonnant quelques mots incompréhensibles, mais Marie-Hélène était heureuse de cette diversion. Cela lui permettait d'analyser son état d'âme, ou plutôt d'essayer d'analyser ses états d'âme. Soudain, le carillon de la porte d'entrée se fit entendre, ce qui fit sursauter Marie-Hélène.

— Tu attends quelqu'un? demanda Pierre.

— Non, répondit Marie-Hélène en se levant pour aller répondre. Je me demande qui cela peut bien être. Il est plus de dix heures.

Lorsqu'elle ouvrit enfin, elle se retrouva nez à nez avec Marc. Elle dut s'appuyer au chambranle de la porte afin de ne pas tomber, tant sa surprise était grande.

Marc ne lui laissa aucune chance de se ressaisir, car il lui dit d'un ton comique:

— Désolé de faire irruption chez vous à cette heure, mais j'avais besoin de vous parler. Puis-je entrer?

— C'est que... je ne suis pas seule, dit Marie-Hélène d'une toute petite voix.

Le jeune homme sembla amusé par son malaise, car il répliqua:

— Je vous dérange sans doute... Peut-être étiez-vous au lit?

Comprenant à quoi il faisait allusion, Marie-Hélène rougit jusqu'à la racine des cheveux alors qu'un sentiment de colère l'envahit. La voix de Pierre se fit entendre:

— Est-ce que ça va, poupée?

La jeune femme se mit à trembler. Elle ne s'était jamais trouvée dans une situation aussi embarrassante. Pourquoi fallait-il que Pierre l'interpelle de cette façon alors que Marc était là, en face d'elle, prêt à imaginer les pires choses à son sujet? Il pouvait supposer, et avec raison, qu'entre Pierre et elle existaient des liens très intimes. Bien que cette relation ne le regardât aucunement, Marie-Hélène était troublée à cette pensée... Mais, une fois de plus, Marc vint interrompre le cours de ses réflexions en disant:

— Alors, «poupée»! Si vous refusez de me faire entrer, je serai obligé de supposer les pires choses à votre sujet.

Marie-Hélène dut se soumettre à sa volonté, car il avait pris de lui-même l'initiative de pénétrer à l'intéreiur du salon, la prenant ainsi au dépourvu. Elle fulminait de rage contenue. De quel droit s'imposait-il de la sorte? «Je suis entièrement libre du choix de mes fréquentations, se dit-elle pour apaiser sa conscience. Il n'a aucun droit de me dicter ma conduite.»

Et c'est sur cette pensée noire qu'elle se décida enfin à faire les présentations.

— Pierre, je te présente Marc Durand. Il est hôtelier et il vient de Québec. C'est le propriétaire des motels *Le Repos de Pierrot*. Tu te rappelles? Nous y sommes allés ensemble...dit-elle très lentement, pour narguer son visiteur. Il fait affaire avec la banque, et je travaille actuellement sur son dossier. Il a loué le chalet de mes parents pour les mois à venir, le temps de construire un nouveau motel à Notre-Dame-du-Portage.

— Enchanté de vous connaître, Monsieur Durand! dit Pierre d'un air très jovial. Les amis de Marie-Hélène sont aussi mes amis.

— *Monsieur* Durand, insista-t-elle en appuyant bien sur la prononciation du mot «monsieur», je vous présente Pierre Sirois, un brillant avocat de la région ainsi qu'un excellent ami pour moi.

Les deux hommes se dévisagèrent quelques instants, puis ils éclatèrent d'un rire sonore. Ils se serrèrent la main dans un geste cordial, heureux de se connaître. Pierre dit alors:

— Si toutefois vous avez besoin des services d'un avocat, n'hésitez pas à venir me rencontrer. Je serai ravi de travailler pour vous, Marc.

— J'en prends bonne note, Pierre. Dans mon métier, il arrive que l'on soit obligé de recourir aux services d'un homme de loi. Soyez assuré que je ne manquerai pas de faire appel à vous, si le besoin s'en fait sentir.

— Parfait, vous pouvez obtenir mes coordonnées par l'entremise de Marie-Hélène. J'ai mon bureau sur la rue Hôtel-de-Ville.

— C'est entendu! dit Marc.

— Bon, là-dessus, je dois vous quitter.

Pierre se tourna vers Marie-Hélène et déposa un léger baiser sur sa joue en disant:

— Je te remercie du fond du cœur pour tes précieux conseils. Dès samedi, j'irai rencontrer Ginette pour plaider ma cause. Je t'en donnerai des nouvelles, ajouta-t-il sur un ton affecteux. Puis, se retournant vers Marc, il lui tendit à nouveau la main, le salua chaleureusement et se dirigea vers la porte pour prendre congé du couple.

Marie-Hélène regarda la porte se refermer derrière lui, et elle constata alors qu'elle se trouvait seule en compagnie de Marc, ce qui était loin de la rassurer. L'atmosphère était chargée d'électricité. Le regard de Marc se baladait avec insistance sur son corps, ce qui ne faisait qu'accroître son malaise. Soudain, elle prit conscience du désir qu'elle avait de se jeter dans les bras de cet homme. Scandalisée par ses propres émotions, elle décida de lui tourner le dos pour le faire disparaître de sa vue, mais Marc lui demanda:

— Qu'avez-vous, Marie-Hélène? Avez-vous peur de moi?

À cette question, elle recula de quelques pas, puis elle se retourna d'un mouvement brusque. Il ne fallait surtout pas que Marc s'aperçoive de son émoi. Elle répondit donc le plus naturellement possible:

— Mais non, voyons! Quelle idée! Pourquoi aurais-je peur de vous?

— Pourquoi? Je ne sais pas. Mais je sais que vous luttez de toutes vos forces contre l'attrait qui vous pousse vers moi...

Sentant qu'il avait vu juste et qu'il venait de toucher un point sensible chez la jeune femme, il poursuivit:

— Vous semblez choquée, mais votre attitude prouve que j'ai raison. Même votre ami Pierre s'en est aperçu et il a refusé de s'immiscer entre nous. Je lui lève mon chapeau, d'ailleurs. Il a agi comme véritable ami en se comportant ainsi.

— Qu'insinuez-vous, Monsieur Durand? Avez-vous fait des études en psychologie, en plus d'un baccalauréat en administration? persifla-t-elle.

— Non, répliqua-t-il, du tac au tac. Mais je sais reconnaître les signes lorsqu'une femme a envie de moi. Cela me flatte beaucoup, n'en doutez pas. J'ai moi-même très envie de vous...

— Vous hallucinez, Marc!

— J'hallucine... moi?

D'un geste possessif, il attira la jeune femme vers lui, puis il la maintint fermement en s'emparant de ses lèvres. Marie-Hélène suffoqua sous cet assaut de passion presque violente. Prise de panique, elle se mit à se débattre pour essayer de le repoussser, mais il était beaucoup trop fort pour elle. Vaincue, elle dut se soumettre à ce baisir dur et exigeant.

Lorsqu'il sentit qu'elle se calmait un peu, Marc changea de tactique et entreprit de lui entrouvrir les lèvres avec sa langue. Un feu intérieur le dévorait...

À ce contact chaud et intime, à cette caresse audacieuse qui s'infiltrait habilement à l'intérieur de sa bouche, Marie-Hélène tressaillit de désir tout en tentant de résister à l'embrasement de ses sens. Marc redoubla alors d'ardeur et elle crut qu'elle allait s'évanouir de plaisir.

Elle sentit le contact de ses doigts chauds à travers l'étoffe légère de son chemisier et, bien qu'elle s'y refusait, elle se laissa initier à ce rituel nouveau et envoûtant qui attisait sa passion. Des sensations jusqu'alors inconnues vinrent l'envahir. C'était insoutenable, presque à la limite de la souffrance. Elle s'enflamma et vint nouer ses bras autour du cou du jeune homme. Elle l'enlaça et cambra son corps contre lui, avec toutes l'ardeur et la passion dont elle était capable.

Marc sentit qu'elle avait perdu la maîtrise de ses sens. Elle était comme un volcan en éruption, ce qui l'excita davantage.

Il était submergé par une passion presque agressive et avait du mal à s'arracher à cette ivresse. Dans un effort de volonté presque héroïque, il se libéra finalement à contrecœur de cette étreinte et, la tenant à bout de bras, il parvint à lui dire d'une voix rauque et enfiévrée:

— Voilà! Vous savez maintenant ce qui nous attire l'un envers l'autre... Cette petite expérience vient de nous prouver à tous les deux qu'il y a beaucoup d'attirance entre nous.

Haletante, Marie-Hélène sentait ses jambes se dérober sous elle. Marc avait eu l'intention de lui faire prendre conscience de sa faiblesse vis-à-vis de lui et il avait réussi. Mon Dieu, que lui arrivait-il donc? Tout ce qu'elle avait bâti d'indifférence à l'égard des hommes pendant ces longues années avait fondu comme neige au soleil sous ce contact intime et si bouleversant.

— Que se passe-t-il; vous sentez-vous mal? lui dit Marc.

— Sortez d'ici, Monsieur Durand, parvint-elle à articuler d'un ton sec.

— Pourquoi? Je ne vous ai même pas dit le but de ma visite!

Marie-Hélène rougit jusqu'à la racine des cheveux. Hors d'elle, elle demanda:

— De quoi s'agit-il?

— Je voulais simplement vous rappeler que je passerai vous prendre samedi matin vers onze heures pour aller à Saint-Mathieu. Tout est organisé; Guillaume et sa petite amie seront également du voyage.

Se dirigeant vers la porte, il ajouta:

— Je m'occupe du pique-nique et des consommations. Vous n'aurez donc rien à apporter, seulement votre sourire et votre maillot de bain.

Il sourit en constatant qu'elle était sur le point d'éclater de fureur et il ajouta, sur le ton du séducteur affranchi:

— C'était délicieux, petite tigresse... Bonsoir!

Puis, la porte se referma derrière lui.

CHAPITRE 5

Il était à peine six heures, le lendemain matin, lorsque Marie-Hélène sortit du lit. Son sommeil avait été des plus agités. Elle s'était tournée et retournée dans son lit, espérant un repos libérateur qui s'était refusé à elle. Une colère viscérale avait envahi son esprit en effervescence. Elle était furieuse contre elle-même, furieuse d'avoir laissé voir sa faiblesse à Marc. Elle se reprochait amèrement son comportement, son attitude, sa fragilité, sa défaillance, bref sa mollesse réactionnelle... ses pulsions qu'elle n'était pas arrivée à maîtriser. Les qualificatifs lui manquaient pour décrire son attitude incompréhensible.

Elle enfila rapidement un short ainsi qu'un tee-shirt de la même couleur, chaussa ses souliers de course et partit en joggant dans les rues de son quartier. Elle espérait ainsi dédramatiser la situation. Cette dépense d'énergie lui était souvent d'un grand secours pour oublier ses tracas, quoique ce matin, ce serait plus difficile. Toutefois, elle ne connaissait pas de meilleur remède pour tempérer son émotivité qu'elle qualifiait d'excessive pour l'instant.

Tout en courant, elle s'efforçait d'analyser froidement la situation. Le baiser de Marc l'avait profondément troublée. «Bon et après», se dit-elle. Le dernier baiser qu'elle avait reçu remontait à son adolescence; il datait donc de quinze ans. Il était normal qu'après une aussi longue période sans contacts avec le sexe opposé, elle ait une réaction semblable.

Elle se remémora ses baisers d'adolescente, des baisers échangés sous forme de jeu, avec des garçons de son âge, et elle se rappela le sentiment de dégoût profond qu'elle avait ressenti après chacune de ses expériences. Elle dut s'avouer qu'elle faisait fausse route, qu'elle se mentait à elle-même. Ce qu'elle avait expérimenté hier avec Marc était loin de l'avoir dégoûtée... Au contraire, elle s'était laissée aller de son plein gré, lorsque sa réticence était enfin tombée. Elle s'était abandonnée de façon honteuse aux caresses de cet inconnu et elle en avait retiré un plaisir presque insoutenable, tellement la passion depuis longtemps contenue s'était déchaînée en elle, la laissant chancelante et essoufflée.

Si ses expériences passées l'avaient laissée indifférente, il n'en était pas de même pour celle vécue la veille. Elle lui avait laissé un désir inassouvi qui faisait d'elle une femme faible et sans défense, ce qui, à son sens, était inacceptable. Marc représentait un danger évident, une menace pour sa sécurité affective... Il avait l'habitude des femmes et il avait su reconnaître en elle une femme passionnée. «Quelle audace!», pensa-t-elle lorsqu'elle se rappela sa dernière phrase: «C'était délicieux, petite tigresse!»

Elle avait été tellement choquée, qu'aussitôt qu'il avait franchi le seuil de la porte, elle avait ramassé le premier objet qui se trouvait à portée de sa main et elle l'avait projeté de toutes ses forces contre la lourde porte de chêne de l'entrée, ce qui en avait abîmé le bois verni. Non, il ne savait pas à qui il avait affaire. Elle n'avait aucunement l'intention de se laisser prendre à son petit jeu de la séduction. Elle ne lui laisserait plus jamais l'occasion de vérifier si son pouvoir d'enjôleur, de fascinateur et de suborneur était efficace sur elle.

De retour à la maison, essoufflée et en sueur, elle exécuta quelques mouvements de gymnastique avant de s'engouffrer sous la douche. Elle savoura quelques minutes le ruissellement de l'eau chaude sur sa peau nue, puis sortit de la salle de bains, fraîche et dispose. Enroulée dans une immense serviette, elle se dirigea vers sa chambre pour s'habiller. Elle choisit une robe en tricot de coton rose qui s'harmonisait parfaitement avec son teint de pêche légèrement bronzé. Elle brossa vigoureusement sa chevelure et décida de la laisser tomber en cascade sur ses épaules, tout en retenant quelques mèches folles, à l'aide de peignes assortis à la couleur de sa robe. Un peu de mascara sur ses longs cils, et une touche de rouge à lèvres, voilà ce qui constituait son maquillage de tous les jours. Elle se sentait femme et belle, prête à affronter tous les Marc Durand qu'elle rencontrerait durant la journée. Après avoir consulté sa montre, elle décida qu'elle avait amplement le temps de se payer le luxe d'un petit déjeuner au restaurant avant de rentrer au bureau.

Une heure plus tard, elle était assise à son bureau et consultait son agenda. Elle devait d'abord régler, durant l'avant-midi, les diverses formalités concernant la marge de crédit de Marc alors que deux rendez-vous étaient prévus pour l'après-midi, dont l'un risquait d'être pénible. Il s'agissait en effet de refuser un emprunt hypothécaire à un client dont les revenus étaient insuffisants pour rembourser les paiements mensuels préétablis.

Elle rédigea une note à l'intention de Nicole, lui demandant qu'on la dérange le moins possible au cours de l'avant-midi, puis elle s'attaqua à son travail. Elle passa la matinée le téléphone d'une main et un crayon de l'autre, notant tous les renseignements nécessaires à la bonne marche du dossier du jeune homme. Toutes les personnes consultées étaient formelles: monsieur Durand était un homme d'affaires averti qui menait son entreprise avec dynamisme, efficacité et tact. Il jouissait d'un crédit quasi illimité, et son intégrité ne pouvait être mise en doute.

Marie-Hélène posa enfin son crayon sur le dernier formulaire et constata alors qu'il était temps d'aller dîner. Elle ramassa son sac à main, sortit du bureau et se dirigea vers Nicole, qui était en conversation téléphonique avec un client:

— Un instant, Monsieur Durand, dit-elle, Mademoiselle Pelletier est justement près de moi... Je lui pose la question et je vous reviens. Gardez la ligne, je vous prie.

Après avoir mis la ligne en attente, elle demanda à Marie-Hélène:

— À quelle heure désires-tu rencontrer Marc Durand pour lui faire signer les documents que tu as préparés?

À cette question, Marie-Hélène eut un mouvement d'humeur. Elle prit une respiration profonde pour se calmer. Elle avait totalement oublié qu'elle devait rencontrer le jeune homme la journée même. Elle demanda, d'un ton qui se voulait serein:

— Combien de temps prévois-tu qu'il te faudra pour dactylographier tous ces formulaires? dit-elle en désignant le dossier qu'elle avait en main.

— J'en ai certainement pour l'après-midi, répondit Nicole.

— Crois-tu qu'il sera possible d'expédier tous les documents aujourd'hui même au siège social?

— Hum! j'ai bien peur que non. Il y a aussi les formulaires relatifs au prêt hypothécaire de monsieur Lagacé que je dois expédier.

— Bon! Alors dis à monsieur Durand de se présenter ici vers dix-sept heures trente. Je lui ferai signer sa demande et nous expédierons le tout lundi après-midi. Crois-tu pouvoir terminer le tout pour cette heure?

— Certainement! répondit simplement Nicole.

— Parfait! Je vais dîner et je serai de retour vers treize heures quinze. Si monsieur Lagacé se présente avant, fais-le patienter un peu, d'accord?

— C'est d'accord. Bon appétit!

— Merci! À toi aussi, dit-elle en se précipitant vers l'extérieur.

Elle se rendit directement à son restaurant préféré, sur le boulevard Cartier. Après avoir stationné sa *Honda*, elle entra dans l'établissement et se dirigea vers un coin tranquille lorsqu'une voix féminine l'interpella. Se retournant, elle vit sa belle-sœur Johanne, assise à une table, buvant un café. Le sourire aux lèvres, Marie-Hélène la rejoignit aussitôt en disant:

— Johanne! Quelle belle surprise! Que fais-tu ici?

— Tu veux vraiment le savoir? demanda Johanne.

— Bien sûr!

— J'ai décidé de prendre une journée de congé... histoire de m'aérer le génie. Tu n'as aucune idée de ce que tes petites nièces me font endurer, ces jours-ci!

— Elles sont si terribles que ça? demanda Marie-Hélène, d'un ton amusé.

— Pire encore! Tu veux que je te fasse défiler le scénario?

— Vas-y! Je t'écoute! dit Marie-Hélène.

Johanne raconta ainsi à la jeune femme toutes les péripéties qu'elle avait vécues depuis le début de la semaine.

Après lui avoir tout raconté, elle demanda avec curiosité:

— As-tu revu Marc?

— Si! J'y suis bien contrainte, il est client à la banque!

— Contrainte? Comment peux-tu te sentir contrainte à l'idée de rencontrer un tel homme? Il est si merveilleux!

— Qu'est-ce que vous avez tous à être entichés de lui? À vous entendre, on dirait le Premier ministre du Canada, ou encore le pape en personne!

— Tu exagères un peu! Disons qu'il semble charmant. Ce n'est pas ton avis?

— Si, peut-être. Je ne sais pas... C'est un homme d'affaires, brillant, ça c'est certain, mais...

— Mais?

— Disons que je le trouve un peu... comment dirais-je? Disons macho...

— Macho, lui? Qu'est-ce qui te fait dire ça? L'as-tu rencontré en dehors des heures de bureau?

— Euh!... oui. Il est venu chez moi hier soir.

— Et alors? demanda Johanne, curieuse.

— Il est venu me dire que nous partirions demain avec Guillaume et Amélie pour aller faire de la planche à voile à Saint-Mathieu, expliqua-t-elle rapidement, espérant ainsi mettre un terme à la discussion.

— Je ne vois pas le rapport avec son état de macho. Explique-toi?

— Tu es une indomptable curieuse, Johanne! Je me sens comme à un interrogatoire.

— Allons, raconte. Nous sommes plus que des belles-sœurs! Tu peux me faire confiance, tu sais. Ce sera un secret entre nous deux. Patrice n'en saura rien, je te le promets.

— C'est bien parce que c'est toi. Tu me jures que tu vas m'écouter, sans m'interrompre ni me juger?

— Je te le jure!

— Il a tenté de m'embrasser.

— Tenté, dis-tu? A-t-il réussi? demanda Johanne, à la fois curieuse et surprise.

— Oui!

— Alors?

— Alors quoi? s'emporta Marie-Hélène.

— Comment c'était? Est-ce que ça t'a plu?

— Tu ne devais pas m'interrompre...

— Excuse-moi, mais je suis de nature très curieuse. Allez... raconte, s'impatienta Johanne.

— Comment veux-tu que je sache... si ça m'a plu? Il... m'a prise par surprise. Il s'est presque jeté sur moi... ajouta-t-elle, sentant monter en elle une nouvelle bouffée de désir à l'évocation de ce souvenir.

— Marie-Hélène Pelletier! N'essaie pas de me faire croire que tu ne peux pas répondre à ma question. Tu as aimé ça, oui ou non?

— Disons... que j'étais assez bouleversée...

— J'imagine! se contenta de répondre Johanne en riant.

— Tu imagines quoi, au juste?

— Que cela t'a bouleversée! C'est plutôt évident, même. Et tu sembles choquée, également, je me trompe? insista Johanne.

— Oui. Il n'avait aucun droit de me toucher. Je n'ai rien fait pour provoquer cette situation embarrassante.

— Tu crois vraiment ce que tu viens de dire?

— Que veux-tu insinuer? demanda Marie-Hélène.

— Tu le sais très bien. À moins que Marc soit un violeur de femmes, aucun homme digne de ce nom n'embrasse une femme sans y avoir été préalablement invité...

— Tu es malade! Je n'ai jamais demandé à cet homme de m'embrasser, dit Marie-Hélène à voix basse, choquée et gênée par les insinuations de sa belle-sœur.

— Peut-être pas avec des mots, mais autrement...

Marie-Hélène rougit devant les allusions choquantes de sa belle-sœur. Elle savait qu'elle avait raison, mais elle refusait de l'admettre. Elle se leva, récupéra la facture et dit:

— Tu es trop forte pour moi, Johanne Caron! J'abandonne la discussion... D'ailleurs, il est temps pour moi de reprendre le travail. J'ai un client qui m'attend.

— Marie-Hélène! appela Johanne.

— Oui? répondit celle-ci, appuyant son regard sur celui de Johanne.

— Cesse de te mentir à toi-même, veux-tu? Tu ne réussis qu'à te berner. Regarde la réalité en face et laisse-toi aller.

— Tu ne sais pas ce que tu dis. Tu sais bien que je ne peux pas...

— Tu ne peux pas... ou tu ne veux pas?

Mais sa question resta sans réponse. Marie-Hélène quitta la table et, sans un regard pour sa belle-sœur, elle alla payer l'addition, puis elle sortit en hâte du restaurant, refusant de réfléchir plus longuement à la question. Elle démarra en trombe, et reprit la route en direction de la banque. Elle était furieuse contre Johanne qui l'avait forcée à s'avouer son attirance pour Marc. «Laisse-toi aller», lui avait-elle dit, comme si cela était possible...

Une fois arrivée, elle sortit précipitamment de la voiture et prit une longue respiration. «Du calme, du calme! s'imposa-t-elle. Tu as deux clients à voir cet après-midi, ou plutôt trois», se corrigea-t-elle en repensant à Marc qu'elle devait rencontrer à la fin de la journée.

Elle se dirigea d'un pas assuré vers la banque. Son premier client l'attendait. Le travail la força à oublier ses tracas. La première transaction terminée, elle appela Nicole à l'interphone et lui demanda de venir à son bureau. Elle lui donna quelques directives concernant la procédure à suivre relativement à l'hypothèque de son client, puis elle lui annonça qu'elle partait pour une heure, car elle devait rencontrer un client qui venait de l'appeler.

— À quelle heure as-tu donné rendez-vous à monsieur Lanctôt? demanda-t-elle.

— À dix-sept heures, lui rappela Nicole.

— D'accord, cela me laisse suffisamment de temps. Prends les messages en mon absence.

— O.K., fit Nicole.

Le client qui venait de communiquer avec elle désirait faire élargir sa marge de crédit. Marie-Hélène hésitait quelque peu à le faire, car il avait été convenu que la somme accordée devait suffire à la bonne marche du commerce. Après une heure de discussion, elle promit de réviser le dossier et de réfléchir à la question. Elle demanda à son client de lui fournir un nouveau bilan de son entreprise puis, elle lui tendit la main, le salua et le quitta.

À son retour à la banque, le client «difficile» l'attendait impatiemment, ce qui s'avérait de mauvais augure. Elle lui fit signe d'entrer, puis lui offrit un siège. Elle se rendit immédiatement compte qu'il était de très mauvaise humeur, car il ne prit même pas la peine de la saluer. Il était assis sur le bord de sa chaise, prêt à laisser la colère l'emporter. Marie-Hélène adopta la position contraire, en s'assoyant au fond de son siège, le dos bien appuyé contre le dossier. Elle attendit quelques instants, puis elle dit d'un ton très calme:

— Que puis-je faire pour vous?

— Pourquoi me refusez-vous cette hypothèque? demanda le client sans détour, en proie à une vive colère.

— Je crois vous avoir déjà expliqué les raisons de ce refus. Vos revenus mensuels ne vous permettent pas de prendre acquisition de cette maison. Par contre, vous pourriez vous faire bâtir un joli petit ***bungalow***, plus simple, à la mesure de votre budget.

— Qui êtes-vous pour m'imposer vos choix? explosa-t-il.

— Écoutez, Monsieur Lanctôt! Je vous ai expliqué en détail que la maison du 24 Duval était au-dessus de vos moyens. Une fois acquittées les mensualités, il ne vous resterait, à vous et à votre famille, que huit cent dollars par mois pour vivre, ce qui est nettement insuffisant pour six personnes. Par contre, si vous choisissez l'option que je vous ai proposée, vos revenus seraient suffisants pour couvrir votre prêt hypothécaire. C'est à vous de décider.

Cette explication ne parut cependant pas satisfaire le client, car il la menaça d'aller traiter avec un concurrent. La tâche de Marie-Hélène était souvent difficile et ingrate, surtout lorsque, comme en ce moment, elle devait refuser un prêt. Les clients n'acceptaient pas toujours de bonne grâce sa décision. Elle se souvint même qu'une fois un client l'avait traitée d'incompétente parce qu'elle était une femme.

— Mais dans quelle sorte de société vivons-nous? demanda le client. Vous, une faible femme, vous vous permettez, sur un simple coup de tête, de briser mes rêves! Je travaille depuis des années afin de pouvoir m'offrir la maison que je désire... Et vous, d'une seule phrase, vous avez le pouvoir d'anéantir tous mes projets en les reléguant aux ordures! Pour qui vous prenez-vous?

— Je suis vraiment désolée que vous le preniez ainsi, Monsieur Lanctôt! répondit Marie-Hélène avec un geste d'impuissance. Je vous offre la possibilité de vous faire construire une maison. Je suis prête à vous accorder un prêt de soixante-quinze mille dollars. Avec le capital que vous avez déjà amassé, cela vous permettrait d'acquérir une propriété d'une valeur de quatre-vingt-dix mille dollars. Je crois qu'avec cette somme, vous seriez en mesure d'avoir une maison jolie et confortable, à la mesure de vos moyens financiers. Je ne peux honnêtement pas vous encourager à acheter la maison de la rue Duval. Une hypothèque de cent cinquante mille dollars vous conduirait à la ruine en l'espace de deux ans. Et vous seriez le responsable de votre propre échec, ajouta-t-elle enflammée. Pensez à tous les sacrifices que vous vous êtes imposés pour accumuler vos économies actuelles... Je crois que vous devriez y songer encore pendant un mois ou deux.

Monsieur Lanctot haussa les sourcils, mécontent. Après quelques secondes de réflexion, il demanda sur un ton mordant:

— Votre décision est-elle irrévocable?

— Tout à fait! répondit Marie-Hélène. Et croyez bien que je le regrette.

— Alors, je vais tenter ma chance ailleurs, dit-il en se levant.

— C'est vous qui décidez, se contenta-t-elle de répondre en le regardant sortir de son bureau. Visiblement, il n'avait pas apprécié qu'elle lui fasse la morale.

Au même moment, Marc entra et constata aussitôt la mine abattue de la jeune femme. Sans même qu'elle l'y ait invité, il s'assit et la contempla quelques instants. Sur un ton conciliant, il demanda:

— Des problèmes, Marie-Hélène?

— Non! s'entendit-elle répondre comme dans un rêve. Simplement le cours normal d'une affaire qui n'aboutit pas. Cela arrive parfois... acheva-t-elle sur le ton fataliste de quelqu'un qui accepte les choses qu'il ne peut changer, même si cela laisse des traces d'amertume au fond de soi.

Marc regarda sa montre. Il était dix-sept heures quarante-cinq. Il restait donc quinze minutes avant la fermeture de la banque. Rompant le silence, il demanda:

— Les formulaires que je devais signer sont-ils prêts?

— Pardonnez-moi, vous êtes sans doute pressé, dit Marie-Hélène en récupérant le dossier du *Repos de Pierrot* qu'elle avait déposé sur son classeur une heure plus tôt.

— Ne vous excusez pas. Je ne suis pas pressé du tout. Je croyais simplement que la banque était sur le point de fermer et je ne voulais pas vous retarder.

Marie-Hélene lui sourit. Curieusement, la présence de Marc la rassurait. Elle était déjà prête à lui pardonner son comportement de la veille. Il lui suffisait qu'il soit près d'elle pour qu'elle oublie tout. Elle devenait sentimentale en sa présence. «Merde!» se dit-elle pour elle-même. D'une main nerveuse, elle tendit à Marc les formulaires qu'il devait signer, lui indiquant les endroits appropriés. Machinalement, elle le regarda s'exécuter. Il avait une très belle écriture qui dénotait beaucoup d'énergie, de caractère et de détermination, de même qu'une grande confiance en ses possibilités. Sa signature prenait beaucoup d'espace. Les lettres étaient rondes et s'étiraient vers le haut et vers le bas, ce qui était le propre d'un homme qui réfléchissait avant d'agir et qui agissait avec beaucoup d'assurance par la suite. La rondeur des lettres indiquait un être sociable, aimant être entouré.

Quelques années auparavant, Marie-Hélène s'était intéressée à la graphologie après avoir lu un excellent livre sur le sujet. Elle était persuadée que cela l'aiderait dans ses fonctions.

Marc, qui avait remarqué son stratagème, demanda:

— Que faites-vous?

— Pardon?

Il ne répondit pas, se contentant de soutenir le regard de Marie-Hélène, jusqu'à ce qu'elle se décide enfin à parler:

— Je... je regardais... simplement votre signature, dit-elle d'une toute petite voix.

— Qu'est-ce que vous y découvrez?

Marie-Hélène était rouge de confusion. Elle devait s'expliquer au plus vite. Elle ne voulait pas que Marc se méprenne sur ses intentions.

— J'ai lu un bouquin sur la graphologie... pour m'amuser, sans plus... Croyez-moi, je ne me sers pas de mes connaissances pour cataloguer les gens. C'est simplement pour... m'amuser et, dans votre cas, je l'ai fait machinalement sans même m'en rendre compte. Je vous prie d'excuser mon manque de discrétion...

— Ce n'est rien, je vous assure! Je vous demande simplement ce que vous avez découvert.

— Vous n'êtes pas sérieux! s'objecta-t-elle en souriant.

— Mais si! Je suis curieux. Allez, je vous écoute, insista-t-il.

Légèrement soulagée, Marie-Hélène s'exécuta.

— D'après ce que je vois, vous êtes énergique, sûr de vos possibilités, déterminé et très sociable. Vous êtes honnête, généreux et très humain je dirais. Voilà... ce que j'ai découvert.

— Hum! C'est très flatteur. Mais quels sont mes défauts?

— Pardon! dit-elle, médusée.

— Vous dites que je suis humain. J'ai donc forcément des défauts!

— Je ne me suis pas attardée à vos défauts!

— Eh bien! regardez. J'en ai sûrement!

Elle prit un des formulaires entre ses mains tremblantes et y jeta un coup d'œil avant de répondre:

— Vous avez les défauts de vos qualités!

— Voyez-vous ça? répondit-il, visiblement surpris de sa réponse.

Elle s'amusa quelques secondes de sa stupeur, puis elle lui dit, une flamme taquine dansant dans son regard émeraude:

— C'est très simple, vous savez. Un homme déterminé et énergique est forcément un être têtu et combatif... Cela devient le défaut d'une qualité, vous comprenez?

À cette explication, Marc partit d'un grand éclat de rire et dit:

— Vous êtes décidément la femme la plus étonnante et la plus extraordinaire que j'aie rencontrée jusqu'ici. Si cela continue ainsi, je pourrais bien finir par tomber amoureux de vous.

Vous êtes charmante et je ne m'ennuie jamais en votre compagnie. Accepteriez-vous de souper avec moi ce soir?

Marie-Hélène sursauta. Marc était franc et direct, un peu trop à son goût. Il la surprenait toujours et elle ne savait jamais quoi lui répondre... C'était épuisant, à la longue. À bout de ressources, elle dit:

— Je suis très en colère contre vous, vous savez?

— Je m'en doute un peu!

Un silence accueillit cette réponse.

— Nous pourrions en reparler, dit Marc avec un sourire désarmant.

— Je ne crois pas que ce soit une bonne idée! dit Marie-Hélène, sur la défensive.

— Moi, si! Écoutez, ayez pitié d'un pauvre homme, abandonné dans une région inconnue et souffrant de solitude...

— Pauvre homme! répliqua la jeune femme, sur un ton que l'on pouvait qualifier de fausse empathie.

— Ne me refusez pas ce plaisir. Je vous promets d'être très sage et de bien me comporter, dit Marc, avec un sourire plein de sous-entendus.

— Là, vous dépassez les limites de mon espace mental vital, Monsieur Durand! s'objecta Marie-Hélène qui avait compris qu'il faisait directement allusion au baiser de la veille.

Mais où avait-elle encore la tête? Elle oubliait qu'il tentait de nouveau de la séduire en lui rappelant cet événement qui l'avait si profondément choquée.

— J'aimerais avoir la possibilité de me faire pardonner, lui dit-il, avec le désir de l'apaiser un peu.

Elle le regarda longuement. Il semblait sincère. Peut-être avait-il compris de lui-même son erreur. Cela serait un soulagement pour elle. Après tout, elle ne s'engageait à rien en allant manger avec lui. Il pouvait être un compagnon charmant et plein d'humour à l'occasion, et cela briserait la monotonie de ses vendredis soirs. Elle décida donc d'accepter son invitation, en lui faisant promettre, cependant, de la ramener tôt chez elle. Elle n'avait pas envie de s'éterniser en sa compagnie.

Le repas fut des plus agréables. Avec ses talents de conteur, Marc prit un plaisir évident à lui exposer diverses anecdotes qui émaillaient le monde de l'hôtellerie. Au comble de l'hilarité, Marie-Hélène pouvait à peine se retenir pour ne pas pouffer de rire dans le chic restaurant du *Motel Lévesque* où ils étaient attablés. Elle en avait des douleurs au ventre. Heureusement, la jeune femme avait terminé son repas, elle se leva donc précipitamment et se dirigea vers les toilettes afin de laisser libre cours à son fou rire. Lorsqu'elle fut calmée, elle alla rejoindre Marc, qui réglait l'addition.

Ils sortirent enfin du restaurant et ils purent alors rire à leur guise, ni l'un ni l'autre ne réussissant à formuler plus de trois mots de suite. Sans cesser de rire, Marc lui prit la main en lui disant:

— Allez, venez maintenant, je vous offre le digestif!

Marie-Hélène ne protesta pas et prit place dans la *BMW*, mais elle fut légèrement embarrassée lorsqu'elle comprit que Marc l'emmenait chez lui.

— Mais où m'amenez-vous? questionna-t-elle.

— Chez moi! répondit Marc, surpris de sa résistance.

— Je croyais que vous m'offriez un digestif!

— Je me proposais de vous offrir un digestif... chez moi, sur la terrasse du chalet, afin que l'on puisse contempler les étoiles et entendre le bruit des vagues se frappant contre les rochers. Mais si j'en juge par votre réaction, je crois que vous désapprouvez mon idée, n'est-ce pas?

— En effet! répliqua-t-elle sur un ton de défi.

— Vous n'avez pas confiance en moi? Même après la promesse que je vous ai faite?

— Quelle promesse? hasarda-t-elle.

— Celle d'être sage et de bien me comporter, dit-il en garant sa voiture.

— Hum! Je ne sais si je peux m'y fier, dit Marie-Hélène taquine.

— Je vous le promets, dit Marc, en posant une de ses longues mains sur son cœur.

Puis, dans un geste solennel, il poursuivit:

— Croix de bois, croix de fer. Si je mens, je vais en enfer!

Marie-Hélène rit doucement, puis elle demanda:

— Êtes-vous toujours aussi drôle?

— Non, pas toujours. Je suis souvent, hélas, trop sérieux. Trop souvent! Peut-être est-ce un jeu que je joue pour vous émouvoir un peu et gagner votre amitié?

— Oh!... Après tous les efforts que vous avez faits, je me sentirais coupable de refuser votre invitation.

— Vous acceptez alors? demanda Marc heureux.

— Je viens de me rappeler le pauvre homme solitaire que vous êtes en ce moment... bien que je n'en croie pas un mot. Un homme tel que vous... doit avoir de nombreuses conquêtes féminines à son crédit.

— Que signifie «tel que vous»?

La jeune femme rougit de son audace. Marc était très intelligent et, avec cette remarque stupide, elle venait de lui révéler qu'elle le trouvait à son goût. Elle se reprit en disant:

— Je ne désire pas poursuivre cette conversation, Monsieur Durand.

— Je vois, dit Marc en ouvrant la portière de son véhicule, l'invitant à sortir. Dites-moi, êtes-vous toujours aussi mystérieuse?

Marie-Hélène éluda cette question plutôt personnelle en disant:

— Marc, vous devez me promettre que vous allez me ramener à ma voiture pour minuit. N'oubliez pas que nous devons aller à Saint-Mathieu demain, et je désire être en forme.

— Oui, Cendrillon! répondit Marc en souriant.

La jeune femme se sentit émue lorsqu'elle pénétra dans le chalet. Tant de souvenirs jaillirent à sa mémoire. Elle se remémora les heures de labeur que ses parents avaient consacrées à la décoration de cet endroit. Avec beaucoup de travail et d'amour, ils avaient réussi à rendre ce chalet très accueillant et agréable à vivre. Marie-Hélène promena son regard sur la salle de séjour. Elle aimait ce bois verni qu'elle voyait sur le plancher et aux poutres du plafond. Le foyer en pierres des champs avait fière allure, au milieu de la pièce. Les immenses fenêtres laissaient voir le paysage enchanteur de la nature. On pouvait presque sentir l'odeur de la mer et de la forêt qui constituaient l'environnement de ce noble bâtiment.

— Vous rêvez, petite fille! lui dit Marc, d'un ton à peine audible.

Visiblement, il ne voulait pas rompre le charme de cet instant.

— Pardon! s'excusa Marie-Hélène. Vous avez raison. Je me remémorais simplement les heures agréables que j'ai passées ici. Savez-vous que ce chalet fait partie de mon héritage? Papa m'a en effet promis qu'il me le léguerait un jour. Je suis la seule qui apprécie vraiment cet endroit... Mes frères s'ennuient ici et c'est pour cette raison que Papa a décidé de me le donner, à moi... Oh! mais je dois vous ennuyer avec mes histoires, s'excusa-t-elle soudain.

— Mais pas du tout. Je trouve moi-même cet endroit charmant. Je pense même m'y installer pour au moins un an, le temps qu'il me faudra pour assurer le bon fonctionnement du motel. Je ne vois pas la nécessité de me trouver un logement. Tout est si calme et si beau ici! J'y passe vraiment des heures très agréables.

— Oui, c'est vrai. C'est très paisible.

— Tenez, voici votre verre. Vous aimez le *Saint-Raphaël*?

— Oui, énormément!

— Bien, allons sur la terrasse. L'air est bon, ce soir.

Il l'invita à s'asseoir confortablement et prit place auprès d'elle. Un long silence s'installa entre eux. Marie-Hélène se détendit totalement. Elle humait avec délices l'odeur de la mer qui se trouvait tout près d'eux. Marc rompit le silence en disant:

— Marie-Hélène... Je voudrais vous parler à propos d'hier soir.

La jeune femme se raidit imperceptiblement et dit:

— Je vous en prie, Marc, pas ce soir. Nous vivons une délicieuse trêve et ma soirée m'enchante... Ne la gâchons pas, voulez-vous.

— Il faut que je vous dise ce que j'ai ressenti. Je veux que vous sachiez que jamais une autre femme ne m'a autant... disons troublé. Ce baiser m'a énormément plu. Votre féminité et votre réserve ont éveillé en moi des instincts...

— Assez, Marc! Je ne désire pas en entendre davantage. Je sais très bien de quels instincts... vous parlez, dit-elle sur un ton outré.

— Croyez-vous? dit Marc, d'un ton impératif. Je suis persuadé du contraire. Ah! bien sûr, j'ai envie de vous. Je suis un homme normal, avec des désirs normaux...

Et vous, vous êtes une femme extrêmement attirante, mais il n'y a pas que cela... Depuis que je vous connais, j'ai envie de vous prendre dans mes bras, de vous couvrir de baisers, de vous chérir, de vous protéger et de vous aimer nuit et jour... Mais vous, vous semblez inaccessible. Pourquoi?

La voix de Marc était devenue rauque. Marie-Hélène se mit à trembler. Il avouait donc que ce moment d'intimité l'avait lui aussi troublé et il ne cachait pas son désir pour elle. Bien qu'elle n'en comprît pas la raison, elle était ravie.

Ravie, oui, mais en même temps confuse et mortellement inquiète. Un sentiment d'impuissance et d'angoisse lui étreignait le cœur. Elle se devait de ne laisser aucun espoir à Marc. Aussi s'empressa-t-elle de lui dire:

— Marc, vous devez abandonner toute idée me concernant. Je suis incapable d'aimer, encore moins de me donner à vous. Il y a longtemps maintenant, j'ai été cruellement blessée et je ne peux toujours pas en parler. C'est trop douloureux!

En disant cela, elle essuya une larme qui roula sur sa joue. Elle poursuivit pourtant:

— Croyez-moi, il ne faut pas insister, vous perdriez votre temps. Cette relation n'aboutirait à rien de bon! Vous souffririez et moi aussi, c'est inévitable.

Marc se leva et la força à se lever à son tour. Il la prit dans ses bras et, la serrant contre lui, il lui dit d'un ton rempli de douceur, de sollicitude:

— Je suis le seul à décider à quoi je consacre mon temps.

Puis, voyant qu'elle tentait de s'objecter, il poursuivit, en lui caressant les cheveux de sa main libre:

— Écoutez-moi bien. Je ne sais rien de votre passé... Mais je sais que je tiens à vous... Je serais incapable de vous en expliquer les raisons... mais j'ai le goût de vaincre vos appréhensions et vos résistances. Rien ni personne ne pourra détruire l'attrait que nous éprouvons l'un pour l'autre. Peu m'importe votre passé, j'attendrai que vous soyez prête à vous abandonner à moi.

— Marc... je vous en prie...

Elle se sentait si bouleversée par la chaleur de son corps qu'elle ne pouvait réfléchir correctement. Marc la fit taire en enfouissant son visage dans les boucles d'or de sa chevelure. D'une voix sensuelle, enfiévrée par la passion, il lui murmura:

— Dieu que j'ai envie de vous, Marie-Hélène! Envie comme je n'ai jamais eu envie de personne avant vous. Mais je vous ai promis d'être sage et de vous respecter... et je sais que brusquer les événements ne pourrait que mettre en péril ce qui existe entre nous et qui est si fragile. Alors, venez que je vous raccompagne chez vous avant que je change d'idée et que je me conduise comme une brute.

Prenant son visage entre ses mains, il vit que ses magnifiques yeux verts étaient brouillés de larmes. Marie-Hélène fit un effort pour se dégager de cette étreinte, mais Marc la maintenait fermement contre lui, l'obligeant à le regarder. Dans un geste impulsif, il déposa un tendre baiser sur ses lèvres, puis il la prit de nouveau dans ses bras, la souleva de terre et sortit du chalet pour se diriger vers la voiture.

Marie-Hélène retenait son souffle. Elle croyait rêver mais, pour une fois, elle ne manifesta aucune résistance, trouvant même chevaleresque qu'un homme tel que lui la porte ainsi jusqu'à sa voiture. Elle savoura ce moment, tout en se disant qu'elle devait tempérer ses sentiments. Pour la première fois de sa vie, elle avait eu envie de confier son terrible secret mais, heureusement, elle s'était retenue à temps, se rappelant qu'elle ne connaissait cet homme que depuis une semaine à peine. Rien ne prouvait qu'il fût absolument sincère. Peut-être était-ce une tactique qu'il utilisait pour impressionner ses conquêtes... Cependant, une chose jouait en sa faveur: elle trouvait extrêmement agréable de se sentir ainsi protégée et rassurée. Elle était surprise par la douceur actuelle de Marc. C'était pourtant le même homme qui, la veille au soir, l'avait embrassée de façon aussi sauvage et passionnée. Une petite voix lui soufflait d'être très prudente. Cet homme menaçait son équilibre intérieur.

Marc la déposa par terre puis, sans un mot, ils refirent tous deux le trajet jusqu'au restaurant où Marie-Hélène avait laissé sa voiture.

Elle s'installa au volant, puis remercia Marc pour l'agréable soirée qu'elle venait de passer.

— À demain midi, lui dit Marc pour toute réponse.

— Mais vous m'aviez dit onze heures, hier soir! s'objecta Marie-Hélène.

— Je sais. Mais je vous avais également promis de vous ramener avant minuit, Cendrillon, et il est exactement minuit quinze. Pour me faire pardonner, je vous accorde une heure de plus demain matin.

— Ce que vous êtes conciliant, Monsieur Durand! affirma-t-elle en souriant.

— N'avez-vous pas découvert à travers mon écriture à quel point je suis humain? dit-il sur un ton malicieux.

— Oui, c'est vrai. Je l'apprécie beaucoup, Marc, croyez-moi. Bonne nuit!

— Bonne nuit, Cendrillon! Dormez bien et rêvez à moi!

Elle ne répondit pas et mit le moteur de sa voiture en marche. Quelques instants plus tard, elle disparaissait dans la nuit.

CHAPITRE 6

Marie-Hélène tournait en rond depuis une heure déjà. Elle était excitée à la pensée de pratiquer un de ses sports favoris. Elle avait reçu le matin même un appel de Guillaume où il lui disait qu'ils prendraient deux voitures pour faciliter le transport de leur équipement. Il lui avait également demandé d'apporter quelques vêtements de rechange, car un souper au restaurant était prévu pour la fin de la journée.

L'esprit en effervescence, Marie-Hélène baignait encore dans l'euphorie de l'agréable soirée qu'elle venait de passer avec Marc. En se couchant, la nuit précédente, elle s'était dit qu'elle devait absolument mettre un terme à leur relation naissante, avant que les choses s'aggravent... Mais comment y arriver alors que toutes les fibres de son être vibraient en sa présence?

Un coup de klaxon vint interrompre sa méditation. Elle courut à la fenêtre et regarda à l'extérieur. Elle aperçut la nouvelle amie de Guillaume, une grande brunette aux cheveux bouclés. Elle était jolie, mais pas autant que ses conquêtes habituelles. Elle vit Guillaume encerclant la taille fine de la jeune fille tout en la présentant à Marc. Celui-ci se pencha à son oreille et dit quelque chose qui les fit tous rire aux éclats.

De sa fenêtre, Marie-Hélène ne pouvait rien entendre et elle se demanda ce que Marc pouvait bien leur raconter de si drôle. Une pointe de jalousie lui pinça le cœur lorsqu'elle le vit serrer la main tendue de la jeune amie de Guillaume tout en l'embrassant sur la joue. Elle se gronda intérieurement. Décidément, elle devenait possessive, mais elle se défendit aussitôt d'avoir quelque sentiment que ce soit envers le jeune homme. Finalement, elle entendit la sonnette d'entrée retentir à son oreille et elle s'empressa d'aller ouvrir. Marc se tenait sur le palier un sourire irrésistible accroché au coin des lèvres. Il la salua en disant:

— Bonjour, Cendrillon! Avez-vous bien dormi?

— Très bien! mentit-elle. Et vous?

— J'ai fait le plus beau des rêves! dit-il avec un sourire charmeur.

Devant ce sourire enjôleur, Marie-Hélène sentit toutes ses réticences disparaître comme par magie. Elle lui sourit à son tour en disant:

— Je suis prête!

— Alors, allons-y! Donnez-moi votre sac.

— Merci!

Une fois les présentations faites, les quatre jeunes gens s'installèrent pour le voyage. Tout au long du trajet, Marc et

Marie-Hélène bavardèrent de tout et de rien. Bientôt, ils dépassèrent le village de L'Isle-Verte, puis ce fut Trois-Pistoles où ils bifurquèrent sur une route secondaire qui les conduirait à Saint-Mathieu.

— Nous sommes chanceux, dit Marc, le temps est magnifique!

— Oui, convint Marie-Hélène, aucun nuage n'obscurcit le ciel!

— Nous allons commencer cet agréable après-midi par le pique-nique. Ensuite, vous me ferez visiter les lieux. Cela nous aidera à bien digérer notre repas avant de nous attaquer à l'activité physique proprement dite.

— Excellente idée! répondit Marie-Hélène qui était enchantée par ce programme. Je vous ferai faire le tour du lac à pied. Ou plutôt le tour d'une partie du lac... celle qui est bordée de magnifiques chalets d'été. Vous verrez, c'est très beau. Vous allez vous rendre compte que Saint-Mathieu est un centre de plein air qui offre de nombreuses activités sportives.

— J'ai entendu dire que nous pouvions y faire du ski, l'hiver.

— Oui, du ski l'hiver, de la natation et de la planche à voile l'été.

— C'est intéressant. Faites-vous du ski?

— Disons que j'en ai déjà fait. Mais j'ai eu la malchance de faire quelques mauvaises chutes et, depuis ce temps, j'ai abandonné ce sport. En revanche, je fais du ski de fond à l'occasion. Mes sports favoris demeurent cependant la natation et le tennis. Et vous, faites-vous du ski?

— Je me suis cassé la jambe droite à l'âge de douze ans et depuis, je n'ai plus jamais fait de ski. C'est un sport que je n'ai pas réussi à maîtriser et j'ai tout simplement abandonné.

— Cette activité est très populaire dans la région. Beaucoup de familles pratiquent ce sport. C'est leur loisir de fin de semaine, l'hiver. Regardez, nous sommes arrivés! s'exclama-t-elle soudain.

Ils sortirent rapidement de la voiture et Marc prit le temps de bien inspecter les lieux.

— Je crois que nous pourrions nous installer ici, suggéra-t-il. Qu'en pensez-vous? ajouta-t-il avec un sourire aimable.

— C'est parfait pour nous, répondit Guillaume en serrant Amélie dans ses bras.

— Pour moi aussi, dit Marie-Hélène.

Ils s'empressèrent de sortir les victuailles puis ils s'installèrent afin de déguster le repas que Marc leur avait si généreusement offert: poulet froid, salades, pain frais, fruits et légumes ainsi qu'une bonne bouteille de vin blanc.

L'atmosphère était détendue et joviale. Toujours égal à lui-même, Guillaume se mit à plaisanter en racontant des anecdotes sur sa vie universitaire, s'arrêtant parfois pour jeter des regards amoureux en direction d'Amélie.

Celle-ci avait vingt-trois ans, elle était fille unique et elle poursuivait des études poussées en psychologie, car elle visait une maîtrise. Ce qui étonnait le plus Marie-Hélène chez la jeune fille, c'était son attitude posée et calme. Elle ne ressemblait en rien aux conquêtes habituelles de son frère. Bien sûr, elle semblait posséder le sens de l'humour, et les reparties de

Guillaume semblaient beaucoup l'amuser, mais elle intervenait rarement dans la conversation, se contentant d'écouter et d'être attentive à ce que les autres racontaient. Elle ne paraissait pas timide pour autant, elle était simplement calme et réfléchie. Sans doute son futur métier l'entraînait-il à écouter les gens... Quoi qu'il en soit, elle était d'agréable compagnie, et plutôt reposante aux côtés de son frère Guillaume. Marie-Hélène sourit en pensant que la jeune fille apporterait sans doute un peu de sagesse et de modération à son petit frère chéri.

Enfin rassasiés à la suite du délicieux repas qu'ils venaient de déguster, les jeunes gens se levèrent de table et partirent à pied pour une randonnée sur la route qui longeait le lac. Ils marchèrent ainsi une bonne heure, s'émerveillant à l'unisson du paysage qui s'offrait à leurs yeux. Finalement, ils revinrent au club, heureux à l'idée de faire un peu de plongé.

Marie-Hélène enfila sa combinaison par-dessus son maillot de bain et elle remarqua alors le regard fasciné de Marc posé sur elle. À n'en pas douter, celui-ci observait avec intérêt les courbes gracieuses de sa silhouette, s'attardant audacieusement sur ses jambes et sa poitrine. Son regard était d'une incroyable intensité. Marie-Hélène se sentit une proie innocente et vulnérable sous ces yeux chargés de désir. Agacée, elle se tourna vers son frère afin de signifier à Marc qu'elle ne désirait en aucune façon encourager ses attentes marquées par la passion qu'il éprouvait pour elle. Marc remarqua son geste, mais il s'abstint de tout commentaire.

Enfin, le moment tant attendu arriva et tous se jetèrent à l'eau avec enthousiasme. Amélie en était à ses tous débuts, aussi Guillaume ne la quittait-il pas des yeux. La jeune fille se retrouvait continuellement à l'eau. Contrairement à son habitude, Guillaume ne se moquait pas d'elle. Avec une patience d'ange, il lui répétait les conseils d'usage, jusqu'à ce qu'elle prît un peu d'assurance et réussisse finalement à se maintenir quelques secondes sur la planche. En guise de félicitation, il la gratifia d'un long baiser, laissant la jeune fille rougissante de plaisir.

Pendant quelques secondes, Marie-Hélène les envia. Elle se surprit à désirer s'abandonner ainsi à l'amour... Mais elle chassa bien vite cette pensée, sachant très bien que cela lui était impossible. Pourtant, pour la première fois de sa vie, elle trouva merveilleux que des personnes puissent écouter ainsi les désirs de leur cœur, et se laisser bercer par des gestes de tendresse, et même de passion, en ne se préoccupant nullement de leur entourage immédiat...

Comme toujours, Marc guettait ses réactions. Il semblait comprendre son émoi. Comme un magicien, il paraissait capable de lire au fond d'elle. Il s'approcha, posa délicatement sa main brûlante sur son épaule et dit de sa belle voix profonde et masculine, sur un ton rempli d'émotion:

— Ne sont-ils pas beaux à regarder?

De fait, il avait une voix fabuleuse, terriblement *sexy*...

— Oui, répondit Marie-Hélène, se sentant devenir écarlate à cause de ses pensées traîtresses.

Elle devait se reprendre...

— Mais ces petits jeux... ne sont pas pour moi, avança-t-elle.

Marc sursauta, une lueur interrogative dans ses yeux sombres. Il avait le regard étincelant comme celui d'un chat. Mais subitement, ses prunelles prirent un éclat lourd et il dit:

— Je vous soupçonne de dramatiser un peu la situation. L'amour n'a rien de compliqué lorsqu'on se donne et que l'on apprend à faire confiance à l'autre.

— Vous venez de toucher le cœur du problème chez moi... Je suis incapable de me donner à quelqu'un, encore moins de faire confiance à un homme.

Marc tenta de scruter le regard de cette femme si déconcertante. Sans aucun doute, elle avait été profondément marquée par la vie. Une soudaine angoisse l'étreignit, qui alla en s'amplifiant. Il demanda:

— Vous ne croyez donc pas à l'amour? L'amour se partage entre deux personnes et l'on reçoit toujours au centuple ce que l'on a su donner...

— Ou bien vous êtes trop optimiste, ou bien vous êtes tout simplement naïf, répliqua Marie-Hélène. Que faites-vous des personnes qui donnent pour ensuite tout reprendre... en laissant l'autre abandonné, déchiré, seul et complètement anéanti?

— Voilà donc ce qui vous inquiète! Vous avez peur que je me serve de vous, selon mon bon plaisir, et qu'ensuite, je vous laisse tomber comme une vieille chaussette. Est-ce exact? Je crois qu'on vous a fait cruellement souffrir. Vous avez déjà vécu cette situation, n'est-ce pas? Et vous refusez de tenter une nouvelle expérience...

— Non! s'empressa-t-elle d'affirmer.

— Non? dit-il à son tour, sceptique. Votre non est-il attribuable à la première ou à la deuxième question?

Les yeux de la jeune femme s'arrondirent de fureur et une lueur de colère brilla dans ses prunelles. Elle se leva et dit sur un ton chargé d'amertume:

— C'est non aux deux questions.

Marc l'empoigna solidement par les épaules, dans un geste d'impatience qui la surprit et, sur un ton ferme et convaincu, il répliqua:

— Vous mentez!

— NON! explosa-t-elle, au bord des larmes.

Il la lâcha subitement, mais elle put lire une grande déception dans son regard.

Il se jeta à l'eau. Ses bras puissants fendaient l'onde avec un synchronisme parfait et il se déplaçait avec la rapidité de l'éclair. Marie-Hélène ne le quittait pas du regard, s'émerveillant malgré elle de sa beauté et de sa force. Une petite voix lui dit qu'il était le plus bel homme de la plage... et elle grogna contre ses fantasmes...

Tout à coup lui vint une idée étrange, inattendue, anormale... Celle de s'abandonner à lui, juste une nuit. Il aurait ce qu'il voulait et elle serait enfin libérée. Il cesserait sans aucun doute de la poursuivre de ses assiduités, à l'instar du chat qui épie sa proie, et il la laisserait enfin tranquille. Réalisant soudain toute la signification de cette pensée saugrenue, elle fut saisie d'une inquiétude indéfinissable et elle pensa sincèrement qu'elle était au bord de la folie. C'est ce moment que choisit Amélie pour venir la rejoindre. Elle s'assit près d'elle et lui dit:

— J'ai bien peur de ne pas être une élève très douée!

Marie-Hélène sourit à cette réplique et dit sur un ton sincère:

— Je pense tout à fait le contraire. Si cela peut vous rassurer, je vous dirai qu'à ma première expérience, j'ai réussi à me tenir en position verticale pendant à peine trois ou quatre secondes. Tandis que vous, à votre dernier essai, vous vous êtes maintenue au moins de dix à quinze secondes de plus que moi.

— Êtes-vous sérieuse?

— Absolument!

— Alors, si je comprends bien, je devrais être fière de ma performance?

— Absolument!

— Eh bien! moi qui croyais être une très mauvaise élève...

— Vous pouvez avoir confiance en l'avenir! dit Marie-Hélène en souriant.

— Je n'ai pas vraiment de mérite. Guillaume est un merveilleux professeur. Il est si patient...

— Oh! je crois que Guillaume a ses motivations personnelles, conclut Marie-Hélène avec un rire clair.

Amélie rougit légèrement à cette remarque et s'empressa de demander:

— Ce n'est pas Marc qui vous a initiée à ce sport, n'est-ce pas? J'ai su que vous ne vous connaissiez que depuis très peu de temps.

— Depuis à peine une semaine, répondit Marie-Hélène sur la défensive. Mais si vous me parliez de vous. J'aimerais bien vous connaître davantage.

— D'accord, répondit Amélie, mais d'abord, j'aimerais bien que l'on se tutoie. Qu'en pensez-vous?

— Je suis tout à fait d'accord. Tu as un très joli prénom. Il me fait penser à l'héroïne des *Filles de Caleb.* Je ne sais pas si tu as lu ce roman. Il est excellent!

— Oui, je l'ai lu. L'héroïne est très attachante. Son nom est Émilie, je crois?

La conversation se poursuivit ainsi, les deux jeunes femmes prenant plaisir à faire connaissance, et même à devenir des complices. Au bout d'une demi-heure, Marc et Guillaume laissèrent de côté leur planche à voile pour venir les rejoindre. Guillaume eut vite fait de se plaindre qu'il avait faim.

— Je propose que nous allions manger au *Motel Trois-Pistoles*, dit-il. On y cuisine de merveilleux fruits de mer. Qu'en pensez-vous?

Je trouve cette idée géniale, répondit Marc. J'ai d'ailleurs très faim, moi aussi.

— Écoutez, dit Guillaume, une flamme malicieuse dans le regard. Après le repas, nous pourrions nous rendre en marchant jusqu'au quai de Trois-Pistoles pour regarder partir le *Gobelet d'Argent*.

— Qu'est-ce que le *Gobelet d'Argent*? demanda Marc, intrigué.

— C'est le nom du bateau qui effectue la traversée entre Trois-Pistoles et les Escoumins, expliqua Marie-Hélène.

— J'ai encore une meilleure idée, dit Guillaume. Embarquons sur le bateau et allons passer la nuit aux Escoumins. Qu'est-ce que vous en dites?

— Guillaume! reprocha Marie-Hélène. Ne trouves-tu pas que tu exagères un peu? Regarde! Tu places Amélie dans une situation embarrassante!

— Qu'est-ce que j'ai dit de si embarrassant?

— Je crois que ces jeunes dames craignent pour leur vertu, Guillaume! expliqua Marc avec une lueur d'amusement dans ses prunelles sombres.

— Mais Amélie et moi, ça ne nous gêne pas de partager la même chambre! avança Guillaume.

— Guillaume! s'écria Marie-Hélène, à l'évidence très scandalisée.

Marc, pour sa part, eut un sourire figé. Mais il prit le parti de ne pas s'en mêler.

— Mais que je suis bête! s'excusa Guillaume. C'est pourtant très simple. Vous partagerez toutes les deux la même chambre, tandis que Marc et moi, nous nous installerons dans une autre.

— Et l'argent? questionna Marie-Hélène. Je n'ai pas amené suffisamment d'argent liquide sur moi, annonça-t-elle sur un ton impatient.

— Ne vous en faites pas pour l'argent, la coupa Marc. J'ai ma carte de crédit. Nous n'aurons qu'à l'utiliser.

— Il n'en est pas question, s'objecta Marie-Hélène. Je veux défrayer moi-même mes dépenses!

— Vous n'aurez qu'à me rembourser lorsque j'aurai reçu mon état de compte, proposa Marc, un air de défi dans les yeux.

Décidément, aucune porte de sortie ne s'offrait à elle.

Se tournant vers Amélie, elle demanda:

— Qu'en penses-tu, Amélie?

— Je n'y vois personnellement aucune objection. J'adore faire du tourisme! Mais je crois qu'il faudrait avertir vos parents.

— Je vais téléphoner du restaurant, dit Guillaume, ravi de la tournure des événements.

— Tout est arrangé alors, dit Marc. Allons-y!

— Pas si vite, s'interposa à nouveau Marie-Hélène. Que ferons-nous de notre équipement?

— Nous demanderons au personnel du club de nous l'entreposer, suggéra Guillaume. Plusieurs personnes remisent ainsi leur équipement pour la saison. C'est un service qui est offert pour une somme minime. Nous repasserons le prendre demain. C'est un jeu d'enfant.

— Tu as décidément réponse à tout! constata Marie-Hélène.

— Il faut faire contre mauvaise fortune bon cœur, s'écria Marc, franchement très amusé par la situation.

Ils changèrent rapidement de vêtements et partirent joyeux pour Trois-Pistoles. Le souper fut un enchantement et Marie-Hélène était tout à fait détendue.

Après le repas, le frère et la sœur téléphonèrent à Françoise et à Benoit Pelletier pour leur faire part de leur projet. Ceux-ci furent enchantés de l'idée. Ils vérifièrent les heures de départs pour la traversée et ils s'empressèrent de se rendre sur place.

Marie-Hélène se sentait légèrement ivre. En effet, après avoir dégusté un *Saint-Raphaël* en guise d'apéritif, Marc avait commandé un excellent vin blanc pour accompagner les fruits de mer. La jeune femme s'était régalée et, l'alcool aidant, elle se sentait merveilleusement bien.

Vers vingt heures, le petit groupe s'embarqua sur le *Gobelet d'Argent*. La traversée était d'une durée de soixante-quinze minutes et le bateau pouvait transporter cinquante automobiles. Marie-Hélène expliqua à Marc que ce bateau se transformait parfois en centre d'observation des baleines et des oiseaux durant la saison estivale, soit durant les mois de juillet, août et septembre, alors que plusieurs croisières étaient organisées.

— Avez-vous déjà fait partie d'une de ces croisières? demanda Marc, intéressé.

— Non, mais cela me plairait énormément. Un jour, je me propose de le faire.

— Alors, nous irons ensemble, proposa Marc.

— Je serais heureuse de vous accompagner, répondit Marie-Hélène, sincère.

Ils débarquèrent finalement aux Escoumins. Sitôt le pied à terre, ils s'empressèrent d'aller réserver deux chambres, après quoi ils sortirent pour aller danser et prendre un verre.

La soirée était merveilleuse et, une fois de plus, Marie-Hélène se retrouva entre les bras puissants de Marc. Celui-ci lui caressa les cheveux en lui disant d'une voix rauque mais avec un sourire:

— Vous avez des cheveux magnifiques! Ils me font penser à un champ de blé au soleil...

Il la serra davantage contre lui et un trouble délicieux l'envahit. Elle se sentait vaincue, elle n'offrait aucune résistance. Elle ne désirait qu'une chose: s'abandonner à ses sentiments du moment. Elle était fascinée, dominée et un frisson de plaisir l'enveloppa. Elle avait perdu toute notion du temps et de l'espace. Seule la présence de Marc comptait et elle était si bien qu'elle ne désirait rien d'autre que de vivre l'instant présent, sans aucune arrière-pensée.

— Marie-Hélène... murmura Marc dont la voix avait pris une intensité nouvelle, remplie qu'elle était de tendresse et de désir.

— Oui... dit la jeune femme dans un souffle, sur une note qui s'harmonisait délicieusement avec le ton de voix de son compagnon.

— J'ai envie de vous embrasser... et je serai insatiable. Je vous désire tant, vous me rendez fou...

Émue par cette confession, Marie-Hélène se lova tout entière contre lui. En cet instant magique, rien n'avait plus vraiment d'importance à ses yeux. Il n'y avait que le feu intérieur qui la dévorait et... ses lèvres qui tremblaient d'impatience en attendant que celles de Marc viennent se poser sur sa bouche qui s'offrait au plaisir, dans une muette supplication. En ce moment de complicité tendre et dévorant, elle se moquait éperdument de ce qu'il pouvait y avoir d'indécent dans leur soudaine proximité. Son corps entier, ainsi tendu vers le jeune homme... elle sentait l'appel de son désir tout contre elle. Marc promena sensuellement ses mains sur sa taille fine, jusqu'à la chute de ses reins. Une flamme vive la consuma tout entière... Elle se sentait délirer de fièvre. Tout son corps réclamait l'assouvissement de ses sens... il voulait s'abandonner totalement.

Dans un geste sensuel, elle glissa sa main dans l'abondante chevelure de Marc, la caressant langoureusement, avec une habileté qui la surprit elle-même. Marc gémit et posa ses lèvres sur les siennes, comme si sa bouche avait été une source rafraîchissante où il pouvait étancher sa soif. Sa bouche se fit incroyablement douce, enjôleuse, caressante...

— Sortons d'ici... parvint-il à articuler d'une voix vibrante de passion. Nous nous donnons en spectacle... et j'ai envie de poursuivre ce tête à tête dans un endroit plus approprié.

Ces quelques mots eurent l'effet d'une douche froide sur Marie-Hélène. Qu'était-elle en train de faire? Elle était sur le point de s'abandonner à lui devant une foule de spectateurs. Elle regarda autour d'elle et perçut les regards désapprobateurs des gens posés sur eux. Rouge de honte, elle chercha Guillaume du regard. Celui-ci les observait, semblant fort surpris du spectacle. Une lueur interrogative brillait dans son regard.

— Qu'y a-t-il? demanda Marc, le regard soudain assombri.

— Comment osez-vous me poser la question, dit Marie-Hélène honteuse. Vous le savez aussi bien que moi!

— Voilà, j'ai rompu le charme! dit Marc une lueur de malice dansante au fond de ses yeux enfiévrés.

— Je... je... ne sais pas ce qui m'a prise, parvint à dire Marie-Hélène. Je ne suis pas ce genre de femme...

— J'en suis certain! Mais pourquoi lutter? C'est plus fort que nous.

— Je ne lutte pas! s'entendit-elle répondre d'une voix méconnaissable.

— Croyez-vous? répliqua-t-il, soudainement en colère. Alors, vous êtes une allumeuse et vous vous amusez à provoquer les hommes!

— Mais non! cria-t-elle, choquée par cette remarque.

— Sortons d'ici, voulez-vous? On nous regarde. Allons poursuivre cette discussion dehors.

— C'est hors de question. Je n'ai pas envie de poursuivre cette discussion.

— D'accord, tigresse! conclut Marc, visiblement très en colère.

Puis, lui tournant le dos, il quitta la piste de danse, la laissant seule au milieu des danseurs. Et il se dirigea vers Guillaume et Amélie. Marie-Hélène le suivit, ramassa son sac à main et, folle de rage, elle alla saluer les jeunes gens.

— Bonsoir, leur dit-elle. Je rentre me coucher. Je suis fatiguée! Mais continuez de vous amuser sans moi. Bonsoir, les amoureux! ponctua-t-elle en sortant la tête haute.

Guillaume rit tout bas. Il se pencha vers Marc qui semblait furieux et lui dit:

— Tu viens à peine de connaître une facette du sale caractère de ma sœur, on dirait bien!

— Je n'ai pas dit mon dernier mot! répondit ce dernier en se levant pour poursuivre la jeune femme.

Mais celle-ci marchait d'un pas extrêmement rapide et elle n'avait, de toute évidence, aucune intention de ralentir l'allure. De plus, elle n'était pas disposée à discuter, car aucun son ne sortit de sa bouche quand Marc l'eut rattrapée.

Elle se contenta de le regarder, la tête haute, un air de défi dans les yeux. Lorsqu'ils furent devant la porte de la chambre, Marc attendit patiemment qu'elle ouvre. Se retournant promptement vers lui, elle lui dit d'une voix cinglante:

— Je n'ai aucunement l'intention de vous faire entrer dans cette chambre.

D'un geste furibond, il la poussa à l'intérieur et referma vivement la porte derrière lui, provoquant un bruit sourd qui fit sursauter Marie-Hélène. Il se promenait de long en large de la pièce, tentant de se ressaisir. Finalement, il s'immobilisa, se passa la main dans les cheveux et décida de soutenir son regard. Elle ne baissa pas les yeux. La chambre était saturée d'agressivité. Soudain, la voix de Marc claqua comme un fouet:

— Je crois qu'une explication s'impose.

— Il n'y a rien à expliquer, le défia-t-elle.

— Quoi? Vous vous offrez à moi, vous abandonnant complètement dans mes bras, sur une piste de danse, comptant une cinquantaine de spectateurs, vous gémissez de plaisir... j'aurais... presque pu vous faire l'amour là, sur cette piste de danse... et vous avez l'audace de me dire qu'il n'y a rien à expliquer! explosa-t-il, hors de lui.

Marie-Hélène rougit violemment. Marc avait raison, elle le savait. Gênée, elle parvint à balbutier, cramoisie:

— Je... je ne comprends pas... moi-même... ce qui s'est passé.

— Moi, je le sais! Ma parole, j'ai l'impression que vous vous moquez de moi. Êtes-vous inconsciente ou quoi?

— Je ne comprends pas ce que vous voulez dire!

— Eh bien! je vais me faire un plaisir de vous l'expliquer, dit Marc, en l'attirant vers lui d'un mouvement rapide.

Sans qu'elle ait le temps de réagir, elle se retrouva étroitement enfermée dans ses bras. Il s'empara des ses lèvres tout en la maintenant possessivement contre lui. Elle tenta de résister à cet assaut de passion qu'elle sentait déferler en lui, mais elle abandonna la lutte presque immédiatement. Plus rien n'existait en dehors du désir violent qu'elle avait de lui, Elle ne connaissait aucun autre homme capable, comme lui, de susciter en elle autant d'ardeur et de fièvre...

Elle se soumit à ce baiser fougueux et exigeant. Un baiser de désespoir qui fit naître à nouveau en elle une forte passion et qui vainquit toutes ses résistances en la plongeant dans un abîme de volupté sensuelle... Les caresses audacieuses de Marc lui procuraient un plaisir insoutenable. Ses mains se baladaient sur son dos, sur ses reins et venaient emprisonner ses seins sous la légère étoffe de tricot de coton de sa robe blanche. Elle crut qu'elle allait cesser de respirer. Elle désirait se fondre en lui, se dissoudre tout entière dans ses bras, lui appartenir totalement... Mais sans qu'elle comprenne ce qui lui arrivait, Marc s'arracha à elle et, d'une voix vibrante de passion, il dit:

— Vous me faites complètement perdre la tête. Pardonnez-moi. J'aimerais tellement vous embrasser dans de meilleures conditions. Bonsoir, Marie-Hélène!

Il sortit aussitôt de la chambre, laissant Marie-Hélène pantelante de désir inassouvi, suffoquant d'émotions contradictoires. L'absence de Marc laissa un grand vide dans la pièce.

Marie-Hélène se jeta sur son lit et, ne pouvant plus retenir son chagrin, elle se mit à pleurer doucement. Elle s'endormit quelques minutes plus tard d'un sommeil agité.

* * *

Le lendemain matin, elle mit du temps avant de comprendre où elle se trouvait. Elle se retourna dans son lit et vit Amélie qui dormait dans le lit voisin. La mémoire lui revint instantanément. Elle se rappela les événements bouleversants de la veille et la façon désagréable dont la soirée s'était terminée. Elle se sentit abattue et se demanda comment elle allait pouvoir regarder Marc en face, après ce qui s'était passé entre eux la veille.

Elle se leva et se dirigea vers la salle de bains sur la pointe des pieds pour y prendre une douche rapide. Rasséréneé, elle s'habilla en hâte, heureuse que sa robe blanche ne soit pas trop froissée. Elle entreprit de se maquiller légèrement, puis elle quitta la chambre pour se retrouver dans la salle à manger de l'hôtel. Elle s'assit à une table et commanda un café qu'elle sirotait à petites gorgées lorsqu'elle vit Marc se diriger tout droit vers elle. Il s'assit à son tour et Marie-Hélène retint sa respiration. Elle était tendue et ne savait pas quelle attitude adopter face à lui. Il la regarda longuement, ce qui eut pour effet d'accroître son trouble. Finalement, il dit:

— Bonjour! Vous avez bien dormi?

— Très bien. Et vous? ironisa-t-elle.

— Lorsque j'ai mis le pied dans ma chambre, hier soir... j'ai entrepris de prendre une bonne douche... à l'eau froide. Cela m'a quelque peu calmé, avoua-t-il d'un ton moqueur.

— Ça, c'est votre problème, pas le mien! dit Marie-Hélène, au comble de la perplexité.

— D'accord, vous avez gagné pour cette fois. J'admets que j'ai un peu forcé la note, et je n'ai aucune envie de reprendre la discussion. Faisons une trêve. Je vous promets de ne plus vous importuner. D'ailleurs, je voulais vous dire que je repars pour Québec demain matin. Je serai absent plusieurs jours et vous n'entendrez donc pas parler de moi. Cela vous laissera le temps de réfléchir à... disons à notre situation, dit-il, moqueur.

«Allait-il abandonner si vite?» se demanda-t-elle. Cette pensée aurait dû la réjouir mais, au contraire, elle se sentit abandonnée et déçue. Tentant de se ressaisir, elle demanda:

— Est-ce pour vos affaires?

— Oui. Je dois rencontrer ma décoratrice et mon ingénieur, sans oublier le notaire. J'ai plusieurs choses à finaliser pour le *Pierrot*.

— Quand pensez-vous revenir? s'entendit-elle demander, surprise elle-même par sa question.

— Je serai de retour samedi prochain.

Il fit venir la serveuse, qui lui fit un sourire des plus engageants. Marie-Hélène était choquée par son audace. Cette fille tentait de le séduire... Inconscient du trouble de la jeune femme, Marc commanda son petit déjeuner et offrit à Marie-Hélène de faire de même. Mais celle-ci refusa, disant qu'elle n'avait pas faim, ce qui était la vérité. Elle se sentait terriblement lasse, à présent, peut-être même déçue.

Quelques heures plus tard, les quatre jeunes gens reprirent le bateau pour Trois-Pistoles. Ils se rendirent immédiatement à Saint-Mathieu où ils refirent encore un peu de planche à voile. Vers dix-huit heures, ils revinrent à Rivière-du-Loup et décidèrent d'aller souper chez *Saint-Hubert*.

Marie-Hélène se comporta très froidement avec Marc. Sitôt son repas terminé, elle paya l'addition et partit, prétextant la fatigue. Elle sortit précipitamment du restaurant, s'engouffra dans sa voiture et démarra rapidement, le cœur lourd, se refusant à chercher à analyser ses sentiments.

CHAPITRE 7

Marc était parti depuis deux jours déjà et, malgré elle, Marie-Hélène se morfondait dans sa solitude. Son bouleversement était tel qu'elle était toujours sur le point de sangloter. Elle ne savait trop quoi faire. Devait-elle se réjouir de l'absence de Marc, ou en être peinée? La situation était presque ironique, tellement son humeur était vaseuse. Une partie d'elle-même espérait la présence du jeune homme alors qu'une autre lui enjoignait de se réjouir de cette séparation qui se révélait salutaire pour elle.

Elle devait admettre que Marc prenait de plus en plus de place dans son esprit, au point qu'elle n'était plus maîtresse de ses sentiments. Cela la rendait plus que vulnérable dans ses décisions. En fait, elle ne se reconnaissait plus. Elle n'était plus la même; elle devait se débattre dans un conflit intérieur qui brisait l'équilibre précaire et incertain qu'elle s'était édifié au prix de tant de peine pendant toutes ces années de lutte et de renoncement personnel.

Où était donc passée la jeune femme fière et indépendante qu'elle avait été jusque-là? Marc était responsable de son affolement, de sa fragilité et de son incertitude. Il était devenu, à son insu, le maître de sa destinée. Et cela, elle ne pouvait pas l'accepter... Depuis l'épisode tragique qui avait marqué sa vie, elle n'avait permis à personne de s'introduire dans l'intimité de sa vie affective et de changer ainsi le cours de sa destinée.

Le soir, lorsqu'elle allait se coucher à la nuit tombée, elle revivait bien malgré elle les rencontres qui les avaient réunis et les moments d'intimité qu'ils avaient partagés.

Le matin même, elle s'était réveillée à l'aube, tout en sueur. Elle venait de rêver que Marc lui avait fait l'amour, avec tendresse et passion, et qu'elle s'était abandonnée à lui, complètement déchaînée. Elle avait répondu, avec toutes les fibres de son être, à l'ardeur communicative du jeune homme, laissant déferler en elle un torrent de passions jusqu'alors inconnues. Mais ce rêve s'était vite transformé en cauchemar lorsqu'elle avait vu le visage de Christine dont les yeux embués de larmes la regardaient d'un air désapprobateur. Elle avait alors senti qu'elle venait de trahir son amie d'enfance en ne tenant pas la promesse qu'elle s'était faite à elle-même lors de sa mort.

Elle se réveilla en sursaut, un cri de douleur accroché au fond de la gorge, le visage ruisselant de larmes et le cœur déchiré par le désespoir. Elle n'avait pu refermer l'œil du reste de la nuit. Tremblante de peur, elle s'était levée, s'était habillée à la hâte et était sortie pour aller jogger dans les rues de son quartier. Il était à peine cinq heures du matin.

Ce mauvais rêve avait eu pour effet de la renforcer dans son opinion qu'elle devait cesser immédiatement toute relation avec Marc. Elle ne devait plus sortir avec lui, et ce sous aucun prétexte...

Mais elle avait beau tenter se tenir à sa décision, la réalité était qu'elle désirait Marc du plus profond de son être. Ces sentiments contradictoires l'empêchaient de voir clair en elle.

Une phrase que sa mère lui disait souvent lui revint alors en mémoire: «Le cœur a ses raisons que la raison ne connaît pas.»

Facile à dire lorsqu'on n'est pas devant une situation aussi difficile.

Marie-Hélène était consciente que sa mère n'aurait pas réagi de la même façon qu'elle à l'épreuve qu'elle avait vécue à l'âge difficile de la puberté. Non, sa mère ne pouvait pas comprendre ses appréhensions.

Dans un moment de folie, Marie-Hélène avait été tentée de tout raconter à Marc. Mais elle avait rapidement repoussé cette idée, se disant que, étant un homme, il serait encore moins en mesure de la comprendre. Sa vie actuelle était bel et bien engagée dans un dilemme insoluble qui la dépassait totalement.

C'est dans cet état d'esprit qu'elle se rendit au bureau. Une heure s'était écoulée sans qu'elle pût effectuer quoi que ce soit de son travail.

— Bonté! Que vais-je devenir? se demanda-t-elle à voix haute.

L'interphone retentit dans son bureau, annonçant une communication téléphonique. Déposant son stylo à bille, elle prit le combiné.

— Bonjour! dit-elle. Ici, Marie-Hélène Pelletier.

— Bonjour, Marie-Hélène! répondit une voix profonde, familière à son oreille.

Marie-Hélène se mit à trembler légèrement lorsqu'elle reconnut la voix de son interlocuteur. Se ressaisissant, elle prit un ton détaché pour dire:

— Bonjour, Marc. Que puis-je faire pour vous?

— Allons, Marie-Hélène! Laissez tomber le protocole et répondez-moi en ami, voulez-vous?

Un silence lourd accueillit cette réplique et Marc dut faire des efforts pour garder son sang-froid. D'une voix rauque, il avoua:

— Vous me manquez terriblement. Je ne fais que penser à vous depuis mon départ.

Cette simple déclaration suscita une vive émotion chez Marie-Hélène.

— Marc, je vous en prie, ne me tourmentez pas! supplia-t-elle.

— Ainsi, je vous tourmente? Au moins, je ne vous suis pas indifférent... Écoutez, j'ai bien réfléchi à notre dernière dispute et je suis certain que tout peut s'arranger. Si seulement vous acceptiez de vous confier à moi, je pourrais mieux comprendre ce qui vous habite et vous tourmente.

— Vous êtes tenace, dit Marie-Hélène. Il me semble que je vous ai déjà expliqué que c'était impossible.

— Quoi que vous puissiez avoir vécu par le passé, je pourrai l'accepter et je m'efforcerai de le comprendre.

La proposition de Marc la toucha énormément. Comme elle avait envie de tout lui avouer! Cette confidence la soulagerait et placerait Marc devant la réalité amère de son existence. Mais elle avait peur de sa réaction. Comment réagirait-il devant la vérité? Que pouvait-elle espérer d'un homme comme lui? Plus d'une femme devait chercher à le séduire et il n'avait certainement pas besoin d'elle en particulier...

— Pas maintenant, se contenta-t-elle de répondre, la mort dans l'âme.

— D'accord, concéda-t-il. De toute façon, le téléphone ne se prête guère à une conversation intime. Nous attendrons donc le moment propice. Je voulais seulement vous dire que je reviens samedi et que j'ai l'intention de me rendre directement chez vous.

Soudain apeurée, la jeune femme balbutia:

— Je... je ne sais pas si c'est une bonne idée, Marc! À vrai dire, je crois que notre situation est sans issue et que nous devrions cesser de nous voir.

Voilà, elle l'avait dit. Elle n'avait plus qu'à raccrocher maintenant et à tenter de l'oublier.

— C'est hors de question! grommela Marc à l'autre bout de la ligne. Ne me dites pas que vous êtes lâche, Marie-Hélène! Je vous savais vulnérable, soit, mais pas lâche. Allez-vous vous cacher la tête dans le sable toute votre vie, comme le font les autruches?

À cette explosion soudaine de colère de la part de Marc, la jeune femme sentit des larmes lui picoter les yeux et elle eut bien du mal à les refouler. Comme il était dur à présent! Elle était tentée de raccrocher, mais elle savait pertinemment qu'il rappellerait aussitôt.

— Marie-Hélène, écoutez-moi, reprit-il, soudain radouci. Je vous appelais pour savoir comment vous alliez. Mais je m'aperçois maintenant que vous n'allez pas bien du tout. Je vous répète que j'arrive samedi midi et j'aimerais que vous m'invitiez à aller dîner chez vous. Ensuite, je vous proposerais de nous rendre ensemble à Rimouski. Je pourrais vous emmener souper dans un bon restaurant et nous pourrions aller au cinéma par la suite ou aller danser... comme il vous plairait. Mais je vous mets en garde: ne vous avisez pas de me faire faux bond, car je remuerais la planète entière s'il le faut pour vous retrouver et je vous ramènerais de force avec moi, s'il le fallait.

— C'est d'accord Marc, j'accepte, dit Marie-Hélène un soupçon de bonne humeur dans la voix.

Il tenait à elle et, sans en comprendre les raisons profondes, elle se sentit soulagée. Ils bavardèrent encore quelques minutes, mettant au point leur voyage à Rimouski, puis ils raccrochèrent, heureux de s'être parlé, et heureux à l'idée de se revoir prochainement.

Après cette conversation, Marie-Hélène se dit que cet homme avait beaucoup d'emprise sur elle. Il avait réussi, encore une fois, à la convaincre de sortir avec lui. Il connaissait ses points faibles et ils les utilisait contre elle. Il était vraiment têtu et il semblait tenir à elle. Peut-être était-ce la première fois qu'une femme lui refusait ses faveurs? Son orgueil de mâle séducteur devait en souffrir terriblement.

Finalement, la jeune femme se remit à son travail, l'esprit en paix. La journée passa tellement rapidement qu'elle n'eut pas conscience du temps qui s'écoulait. Bientôt, l'après-midi tira à sa fin et Nicole entra dans le bureau en disant d'une voix enjouée:

— Il est dix-sept heures et il est temps de rentrer.

— Oh! déjà? fit Marie-Hélène.

— Eh oui! Que fais-tu ce soir?

— Rien de particulier, et toi?

— Je n'ai rien au programme. J'aurais le goût d'aller au cinéma. Aimerais-tu m'accompagner?

— Qu'est-ce qu'il y a à l'affiche ce soir?

— Un bon film d'amour: *Danse lascive*. En as-tu déjà entendu parler?

— Oui, en effet. C'est un film apprécié, je crois.

— Oui, les critiques sont bonnes! La musique est fabuleuse et Patrick Swayze, l'acteur principal, tout simplement irrésistible.

Marie-Hélène sourit. Son amie ne manquait jamais l'occasion d'aller voir les nouveaux films d'amour qui prenaient l'affiche. Il est vrai qu'il y en avait peu à présent. C'était presque uniquement des films d'action et de violence, et c'était bien dommage. Le public réclamait ce genre de spectacle où l'on voyait se succéder sur le grand écran des scènes insolites ou cruelles.

— Tu es sûre que ce film en vaut la peine? demanda-t-elle.

— Absolument! Une amie de ma sœur l'a vu et elle a dit que c'était le plus beau film d'amour qu'elle ait vu dernièrement.

— C'est d'accord, allons au cinéma. Ce genre de distraction me fera sans doute beaucoup de bien.

Elles quittèrent le bureau et rentrèrent chacune chez elle pour changer de vêtements, avec l'intention de se retrouver à la *Villa du spaghetti* pour déguster une délicieuse lasagne gratinée accompagnée d'un bon vin rouge.

Elles agirent avec célérité, pressées qu'elles étaient de se retrouver pour bavarder. Trois quarts d'heure plus tard, elles étaient toutes deux confortablement installées à la table du restaurant.

Marie-Hélène s'amusait bien en compagnie de Nicole, car c'était un véritable moulin à paroles.

— Devine! dit-elle, justement, le regard pétillant de malice.

— Tu as rencontré l'homme de ta vie? ironisa Marie-Hélène.

— Tu y es presque. J'ai effectivement rencontré un homme qui me plaît beaucoup, mais j'attends impatiemment qu'il se déclare...

— Tu attends qu'il se déclare? Tu m'en diras tant! répondit Marie-Hélène en pouffant de rire.

— Pourquoi ris-tu? demanda Nicole, choquée. Tu sauras que c'est pour bientôt.

— Et quel est l'heureux élu?

— Mais c'est Mathieu! N'as-tu rien remarqué?

— Non! Qu'est-ce que j'aurais dû remarquer?

— C'est vrai, j'oubliais que depuis quelque temps, Mademoiselle s'enferme dans son bureau du matin au soir, gronda Nicole. Au fait, c'est un comportement que je trouve étrange. As-tu des ennuis?

— Non, s'empressa de dire Marie-Hélène. Rassure-toi, je vais très bien. Mais tu n'as pas répondu à ma question...

— Qu'aurais-je dû remarquer?

— Bien, Mathieu et moi, nous sortons ensemble à l'occasion.

— Vous sortez ensemble? demanda Marie-Hélène, surprise.

— Tu as fini de jouer au perroquet?

— Pardonne-moi, c'est la surprise. Je n'avais rien remarqué.

— Disons qu'il m'a invitée à dîner à plusieurs reprises.

— Cela n'a rien d'étonnant! Vous êtes des collègues de travail.

— C'est vrai mais, vois-tu, la dernière fois qu'il m'a emmenée dîner, il m'a demandé si j'étais libre.

— Ah! bon! Et qu'as-tu répondu?

— Je lui ai dit que j'étais libre de corps et d'esprit. Alors, il a souri, et il s'est empressé de m'inviter à passer la prochaine fin de semaine à son chalet, qui est situé à Trois-Pistoles, sur la grève Morency.

Marie-Hélène faillit s'étouffer avec sa lasagne. Elle n'en revenait pas. Les hommes d'aujourd'hui ne tenaient aucun compte des convenances à respecter avant de faire des propositions aux jeunes femmes. Ils étaient directs et pressés d'arriver à leurs fins, et ils ne perdaient plus leur temps à courtiser une femme avant de l'emmener dans leur lit. C'était choquant et décevant. Tout à sa colère, elle dit:

— Tu as sans doute refusé?

— Voyons, Marie-Hélène! Nous ne sommes plus au Moyen Âge. Je mourais d'envie d'accepter... mais je lui ai dit que je prendrais la semaine pour y réfléchir, histoire de lui montrer que je n'étais pas le genre de femme à me précipiter dans ses bras au premier signe qu'il me ferait. Mais j'avais déjà décidé que ma réponse serait oui et ça, vois-tu, il l'ignore. Et je dois te dire que je trouve ce petit jeu très amusant. Tu devrais le voir me tourner autour, on dirait un loup affamé qui n'a pas mangé depuis plusieurs jours. C'est très excitant.

— Mais tu n'es pas sérieuse! s'exclama Marie-Hélène, à l'évidence scandalisée. Tu ne trouves pas cela un peu précipité?

— Je le connais depuis un mois maintenant, c'est un laps de temps suffisant pour aller un peu plus loin dans notre relation, ne crois-tu pas?

— Je suis complètement en désaccord avec cette façon de voir les choses! s'objecta aussitôt Marie-Hélène.

— Zut! Tu me gâches mon plaisir. Écoute, j'ai trente ans et je suis prête à assumer les risques d'une aventure avec Mathieu. Vois-tu, cet homme me plaît, et je suis prête à tout pour le conquérir. Je l'aime et je ne laisserai personne s'immiscer entre nous. Qui ne risque rien n'a rien! Je préfère souffrir d'un amour perdu plutôt que de passer à côté sans jamais le connaître, à cause de scrupules mal fondés... Il y a si longtemps que j'attends. Je suis bien décidée à ne pas laisser passer ma chance.

— Mais tu pourrais te contenter de sortir avec lui quelques mois, s'écria alors Marie-Hélène.

— Non, j'ai envie de lui. Je pense à lui nuit et jour. Je veux sentir son corps près du mien, je veux sentir nos souffles se mêler, ses mains me caresser...

— Je t'en prie, Nicole. Épargne-moi les détails! dit Marie-Hélène, visiblement contrariée.

Elle était surtout perturbée, car c'était aussi ce qu'elle désirait lorsqu'elle était avec Marc. Marc... toujours lui... elle ne pensait qu'à lui. Elle ne pouvait s'en libérer, il était toujours présent dans ses pensées.

— Ce que tu peux être bête et méchante parfois! dit Nicole d'une voix peinée.

— Excuse-moi, je t'en prie. Il est vrai que je ne suis pas très chic avec toi parfois... mais je t'aime beaucoup, tu sais. Disons que ta façon de voir les choses est parfois contre mes principes. Mais tu es mon amie, aussi je respecte tes décisions, même si je ne les approuve pas. À mon avis, tu risques gros avec ce Mathieu et, pour tout te dire, ça m'inquiète.

Un silence accueillit cette déclaration. Marie-Hélène était consciente qu'elle faisait beaucoup de mal à son amie mais une volonté de parler la poussait à agir ainsi. Prenant une profonde respiration, elle demanda sur un ton plus conciliant:

— Imagine un peu que les événements tournent mal entre vous. Comment pourras-tu lui faire face après cela?

— Je te trouve bien négative! s'indigna Nicole. J'avoue que j'y ai pensé mais imagine, au contraire, que cela se termine par un mariage. Ce serait pratique de travailler au même endroit. Nous économiserions l'achat d'une voiture...

— D'accord! Je rends les armes. De toute façon, je ne réussirai pas à te mettre un peu de plomb dans la tête...

— Mais je t'avertis, si cela tourne mal, ne viens pas pleurnicher à mon bureau... Je t'aurai prévenue, dit-elle en riant.

Puis, consultant sa montre, elle s'écria:

— Mon Dieu! Il est grand temps de partir, sinon nous serons en retard pour le film.

Après avoir réglé l'addition, elles se dirigèrent en vitesse vers la rue Lafontaine, là où se trouvait le cinéma.

Le film fut très intéressant et l'acteur principal, un beau brun qui dansait de façon remarquable, était absolument éblouissant. Tout au long de la projection, Marie-Hélène se revoyait dansant avec Marc et elle fut presque déçue lorsque le film se termina.

— Un dernier verre? demanda Nicole à la sortie du cinéma.

— Non, merci! Je préfère aller me coucher, je tombe de sommeil, répondit Marie-Hélène. Ce sera pour la prochaine fois, d'accord?

— O.K. Comme tu voudras! Le film t'a plu?

— Énormément!

— Alors, il ne nous reste plus qu'à nous souhaiter bonne nuit, dit Nicole.

— Bonne nuit, Nicole!

* * *

Le lendemain apporta sa charge de travail et Marie-Hélène n'eut pas une minute de répit. Elle finalisa demande de crédit par-dessus demande de crédit. Elle reçut plusieurs clients, et dut en envoyer quelques-uns à Mathieu tant elle était sollicitée par la clientèle. Même qu'elle eut la surprise de voir revenir ce monsieur Lanctôt, ce client mécontent à qui elle avait refusé l'hypothèque pour la maison de la rue Duval. La mine repentante, il s'était excusé d'avoir été impoli à son endroit et il lui demandait de reconsidérer sa demande de crédit hypothécaire pour une bâtisse qu'il avait finalement décidé de se faire construire. Marie-Hélène le reçut avec beaucoup de chaleur. Elle ne voulait surtout pas jeter de l'huile sur le feu.

Sa journée terminée, elle se rendit directement chez ses parents qui l'avaient invitée pour célébrer un événement spécial, à ce qu'ils avait dit, quoique Françoise Pelletier se fut montrée très évasive sur le sujet. Marie-Hélène était dévorée par la curiosité. Qu'avaient-ils donc de si extraordinaire à fêter? Leur anniversaire de mariage n'avait lieu qu'en octobre, ce n'était donc pas de cet événement qu'il s'agissait. Mais de quoi donc?

Lorsqu'elle arriva enfin à la maison, elle vit que toute la famille était déjà réunie. Elle embrassa ses parents et fit rapidement le tour de toute la parenté. Elle tenta bien de connaître la raison qui les réunissait ainsi, un soir de semaine, mais personne n'ouvrit la bouche. Elle remarqua tout de même que Guillaume semblait en savoir plus long que les autres et qu'il semblait dangereusement en forme. Quant à Amélie, elle avait possessivement passé son bras sous celui de son frère et son regard brillait d'excitation.

On prit l'apéritif au salon dans une atmosphère de franche gaieté. Marie-Hélène aimait ce salon. La vue qu'on y avait de l'extérieur était magnifique, à cause d'une immense fenêtre qui permettait de voir les nombreux arrangements floraux qui faisaient l'orgueil de sa mère depuis plusieurs années. Les plantes et les fleurs étaient son passe-temps favori. Elle les cultivait avec beaucoup d'amour et d'attention, et y consacrait beaucoup d'énergie. Le résultat en était agréablement étonnant. Le salon lui-même regorgeait de plantes vertes et de fleurs en pot, quelques-unes suspendues dans des jardinières et d'autres, plus imposantes, posées directement sur le plancher de bois verni.

Vers dix-neuf heures, Françoise vint leur annoncer que le repas était servi.

Comme d'habitude, la table en chêne massif était dressée avec beaucoup de raffinement. Deux roses rouges déposées dans un vase de cristal embellissaient la nappe de dentelle, de couleur crème. Deux bouteilles de vin étaient ouvertes, ce qui ne manqua pas d'intriguer la jeune femme. Elle avait franchement hâte de connaître l'heureuse nouvelle.

Son père se leva, versa le vin dans les coupes puis il dit:

— Mes chers enfants, nous sommes réunis ce soir pour célébrer un événement marquant dans notre famille!

Tous firent silence, attendant la suite. Il les fit patienter quelques secondes, puis continua:

— J'ai l'honneur de vous annoncer que très bientôt, cette famille accueillera un nouveau membre, et je laisse maintenant à Guillaume le soin de nous faire part de l'heureuse nouvelle. À toi, mon fils!

Guillaume se leva à son tour, et dit:

— Merci, papa!

Puis, prenant la main d'Amélie dans les siennes, il annonça, heureux:

— À vous tous que j'aime, j'ai le bonheur de vous annonçer... qu'Amélie et moi, nous allons nous fiancer et que nous nous marierons très bientôt.

Un frisson de stupeur parcourut la colonne vertébrale de Marie-Hélène. Alors que tous se levaient pour embrasser les deux amoureux, elle se sentait incapable de bouger tant la surprise était grande pour elle. Son frère cadet allait se marier...

Lui qu'elle croyait un célibataire endurci, un séducteur acharné... Elle pouvait imaginer beaucoup de choses à son sujet... mais jamais elle n'aurait cru possible qu'il se marie un jour.

— Tu ne me félicites pas, Marie-Hélène? lui demanda-t-il.

— Excuse-moi, Guillaume. Mais je suis encore sous le choc de cette heureuse nouvelle. Je m'attendais à tout venant de toi, mais certainement pas à cela! Mais, aussi grande que soit ma surprise, je te souhaite tout le bonheur que tu mérites, lui dit-elle en se levant pour l'embrasser.

Puis, se tournant vers Amélie, elle dit:

— Je crois que je peux t'embrasser maintenant, puisque nous allons devenir belles-sœurs!

Joignant le geste à la parole, elle embrassa la jeune fille avec affection en lui souhaitant beaucoup de bonheur à son tour.

Tous portèrent un toast à la santé et au bonheur des futurs fiancés. À Patrice qui s'informait de la date de leur mariage,

Guillaume déclara, en entourant la taille de sa future épouse d'un geste possessif et affecteux:

— Amélie et moi avons fixé la date de cet événement au 7 octobre prochain.

— Le 7 octobre prochain! s'exclama Johanne.

— Oui, répondirent en chœur les deux tourtereaux.

— Mais c'est à peine dans trois mois!

— Eh oui! Nous sommes terriblement pressés de vivre ensemble, Amélie et moi, expliqua Guillaume, une lueur taquine dans le regard.

— Vos parents sont-ils prévenus? demanda Françoise à la jeune fille.

— Nous allons leur annoncer l'heureuse nouvelle la fin de semaine prochaine, dit posément Amélie. Nous partons pour Québec demain soir.

— De quel endroit es-tu originaire? questionna Marie-Hélène.

— De Trois-Rivières, répondit Amélie. Mais mes parents habitent Loretteville depuis plusieurs années.

— Avez-vous l'intention de poursuivre vos études? demanda Patrice.

— Oh! oui! J'ai investi trop d'énergie dans ces études pour m'arrêter.

— Je vous approuve tout à fait, répliqua Benoit. Vous êtes une jeune fille trop brillante pour abandonner vos études. N'est-ce pas, Guillaume?

— Tout à fait d'accord, papa! se contenta de répondre ce dernier, un sourire aux lèvres.

— Vous me flattez, Monsieur Pelletier, vous êtes vraiment trop gentil, dit Amélie, rougissante.

— Benoit ne fait jamais de compliments en l'air, Amélie, sachez-le bien, dit Françoise. Moi aussi, j'approuve votre décision. Vous devez terminer vos études. Les temps ont bien changé... et si vous avez décidé de faire carrière, il ne faut surtout pas que Guillaume s'oppose à vos désirs.

— N'ayez aucune crainte. Nous en avons discuté, Guillaume et moi, et nous nous sommes instantanément entendus à ce sujet, se contenta de répondre Amélie.

— J'en suis heureux pour vous deux, dit à nouveau Benoit.

Et, dans un geste inattendu, il se tourna vers Marie-Hélène, prit une de ses mains dans les siennes et lui dit d'un ton taquin:

— Eh bien, jeune fille! Qu'as-tu à dire pour ta défense? Normalement, dans une famille, ce sont les filles qui se marient en premier, alors qu'ici, les garçons t'ont devancée. Quand nous feras-tu le plaisir de nous annoncer ton mariage? Est-ce que je vivrai assez vieux pour te servir de père?

— Papa! s'écria Marie-Hélène en lui pinçant une joue entre ses doigts.

Mais Guillaume ne lui laissa pas vraiment le temps de réagir. Prenant la parole, il dit sur un ton lourd de mystère, comme lui seul pouvait le faire:

— Je crois que cela va venir, papa... Et plus vite que l'on pense!

Sa remarque claqua comme un coup de fouet et tous se tournèrent vers lui, très attentifs. Finalement, les regards se dirigèrent vers Marie-Hélène, guettant sa réaction. Celle-ci s'agita sur son siège, ne sachant trop quelle attitude adopter. Consciente que tous attendaient une réponse, elle balbutia:

— Voyons, vous savez tous... combien Guillaume aime me taquiner. C'est une de ses plaisanteries habituelles. Vous n'allez tout de même pas prendre cette déclaration au sérieux? ajouta-t-elle, de plus en plus nerveuse.

— Si c'est une plaisanterie, explique-nous pourquoi Amélie et moi avons assisté à une querelle d'amoureux entre Marc et toi samedi dernier, aux Escoumins... surtout que nous vous avons vus danser tendrement enlacés quelques minutes plus tôt.

Marie-Hélène bondit hors de son siège. Elle était affreusement gênée par les propos de son frère et elle sentait une colère viscérale l'emporter. Hors d'elle, elle répliqua d'un ton mordant:

— De quoi te mêles-tu, Guillaume Pelletier? D'abord... nous ne dansions pas enlacés, comme tu le prétends, et ce n'était pas non plus une querelle d'amoureux... Il n'y a strictement rien entre Marc et moi... et je te prie de cesser tes insinuations déplacées à mon endroit!

— Alors... pourquoi es-tu si rouge? Je trouve, d'ailleurs, que tu te défends avec beaucoup de flamme pour quelqu'un qui n'a rien à cacher...

— J'y suis bien forcée. Tu m'attaques sur une situation qui me regarde personnellement, et devant toute la famille, de surcroît. Comment voudrais-tu que je réagisse?

— Alors, si Marc ne t'intéresse pas... tu devrais mettre un terme à vos relations, car lui, il est fou de toi. Tu n'as pas le droit de l'encourager comme tu le fais. Tu joues au chat et à la souris avec lui!

Marie-Hélène blêmit sous le blâme. Quelle situation! Voilà que son frère l'accusait de perversion, maintenant. Après avoir prit une profonde inspiration, elle dit sur un ton ferme qui n'admettait aucune réplique:

— Je crois que Marc est tout à fait capable de se défendre lui-même. Il n'a certainement pas besoin d'un défenseur des droits de l'homme comme toi. D'ailleurs, sache, pour ta propre information... que nous avons établi dès le départ... une relation d'amitié, et qu'il n'est absolument pas question d'autre chose entre nous. Est-ce suffisamment clair pour toi, Guillaume Pelletier?

Le cœur de Marie-Hélène battait à tout rompre, surtout depuis que Guillaume avait dit que Marc était fou d'elle. Se pouvait-il qu'il fût amoureux d'elle? Si c'était le cas, comment devait-elle réagir? Un fol espoir prit naissance en elle. Marc s'était-il confié à Guillaume? Et celui-ci lui avait-il raconté son passé? À cette idée, Marie-Hélène se sentit terrifiée. Elle devait savoir si Guillaume avait parlé d'elle à Marc. Aussi lui demanda-t-elle sur un ton méconnaissable:

— Marc t'a-t-il questionné à mon sujet?

— Oui, répondit Guillaume?

— Tu n'as pas... Tu n'as rien dit, j'espère?

— Non, rassure-toi. Pour qui me prends-tu? Je lui ai simplement dit qu'il devait réussir à te convaincre de tout lui raconter.

Marie-Hélène poussa un soupir de soulagement et dit:

— Il n'y a rien entre nous. Je ne vois pas pourquoi je lui raconterais cette histoire!

— Ce que tu peux être aveugle, Marie-Hélène! dit Guillaume sur un ton exaspéré, tout en regardant vers le plafond de la salle à manger.

— Que veux-tu dire? demanda-t-elle sur la défensive.

— Rien! s'interposa Françoise Pelletier. Guillaume, cesse de harceler ta sœur avec tes suppositions mal venues... et cessez de vous disputer tous les deux.

D'un geste décidé, elle se tourna vers Amélie et demanda:

— Quels sont vos projets, Amélie? Avez-vous l'intention de louer un appartement à Québec?

C'est sur ce sujet que l'on bavarda pendant le reste de la soirée. Bien qu'elle ne comprît pas son attitude, Marie-Hélène était reconnaissante envers sa mère pour l'avoir sortie de cette situation embêtante. Normalement, sa mère aurait dû, selon son habitude, profiter de la situation pour poser des questions, afin d'en savoir davantage. Mais, à sa grande surprise, elle s'était contentée d'écouter la discussion sans rien dire et, lorsqu'elle avait senti Marie-Hélène totalement déroutée, elle était intervenue en sa faveur, contre Guillaume. C'était plutôt surprenant de sa part et cette attitude la déconcertait.

Vers vingt-trois heures, prétextant la fatigue, Marie-Hélène prit congé de la famille. Elle les embrassa tous et les quitta pour aller se coucher. Elle se sentait complètement vide d'énergie.

CHAPITRE 8

Marie-Hélène tentait de se concentrer sur son livre. Elle consulta sa montre pour la vingtième fois: il était midi quarante-cinq. Marc lui avait pourtant dit qu'il serait chez elle pour midi, car il désirait se détendre un peu avant de partir pour Rimouski. Sa semaine avait été plus qu'épuisante, car il avait eu plusieurs affaires à régler. Il avait eu des rendez-vous avec le notaire, avec le comptable de son entreprise, avec sa décoratrice et, pour finir, il avait dû rencontrer plusieurs entrepreneurs afin de mettre au point les derniers détails concernant la construction du motel, prévue pour le lundi suivant. On était déjà à la mi-juillet, et si l'on voulait ouvrir la salle à manger pour Noël, il fallait commencer les travaux le plus rapidement possible.

Marie-Hélène ferma son livre et se mit à arpenter nerveusement la cuisinette. Pour la troisième fois, elle vérifia si sa lasagne était à point. Heureusement, elle était parfaite. La jeune femme décida donc de dresser la table. Les mains tremblantes comme une collégienne, ce qui la contraria, elle y étendit sa plus belle nappe de dentelle. Elle se demandait pourquoi ces rencontres avec le jeune homme la rendaient si nerveuse.

Finalement, la sonnette d'entrée vint troubler ce silence tendu. Fébrilement, Marie-Hélène retira son tablier et se précipita vers la porte. Enfin, c'était lui! Il se tenait sur le seuil, un sourire au coin des lèvres et, entre les mains, une boîte énorme qu'il lui tendit aussitôt en disant:

— Voilà, elles sont pour vous!

Rougissante, Marie-Hélène prit la boîte en balbutiant:

— Merci beaucoup! Entrez, je vous en prie.

Elle déposa maladroitement la boîte sur le comptoir de la cuisine et, avec des gestes nerveux qui trahissaient son excitation, elle réussit à retirer le ruban et à libérer le couvercle, découvrant ainsi une douzaine de roses rouges.

— Qu'elles sont belles! dit-elle dans un souffle, gênée. Vous n'auriez pas dû, Marc, vous me gâtez beaucoup trop!

— Je vous assure que j'en avais envie, dit celui-ci simplement, et vous connaissez maintenant la raison de mon retard.

— Cette délicatesse est tout à votre honneur!

— Lisez maintenant la carte qui l'accompagne, dit-il en la retirant du bouquet et en la lui tendant:

— Et pendant que vous en lirez le contenu, j'aimerais bien me laver les mains. Pouvez-vous m'indiquer la salle de bains?

— Oui, bien sûr. La porte est juste à votre droite, dans le corridor.

— Merci!

Et il laissa la jeune femme seule avec son message. Marie-Hélène ouvrit l'enveloppe et déplia le feuillet. Elle reconnut la large écriture de Marc et elle fut très touchée par ce qu'elle lut.

Ces quelques roses sont pour moi le gage de mon attachement sincère pour vous. Je vous les offre, en espérant que vous ne mettrez plus jamais en doute mes sentiments à votre égard. J'ose espérer que notre relation ne souffrira plus d'incompréhension... Je vous donne mon affection, ma confiance, mon soutien... et tout le temps qu'il vous sera nécessaire pour m'ouvrir enfin votre cœur.

Tendrement,

Marc

Lorsque Marc revint, Marie-Hélène était en trait de placer ses fleurs dans un vase. Elle le regarda s'approcher d'elle et lui dit:

— Je suis très touchée par votre délicatesse, Marc!

— C'est un présent qui vient du fond du cœur, répondit-il en prenant une de ses mains dans les siennes.

Elle s'accrocha à son regard limpide et tendre. Ses yeux noisette étaient tachetés de paillettes d'or qui brillaient avec éclat. Elle remarqua alors qu'il fixait sa bouche, comme s'il voulait s'en rappeler le goût... Elle aurait voulu s'abandonner et aller jusqu'au bout du désir qu'elle lisait au fond de ses yeux. Elle se prit à espérer qu'il était sincère et qu'il ne tentait pas de lui jouer la comédie en improvisant cette scène fantastique de séduction pour l'amadouer. Cette simple pensée suffit à faire naître le remords en elle et elle décida de tenter le tout pour le tout.

Un silence magique s'installa entre eux. Tous deux appréciaient cette trêve romantique où leurs cœurs battaient à l'unisson.

Après un très long silence, Marc dit:

— Puisque notre relation actuelle ne nous permet pas de vivre d'amour et d'eau fraîche, je suis curieux de savoir ce que vous avez préparé pour le dîner. Ça sent rudement bon!

— Pardon, que je suis bête! J'ai oublié que vous étiez sans doute très affamé! Assoyez-vous, je vous sers immédiatement. Votre voyage s'est bien déroulé?

— Très bien, dit Marc en saisissant la bouteille de vin rouge qui se trouvait sur la table.

L'ayant ouverte, il emplit les deux coupes et lui en tendit une en disant, un sourire heureux croché à ses lèvres sensuelles:

— Buvons à notre relation!

— À notre amitié, reprit prudemment Marie-Hélène.

Il ne releva pas sa remarque et Marie-Hélène, soulagée, lui demanda sur un ton enjoué:

— J'espère que vous aimez les lasagnes?

— Hum! J'en raffole! Vous m'avez donc cuisiné des lasagnes? Qui vous a dit que je les aimais?

— Mon intuition! répondit-elle, heureuse à l'idée qu'elle avait bien choisi son plat.

Elle était tout à fait à l'aise, à présent. Marc avait su l'aider à se détendre. Ils bavardèrent pendant tout le repas comme de vieux amis. Marc lui raconta comment il avait passé la semaine et Marie-Hélène l'écouta avec beaucoup d'attention.

Marie-Hélène était heureuse de voir son compagnon manger avec autant d'appétit et elle ne cacha pas sa joie lorsqu'il demanda une autre portion. Il mangeait lentement et manifestait son appréciation chaque fois qu'il goûtait un nouvel aliment: lasagne, chou-fleur gratiné, brocoli, champignons, tout y passa.

— Vous avez bon appétit, dit Marie-Hélène pour le taquiner.

— Je dois vous avouer que j'ai déjeuné à six heures ce matin. J'avais encore des choses à régler avant de prendre la route. Et j'avais si hâte de vous revoir! Alors, j'ai mangé en grande vitesse, pressé de terminer mes affaires pour enfin vous retrouver.

— Vous tentez encore de me séduire, dit Marie-Hélène en souriant. N'en dites pas davantage, j'apporte le dessert.

— J'espère qu'il est léger?

— Une simple salade de fruits maison et quelques biscuits. Voyez-vous, je ne suis pas du tout portée sur les mets sucrés. J'en mange très rarement.

— Je m'en serais douté, dit-il sur un ton moqueur. J'ai su, il y a une quinzaine de jours, que vous faisiez très attention à votre ligne.

Elle sourit à ce souvenir et répondit:

— Je vois que vous avez une excellente mémoire, Monsieur Durand!

— Oui! dit-il avec un sourire envoûtant.

— En fait, la santé est une de mes priorités dans la vie. Avec le métier que je fais, je dois faire attention. Je suis souvent assise pendant des heures, alors, aussitôt le travail terminé, je m'efforce de bouger pour compenser mon manque d'activité. Je prends également le temps de me préparer de bon repas, pas trop riches en calories... Et puis, il y a aussi les tensions dans mon travail qui me préoccupent beaucoup. Je m'exerce à les éliminer au fur et à mesure qu'elles s'installent dans mon quotidien. Dès le début de ma carrière, je me suis imposé une discipline de vie: me lever tôt, me coucher tôt, bien manger et faire de l'exercice, voilà me devise! conclut-elle en riant.

— Et vos loisirs?

— Les sports que je pratique font partie de mes loisirs. Mais j'aime également la lecture, la bonne musique et les voyages.

— Je m'étonne de votre choix de carrière. Vous êtes une bonne sportive, alors pourquoi avoir choisi l'administration?

— Parce que je suis une fille plutôt rationnelle. Je sais qu'il y a un paradoxe en moi. J'aime la nature et le sport, mais j'aime aussi me casser la tête avec une montagne de chiffres... C'est comme une opposition chez moi, deux facettes contradictoires de ma personnalité.

— Vous êtes très disciplinée, finalement! Je pense que la devise *un esprit sain dans un corps sain* vous irait très bien.

— Ne croyez pas ça. Je ne peux vous garantir que j'ai un esprit sain, car, pour moi, le parfait équilibre d'un être humain est chose impossible. Notre côté humain nous condamne à une certaine fragilité...

— Oui, vous avez raison, dit Marc. Notre équilibre mental ne tient parfois qu'à un fil. Il suffit qu'un événement inattendu surgisse dans notre vie pour qu'il soit menacer.

Constatant que le regard de la jeune femme s'assombrissait à la suite de cette remarque, Marc décida de mettre un terme à cette discussion en disant:

— Ce repas était tout à fait délicieux! Mais il serait temps pour nous de partir à l'aventure maintenant. Qu'en dites-vous?

— Je suis d'accord. Laissez-moi le temps de tout mettre dans le lave-vaisselle et de changer ma tenue et je suis prête. Prendriez-vous une crème de menthe comme digestif, en attendant?

— J'accepte avec plaisir, mais à une condition!

— Laquelle, Monsieur Durand?

— Que je vous aide à débarrasser la table.

— D'accord, répondit Marie-Hélène en souriant.

Ils s'activèrent dans le coin exigu de la cuisinette, ce qui provoqua des frôlements de bras et de jambes qui troublèrent Marie-Hélène plus que de raison. Mais elle décida de faire comme si tout était normal et elle s'amusa avec lui à tout ramasser. À chaque frottement de sa part, Marc s'excusait, un sourire narquois au coin des lèvres. Il prenait plaisir à la taquiner, et elle se surprit à marcher dans son jeu.

Trente minutes plus tard, ils se dirigeaient vers Rimouski. Ils y firent du tourisme, visitant des parcs et se promenant sur le bord du fleuve. Ils étaient comme deux enfants, se poursuivant et s'arrosant.

Marie-Hélène portait une jolie robe bain de soleil de couleur jaune tendre qui rehaussait délicatement son teint bronzé. Elle était l'image même de la séduction. Les hommes qu'ils rencontraient se retournaient sur son passage pour la contempler. Elle était magnifique, mais ce qui la rendait encore plus belle et plus désirable, c'était le bonheur évident que l'on pouvait lire sur son visage.

Dans un élan de passion, Marc l'attira contre lui et la serra en lui disant d'une voix rendue rauque par le désir:

— Vous êtes si belle, Marie-Hélène...

— Vous n'êtes pas mal non plus! dit-elle d'un ton taquin.

— Vous le pensez vraiment? demanda-t-il, sérieux.

— Je crois que vous le savez fort bien, Monsieur Durand... répondit-elle avec sourire enjôleur.

— J'aimerais vous l'entendre dire.

Elle s'arrêta et le regarda longuement. Elle se sentait mal à l'aise d'avoir à lui dire ces simples mots. Après quelques secondes d'hésitation, elle avoua, en détournant le regard:

— Je vous trouve... très séduisant!

D'une main ferme, Marc la força à le regarder et lui dit d'une voix changée:

— Ces paroles ont un goût de miel dans votre bouche!

— Séducteur! répliqua Marie-Hélène taquine.

— Je n'ai pas du tout envie de blaguer. Je suis très heureux de vous plaire, j'en suis même flatté... venant d'une femme telle que vous.

Elle rougit sous le compliment et, comme pour se défendre, elle dit:

— Vous vous moquez de moi! Je ne suis certainement pas la seule femme à vous trouver séduisant.

— Que m'importe l'opinion des autres femmes. C'est vous que mon cœur a choisie.

— Marc, je vous en prie... cessez ce petit jeu avec moi!

— Quel petit jeu? Vous ne me croyez pas?

— Écoutez, Marc! Vous êtes trop séduisant, trop bien nanti, trop chanceux dans la vie... pour que je puisse croire que vous ne vous intéressez sincèrement qu'à moi, alors que vous devez avoir tout le sexe féminin à vos trousses. Je suis certaine que vous n'avez qu'à lever le petit doigt pour que toutes les femmes tombent dans votre lit... se surprit-elle à lui dire.

Marc sourit en entendant cette remarque, ce qui la choqua profondément. Ainsi, il ne cherchait pas à nier.

Marc vit immédiatement l'éclat de colère qui assombrissait le beau regard émeraude et il ne laissa pas à la jeune femme le temps de réagir.

— Ne nous disputons pas, dit-il. Je vous l'accorde bien modestement, il est vrai que des femmes me font des propositions... En fait, j'avoue jouir d'une certaine popularité auprès d'elles... mais je vous assure que je ne suis pas le genre d'homme... qui s'empresse de coucher avec la première venue qui me manifeste de l'intérêt. Je ne suis pas un gigolo, tout de même!

Marie-Hélène rougit jusqu'à la racine des cheveux et détourna son regard de celui de Marc.. Elle se sentait soulagée sur certains points, mais elle n'arrivait pas tout à fait à croire que Marc essayait de lui faire comprendre.

— Je vais vous faire un aveu, lui dit celui-ci. Il y a une époque de ma vie... où j'ai profité de ces situations. C'était dans mon jeune âge, entre dix-huit et vingt-six ans, pour être plus précis. Mais depuis, je vous assure que je suis très sage. J'ai appris qu'il n'y avait rien à tirer de ces expériences qui nous laissent souvent très déçu.

Marie-Hélène fit quelques pas sur le sable. Elle avait retiré ses souliers parce qu'elle les trouvait incommodants. Il ne pouvait voir son visage songeur.

— J'ai finalement compris ce que je cherchais, poursuivit Marc.

Marie-Hélène retint sa respiration. Le cœur battant, elle attendait la suite de l'explication.

— C'est vous que je cherchais! dit Marc d'une voix profonde, remplie d'émotion.

Marie-Hélène se retourna très lentement. Elle était bouleversée par ce qu'il venait de lui dire. Elle soutint son regard et ce qu'elle y lut la fit frémir. Il semblait tout à fait sincère... Mais comment en être vraiment certaine?

— Si vous me faites marcher, c'est très malhonnête de votre part, hasarda-t-elle.

Il se rapprocha d'elle et lui dit, déçu:

— Pourquoi doutez-vous toujours de ce que je vous dis? Vous me blessez....

— Je ne le sais pas vraiment...

Elle s'approcha de lui, tout près... encore plus près. Le temps semblait suspendu. Dieu qu'elle le désirait! Elle mit ses bras autour de son cou et, dans un geste impulsif, elle posa délicatement ses lèvres sur les siennes. Marc ne bougea pas. Elle caressa sa nuque, passa sa main dans sa chevelure abondante, la respira, comme pour s'enivrer de son parfum viril envoûtant et musqué.

Le corps de la jeune femme tremblait de désir mais Marc ne bougeait toujours pas. Elle approcha de nouveau ses lèvres des siennes et, du bout de la langue, elle les caressa. Marc gémit et ouvrit la bouche pour l'accueillir. Elle recula alors, comme s'il venait de la brûler. Après quelques secondes interminables, elle dit d'une voix que la passion rendait méconnaissable:

— Nous ferions mieux de reporter cette discussion à plus tard. Je ne me sens pas prête à l'entendre. C'est beaucoup trop tôt!

Marc plongea son regard dans le sien. La main droite de la jeune femme était toujours posée sur sa nuque. La proximité de ce corps féminin, si près du sien, le rendait à moitié fou. Dans un bref moment de lucidité, il comprit qu'il venait de toucher son cœur. Il se força à croire qu'elle avait raison et qu'il valait mieux attendre qu'elle soit prête à l'écouter. Tant de choses restaient en suspens dans cette relation. Il devait attendre qu'elle décide elle-même de les régler. C'était à elle de franchir l'importante barrière qui l'empêchait de savourer l'harmonie de leur relation naissante.

— J'ai peur que vous espériez beaucoup trop de moi, Marc!

— Nous verrons. L'avenir nous le dira, répondit-il dans un souffle.

— Je crois que j'ai faim, annonça-t-elle.

— Alors, allons manger.

Ils se rendirent dans un restaurant réputé et dégustèrent de succulents fruits de mer.

— Je crois que je vais éclater! dit Marie-Hélène à la fin du repas. Vous allez finir par me faire prendre du poids!

— Mais nous avons marché tout l'après-midi!

Marie-Hélène se recula au fond de sa chaise. Elle se sentait légèrement ivre. Le vin était délicieux ainsi que le repas qu'ils venaient de prendre ensemble. Marc était en tous points, un compagnon charmant, sensible à ses besoins et très attentionné. Elle se surprit encore une fois, à s'émerveiller de sa présence. Comme s'il avait compris ce qui se passait en elle, il dit:

— Vous êtes absolument merveilleuse!

— Et vous, vous êtes terrible!

Il sourit et demanda:

— Est-ce un compliment?

— J'avais résolu de ne plus jamais vous revoir... et me voici encore avec vous, dégustant un merveilleux repas dans une atmosphère des plus romantiques.

— Je suis heureux que vous ayez changé d'idée.

— Vous jouez avec moi comme un chat joue avec une souris... et j'hésite entre deux sentiments totalement contradictoires quand je suis avec vous.

— Lesquels? demanda-t-il, curieux en même temps que légèrement anxieux.

Elle fit une longue pause avant de répondre. Elle constata la témérité avec laquelle elle s'était embarquée dans cette discussion dangereuse. Finalement, elle dit en soupirant:

— Vous profitez de mon ivresse pour me faire parler. Vous savez très bien de quoi il s'agit!

— J'aimerais bien que vous me le disiez vous-même.

Il ne lui laissait aucune chance de s'en sortir. S'armant de courage, elle dit:

— J'hésite entre me laisser aller à vivre ces moments qui nous rassemblent... et fuir le plus loin possible de vous, tournant cette page de mon existence afin de m'éviter une souffrance à laquelle je ne suis pas sûre de pouvoir faire face plus tard, acheva-t-elle dans un souffle.

Marc réfléchit rapidement à ce qu'il venait d'entendre. Que devait-il dire ou faire? Une petite voix lui soufflait qu'il ne devait pas poursuivre cette conversation qui risquait de se terminer en dispute. Ne voulant pas risquer de détruire cette harmonie fragile qu'ils avaient tant de difficulté à construire, il dit:

— Je vous ai promis d'être patient et de vous respecter. Aussi je préfère que nous en restions là avec cette discussion, voulez-vous?

— Vous avez raison. Je pense que j'ai un peu trop bu! Parlons d'autre chose.

— Que diriez-vous d'un bon bain?

— Un bain? s'écria-t-elle, surprise.

Il rit et dit:

— Je voulais dire que nous pourrions nous baigner. Il y a deux possibilités qui s'offrent à nous... D'abord, la marée est haute actuellement et nous pourrions nous rendre à Sainte-Luce-sur-Mer. J'ai entendu dire que la plage y était magnifique. J'apprécierais beaucoup un bain de minuit avec vous. Qu'en pensez-vous?

— Hum! J'avoue que c'est tentant, mais vous avez parlé d'une autre possibilité. Puis-je la connaître?

— Eh bien! il y a une piscine à l'auberge où nous dormirons ce soir.

— Je crois que je préfère la piscine. L'eau du fleuve risque d'être très froide à cette heure de la nuit, expliqua-t-elle.

— C'est vrai. Je n'avais pas pensé à cette évidence. Dommage! J'avoue qu'un bain de minuit dans le fleuve m'aurais plu davantage.

Marie-Hélène rougit, comme une jeune fille à son premier rendez-vous. Cet homme lui plaisait vraiment beaucoup. Trop! Beaucoup trop... et l'expérience qu'il avait des femmes l'effrayait.

— Nous nous contenterons de la piscine. Je ne voudrais pas que vous soyez malade par ma faute. Nous y allons?

— J'en meurs d'envie! s'exclama-t-elle.

Marc paya rapidement l'addition et ils sortirent dans la nuit, marchant côte à côte, main dans la main. En arrivant à la voiture, Marc s'éloigna légèrement d'elle et alla ouvrir la portière, l'invitant à monter à l'intérieur. Après qu'il se fut installé à côté d'elle, Marie-Hélène lui dit:

— J'aime beaucoup votre voiture, Marc. Elle est si spacieuse et si jolie.

— Merci! Je l'aime beaucoup aussi, répondit-il en souriant.

— Elle est récente, n'est-ce pas?

— Je change de voiture chaque année. Je sais que cela peut paraître prétentieux mais, dans ma situation, c'est ce que je peux faire de mieux.

— Oui, je sais. Je devrai également changer la mienne à l'automne prochain. Elle a déjà deux ans, et c'est ce que mes moyens financiers me permettent.

— La changerez-vous pour une autre *Honda*?

— Je ne sais pas encore... Une de mes clientes s'est procuré une *Beretta* et j'avoue que cette voiture me plaît beaucoup. Je crois que je vais faire le tour des concessionnaires pour marchander un peu, lors de mon prochain achat. Peut-être que je me laisserai tenter par cette marque. Vous la connaissez?

— Oui, mon comptable en possède une et il ne cesse de dire qu'il en est enchanté, répondit Marc.

Finalement, Marc amorça un habile virage sur le terrain de stationnement de l'auberge, et y gara sa *BMW*. Il sortit aussitôt de la voiture pour aller ouvrir la portière du côté du passager.

Une soudaine vague d'inquiétude déferla sur Marie-Hélène, venant marteler ses tempes au moment où Marc sortait leurs bagages du coffre arrière de la voiture.

— Marc, dit-elle d'une voix à peine audible.

— Qu'y a-t-il? Vous ne vous sentez pas bien?

— Je... je me demandais si vous... enfin, si vous aviez réservé deux chambres? dit-elle d'une toute petite voix.

Il déposa son sac de voyage par terre, et son sourire se fit provocateur lorsqu'il dit:

— Non. Je n'en ai loué qu'une seule, avec un lit simple. Mais si cela vous effraie, je pourrai dormir sur le canapé.

— Marc! s'écria Marie-Hélène, comprenant qu'il se moquait d'elle.

— Allez, venez! Vous n'avez rien à craindre. Je tiens toujours mes promesses. J'ai réservé deux chambres, une pour vous et une pour moi. Vous pourrez dormir tranquille. Le méchant loup ne vous mangera pas cette nuit.

— Je suis désolée, Marc. Je crois que je vous ai blessé et je vous en demande pardon. Voyez-vous, je n'ai pas l'habitude de me rendre dans des motels... avec des hommes.

— Je crois que je peux comprendre ça, dit-il, sérieux.

— Merci! dit-elle, reconnaissante qu'il accepte si facilement ses explications.

Comme convenu, ils se dirigèrent chacun dans leur chambre. Lorsqu'elle pénétra à l'intérieur de la sienne, Marie-Hélène embrassa d'un regard circulaire cette pièce qui allait lui servir de refuge pour la nuit, et elle fut assurée qu'elle s'y sentirait très à l'aise. Elle posa sa valise sur le grand lit et l'ouvrit avec vivacité. Elle n'avait qu'une demi-heure pour se rendre à la piscine où Marc lui avait donné rendez-vous. Elle devait donc se dépêcher de ranger ses affaires si elle ne voulait pas qu'il vienne la chercher à sa chambre.

Elle avait mis beaucoup de temps à choisir sa garde-robe. Marc lui avait donné très peu d'indications concernant leur emploi du temps. Aussi, avait-elle décidé de parer à toute éventualité en emportant un éventail assez complet de vêtements. Elle rangea le tout et s'empressa d'enfiler son maillot de bain, après quoi elle se contempla dans la glace. Elle fut saisie d'une pudeur subite lorsqu'elle constata que ce maillot dévoilait audacieusement les formes de son corps. C'était un modèle de type débardeur à dos très décolleté, de couleur blanche, qui soulignait agréablement son teint bronzé. Mais ce qui la gênait le plus dans ce maillot, c'est l'échancrure aux cuisses, qui laissait voir un peu trop ses hanches fines. Elle craignait que Marc y vit une quelconque invitation de sa part. Elle dut faire taire ses appréhensions, car elle entendit, à ce moment, un coup discret frappé contre le battant de la porte.

— Mon Dieu! c'est déjà lui, dit-elle à voix basse.

Après avoir enfilé rapidement son cache-maillot, elle alla ouvrir. C'était bien Marc qui se tenait là, près de la porte, un sourire désarmant aux coins des lèvres. Il dit:

— Vous êtes prête?

— Oui, je m'apprêtais justement à aller vous rejoindre.

— Alors, allons-y. J'ai hâte de sauter à l'eau.

Ils se rendirent directement à la piscine en empruntant les escaliers. À leur arrivée, ils constatèrent qu'ils étaient seuls.

— Magnifique! s'écria Marc, personne ne nous dérangera.

Sous le regard gêné de la jeune femme, Marc retira son tee-shirt, ses sandales et son short, révélant ainsi à Marie-Hélène un corps sculptural aux proportions bien masculines. Elle ne put s'empêcher de remarquer encore une fois sa large carrure. Il était si beau qu'elle ne put retenir un frisson de désir, qui la parcourra tout entière. Elle le désirait et cela devenait une obsession, une hantise. Son esprit était rempli d'images lascives.

Marc se tourna vers elle et elle sut immédiatement qu'il avait deviné les secrètes pensées qui l'habitaient à l'instant, car il s'approcha aussitôt d'elle et lui prit le menton de sa main sensuelle... une main faite pour caresser, pour procurer des frissons de plaisir...

— Avez-vous l'intention de retirer ce peignoir ou bien désirez-vous vous baigner avec? murmura-t-il d'une voix basse, rauque, chargée de désir.

Sa présence à ses côtés lui donnait la chair de poule. Son simple contact la faisait défaillir. Complètement figée, elle retint sa respiration, incapable de prononcer la moindre parole. Comme dans un rêve, elle entendit la voix de Marc qui retentit à son oreille comme une mélodie d'amour:

— Je vous en prie, cessez de me regarder ainsi, vous me troublez... Je.... je vous désire tellement, j'ai envie de vous embrasser...

Alors, dans un moment de folie impardonnable, elle plaqua son corps contre le sien, cambra les reins et, dans un élan d'audacieuse provocation, elle releva la tête puis tout en soutenant son regard, elle tendit ses lèvres comme une offrande. Le cœur battant, elle attendait que Marc se décide enfin à mettre un terme à cette torture qui la consumait tout entière.

De ses mains chaudes et expertes, Marc tira sur le mince cordon qui retenait le cache-maillot de Marie-Hélène. Celui-ci s'ouvrit instantanément et Marc passa ses mains le long de la taille de la jeune femme, repoussant les pans du mince tissu qui le gênaient. D'un geste possessif, il l'attira vers lui en disant:

— Vous me rendez complètement fou... Êtes-vous certaine... de ce que vous faites?

Pour toute réponse, elle se pressa davantage contre lui et ferma les yeux. Quelques instants suffirent pour qu'il pose délicatement ses lèvres sur les siennes. Un courant de passion déferla dans tout son corps. Elle noua ses bras autour de son cou et, d'une main habile, elle caressa sa nuque, insérant ses longs doigts dans les mèches de ses cheveux. Elle le sentit défaillir sous cette caresse et son baiser se fit plus exigeant. Il la retenait fermement contre lui et une lutte passionnée les emporta tous les deux dans un univers qui leur appartenait. C'était un abîme de volupté fait d'ardeur inassouvie que seule l'union de leurs deux corps pouvait satisfaire.

Marc détacha ses lèvres de la bouche meurtrie de la jeune femme puis, l'empoignant par la chevelure, il se mit à couvrir sa nuque et sa gorge de baisers enfiévrés l'implorant, la suppliant de répondre à son amour. D'une voix méconnaissable, il lui dit, le souffle court:

— Je t'aime, Marie-Hélène. Je suis fou de toi!

À ces mots, le cœur de Marie-Hélène s'affola. Elle fut saisie d'une joie indescriptible. Il l'aimait donc... Elle était au comble du bonheur. Mais comme un mauvais rêve qui revint sans cesse nous hanter, la fatalité de son sort vint s'imposer à sa conscience... Elle ne pouvait se donner à lui... ni même l'aimer. En cet instant de lucidité, elle comprit clairement qu'elle était, elle aussi, éperdument amoureuse de lui. Elle sentit son cœur se déchirer en lambeaux et un sanglot lui noua la gorge. De toutes ses forces, elle s'arracha des bras de Marc et, sans que celui-ci comprît ce qui se passait, elle s'enfuit à toutes jambes vers l'escalier qui menait à sa chambre. Comme dans un brouillard, elle entendit Marc qui criait son nom, puis des pas précipités se rapprochèrent d'elle dans une course folle. Elle réussit à gravir l'escalier mais aussitôt rendue en haut, elle sentit Marc qui l'empoignait solidement. Elle était hors d'haleine. Marc la força à s'appuyer contre le mur du corridor en l'immobilisant entre ses deux bras.

Elle vit alors son regard incrédule se poser sur elle. À cet instant, elle comprit qu'il était le seul homme qui pouvait l'émouvoir. Toute sa vie, elle avait lutté contre cette éventualité, se défendant de jeter les yeux sur quiconque. Et voilà qu'en quelques semaines, il lui avait volé son cœur et son corps, l'entraînant vers un destin rempli de souffrance et d'amertume.

Elle était si désespérée qu'elle ne se rendit même pas compte qu'il avait retiré son sac de ses mains pour en sortir la clef de la chambre. Il ouvrit la porte, l'entraîna au milieu de la pièce, puis, après avoir refermé la porte, il s'adossa quelques instants contre le battant de la porte, tentant de retrouver ses esprits. Après d'interminables minutes d'attente, il s'approcha d'elle. Elle recula instinctivement, car elle sentait le besoin de se protéger de lui. D'une voix déformée par la peur, elle cria:

— Allez-vous-en! Sortez d'ici!

Elle scruta son visage, à la recherche d'une expression, d'un signe quelconque, mais il était impénétrable, livide. Il l'attrapa par le bras et elle le vit blêmir. Elle tenta de se libérer et une courte lutte s'ensuivit, mais il était beaucoup trop fort pour elle. Elle se retrouva étendue sur le lit et, comme elle tentait de se relever, il s'abattit de tout son poids sur elle, ne lui laissant aucune chance de lui échapper. Immobilisant ses bras derrière sa nuque, il lui dit:

— Et maintenant, petite tigresse, vous allez m'expliquer ce qui se passe dans votre petite tête!

— Lâchez-moi, hurla-t-elle, complètement affolée.

— Cessez de crier, je ne vais pas vous violer dit-il, hors de lui. Jamais je ne profiterai de vous sans votre plein consentement! Je ne vous lâcherai que lorsque vous m'aurez expliqué les raisons de votre subite volte-face.

Mais Marie-Hélène n'entendait pas le laisser gagner ainsi. Elle était dans une telle fureur qu'il devait lutter pour la maintenir sous lui. Constatant qu'elle n'arriverait pas à se dégager de son emprise, elle cria:

— Vous osez me demander ce que j'ai? Vous m'avez tout pris, tout volé!

— Un instant, dit Marc hors d'haleine. C'est vous qui vous êtes offerte à moi! Je n'ai fait que répondre à votre désir. C'est vous qui avez tenté de me séduire! ajouta-t-il dans un souffle.

— Lâchez-moi!

— Je ne comprends absolument pas ce qui vous arrive.

— Oh! si! Vous comprenez très bien ce qui m'arrive. Vous m'avez pris ma dignité, mon indépendance. J'ai lutté toute ma vie pour conserver ma liberté... et vous, dans une fraction de seconde, vous anéantissez tout cela. Vous avez honteusement tenté de me séduire pour mieux me détruire et vous avez tout fait pour que je succombe...

Mais les mots moururent sur ses lèvres et elle comprit ce qu'elle était sur le point de lui avouer. Elle avait failli lui dire qu'elle l'aimait. Complètement découragée, elle se mit à pleurer, abandonnant toute résistance.

Comprenant qu'il était allé trop loin, Marc la lâcha mais, se ravisant, il la reprit dans ses bras et enfouit sa tête dans son cou, la berçant comme une enfant, pour la consoler.

— Du calme, chérie, murmura-t-il contre son oreille. C'est fini. Je suis là et je ne vous veux aucun mal.

À ces mots, Marie-Hélène eut un sursaut d'énergie et explosa à nouveau:

— Je vous hais, vous m'entendez? Je vous hais! Sortez d'ici! Disparaissez de ma vie, que je ne vous voie plus jamais. Vous comprenez?

— Si, je comprends! Et je comprends encore plus... ce qui se cache sous vos paroles. Je lis même entre les lignes!

— Ah! oui? Et qu'est-ce que vous comprenez si bien? dit-elle, rouge de rage.

— Je sais ce que vous étiez sur le point de m'avouer, dit-il sur un ton exaspéré où perçait une pointe de défi. Mais j'aimerais que vous me le disiez vous-même et clairement.

— Ça jamais! répondit-elle.

— Si!

Et, ne lui laissant pas le temps de réagir, il s'empara de sa bouche et écarta ses lèvres, la soumettant à un long baiser auquel elle répondit presque immédiatement.

Elle oublia tout, trop préoccupée qu'elle était par les picotements de plaisir qui déferlaient en elle. Sa respiration s'accéléra, son corps se tendit vers lui et elle s'abandonna à ses caresses audacieuses, perdant tout contact avec la réalité.

Vaguement, elle entendait la voix de Marc lui murmurer à l'oreille:

— Dites-le-moi, la suppliait-il. Je vous en prie, dites-le-moi...

Et, comme dans un rêve, elle s'entendit dire d'une voix délirante de passion:

— Je vous aime, Marc! Je vous aime!

Elle sentit alors les mains du jeune homme parcourir sa poitrine qui se gonfla aussitôt de plaisir, la pointe de ses seins se durcissant d'excitation. Jamais elle n'aurait pu imaginer qu'elle pourrait ainsi s'abandonner à un plaisir aussi délicieux et insoutenable. S'enhardissant, elle laissa à son tour ses doigts se promener sur la peau de Marc et ses muscles durs et saillants se tendre sous ses caresses. Sa respiration devint saccadée, son souffle plus court. Il l'embrassait avec passion, avec fougue, et elle sentait son sexe se durcir contre elle. Il était là, gémissant de plaisir. Mais subitement, comme dans un éclair de lucidité, il roula vivement sur le lit et s'assit auprès d'elle, la respiration lourde... Après d'interminables secondes, il passa sa main dans ses cheveux et dit d'une voix déchirée:

— Je me fais horreur! Je suis désolé! Près de vous... je perds tous mes moyens. Je n'ai plus aucun pouvoir sur mes réactions. Pardonnez-moi, je vous en conjure.

Marie-Hélène tentait, elle aussi, de retrouver un peu de calme. Elle était déçue. Elle savait qu'elle se serait donnée à lui s'il avait insisté. Malgré sa déception, elle prit conscience qu'il était digne de confiance et qu'elle l'aimerait toute sa vie. Si seulement elle en avait le droit... Si seulement l'amour lui était accessible.

Elle fit un effort pour se relever et s'aperçut alors qu'elle était à moitié nue. Sa lucidité retrouvée, elle s'empara d'une couverture pour s'en couvrir la poitrine. Marc vit son geste de pudeur et dit sur un ton songeur:

— Je crois que seul un viol ou une relation incestueuse peut être à l'origine de votre comportement.

Elle détourna la tête et ses yeux se remplirent de larmes, en même temps qu'un sanglot montait dans sa gorge. Voyant qu'elle ne dirait absolument rien, Marc se pencha au-dessus d'elle et lui dit d'une voix très douce, quoique brisée par l'émotion:

— Si seulement vous me faisiez confiance! Je vous aime, murmura-t-il. Expliquez-moi de quoi il s'agit. Je pourrais essayer de vous aider à surmonter ce qui vous empêche de vous donner à moi..

— Je vous en conjure, Marc, n'insistez pas, hoqueta Marie-Hélène. Je suis incapable d'en parler, encore moins ce soir... Je suis suffisamment ébranlée comme ça.

— Parfait! dit Marc en se levant. Je suis conscient que ce n'est pas le moment idéal. J'attendrai donc que vous soyez prête et je crois que le plus tôt sera le mieux pour nous. J'espère seulement que vous vous rendez compte que vous ne pouvez plus reculer maintenant... Pas après ce qui s'est passé entre nous... Mais avant de vous quitter, je veux que vous sachiez que je suis éperdument amoureux de vous et, étant donné la situation actuelle... je pense qu'il serait préférable de nous séparer jusqu'à ce que vous soyez prête à me parler. Je ne me crois pas capable... de pouvoir ainsi réprimer continuellement mes instincts amoureux... et je ne veux pas risquer de vous perdre.

Un long silence s'installa entre eux. Marie-Hélène sanglotait contre son oreiller, dans une position fœtale. Marc avait le cœur déchiré, mais il ne pouvait pas reculer.

— Je... je crois que ce sera mieux pour tous les deux, reprit-il. Il nous faut réfléchir à ce qui vient de se passer. Les travaux au *Pierrot* commencent lundi matin. Je serai passablement occupé cette semaine mais je serai chaque soir chez moi. Vous savez comment m'y joindre. Quand vous vous sentirez prête, venez m'y trouver. Nous sommes à un tournant décisif de notre relation... et c'est vous qui avez maintenant le pouvoir de décider. La balle est dans votre camp, désormais! Vous tenez notre amour entre vos mains... Je ne peux rien faire d'autre, acheva-t-il dans un souffle, la voix vibrante d'émotion.

Les yeux embués de larmes, elle le regarda. Jamais, dans toute sa vie, elle n'avait fait face à un tel dilemme. Elle vit Marc se pencher pour ramasser ses effets personnels, puis se retourner vers elle en disant simplement:

— Bonne nuit, Marie-Hélène!

La porte se referma sur lui et Marie-Hélène sentit tout le poids de la solitude s'abattre sur elle. Enfouissant sa tête dans un oreiller, elle laissa libre cours à son chagrin.

CHAPITRE 9

Deux semaines s'écoulèrent après les événements de Rimouski. Chaque matin, comme d'habitude Marie-Hélène se rendait à son travail, mais elle n'était présente que de corps, son esprit se trouvant dans un état de dépression continuelle.

Elle tentait, du mieux qu'elle pouvait, de cacher sa peine aux gens qui l'entouraient: au bureau, avec ses amis, dans sa famille. Mais ses relations avec les autres restaient tendues. Elle était si bouleversée qu'elle ne parvenait pas à feindre l'indifférence. Elle ne se reconnaissait plus. Elle n'arrivait même plus à dominer son émoi et elle se laissait emporter à des sautes d'humeur qui blessaient son entourage. Pire que cela, elle avait, à trois ou quatre reprises, commis des erreurs dans des transactions bancaires, et elle s'était laissée emporter par l'impatience lors de rencontres avec des clients. Elle s'était même violemment disputée avec Nicole. Cette dernière avait été tellement blessée par l'attitude de Marie-Hélène qu'elle avait quitté le bureau vers dix heures du matin et qu'elle n'était revenue que le lendemain. À son retour, elle s'était enfermée avec Marie-Hélène dans son bureau, et elles avaient passé la matinée entière à essayer de mettre de l'ordre dans leur relation.

Nicole avait insisté pour savoir ce qui n'allait pas dans la vie de la jeune femme, mais celle-ci refusait d'en parler, disant que tout allait bien, qu'elle était simplement fatiguée et que ses vacances prochaines lui seraient grandement bénéfiques. Nicole l'avait alors convaincue qu'elle devait devancer ces fameuses vacances, parce qu'elle semblait vraiment en avoir besoin. Elle lui parla de ses yeux cernés, de son teint blafard, sans parler de son humeur avec les employés, qui était des plus massacrants ces derniers temps. Elle lui fit valoir que si elle ne voulait pas perdre leur respect, elle devait changer d'attitude le plus rapidement possible, ce qui convainquit tout à fait Marie-Hélène.

Ses vacances étaient prévues pour la période allant du 12 août au 5 septembre, mais elle les devança d'une semaine, espérant être ainsi en pleine forme pour son retour, le 28 août. D'ici-là, elle espérait avoir oublié Marc et retrouvé son équilibre.

Elle était en vacances depuis une semaine déjà, mais elle se trouvait toujours dans le même état d'esprit. Elle ne faisait rien de ses journées et elle tournait en rond, s'efforçant de retenir les larmes qui menaçaient de surgir à tout moment. Elle ne mangeait pratiquement plus, ne se nourrissant que de yogourt et de muffins au son. Elle n'avait pas fait d'épicerie de la semaine, et elle passait presque tout son temps à dormir et à pleurer. Résultat: elle avait perdu quatre kilos et elle flottait dans tous ses vêtements, ce qui la déprimait encore davantage.

Ce matin, cependant, elle s'était forcée à faire un peu de jogging, son seul exercice de la semaine. Inquiète de cet état de choses, elle commençait à trouver la situation alarmante.

Elle se demanda alors si elle ne devrait pas partir pour une semaine. Elle pensa à ses amis de la Gaspésie, Carl et Doris. Ils habitaient à Cap-d'Espoir, dans une magnifique maison de campagne rénovée avec beaucoup de goût. Elle ne les avait pas vus depuis deux ans. Ils continuaient de lui envoyer des cartes de souhaits à Noël et à son anniversaire, et ils ne manquaient pas de l'inviter à venir passer une semaine chez eux, durant les vacances d'été. Elle avait travaillé avec eux au début de sa carrière à Québec et elle en avait gardé un excellent souvenir.

Dans un effort de volonté, elle prit la décision de partir pour la Gaspésie la semaine suivante. Une fois sa décision prise, elle se sentit légèrement soulagée, car elle s'était forcée à réagir. Elle se dit que ce voyage serait excellent pour retrouver un peu de sérénité.

* * *

— Guillaume! dit une voix au bout du fil.

— Marc, qu'y a-t-il?

— Il faut que je te parle, dit celui-ci. C'est au sujet de Marie-Hélène.

— Oui? Qu'est-ce qui se passe?

— Est-ce que je peux te rencontrer?

— Certainement. Je suis libre ce soir. Peux-tu te libérer à ton tour?

— Oui, ce sera parfait. Viens me retrouver au chalet, disons vers vingt heures.

— J'y serai. Compte sur moi!

— Merci! Au revoir!

À l'heure dite, Guillaume stationna sa voiture dans l'entrée du chalet de ses parents.

Marc l'attendait sur la galerie. Guillaume fut saisi de voir à quel point il avait l'air mal en point. Il était amaigri et ses yeux étaient cernés par la fatigue.

— Eh bien, mon vieux! on ne peut pas dire que tu aies l'air très en forme, fit remarquer Guillaume lorsqu'il fut à la hauteur de Marc.

— En effet! répondit Marc. Rentrons. Nous serons plus tranquilles à l'intérieur pour discuter.

— Comme tu veux!

Guillaume le suivit à l'intérieur.

— Tu veux une bière? lui demanda Marc.

— Oui! répondit Guillaume.

Marc ouvrit le réfrigérateur et en sortit deux bières froides qu'il ouvrit immédiatement. Il en tendit une à Guillaume tout en l'invitant à s'asseoir au salon. Il semblait très abattu. Guillaume lui dit:

— Tu voulais me parler de Marie-Hélène?

— Oui!

Un long silence s'installa entre eux. Guillaume attendait que Marc ouvre la bouche mais celui-ci était plongé dans ses pensées. Son visage exprimait l'angoisse et le chagrin et son regard était celui d'un homme en proie à une grande déception.

— Qu'est-ce que je peux faire pour toi? demanda Guillaume.

Nouveau silence. Marc était mal à l'aise, c'était évident. Finalement, il dit:

— Je suis amoureux de ta sœur.

— Oh! fit Guillaume, surpris. C'est ce qui te rend si maussade?

— Elle m'aime aussi.

— Elle te l'a dit?

— Oui. Disons que je l'ai mise devant le fait accompli.

— Explique-toi, veux-tu? Je ne te suis pas très bien, dit Guillaume.

— Il y a trois semaines, nous sommes allés tous les deux à Rimouski pour le week-end... Je lui ai dit que je l'aimais...

— Et alors?

— Alors, elle a très mal réagi. Nous sommes allés dans sa chambre de motel et j'ai tenté de lui expliquer que je ne lui voulais pas de mal... que je l'aimais...

— Tu as essayé de lui faire l'amour? demanda Guillaume, inquiet.

— Oui et non. Elle s'offrait à moi... de son plein gré. Mais, à la dernière minute, c'est moi qui ai... disons stoppé nos élans amoureux...

— Alors là, je ne comprends plus, dit Guillaume, surpris.

— Je ne voulais pas lui faire l'amour ainsi, tu comprends? Je me serais senti malhonnête envers elle. J'ai pensé que je risquerais de la perdre si j'agissais ainsi... Bon sang! Je l'ai quittée en lui demandant de réfléchir à notre relation et je l'ai assurée de mon amour et de ma loyauté. Ce n'est pas une simple aventure pour moi... tu comprends? Je lui ai dit que lorsqu'elle se sentirait prête, elle n'aurait qu'à venir me retrouver ici. Que je l'attendrais chaque soir. Je veux qu'elle me dise ce qui ne va pas... mais... depuis ce temps, c'est le silence. Je ne l'ai pas revue... et elle me manque désespérément... Guillaume, je t'en prie, dis-moi ce qui ne va pas chez elle, le supplia-t-il.

— Ne me demande pas ça. Je ne peux pas! Ce serait déloyal envers elle!

— Bon sang, Guillaume! Ne vois-tu pas que c'est extrêmement important pour nous deux?

— Il faut que ça vienne d'elle-même, Marc. Même si je te le disais, tu ne serais pas plus avancé pour autant. Et je crois que ça risquerait plutôt de retarder les choses... Je suis sûr qu'elle est dans tous ses états, en ce moment. Tu n'as aucune idée de ce qu'elle a vécu...

Un long silence accueillit cette déclaration. Marc cacha son visage entre ses mains et Guillaume se sentait impuissant devant le chagrin évident du jeune homme. Après d'interminables minutes de silence, il dit d'une voix presque inaudible:

— Elle a été violée, n'est-ce pas?

Guillaume détourna les yeux.

— C'est donc ça?

— Non, pas vraiment... mais c'est pire encore...

— Je n'y comprends rien.

— Écoute... j'ai de l'estime pour toi. Je peux aller la voir et lui parler si tu veux?

— Non! Je ne veux pas m'imposer dans sa vie. Je veux qu'elle décide elle-même de m'en parler.

— Je ne lui dirai pas que je te sers d'intermédiaire. D'ailleurs, je suis moi-même inquiet pour elle. Tu sais, pendant toutes ces années, j'ai été son seul confident. J'irai la voir simplement pour savoir comment elle va et, si elle s'ouvre à moi, peut-être réussirai-je à la convaincre de venir te parler.

— Tu crois que tu y arriveras? demanda Marc, le cœur plein d'espoir.

— Sans me vanter, je suis la seule personne au monde qui puisse la persuader. Mais tu devras être patient. Cela prendra sûrement du temps, car je dois choisir le moment propice...

— Merci, Guillaume! Tu me redonnes un peu d'espoir.

— Ne t'emballe pas! Je ne suis pas certain de réussir.

— Elle m'aime! De ça, je suis persuadé.

— Alors, sois patient!

— Cette entrevue reste entre nous, n'est-ce pas?

— Oui!

Marc se leva et tendit la main à Guillaume, une lueur d'espérance brillant dans son regard sombre.

* * *

Le lendemain, Françoise Pelletier, arpentait nerveusement la salle à manger. S'adressant à Guillaume, elle déclara:

— Je suis très inquiète!

— Mais qu'est-ce qui t'inquiète tant, maman? demanda-t-il. J'ai à peine pu parler à Marie-Hélène depuis trois semaines. Je n'arrive pas à savoir ce qu'elle mijote!

Guillaume regardait sa mère marcher de long en large. Il savait que ce va-et-vient reflétait une grande angoisse.

— Ne lui as-tu pas téléphoné hier? demanda-t-il.

— Si! Mais elle était si évasive au téléphone. Elle répondait par monosyllabes. Peut-être qu'elle t'en veut pour la confrontation que tu lui as fait subir la dernière fois que nous l'avons vue. C'est depuis ce temps qu'elle ne nous donne plus de nouvelles.

— Peut-être, répondit Guillaume. Mais je ne regrette pas d'avoir agi ainsi. Je suis sûr d'avoir eu raison!

— Que veux-tu dire? demanda Amélie, qui suivait la conversation avec beaucoup d'intérêt.

— Je connais très bien ma sœur. C'est une femme extrêmement combative, qui ne se laisse jamais berner par qui que ce soit. Si mes suppositions avaient été mal fondées, elle n'aurait pas réagi comme elle l'a fait lorsque j'ai fait allusion à sa relation avec Marc. À mon avis, elle est vraiment amoureuse de lui, mais elle ne veut pas l'admettre. Je suis certain qu'elle le fuit, en ce moment.

— Je crois que tu es très proche de la vérité, confirma sa mère. Vous avez vu sa réaction? C'est comme si elle avait voulu nier quelque chose d'évident!

— En effet, je l'ai remarqué moi aussi, dit Amélie. Je crois qu'elle se sent coupable d'aimer cet homme.

— Tu crois vraiment que c'est ce qu'elle ressent, Amélie? demanda Françoise.

— Amélie a raison! dit Guillaume. Elle a fait une sorte de serment à la mort de Christine, promettant sur son tombeau de ne jamais aimer un homme de toute sa vie.

— Mais c'est terrible! s'écria Françoise. Tu ne m'avais jamais dit cela auparavant.

— Je ne voulais pas te faire de mal, maman. Tu as tellement souffert de cette tragédie. Je ne voulais pas te voir souffrir davantage, expliqua Guillaume, mal à l'aise.

— Je crois que Guillaume a eu raison, Madame Pelletier. La famille a été suffisamment ébranlée, sans avoir à faire face à des préoccupations supplémentaires.

— Tu es donc au courant de toute cette histoire?

— Oui, maman, j'ai tout raconté à Amélie. J'en avais grandement besoin. Je suis le seul à qui Marie-Hélène se soit vraiment confiée... et j'ai porté le poids de sa douleur pendant toutes ces années. Amélie m'a aidé à voir clair dans cette affaire qui m'a beaucoup affecté, sans que je m'en sois vraiment rendu compte.

— C'est vrai. Je n'oublierai jamais tout ce que tu as fait pour elle. Alors que moi... je n'ai jamais réussi à la persuader de se confier à moi, dit Françoise, un sanglot au fond de la gorge.

— Vous n'avez pas à vous sentir coupable de cela, Françoise. Les statistiques prouvent que les jeunes filles agressées ne se confient jamais à leurs parents. Elles ont trop honte de ce qu'elles ont vécu et préfèrent garder leurs souffrances pour elles. C'est encore heureux que Marie-Hélène ait pu se confier à son frère. Je vous le répète: ne vous rendez pas responsable de cette situation, car la réaction de Marie-Hélène a été des plus normales, expliqua Amélie.

— Merci. Cela me fait du bien de l'entendre, vous savez. Mais j'aimerais vous demander une faveur.

— Laquelle? s'empressa de demander la jeune fille.

— Je sais que tu es habituée à ce genre de situation à cause de la profession que tu as choisie. Mais j'apprécierais beaucoup que tu n'en parles à personne, surtout en présence de Marie-Hélène. À moins qu'elle décide d'aborder elle-même le sujet avec toi.

— Ne vous inquiétez pas! Vous pouvez compter sur moi, je vous en fais la promesse solennelle, répondit Amélie.

— Je te fais confiance... et je profite de l'occasion pour te dire que je t'apprécie beaucoup, Amélie. Je te considère déjà comme ma fille, dit-elle, un sourire aux lèvres.

— J'en suis très heureuse. Je vous aime beaucoup moi aussi répondit la jeune fille.

— Merci! Mais revenons à Marie-Hélène. Que pouvons-nous faire pour l'aider?

— Je crains que nous ne puissions faire grand-chose pour elle, à moins qu'elle-même demande notre aide. Vous savez que c'est une situation très délicate! Sa rencontre avec Marc a dû faire ressurgir son passé, tout ce qu'elle s'était efforcée d'oublier. Elle doit vivre un terrible bouleversement intérieur, en ce moment. Si, bien entendu, nos suppositions sont fondées. Après tout, il n'y a rien qui nous prouve qu'elle vive une situation pénible actuellement. Et si c'est le cas, elle seule peut décider de se sortir de ce moment de dépression. Mais, pour cela, il faut qu'elle en soit convaincue et qu'elle le désire vraiment. Pour réussir, elle devra faire face à la situation et accepter de changer le cours de sa vie, ce qui n'est sûrement pas évident pour elle, en ce moment, expliqua Amélie.

— J'ai un aveu à vous faire, dit Guillaume, soudain très sérieux.

— Mais parle, voyons! s'impatienta Françoise.

Il prit une longue respiration et dit:

— Je suis sûr qu'elle vit cette situation en ce moment...

— Et comment le sais-tu? demanda Amélie.

— J'ai vu Marc hier soir et il m'a tout raconté. Il avait l'air profondément désespéré. Il attend de ses nouvelles, à ce qu'il paraît, mais elle ne donne aucun signe de vie.

— Mon Dieu! s'écria Françoise. Qu'est-ce qu'il t'a raconté?

— Le samedi suivant l'annonce de nos fiançailles, ils sont partis tous les deux pour Rimouski, car ils désiraient passer la fin de semaine ensemble. Marc lui a alors avoué qu'il était amoureux d'elle.

— Et puis? le pressa Françoise en s'assoyant.

— Eh bien! apparemment, il a réussi à lui faire avouer qu'elle l'aimait elle aussi. Alors, il lui a posé un ultimatum.

— Lequel, Guillaume? le pressa sa mère, en proie à une forte agitation.

— Il désire qu'elle lui raconte tout de la tragédie qu'elle a vécue. Il est absolument certain qu'elle a subi un traumatisme important qui peut nuire à leur amour. Alors, il lui a demandé de réfléchir à la situation et de venir le retrouver quand elle serait décidée à tout lui raconter. Il désire poursuivre leur relation sur des bases plus solides.

— C'est de la confrontation, s'objecta Amélie.

— C'est ce que je lui ai dit, mais il a répondu qu'au point où en était leur relation, il ne pouvait agir autrement. Il ne voulait pas la forcer à vivre une situation qu'elle n'était pas prête à accepter. Finalement, c'était à elle de décider si elle voulait poursuivre leur relation. Personnellement, j'ai beaucoup d'admiration pour lui... et je crois qu'il a très bien agi.

— En tout cas, il est honnête! répliqua Amélie.

— Mon Dieu, qu'allons nous faire? demanda Françoise, complètement abattue.

— Je crois que je suis le seul à pouvoir la convaincre, répondit Guillaume.

L'espoir gagna Françoise et elle s'écria, suppliante:

— Oui, Guillaume! Elle t'écoutera, toi! Je t'en prie, va la voir.

— Pas si vite! s'objecta Amélie. Je suis parfaitement d'accord pour que ce soit toi qui ailles la rencontrer, étant donné vos relations très proches, mais il ne faut pas que tu la forces. Tu dois la laisser venir d'elle-même te raconter ce qu'elle ressent en ce moment. En aucune façon, tu ne dois lui forcer la main. Il faut que tu sois très patient avec elle et, si elle décide de te faire connaître ses états d'âme, attends-toi qu'elle soit en état de choc, et même de crise.

— Ne t'inquiète pas. Je la connais bien et je sais comment m'y prendre avec elle, répondit Guillaume. Mais, dis-moi, es-tu toujours décidée à prendre l'autobus ce soir pour Québec?

— Oui. Je pars à seize heures. J'ai promis à maman que nous irions acheter ma robe de mariée demain matin, à la première heure, dit Amélie en souriant. Elle attend ce moment avec impatience.

— Eh bien! me voilà célibataire pour la fin de semaine, on dirait! ironisa Guillaume.

— Que dirais-tu d'aller voir Marie-Hélène ce soir? lui demanda Françoise, le cœur plein d'espoir.

— D'accord, j'irai après souper. Mais je te préviens, ne m'attends pas pour la nuit, je ne viendrai sûrement pas coucher. Je connais bien ma sœur.

La discussion était close. Les deux amoureux quittèrent Françoise pour aller faire une promenade sur le bord du fleuve, laissant celle-ci seule avec ses sombres pensées.

CHAPITRE 10

Marie-Hélène revenait de faire son jogging. Pour la millième fois, elle tourna et retourna les mêmes réflexions dans sa tête.

— Si ça continue, je vais craquer! dit-elle à voix haute tout en rentrant chez elle. Sitôt à l'intérieur, elle se précipita sous la douche et se savonna vigoureusement. Elle sortit rapidement, enfila un peignoir et se dirigea vers la cuisine pour manger un peu, se contentant d'un yogourt et d'un muffin. Elle sourit amèrement en faisant le compte de tous les yogourts et muffins qu'elle avait avalés depuis trois semaines. Elle dut s'admettre à elle-même qu'elle n'avait aucun appétit. C'était décidément difficile de se remettre d'une peine d'amour.

Trois semaines qu'elle n'avait pas revu Marc. Elle n'avait aucune nouvelle de lui et il ne venait même plus faire ses dépôts à la banque. Une jeune femme venait à sa place, ce qui avait intrigué Marie-Hélène. Elle s'était demandé à plusieurs reprises ce que pouvait bien représenter cette femme pour Marc.

Elle en était là de ses réflexions lorsqu'elle entendit la sonnette de la porte. Son regard se porta automatiquement sur l'horloge de la cuisine: il était dix-neuf heures. Qui pouvait bien venir la déranger à cette heure?

— Marc! se dit-elle, son cœur battant à tout rompre.

Elle se dirigea vers la porte pendant que la panique la gagnait. Elle hésita une fraction de seconde avant d'ouvrir, ce qu'elle fit finalement, les mains tremblantes.

— Bonsoir sœurette! dit Guillaume, un sourire narquois accroché aux lèvres.

— C'est toi? dit Marie-Hélène surprise.

— À voir ta réaction, ce n'est pas moi que tu attendais! lui dit celui-ci d'un ton moqueur.

— Entre, idiot. Ne reste pas là, voyons!

— Merci! C'est trop gentil. Mais que fais-tu dans ce peignoir à cette heure?

— Je sors de la douche... j'ai fait du jogging. Mais si tu me laisses cinq minutes, je m'habille à l'instant.

— C'est d'accord, dit Guillaume. Tu as de la bière? demanda-t-il tout en observant son visage ravagé par le chagrin.

— Il doit y en avoir deux ou trois canettes dans le réfrigérateur. Sers-toi pendant que je m'habille.

Guillaume se dirigea droit vers la cuisine. En ouvrant la porte du réfrigérateur, il constata d'un coup d'œil que celui-ci était vide. Il ne contenait, en tout et pour tout, qu'une livre de fromage séché, une demi-douzaine d'œufs, quelques muffins, trois pots de yogourt, un litre de lait, un peu de beurre et quelques pots de marinades, en plus des trois canettes de bière.

«Bon sang! De quoi se nourrit-elle?» se demanda-t-il.

— Dis donc, Marie-Hélène, reprit-il à voix haute, tu sympathises avec le tiers monde, à ce que je vois?

Au même moment, Marie-Hélène fit irruption dans la cuisine et elle comprit ce que son frère voulait dire. Elle prit une longue respiration et dit, sur un ton qui se voulait amusé:

— Mais non, idiot! C'est parce que je pars dimanche pour la Gaspésie et que je n'ai pas jugé nécessaire de faire des provisions entre temps.

Mais cette réponse ne parut pas satisfaire Guillaume, car il demanda sur un ton sarcastique:

— Et que mangeras-tu demain? Le sempiternel petit yogourt avec le muffin, je suppose?

— J'ai une foule de courses à faire demain et je mangerai au restaurant. Cela te suffit-il comme explication, à présent? demanda-t-elle d'un ton irrité.

Il la regarda avec beaucoup d'intensité. Il cherchait à percer son cœur à jour, maintenant convaincu qu'elle était plus que tourmentée. D'ailleurs, il était visible qu'elle avait maigri.

Marie-Hélène savait que son frère ne se contenterait pas de son explication. Elle regretta de ne pas avoir donné plus souvent de ses nouvelles à sa famille. Sa mère devait être très inquiète à son sujet. Se ressaisissant, elle demanda:

— Où est Amélie?

— À Québec, répondit-il.

— Pourquoi n'es-tu pas avec elle?

— Elle voulait passer la fin de semaine seule avec ses parents. Je crois qu'ils ont plusieurs choses à régler pour notre mariage, expliqua-t-il.

— C'est vrai, j'oubliais. Vous devez avoir de nombreuses affaires en cours, dit Marie-Hélène sur un ton ironique. Ce mariage est tellement précipité!

Guillaume saisit immédiatement la portée de cette allusion mais il ne réagit pas, décidant plutôt d'adopter une attitude calme.

— On dirait que tu es jalouse! répondit-il d'un ton posé. Est-ce que je me trompe?

— Pourquoi serais-je jalouse? bafouilla Marie-Hélène.

— Je ne sais pas. Peut-être que les choses ne vont pas comme tu le désires entre Marc et toi?

— Alors, voilà le but de ta visite? Dis-moi qui t'envoie. C'est maman, n'est-ce pas? Elle t'envoie en éclaireur pour savoir ce qui m'arrive, c'est bien ça?

Guillaume ouvrit la bouche pour protester, mais Marie-Hélène l'en empêcha.

— Et toi, Guillaume Pelletier, tu as accepté de venir fouiner dans ma vie privée pour la rassurer... C'est ça, n'est-ce pas? lança-t-elle sur un ton accusateur.

Marie-Hélène était visiblement sur le point d'éclater. Guillaume soutint son regard, se félicitant intérieurement d'être auprès d'elle. La soirée serait dure, mais il allait pouvoir l'aider. Sentant qu'elle avait désespérément besoin de lui, il fit un geste dans sa direction. Il n'en fallait pas plus pour qu'elle se jette dans ses bras en sanglotant. Elle laissa libre cours à ses larmes et il la serra contre lui quelques instants avant de la soulever de terre et de la transporter vers le canapé où il l'assit sur ses genoux. Elle continua à pleurer pendant plus d'une demi-heure, murmurant son nom entre deux sanglots.

Guillaume attendit patiemment qu'elle se calme, se contentant de la bercer contre lui en caressant ses cheveux mouillés de larmes. Il lui murmura des paroles réconfortantes et, bientôt, elle s'endormit contre lui, complètement épuisée.

Il la connaissait suffisamment bien pour savoir qu'elle avait combattu son chagrin. Il était le seul à avoir réussi à percer la carapace qu'elle s'était façonnée tout au long de sa vie. Il connaissait ses secrets les plus intimes. Il savait à quel prix elle avait réussi à maintenir le fragile équilibre qui était le sien.

Guillaume n'était qu'un gosse lorsque cette épreuve avait surgi dans sa vie. Il se remémora l'inquiétude qu'avaient ressentie ses parents lorsqu'ils s'étaient aperçus que Marie-Hélène n'était pas rentrée, alors qu'il était plus de vingt-trois heures et qu'un violent orage se déchaînait. Sa mère avait téléphoné à toutes ses amies pour vérifier si personne ne l'avait vue au cours de la soirée. Peine perdue. Les parents de Christine les cherchaient, eux aussi, car les jeunes filles se trouvaient ensemble au moment de leur disparition. Voyant l'inutilité de leurs démarches, ils avaient contacté la police, fous d'angoisse. Des agents s'étaient immédiatement rendus chez eux, et les avaient bombardés de questions: Était-ce dans leurs habitudes de faire des fugues? Y avait-il un événement qui aurait pu les contrarier et provoquer une fugue?

«Non, avait hurlé sa mère, en proie à une crise de nerfs. Marie-Hélène est une jeune fille tranquille, heureuse. Elle n'a pas de petit ami. Elle est sportive, réservée et plutôt timide. Elle rentre normalement vers vingt et une heures et elle se met alors au lit avec un bon livre.»

Guillaume avait été témoin de cette scène pénible. Il n'était âgé que de dix ans à l'époque, mais il comprenait quel danger menaçait sa sœur. Il se rappela qu'il avait la gorge nouée par la peur. À plusieurs reprises, son père avait tenté de l'envoyer se coucher, mais il avait refusé. Il voulait être présent pour connaître la suite des événements. Il n'aurait pas pu dormir, de toute façon.

Vers minuit trente, les policiers étaient revenus chez ses parents, leur annonçant qu'ils avaient retrouvé leur fille et qu'elle se trouvait à l'hôpital. Ils racontèrent en quelques mots ce qui s'était passé et les parents de Guillaume partirent aussitôt rejoindre leur fille à l'hôpital. Ils y passèrent la nuit.

Guillaume n'avait pas fermé l'œil de la nuit, essayant d'imaginer l'horrible scène à laquelle Marie-Hélène avait dû assister.

Les jours qui suivirent furent d'une tristesse indescriptible. Marie-Hélène ne souriait plus, ne parlait plus. Elle ne lui racontait plus de belles histoires, ne l'aidait plus dans ses mathématiques et ne le faisait plus rire, car elle ne s'occupait pratiquement plus de lui. Le garçonnet qu'il était ne comprenait pas ce qui se passait dans la tête de sa grande sœur. Il confia sa peine à sa mère qui l'assura que tout finirait par s'arranger, qu'il devait être patient et gentil avec sa sœ et qu'elle redeviendrait comme avant. D'ailleurs, les médecins s'occupaient très bien d'elle.

Mais le regard triste de sa mère démentait ce qu'elle disait. Il prit alors la décision de devenir son meilleur ami.

Sa chambre était voisine de la sienne et parfois, la nuit, il l'entendait pleurer. Cela le bouleversait chaque fois. Une nuit, cependant, il prit la décision d'aller la voir. Il se leva et se dirigea tout droit vers sa chambre puis, debout près de son lit, il attendit patiemment qu'elle s'aperçoive de sa présence. Quand elle le vit, elle dit:

— Que veux-tu, Guillaume?

— Je voudrais te consoler et dormir auprès de toi, avait-il répondu.

Elle lui avait souri à travers ses larmes, puis elle avait repoussé les couvertures et l'avait invité à la rejoindre. Enfouissant sa tête contre sa poitrine, elle avait pleuré quelques minutes et s'était finalement endormie. À compter de cette nuit, chaque fois que Guillaume entendait pleurer sa sœur, il allait la retrouver pour la consoler.

Une grande complicité s'était vite installée entre eux et, quelques années plus tard, elle avait fini par lui raconter dans les détails les événements qui l'avaient profondément marquée durant cette nuit d'horreur. Toujours, il se souviendrait de sa souffrance, même qu'à un moment de son récit, elle avait semblé si déchirée qu'il avait eu très peur de sa réaction. Mais elle avait fini par se calmer, ce qui l'avait aussitôt rassuré.

À cette époque, il avait treize ans et elle dix-huit... Il était déjà plus grand qu'elle et il se sentait devenir un homme. Sa voix avait commencé à muer et la puberté s'installait dans son corps, le transformant tranquillement en adolescent. Après le récit de sa sœur, il lui avait promis de toujours être son défenseur, ce qui l'avait fait rire. Sans doute le trouvait-elle trop jeune pour prendre un tel engagement... Mais il savait, lui, qu'elle aurait toujours besoin de lui...

Deux ans plus tard, elle commençait ses cours à l'Université Laval. Elle avait trouvé, à Lévis, un appartement qu'elle partageait avec une amie du nom de Caroline et elle ne revenait à la maison que pour les week-ends. Guillaume se rappelait combien sa présence lui manquait. Les vendredis soirs, il attendait son retour avec impatience, espérant qu'elle aurait encore besoin de son réconfort. Mais elle ne pleurait plus la nuit et il ne pouvait donc pas aller la rejoindre pour la consoler. Il en avait beaucoup de chagrin et il se confia de nouveau à sa mère.

Cette dernière le rassura en lui disant que Marie-Hélène était maintenant remise et qu'il devait être fier de ce qu'il avait fait pour elle, que c'était grâce à lui si elle allait bien maintenant. Elle lui dit aussi que Marie-Hélène était en âge de rencontrer un jeune homme avec qui elle partagerait sa vie, en profitant, au passage, pour lui faire un sermon sur ses études qu'il négligeait un peu de ce temps-là et que, s'il voulait suivre les traces de sa grande sœur, il se devait d'être plus sérieux. Mais ce qu'il avait retenu de cette conversation, c'était que sa sœur n'avait plus besoin de lui et cela l'avait profondément chagriné à cette époque de sa vie.

Mais le temps s'était écoulé, apaisant ses souffrances. Lorsqu'il eut quinze ans, il entra en troisième année du secondaire et ce fut une période très difficile pour lui. Il avait perdu le goût d'étudier, s'intéressant un peu trop aux filles et aux sports.

La veille de Noël, Marie-Hélène était rentrée à la maison. Elle semblait dans une forme éblouissante. Toute trace de peine avait disparu de son visage. Elle était remarquablement belle et Guillaume ne pouvait demeurer indifférent à son charme.

Un soir qu'ils étaient restés seuls à la maison, il en profita pour lui dire toute l'admiration qu'il avait pour elle. Elle avait souri en lui disant qu'il était très séduisant, lui aussi, et elle l'avait taquiné sur les filles qu'il fréquentait. Elle en avait profité pour le questionner à propos de ses études. Il avait dû avouer qu'il éprouvait des difficultés en ce moment et qu'il n'était pas très intéressé.

Elle l'avait écouté avec beaucoup d'attention et il s'était senti important à ses yeux. Elle réussit à le motiver en lui disant que les filles d'aujourd'hui aimaient les garçons qui prenaient leurs études au sérieux. Elle l'avait également rassuré en lui disant que ce qu'il vivait en ce moment était une étape normale de sa vie, mais qu'il devait se ressaisir le plus vite possible, pendant qu'il en était encore temps, s'il voulait être en mesure de réaliser ses rêves plus tard. Ce soir-là, elle avait beaucoup parlé de ses propres études. Un bout de la conversation qui avait eu lieu dans le salon de leurs parents lui revint même à la mémoire.

— Tu sais, Guillaume, avait-elle dit, c'est au cégep que j'ai retrouvé le goût de vivre!

— Et les hommes? lui avait-il demandé, curieux de savoir si elle avait quelqu'un dans sa vie.

— Pour le moment, ils ne me manquent pas! lui avait-elle répondu. Peut-être plus tard...

Elle était restée très évasive sur le sujet mais Guillaume savait, lui, qu'il n'y aurait jamais personne dans sa vie. Il s'en était réjoui, pensant qu'il serait toujours le seul avec qui elle partagerait ses petits secrets.

— Égoïste! dit-il soudain à haute voix, faisant sursauter Marie-Hélène.

Il la contempla. Elle avait le visage ravagé par le chagrin. Il sourit en disant:

— Comme au bon vieux temps!

— Je n'ai pas envie de plaisanter, dit-elle sur un ton amer.

— Je sais, dit-il. J'étais simplement en train de penser... qu'il n'y avait rien de changé entre nous, Marie-Hélène. Que je me sentais toujours aussi proche de toi, comme lorsque que j'étais un jeune garçon.

— C'est gentil et réconfortant ce que tu me dis là, murmura Marie-Hélène, un semblant de sourire sur les lèvres.

— Si tu me racontais ce qui se passe en ce moment!

— Je crois que si tu n'étais pas venu, j'aurais craqué. Mais je trouve injuste que tu doives toujours subir mes pleurs et mes grincements de dents.

— Tu sais bien que je t'aime et que je désire t'aider!

Elle l'embrassa sur la joue et dit:

— Tu me promets que tu ne diras rien à Marc de ce que je te confierai?

— Il s'agit donc de Marc?

— Oui, répondit-elle d'une voix brisée.

— Bon! Eh bien! attends-moi. Je reviens dans une minute.

— Mais que fais-tu et où vas-tu?

Il la fit taire d'un geste de la main et se dirigea vers sa chambre pour en ressortir, quelques secondes plus tard, avec un oreiller à la main. Il lui demanda de s'étendre et il glissa l'oreiller sous sa nuque en disant:

— Tu as toujours mieux réussi à te confier sur l'oreiller!

Elle éclata d'un rire sonore.

— Guillaume, dit-elle, je te retrouve comme au bon vieux temps et cela me fait tellement de bien! C'est si bon de te savoir près de moi!

— Il te reste du vin? demanda-t-il, plus ému qu'il ne voulait le laisser paraître.

— Oui, dans la chambre froide, au sous-sol.

— Du blanc ou du rouge?

— Du *Blue Nun*! Il doit en avoir une ou deux bouteilles.

— Je reviens, dit-il simplement.

Elle se leva à son tour et sortit deux coupes du buffet. Elle les apporta au salon, de même que le tire-bouchon, et arriva en même temps que Guillaume. Il ouvrit les deux bouteilles, sous le regard ébahi de Marie-Hélène.

— Deux bouteilles! s'exclama-t-elle.

— J'ai pensé que tu aurais besoin de soutien à l'occasion. Je ne voudrais pas que tu souffres de déshydratation.

— Grand fou! lui dit-elle en le chatouillant.

— Arrête! cria-t-il en se tordant. Si tu veux partir en Gaspésie dimanche... tu devrais commencer à tout me dire.

— Oui, dit-elle, à nouveau sérieuse.

Il lui tendit une coupe de vin et lui dit:

— Cul sec!

— Cul sec! répondit-elle.

Ils vidèrent leur coupe d'un trait et Guillaume les remplit à nouveau.

— C'est Marc, dit-elle. C'est sérieux entre nous... Il m'aime.

— Je sais, répondit Guillaume.

— Tu le sais?

— Oui, je l'ai vu hier soir. Ce type est vraiment fou de toi. Il ne parle que de toi. J'ai bien failli tout lui raconter... Il semblait si désespéré.

— Tu ne lui as rien dit?

— Non, tu le sais bien... jamais je ne te trahirai, dit-il, sérieux.

— Tu es un ange, Guillaume! Mon ange gardien!

— Raconte-moi, je t'écoute. Que s'est-il passé?

Pendant deux longues heures, Marie-Hélène mit son cœur à nu, n'omettant aucun détail de ses rencontres avec Marc et s'étendant sur leur dernière confrontation, celle qui avait complètement bouleversée sa vie. Elle lui raconta tout, sans rien cacher de ses sentiments ni du désir qu'elle ressentait pour lui, chaque fois qu'elle était en sa présence.

Guillaume l'écoutait avec beaucoup d'attention, remplissant sa coupe de vin lorsqu'il la sentait embarrassée ou émue. Finalement, elle se tut, attendant la réaction de son frère.

— Mais c'est merveilleux ce qui vous arrive! dit-il, sincère.

— Mais... mais ne vois-tu pas que cela remet toute ma vie en question? Je n'ai pas le droit d'aimer cet homme, dit-elle d'une voix à peine audible.

— Bon sang! Et pourquoi ça? répliqua-t-il.

— J'en ai fait le serment! dit-elle, la voix brisée par le chagrin.

— C'est de la foutaise, tout ça. Tu crois vraiment que c'est ce que Christine aurait voulu pour toi?

— Elle a tellement souffert, Guillaume! Ne comprends-tu pas que cela serait injuste?

— Écoute, tu as suffisamment payé pour ça. Depuis tes quinze ans, tu souffres de cette situation. Toute ta vie, tu t'es efforcée de te construire une vie sans amour. Je crois que quatorze ans de ton existence c'est très chèrement payé pour un crime que tu n'as pas commis... Tu as cherché à tout oublier en te lançant corps et âme dans ton travail. Ta vie professionnelle est une réussite, tout ce que tu entreprends est une réussite: championne de tennis, diplômée d'université avec mention d'excellence, directrice d'une succursale bancaire après quatre ans de travail. Mais cela ne te suffit plus maintenant. Tu as le cœur sec et tu es en train de t'en rendre compte.

— Arrête, Guillaume, je t'en prie! s'écria-t-elle, en se prenant la tête à deux mains dans un geste de désespoir.

— Tu sais que j'ai raison, continua-t-il. Tu as l'impression de trahir Christine en aimant Marc. C'est complètement absurde, quand vas-tu le comprendre? Tu ne fais que te berner en conservant cette attitude. Tu as la vie devant toi et tu n'as pas le droit de refuser l'amour. Tu es vivante, Marie-Hélène! Quand te réveilleras-tu donc de ce cauchemar? Quand te décideras-tu à faire de ta vie affective une réussite?

— Mais je suis tellement mêlée! hoqueta-t-elle. Tout est si embrouillé dans ma tête.

— Ça, je peux le comprendre. Mais tu dois me faire confiance. J'ai raison... et Marc t'aime, ne l'oublie pas. Il t'attend chez lui, prêt à t'ouvrir les bras. Fais-toi confiance à toi aussi. Tu peux y arriver.

— Je ne sais pas si je pourrai. Tu es le seul à qui j'ai été capable de tout raconter. Qui te dit qu'il saura me comprendre? Peut-être ne voudra-t-il plus de moi après cela!

— Je suis sûr que Marc est un type bien. Il est sensible, compréhensif et il t'aime. Il t'écoutera, j'en suis absolument certain. Je crois qu'il t'a prouvé de bien des façons qu'il était digne de ta confiance et qu'il était prêt à tout accepter de toi.

— Tu le penses vraiment? demanda-t-elle, le cœur plein d'espoir.

— Crois-tu que si je n'en étais pas aussi certain, je serais aussi affirmatif? Je t'aime, moi aussi. Je comprends ta situation mieux que quiconque et je suis parfaitement conscient qu'elle est grave pour toi! Je t'ai toujours protégée, tu le sais. Jamais je ne te laisserais tenter une telle démarche si je n'étais pas certain du résultat... Je désire que tu sois enfin heureuse. Tu comptes tellement pour moi, acheva-t-il, ému malgré lui.

— Oh! Guillaume! Que deviendrais-je sans toi? Lorsque j'ai besoin de quelqu'un, tu es toujours là. Je suis presque jalouse d'Amélie. Tu vas laisser un grand vide dans ma vie, dit-elle tristement.

— Tu as Marc maintenant... Et je ne vois pas en quoi mon mariage avec Amélie pourrait nous séparer. Nous sommes inséparables, toi et moi. Tu es mon héroïne préférée!

— Une bien piètre héroïne! dit Marie-Hélène amusée.

— Tu as prouvé à plusieurs occasions que tu avais du courage à revendre. Je suis sûr qu'il y a suffisamment de force en toi pour que tu puisses y arriver encore cette fois, affirma-t-il sur un ton persuasif.

— Il y a autre chose, dit-elle.

— Quoi donc?

— Le sexe... Je ne sais pas si je pourrai... faire l'amour avec lui, dit-elle, gênée.

Guillaume la regarda longuement et sourit. Prenant sa main entre les siennes, il dit:

— Qu'est-ce que tu en penses?

— J'ai peur de revoir toutes ces images horribles dans ma tête lorsque le moment sera venu... Enfin, tu sais ce que je veux dire!

— Je crois que tu peux faire confiance à Marc, là-dessus. Il a certainement de l'expérience et je ne crois pas qu'il te déçoive, répondit-il.

— C'est bien ce qui m'effraie le plus!

— Je ne te suis pas. Qu'est-ce que tu veux dire, au juste?

— Avoue que c'est plutôt gênant, une fille de vingt-neuf ans qui n'a jamais fait l'amour avec un homme. Il sera sans doute très déçu.

— Ce que tu peux être bête! répliqua-t-il. Je crois, au contraire, qu'il appréciera grandement la situation. Il se fera sans aucun doute un plaisir de t'initier...

Marie-Hélène rougit et dit:

— Et si la panique s'empare de moi, le moment venu?

— Marc saura attendre. Il ne te brusquera pas, j'en suis certain. N'a-t-il pas été patient avec toi depuis le début de votre rencontre? Je connais bien des hommes qui auraient profité de la situation... Il attendra le moment favorable, sois sans crainte.

— Mon Dieu, j'ai si peur! Je crois que je vais prendre les devants. Euh!... j'ai besoin de savoir comment je vais réagir... tu comprends?

Guillaume rit de bon cœur à cette remarque et dit:

— Tu es une vraie petite bombe! Alors, quand iras-tu le voir?

— Je ne sais pas. Le plus tôt sera le mieux, je crois.

— Pourquoi pas tout de suite?

— Tu es fou! Il est vingt-trois heures. Et tu as vu dans quel état je suis? Non. J'attendrai demain soir. J'espère seulement qu'il sera chez lui. Mais c'est samedi, demain ajouta-t-elle, soucieuse. Il sera peut-être sorti.

— Veux-tu que je l'avertisse de ta venue?

— Non, je préfère lui faire la surprise. C'est à moi de me débrouiller.

— Tu as raison, mais j'ai une idée. Demain soir, j'irai rôder autour du chalet vers vingt heures et si j'aperçois sa voiture, je te téléphonerai pour t'avertir. Mais je crois que tu n'as rien à craindre, je suis sûr qu'il t'attend chez lui tous les soirs.

— Écoute Guillaume Pelletier, je ne veux aucune manigance et je ne veux pas que tu t'en mêles, tu m'as bien comprise? Je me rendrai chez lui demain soir et je me débrouillerai très bien sans toi. Est-ce clair?

— Tout à fait! répliqua celui-ci en l'embrassant sur la joue. Que dirais-tu d'une pizza? ajouta-t-il à brûle-pourpoint, un sourire de petit garçon sur les lèvres.

Marie-Hélène sourit et dit:

— Je crois que cela ferait changement des muffins et des yogourts!

Ils éclatèrent de rire tous les deux et terminèrent la soirée en mangeant et en bavardant.

CHAPITRE 11

Des rêves hantaient le sommeil agité de Marie-Hélène. Une voix l'appelait inlassablement et la jeune femme cherchait d'où cette voix pouvait bien venir.

— Qui es-tu? demanda-t-elle, apeurée.

— Je suis Christine! répondit la voix.

— Christine! répéta Marie-Hélène que la panique gagnait.

— N'aie pas peur. Il y a longtemps que je voulais te parler. Mais tu ne m'écoutais pas.

— Mais c'est impossible! Où es-tu? demanda Marie-Hélène, en proie à une grande agitation.

— Là, tout près de toi. Ne crains rien!

— Mais je ne te vois pas! s'écria-t-elle.

— Quelle importance! Je suis là. Je suis une partie de toi, la partie blessée, celle qui t'empêche de vivre et d'aimer.

— Mais pourquoi es-tu là?

— Je veux te libérer pour que tu puisses enfin vivre en paix.

— Vivre en paix! s'écria Marie-Hélène. Mais comment pourrais-je vivre en paix alors que toi... tu es morte, acheva-t-elle, la voix brisée par l'émotion.

— Regarde-moi, Marie-Hélène! demanda la voix.

— Non, je ne peux pas! Je ne veux pas! répondit-elle en cachant son visage.

— N'aie aucune crainte. Tu ne dois pas avoir peur de moi. Je veux que tu me regardes. Tu comprendras alors que ce que je veux, c'est que tu sois heureuse.

— Non, non! hurla Marie-Hélène.

— Pourquoi as-tu si peur? Tu as peur de l'amour, tu as peur de Marc? Il t'aime, lui, et tu as le droit de l'aimer, toi aussi. Laisse-toi aimer, Marie-Hélène...

— Mais où es-tu donc? demanda de nouveau Marie-Hélène.

— Ici, regarde...

Et elle la vit, resplendissante de lumière. Elle était d'une beauté irréelle, céleste...

— Va en paix! Sois heureuse! Va en paix! continuait inlassablement la voix...

Ces deux courtes phrases martelaient ses tempes. Marie-Hélène se réveilla et s'assit sur son lit, la tête entre les mains. Elle pleura pendant plus d'une heure, mais c'était des larmes de libération.

Lorsqu'elle se fut calmé, une joie immense et intense l'envahit tout entière et son sentiment de culpabilité s'envola comme par magie. Elle se sentait libre, heureuse pour la première fois de sa vie. Elle se remémora sa soirée de la veille et tout lui sembla clair.

— Guillaume, Guillaume, dit-elle à voix haute en délirant de joie, tu ne sauras jamais à quel point tu m'as aidée.

Elle avait envie de rire, de hurler, de parler à quelqu'un... Elle voulait partager ce bonheur qu'elle ne pouvait plus contenir. Elle pensa à sa mère. Comme elle avait dû souffrir pour elle! Elle se dit qu'elle lui devait bien un petit coup de fil.

Elle consulta sa montre.

— Mon dieu, il est plus de midi! s'écria-t-elle.

Elle se leva rapidement et signala le numéro de sa mère. Celle-ci n'avait pas sitôt répondu que Marie-Hélène l'invitait chez elle. Françoise y fut en un temps record, pressée qu'elle était d'entendre ce que sa fille avait à lui dire.

Elles passèrent une partie de l'après-midi à bavarder, le cœur léger. Elles vécurent des moments intenses de bonheur, et de complicité. Pour la première fois depuis longtemps, Marie-Hélène réussissait à avoir une conversation à cœur ouvert, avec sa mère. Toutes deux en pleuraient de joie. Et lorsque Françoise quitta sa fille, elle savait qu'elles étaient devenues de grandes amies.

Une fois sa mère partie, Marie-Hélène alla faire des courses. Elle avait finalement décidé qu'elle n'irait pas en Gaspésie, car elle avait des choses beaucoup plus urgentes à régler ici, concernant Marc. Une légère crainte la saisit de nouveau en pensant au jeune homme. Elle avait le cœur plein d'appréhension à l'idée de le rencontrer. Pourvu qu'il veuille encore d'elle à présent.

Depuis trois semaines, elle ne lui avait pas donné signe de vie. Il l'avait peut-être oubliée. Non, Guillaume l'avait assurée du contraire. Elle pensa qu'elle ne s'en remettrait jamais si tel était le cas. Elle alla souper au restaurant et se rembrunit en se disant qu'elle était maigre à faire peur. Peut-être ne lui plairait-elle plus, à présent? Elle mangea comme une défoncée, tant cette idée la faisait souffrir.

Quelques minutes plus tard, elle était de retour chez elle. Elle rangea rapidement ses provisions et se dit qu'il était temps pour elle de se préparer à sa rencontre avec le jeune homme. Elle se fit couler un bain chaud, parfumé à la glycérine et au miel. Elle raffolait de cette odeur. Elle désirait être belle ce soir... pour lui.

Elle retira le bouchon du bain et fit couler la douche pour se laver les cheveux. D'une main experte, elle se frictionna ensuite le corps au gant de crin et sortit de la salle de bains.

Elle ouvrit sa coiffeuse, sécha rapidement ses cheveux et les enroula autour de rouleaux chauffants. Elle mit une bonne demi-heure à terminer sa toilette, accordant un soin minutieux à son maquillage. Elle consulta une fois de plus sa montre et dut se secouer pour chasser les tremblements convulsifs qui agitaient son corps. Son cœur battait la chamade. Elle était si nerveuse qu'elle adressa une prière au ciel:

— Mon Dieu, faites qu'il soit chez lui et que je sois capable de tout lui raconter, implora-t-elle d'une voix suppliante.

Elle soupira en même temps qu'elle sortait son ensemble de cuir vert. Elle enfila un slip de dentelle et décida de ne pas porter de soutien-gorge, car elle voulait se sentir femme entre les bras de Marc. Elle désirait lui prouver qu'elle était à lui désormais. Un sourire s'esquissa sur ses lèvres sensuelles alors qu'elle reconnut en elle le désir évident de séduire.

Elle mit une blouse de soie blanche qui laissa une sensation de fraîcheur sur sa peau nue. Finalement, elle revêtit sa jupe et son blouson, tous les deux en cuir, et se contempla dans la glace. Elle savait qu'elle était très belle, ce qui la rassura immédiatement. Elle était certaine à présent de plaire à Marc.

Comme elle s'apprêtait à passer le pas de la porte, le téléphone sonna. Elle se précipita pour répondre et se mit à rire lorsqu'elle reconnut la voix de Guillaume. Il semblait très excité.

— Comment vas-tu? demanda-t-il?

— Merveilleusement bien! répondit-elle.

— Écoute, je sais que tu vas être très en colère, mais je suis allé vérifier si Marc était chez lui...

— Et puis? demanda-t-elle, le cœur battant.

— Il y est. Tu peux y aller.

— Guillaume Pelletier, je devrais t'étrangler pour cela, mais je me sens soulagée. Merci! dit-elle simplement.

— Bonne chance! Je penserai à toi! dit-il, sincère.

— Merci, tu es un amour! Je pars tout de suite. Si tu savais comme j'ai la trouille.

— Ne t'en fais pas. Tout ira très bien, je t'assure.

— Tu es gentil. Je te quitte... Je ne veux surtout pas le manquer. Bonsoir, Guillaume!

— Je t'aime, répondit celui-ci.

— Je t'aime aussi, dit-elle, émue.

Cette conversation la rassura. D'une main tremblante, elle raccrocha le combiné, ramassa son sac et sortit. Il était vingt et une heures, à présent. Elle fit démarrer sa voiture et prit la route qui la conduirait jusque chez Marc. Elle était tellement énervée qu'elle ne se rendit pas vraiment compte qu'elle était enfin arrivée.

Après avoir garé sa voiture, elle se mit à marcher lentement en prenant de profondes respirations, espérant ainsi calmer son agitation excessive. Elle s'avança dans l'allée qui menait au chalet de ses parents mais elle s'arrêta quand elle constata que Marc n'était pas seul. Assis sur le capot de sa voiture, il discutait tranquillement avec une jeune femme. Une pointe de jalousie piqua Marie-Hélène au vif. La jeune femme en question s'approcha de Marc et, avec un geste de complicité, elle posa une main sur son épaule tout en lui parlant. De l'endroit où elle était, Marie-Hélène ne pouvait entendre leur conversation, mais une chose lui paraissait évidente: ces deux-là semblaient très bien se connaître, car ils faisaient montre d'une certaine familiarité.

Pendant plusieurs secondes, Marie-Hélène hésita à s'approcher d'eux. Elle avait la désagréable impression d'être une intruse. Elle se sentait bêtement de trop. Elle baissa les yeux, serra les lèvres et poussa un soupir à fendre l'âme. Elle avait envie de retourner chez elle, à présent. Mais un reste de bon sens la retint. Elle se dit qu'elle n'avait pas fait toutes ces démarches pour rebrousser chemin une fois rendue si près du but. Elle fit donc un effort considérable sur elle-même et se dirigea tranquillement vers le couple.

La voyant s'approcher, la jeune femme qui se trouvait près de Marc fit signe à ce dernier de se retourner.

Lorsqu'il la vit, Marc sursauta et son cœur s'emballa. Croyant rêver, il se leva instantanément, suffoqué par la surprise. Il la détailla des pieds à la tête, puis leurs regards s'attirèrent et restèrent accrochés pendant un long moment, tant ils étaient heureux de se retrouver. Marie-Hélène fut frappée de constater à quel point il avait l'air triste et épuisé. Il semblait avoir maigri lui aussi... tout comme elle. Elle crut lire dans ses yeux une joie subite, une sorte de jubilation profonde du fait de l'avoir enfin retrouvée, un bonheur indescriptible qui se peignait sur son beau visage... À cet instant, elle sut qu'elle ne s'était pas trompée et qu'il était plus qu'heureux de la revoir.

Aucun des deux ne prononça un mot, chacun étant perdu dans sa contemplation, indifférent à l'air embarrassé de la jeune femme inconnue qui assistait à leurs retrouvailles silencieuses.

Finalement, Marc se ressaisit et tendit la main à Marie-Hélène. Celle-ci s'empressa de répondre à son invitation. Émue aux larmes, elle se demanda comment elle avait pu vivre un seul instant loin de lui... loin de ce sourire, de ce regard tendre dont il l'enveloppait et qui était chargé d'admiration et de désir pour elle... loin de cette main chaude qui serrait la sienne et qui n'avait aucune intention de la lâcher... loin de tout ce qu'il représentait pour elle à présent. Elle se sentait débordante d'amour, d'attachement, d'ardeur, de tendresse et d'une admiration sans borne pour cet homme que son cœur avait finalement accepté d'aimer. À cette pensée, son cœur éclata d'allégresse, jubilant d'amour intense...

— C'est vraiment vous? demanda Marc sur un ton qu'il ne parvenait pas à raffermir, tant il avait l'air de ne pas croire à sa présence réelle.

L'amie de Marc toussota alors légèrement, ce qui dissipa la magie et les ramena immédiatement sur terre. Sur un ton gêné, Marc dit:

— Pardon, Jacynthe! Je... j'aimerais te présenter Marie-Hélène Pelletier. C'est... euh!... la jeune femme dont je t'ai parlé.

— Je m'en serais doutée! répondit Jacynthe, visiblement très amusée. C'est donc vous la femme qui occupe les pensées de Marc. Je suis ravie de faire votre connaissance, dit-elle en lui tendant la main.

— Marie-Hélène, dit Marc d'une voix caressante qui lui donna la chair de poule, je vous présente Jacynthe Beaulieu. C'est ma décoratrice pour le ***Repos de Pierrot*** et c'est aussi une bonne amie à moi, depuis plusieurs années déjà, ajouta-t-il avec un sourire à l'intention de Jacynthe.

Marie-Hélène serra la main tendue de la jeune femme et elle fut surprise de constater une légère pointe de jalousie dans son regard bleuté. Les deux femmes échangèrent quelques politesses et, finalement, Jacynthe dit:

— Je dois te quitter, Marc. J'ai beaucoup à faire ce soir. Puis-je te rappeler, avant de te quitter, que j'attends ta visite demain matin? J'ai besoin de ta signature pour le projet que je t'ai soumis.

— Je serai là demain matin... comme convenu. Est-ce que dix heures te conviendraient? demanda-t-il machinalement, sans même la regarder, tant son attention était absorbée par Marie-Hélène.

— Ce sera parfait! répondit Jacynthe, en déposant un baiser sur la joue du jeune homme.

Elle salua Marie-Hélène, puis elle prit congé du couple.

Après son départ, un silence lourd s'installa entre Marc et Marie-Hélène, un silence qui provoqua une tension qu'on pouvait presque trancher au couteau. Marc avait adopté une attitude extrêmement distante avec elle, à présent. Une sueur froide lui coula dans le dos, et il avait la gorge nouée par l'émotion. Pourquoi diable ne réussissait-il pas à lui parler? Il n'arrivait pas à croire qu'elle se soit finalement déplacée pour lui... Il devait réagir. Finalement, il lâcha, d'une voix pleine d'amertume:

— Cela fait trois semaines que j'attends votre venue. Pourquoi ce soir?

Marie-Hélène se sentit fondre sous ce regard triste et elle détourna nerveusement les yeux. Elle ne s'attendait pas à voir autant d'amertume dans le cœur du jeune homme. Son chagrin était évident. Elle se sentait perdue à cause de la distance qu'il avait mise entre elle et lui. Aussi, répliqua-t-elle sur un ton légèrement déçu:

— J'ai longuement réfléchi à notre situation. Il est vrai que trois semaines, c'est plutôt long... J'en conviens et je vous en demande pardon... Mais j'avais besoin de tout ce temps. Hier, je me suis finalement décidée à tout vous avouer... Mais si vous n'êtes pas en état de m'entendre, je peux repartir comme je suis venue, ajouta-t-elle dans un souffle, la voix brisée.

— Non! Je... je m'excuse. Ne partez pas, dit-il.

Il fit un geste vers elle. Elle retint sa respiration, son cœur s'emballa, et sa gorge se noua de sanglots... Il lui tendit la main, puis, tremblant d'émotion, il l'enlaça dans un geste de désespoir en lui murmurant à l'oreille:

— Pardonnez-moi, mais j'ai cru devenir fou loin de vous. J'ai eu si peur de ne plus jamais vous revoir... J'ai tellement souffert de votre silence. Mon Dieu! J'ai peine à croire que vous êtes ici... dans mes bras. Je suis si heureux de vous retrouver.

Toutes les craintes de la jeune femme tombèrent une à une en entendant cet aveu. L'euphorie la gagna et un bonheur sans nuage vit le jour... Cambrant son corps contre le sien, elle tendit ses lèvres vers lui en disant:

— Vous m'avez également manqué, Marc... beaucoup plus que vous ne pourriez l'imaginer. Ces dernières semaines ont été un véritable enfer pour moi. J'ai compris, et ce de façon définitive, à quel point je vous aimais. Et si vous... voulez encore de moi... je me donnerai à vous totalement, sans plus de résistance de ma part... Marc croyait rêver. Voilà qu'elle s'offrait à lui, de son plein gré. Elle avait même le culot de lui faire des avances. Il était fasciné par son audace. C'était la première fois qu'elle faisait les premiers pas vis-à-vis de lui. Il se sentit submergé d'amour et de désir pour elle, car il était en mesure de comprendre et d'apprécier le don d'amour qu'elle lui faisait.

Un sentiment de joie intense l'envahit entièrement. Pour toute réponse, il se pencha vers elle. Son regard fiévreux et les lèvres impatientes trahissaient son désir de le recevoir. Ne pouvant plus résister à cet appel muet, il l'embrassa. Sa passion était violente, déchaînée à cause de cette longue attente où il s'était langui d'elle, où il avait tellement souffert de son absence. Il n'arrivait pas à se rassasier de ce baiser. Marie-Hélène gémit contre lui, délirante, fébrile d'excitation. Elle ne cherchait plus à retenir sa passion, plus rien ne l'arrêtait... Ses caresses étaient l'expression d'une frénésie débordante. Ses mains se baladaient sur son dos, sur ses reins, sur ses cheveux. Cette femme le rendait à moitié fou...

— Je vous aime! cria-t-il. Je ne peux vivre sans vous!

— Je vous aime aussi, dit-elle d'une voix vibrante d'amour... Si vous saviez ce que j'ai vécu comme tourments, ces dernières semaines... vous me pardonneriez, j'en suis sûre. J'étais si troublée...

D'un bond, il s'arracha de ses bras. Son souffle était court, ses yeux brillants de fièvre et sa voix méconnaissable lorsqu'il dit:

— Je vous pardonne... mais il faut cesser de nous torturer ainsi. Je veux être en mesure de vous écouter maintenant.

— J'ai... tellement envie de vous... si vous saviez...

— Je vous désire aussi, répondit-elle dans un souffle. J'ai envie d'être dans vos bras et de me laisser porter par cet enchantement qui nous unit si fortement.

— C'est si bon de vous entendre me dire ces choses... Mais nous devons attendre. Nous avons des choses importantes à nous dire et j'ai hâte de les entendre, dit Marc en souriant pour l'encourager. Venez maintenant...

CHAPITRE 12

Il prit sa main dans la sienne et la conduisit jusqu'à la terrasse arrière du chalet. Il y régnait un calme paisible en cette agréable soirée du mois d'août.

— Installez-vous! dit-il en lui désignant la chaise longue placée à côté de la porte-fenêtre coulissante qui donnait accès à la terrasse. Je vais nous préparer deux bons cafés fumant et je reviens. Alors, vous me raconterez tout.

Pendant qu'il était occupé à la cuisine, Marie-Hélène se força à prendre de profondes respirations afin de calmer son agitation. Elle tremblait d'appréhension, de peur et d'effroi. Son pouls se fit plus rapide: l'heure était venue, elle ne pouvait plus reculer maintenant, elle devait tout avouer. Elle aimait Marc et cet aveu qu'elle s'apprêtait à faire était le prix à payer pour partager sa vie. Un prix exorbitant, certes, mais c'était la seule façon pour elle de se libérer de cette hantise profonde, de cette angoisse insoutenable qui la torturaient. Marc devait savoir et Marie-Hélène ne devait omettre aucun détail de sa tragédie passée. Elle s'obligea à dominer ses sentiments...

Marc revint les deux tasses de café dans les mains. Il les lui confia un instant, approcha une petite table basse de la chaise où Marie-Hélène se trouvait et y déposa les deux cafés en disant:

— Cette chaise nous supportera tous les deux. Je veux être près de vous et vous tenir dans mes bras pendant que vous vous confierez à moi.

Elle lui sourit nerveusement et s'avança sur sa chaise pour lui permettre de s'asseoir derrière elle, ce qu'il fit rapidement, tout en entourant tendrement sa taille de ses deux bras. Cette posture lui rappela instantanément leur nuit passée dans la *Honda* le soir de l'orage, le soir de leur premier vrai tête à tête, le soir qui avait marqué le début de leur amour. Marie-Hélène se remémora la patience du jeune homme, et sa délicatesse à son endroit. Elle avait alors compris que cet homme était bon, généreux et compréhensif. Et c'était cet homme qu'elle retrouvait ce soir. Mais cette fois, contrairement au soir de l'orage, c'est elle qui lui raconterait une histoire. Une histoire horrible... qui était loin de ressembler à un conte de fées, mais qui était plutôt le récit d'un événement réel et tragique, qui avait profondément marqué son existence.

— Je vous écoute! dit Marc sur le ton de la confidence, tout en la serrant contre lui.

Marie-Hélène respira à fond, appuya sa tête contre la poitrine du jeune homme et compta mentalement: un, deux, trois, puis elle se lança:

— Ce que j'ai à vous confier n'est pas facile à dire, Marc. Je vais me mettre à nu devant vous. Vous allez entendre le récit d'une tragédie, que j'ai vécue à l'âge de quinze ans. Vous comprendrez que je ne pourrai le raconter, sans gémir ou pleurer... Ce drame... j'ai réussi à le confier qu'à une seule personne, et c'est à Guillaume! Je ne l'ai raconté qu'une seule fois... aussi, je ne sais pas quelle sera ma réaction en vous le racontant à vous. Mais avant de commencer, j'ai une faveur à vous demander pour me faciliter cette désagréable tâche.

— Laquelle? demanda Marc en la berçant contre lui.

— Celle de ne jamais intervenir dans mon récit, car si vous le faites, je ne sais pas si j'aurai la force de continuer, acheva Marie-Hélène dans un souffle.

— C'est accordé, la rassura-t-il. Je vous promets de ne pas vous couper la parole. Je respecterai vos silences et vos pleurs, je vous en donne ma parole!

En disant ces mots, il la serra plus fort contre lui tout en enfouissant son visage dans son cou. Marie-Hélène se sentit réconfortée par ce contact. Après quelques secondes d'hésitation, elle commença:

— Je vais vous parler tout d'abord de mon enfance, si vous le voulez bien. Vous serez ainsi mieux en mesure de comprendre l'état d'esprit dans lequel je me trouvais à l'époque...

— Très bien! Je vous écoute, dit simplement Marc.

— Avant ce drame, j'ai vécu une enfance absolument merveilleuse. J'ai grandi entre deux frères qui m'adoraient et des parents qui me témoignaient beaucoup d'affection et de confiance. J'étais du genre solitaire, plutôt intellectuel. Ce qui me passionnait le plus dans la vie, c'était mes études. Bien sûr, j'aimais m'amuser comme toutes les jeunes filles de mon âge, j'étais sportive, j'aimais la danse, la musique et la lecture, mais j'ai toujours été une enfant sérieuse, posée. J'ai été si bien soutenue et encouragée dans tout ce que j'entreprenais que j'ai grandi en développant une grande confiance en moi.

Marie-Hélène se tut quelques instants, perdue dans ses souvenirs, ses yeux trahissant des émotions vives. Finalement, elle poursuivit d'une voix lente et méditative:

— J'avais peu d'amis, j'étais trop sérieuse pour être populaire. Vers treize ou quatorze ans, je me suis tout de même intéressée aux garçons qui m'entouraient. Ceux qui m'attiraient étaient plus âgés que moi, car je trouvais ceux de mon âge ennuyeux et trop jeunes de caractère pour me plaire. Comme toutes les filles, je commençais à m'intéresser à la sexualité mais les jeux auxquels les jeunes de mon âge s'adonnaient avec fébrilité me laissaient froide et indifférente.

»Je me souviens que les filles de mon âge aimaient faire le récit de leurs aventures. Les lundis matins étaient riches en confidences plus ou moins osées. Mais pour moi, ces récits étaient plutôt une source de dégoût. J'ai voulu tout de même tenter l'expérience et je suis sorti avec deux jeunes garçons. Mais lorsqu'ils mettaient leurs mains sur moi, j'étais prise de panique et nos relations se terminaient là, dans des disputes.»

Marie-Hélène soupira, puis elle poursuivit d'une voix ironique:

— Petit à petit, j'en ai conclu... que j'étais une fille frigide et que je n'étais pas faite pour avoir des relations stables avec un homme. Ce sentiment accentua en moi le goût des études.

»J'avais une excellente amie qui habitait près de chez moi. Son nom était Christine... Je dis bien "était" car aujourd'hui, elle est décédée...»

Marie-Hélène ravala avec peine sa salive, car sa gorge était nouée de sanglots. À ce signal de détresse, Marc resserra son étreinte et dit d'une voix apaisante:

— Prenez de longues respirations, ça va vous aider.

Marie-Hélène obéit et, lorsqu'elle se sentit un peu calmée, elle poursuivit d'une voix saccadée:

— Nous avions l'habitude, Christine et moi, d'aller nous promener sur le bord du fleuve lorsque la température le permettait. Nous partions généralement vers les dix-neuf heures pour revenir vers les vingt et une heures. Nous refaisions inlassablement le même parcours, nous attardant sur la plage pour ramasser des coquillages, racontant nos projets d'avenir.

Marie-Hélène soupira de nouveau, bouleversée par ses propres sentiments, au bord des larmes. Elle poursuivit pourtant:

— Nous n'avions jamais pensé que ces promenades innocentes pouvaient... être risquées pour deux jeunes filles de notre âge... La Pointe de Rivière-du-Loup était un endroit touristique très achalandé et nous rencontrions beaucoup de passants sur notre route, même à cette heure tardive de la journée. Alors nous pensions être en sécurité... mais voilà qu'un soir...

hoqueta-t-elle, un soir... alors que nous faisions notre périple habituel... nous avons constaté que deux hommes nous suivaient!...

Marie-Hélène était agitée de tremblements convulsifs. Réprimant avec peine un sentiment de révolte, Marc la berça contre lui pour la réconforter. Des larmes jaillirent des yeux de la jeune femme et coulèrent sur ses joues. Elle les essuya et poursuivit, d'une voix brisée:

— Je... je me souviens que ma mère m'avait demandé de rentrer plus tôt, car un orage menaçait. Christine et moi étions sur le chemin du retour quand nous avons vu ces deux hommes qui nous suivaient. Le temps était très sombre et nous nous hâtions, espérant pouvoir rentrer avant que la pluie nous surprenne... C'est depuis ce jour... que j'ai peur des orages, acheva-t-elle en posant la tête sur son épaule.

Elle ferma les yeux quelques secondes, car elle n'arrivait pas à maîtriser ses tremblements. D'une voix implorante, elle dit:

— Je crois que je vais avoir besoin d'un petit remontant... Auriez-vous du vin à m'offrir, ainsi que des mouchoirs de papier?

— Certainement. Attendez-moi ici, je reviens tout de suite.

— D'accord, dit-elle d'une voix brisée.

Marc se leva et alla chercher ce qu'elle lui avait demandé. Il lui servit une coupe de vin blanc et déposa la bouteille sur la table, à côté d'eux. Se rasseyant aussitôt en arrière d'elle, il la serra une fois de plus contre lui.

Marie-Hélène vida sa coupe d'un trait et Marc la lui remplit à nouveau. Elle y trempa les lèvres et poursuivit:

— Lorsque nous nous sommes aperçues que ces hommes nous suivaient, nous avons, d'instinct, augmenté notre vitesse, qui s'est rapidement transformée en une course folle. Nous étions en état de panique et nous ne savions où aller... Nos assaillants nous poursuivaient de plus belle. Je me souviens que Christine m'a pris la main et que nous nous sommes dirigées vers la cour arrière d'un chalet. C'est à ce moment que l'orage a éclaté... Ah! mon Dieu! j'entends encore les grondements de tonnerre éclater dans ma tête, s'écria Marie-Hélène en proie à la panique.

Elle cacha son visage entre ses mains et enfouit sa tête contre la poitrine du jeune homme. Un long cri de terreur jaillit alors de sa gorge. Marc assista, impuissant, à cette explosion de douleur, mais il parvint à dire, d'une voix apaisante:

— Je sais que c'est difficile, mais je suis là.

Ces paroles eurent un effet bénéfique sur Marie-Hélène. Elle se calma un peu et but une bonne gorgée de vin. Peu à peu, elle retrouva une respiration presque normale et elle poursuivit:

— À partir de ce moment, tout s'est déroulé très rapidement, même si je revois cela comme un film au ralenti... Je ne sais pas combien de temps nous sommes restées dans cette cour, complètement trempées par la pluie, tentant tant bien que mal de nous camoufler, mais au moment où nous pensions enfin être libérées d'eux, les deux hommes nous ont empoignées solidement par derrière... Pour nous faire taire, ils nous ont couvert la bouche de leurs deux mains.

»En proie à une panique indescriptible, je me suis mise à trembler comme une feuille de papier. Mon affolement était total... Je me suis débattue avec la force du désespoir, mais en vain. L'homme qui me tenait était beaucoup trop fort pour moi. Le temps s'était arrêté... Soudain, une voiture s'est immobilisée près de nous et l'occupant en est sorti. J'ai cru une fraction de seconde que cet homme allait nous sauver. Il semblait nerveux et il regardait partout... J'ai alors compris que cet homme surveillait les lieux. Il fit signe à nos agresseurs de nous emmener et c'est à ce moment que j'ai compris qu'il était de mèche avec eux.

»Les trois hommes nous poussèrent violemment dans la voiture et le conducteur démarra rapidement. Ils riaient comme des fous... Moi, j'étais complètement terrorisée. Le conducteur gara la voiture à côté d'un chalet, loin, très loin de l'endroit où nous nous trouvions avant cet incident. C'était un coin perdu de Saint-Alexandre où personne n'allait... Le conducteur sortit puis, après avoir inspecté les alentours du chalet, afin de s'assurer qu'il n'y avait personne, il fracassa une fenêtre et pénétra à l'intérieur.

»L'attente me parut interminable. Nos agresseurs proféraient toutes sortes d'insanités à notre endroit et j'ai vraiment cru que j'allais y laisser la vie...»

Marie-Hélène se tut, tremblante de peur, et Marc la serra contre lui, faisant tout ce qu'il pouvait pour la rassurer. Il tempêtait intérieurement contre cette violence qu'il sentait venir. Il était tellement écœuré à cette idée qu'il en avait la nausée. Mais il ne se permit aucun commentaire, effrayé d'avance des paroles qu'il entendrait.

D'une voix méconnaissable, elle poursuivit:

— Ces hommes prenaient un plaisir sadique... à nous raconter... ce qu'ils allaient nous faire... C'était une situation effroyable, insoutenable... Avec l'énergie du désespoir, j'essayais de me libérer, mais en vain. Je ne parvenais plus à effectuer aucun mouvement cohérent. Mon corps refusait de m'obéir... même ma voix était éteinte... Aucun son ne sortait de ma bouche, tellement j'étais paniquée. Finalement, la porte du chalet s'ouvrit et l'homme qui se trouvait jusque-là à l'intérieur apparut. Il fit signe à ses compagnons d'entrer. Sitôt passé le seuil de la porte, ils nous projetèrent brusquement sur un lit et nous lièrent les mains... J'entends encore leurs rires diaboliques... C'était si... horrible... j'étais complètement perdue... acheva-t-elle au milieu des larmes qu'elle ne parvenait plus à retenir.

Marc était soudain très inquiet pour elle. Elle était blanche de peur, son cœur battait de façon désordonnée et sa respiration était saccadée. Il lui versa une autre coupe de vin qu'elle but à grandes gorgées. Elle claquait des dents. Marc en eut froid dans le dos et, brisant sa promesse, il lui dit:

— Arrêtez maintenant, je ne suis pas certain que vous soyez en mesure de continuer...

— Non! s'objecta-t-elle. Mon Dieu, aide-moi... je dois poursuivre. Je dois y arriver. Je dois me libérer complètement. Marc se sentait complètement impuissant devant sa détresse.

Prenant son courage à deux mains, Marie-Hélène respira à fond et poursuivit, d'une voix anéantie par le désespoir:

— Ils ont déchiré nos vêtements avec un couteau... L'un d'eux nous a dit: «Écoutez, mes jolies, si vous êtes bien sages, nous vous libérerons et nous vous laisserons la vie sauve. Sinon, ajouta-t-il appuyant la pointe de son couteau dirigée sur ma gorge, nous vous tuerons sans hésiter.»

Sa voix trembla lorsqu'elle poursuivit:

— Nous étions complètement nues et ils nous examinèrent quelques instants en riant, se questionnant à savoir laquelle de nous deux y passerait la première... Finalement, ils nous tirèrent au sort... et c'est Christine qui fut choisie... ajouta-t-elle d'une voix étranglée par l'émotion.

»Deux des trois comparses me ligotèrent sur une chaise et ils me placèrent en face du lit afin que je voie ce qui allait se passer. Après m'avoir solidement attachée, ils tirèrent encore au sort, à savoir lequel d'entre eux aurait la chance de déflorer Christine. Ils... riaient comme des fous, disant qu'ils étaient chanceux d'être tombés sur de jeunes vierges... que c'était... bien plus excitant ainsi... Le gagnant se jeta de tout son poids sur mon amie pendant que les deux autres la maintenaient fermement en lui écartant les jambes. C'est... c'est... alors... que j'ai vu du sang gicler du corps de mon amie... J'étais en état de choc... J'étais là...»

Marie-Hélène s'arrêta de nouveau et enfouit sa tête entre ses deux bras. Son corps était secoué de frissons de terreur. Elle pleurait, gémissait comme un animal blessé et Marc ne savait plus quelle attitude adopter, mais il sentait une colère violente, indescriptible s'emparer de lui... Il avait de plus en plus de mal à se maîtriser. Sa souffrance était aussi profonde que celle de la jeune femme. Son cœur se déchirait en lambeaux à l'écoute de ce récit d'horreur inacceptable, intolérable. Des hommes avaient osé porter la main sur cette femme. Il voulait qu'elle se taise à présent, car l'agressivité et la violence qui l'envahissaient menaçaient d'éclater. Il fit des efforts considérables pour se dominer. Prenant à son tour une profonde respiration, il s'obligea à se taire, à ne pas bouger. Il le fallait pour elle...

— J'étais là, continua-t-elle, toujours attachée à la chaise, dans un état d'agitation extrême... Je ne pouvais rien faire pour mon amie... Je voyais ces monstres la tripoter... la mordre... la frapper, écartant ses jambes dans toutes sortes de positions pour la pénétrer... Elle hurlait de douleur... et j'assistais à tout cela sans bouger, impuissante... Je priais le bon Dieu pour qu'il vienne nous libérer.

»L'un des trois hommes sortit alors un tube de vaseline et il en enduisit son pénis... pendant que les deux autres retournaient mon amie et la forçaient à se maintenir à quatre pattes... pour permettre à l'autre de la pénétrer sauvagement dans l'anus. Christine avait beau avoir la bouche bâillonnée... j'entendais quand même ses cris de douleur étouffés. Elle n'arrêtait pas de tomber à plat ventre mais les hommes la frappaient, l'obligeant à rester à genoux. Finalement, l'homme qui la pénétrait poussa un cri de jouissance et ce cri me fit sursauter...

»Christine tomba alors sur le côté, évanouie. Les hommes applaudirent leur exploit. Il... il... y avait du sang partout... J'étais horrifiée, car je constatais que mon tour était arrivé... Mon cœur se soulevait de répulsion et je réprimais une forte envie de vomir.»

Marie-Hélène était d'un calme froid, à présent. Elle parlait d'une voix éteinte:

— Les hommes ouvrirent des canettes de bière en riant. Déjà, ils avaient commencé à me caresser, s'amusant de ma terreur et de mon affolement. Leurs mains sur mon corps me donnaient la nausée, la chair de poule... Ils me dirent des paroles obscènes, vulgaires, dénotant un manque total de délicatesse, des paroles dont je n'arrive même plus à me souvenir, tellement la panique me clouait sur ma chaise, me paralysant totalement. Je n'avais même plus la force de me débattre... je voulais mourir...

La jeune femme dut s'arrêter pour laisser couler les larmes qui se pressaient sur ses joues et qu'elle ne cherchait même plus à retenir. Après d'interminables minutes, elle poursuivit, d'une voix brisée par le chagrin:

— Ils ne m'ont pas violée... J'ai entendu un bruit de voiture à l'extérieur. Une automobile venait de s'arrêter dans l'entrée du chalet... Je me suis évanouie pour ne revenir à moi qu'à l'hôpital de Rivière-du-Loup... quelques heures plus tard.

Marc poussa un soupir de soulagement. Une joie indescriptible l'envahit lorsqu'il comprit que Marie-Hélène n'avait pas été sauvagement violée. Il la prit dans ses bras et la berça contre lui pour la consoler. Elle pleura pendant une demi-heure. Marc comprenait à quel point elle avait été marquée par ce drame, mais un fol espoir jaillit dans son cœur. Il se dit qu'il pourrait la consoler et lui faire oublier ce drame, que son amour saurait réparer le mal qui lui avait été fait. Il murmura doucement son nom en caressant ses cheveux. Après un moment de silence, elle reprit:

— Lorsque je me suis réveillée, l'horrible scène du chalet me revint à l'esprit, et je me suis mise à vomir sans pouvoir m'arrêter. Les infirmières s'empressaient autour de moi, me prodiguant des paroles de réconfort et me rassurèrent sur le sort de Christine... Elle m'ont dit qu'elle allait bien et que nous étions sauvées toutes les deux.

»C'est à ce moment que j'ai appris que c'était les occupants du chalet qui nous avaient trouvées nues et inconscientes dans la chambre. Nos agresseurs, en entendant le bruit de la voiture, s'étaient enfuis rapidement par la fenêtre.

»Les mois qui suivirent furent un vrai cauchemar. Tout le monde m'interrogeait sur ce drame mais j'étais incapable d'en parler. Cette tragédie fit l'objet d'une vaste enquête policière et mes amis me regardaient comme si j'avais été responsable de ce qui m'était arrivé.»

La jeune femme s'arrêta de nouveau pour pleurer. Impuissant à la consoler, Marc caressa doucement ses cheveux humides, ne sachant que faire d'autre pour la réconforter.

Finalement, elle se calma et poursuivit:

— Christine s'était enfermée dans un mutisme total. Elle ne parlait plus, ne riait plus. Ses parents durent la faire interner à l'hôpital pour lui faire donner des soins psychiatriques, à cause de son état perpétuel de dépression. Nous avons d'ailleurs été suivies toutes les deux pendant quelque temps. Mais Christine ne s'en remettait pas...

»J'ai finalement appris qu'elle était enceinte. Ce fut la catastrophe. Après l'accouchement, qui fut très difficile, on confia l'enfant à l'adoption. Imaginez, Marc! Christine n'avait que seize ans et elle avait dû porter un enfant pendant neuf mois, sachant qu'il était le résultat d'un acte de violence... Elle ne s'en est jamais remise et, quelques mois après l'accouchement, elle s'est suicidée.

»Je n'ai pas été capable d'assister à ses obsèques, continua Marie-Hélène la voix brisée par le chagrin. Je ne cessais de me demander pourquoi le sort l'avait choisie, elle, et pas moi. Pendant toutes ces années, j'ai développé une attitude de culpabilité. Pendant presque trois ans, je me suis sentie aussi morte qu'elle. Plus rien ne m'intéressait et j'ai même du reprendre mon secondaire IV à cause de mon manque de motivation.

»Il n'y a que Guillaume à qui j'ai réussi à raconter cette horrible histoire. C'est grâce à sa patience que je m'en suis à peu près sortie. Même mes parents n'ont pas su les détails de ce drame, du moins, ils ne l'ont pas appris de ma bouche. Guillaume fut vraiment mon seul confident. La nuit, il venait me retrouver dans mon lit. Il me consolait et me berçait jusqu'à ce que je m'endorme, épuisée d'avoir trop pleuré. Il est le seul qui a vraiment compris à quel point je souffrais. Il m'a toujours protégée et il n'a jamais révélé ce que je lui avais confié.»

— Je sais, dit Marc. J'ai bien essayé à plusieurs reprises de lui tirer les vers du nez mais il se défilait chaque fois, disant que c'était à vous de tout me raconter.

Marie-Hélène sourit en entendant ces mots. Elle se sentait beaucoup mieux depuis qu'elle avait franchi cette difficile étape. Aussi, parla-t-elle sur un ton adouci, libéré, rempli d'espoir.

— C'est à Guillaume que vous devez ma présence ici ce soir. Sans lui, je n'aurais jamais eu le courage de venir tout vous dire. J'avais si peur de votre réaction... si peur... que vous ne vouliez plus de moi après cela...

Sa voix était anxieuse et Marc pouvait lire une demande muette dans ses grands yeux verts. Marie-Hélène avait besoin d'être rassurée et Marc ne se fit pas prier pour lui dire:

— Ne craignez rien! Jamais je ne vous abandonnerai... J'ai trop besoin de vous, de ce que vous représentez pour moi. Mon amour pour vous est sincère et durable. Et maintenant que vous m'avez tout raconté, je peux mieux comprendre vos réactions et je crois que je ne vous en aime que davantage... Je suis bouleversé par ce que vous venez de me révéler... Je savais que ce serait pénible, mais je n'aurais pu deviner que vous aviez vécu une situation aussi dramatique... Je m'en veux d'avoir été aussi cruel envers vous et je ne suis pas sûr de mériter votre amour. Me pardonnerez-vous mon impatience à votre égard?

— Marc, dit Marie-Hélène d'une voix caressante, je vous aime. Ne vous culpabilisez pas avec cette situation. C'est grâce à votre amour si je peux enfin me libérer de mon passé. Vous m'avez forcée à remettre ma vie en question et j'ai enfin pu comprendre que je vous aimais éperdument, ajouta-t-elle en l'embrassant amoureusement dans le cou.

Marc gémit sous cette caresse et il la serra plus fort dans ses bras. Un sourire inattendu se dessina alors sur les lèvres de la jeune femme. Marc le remarqua aussitôt et demanda:

— Qu'est-ce qui vous fait sourire ainsi?

— Je pensais à mon diable de frère... Il avait compris depuis le début que j'étais amoureuse de vous. Vous auriez dû être chez mes parents le soir où il m'a confrontée devant toute la famille à votre sujet. Il avait évoqué la querelle d'amoureux que nous avions eue aux Escoumins, vous vous en souvenez? demanda-t-elle, en riant franchement à présent.

— Si je m'en souviens! Je vous aurais volontiers étripée ce soir-là, dit-il en riant à son tour. Vous m'aviez rendu complètement fou de vous et, subitement, sans que j'en comprenne les raisons, vous... avez changé d'idée.

— Je vous désirais pourtant... ardemment.

— C'est vrai? demanda Marc.

— Oui! dit Marie-Hélène à mi-voix... mais je ne pouvais pas vous encourager à ce moment. J'étais... déchirée entre mon désir pour vous... et la peur qui me nouait les entrailles.

— Oui, je comprends à présent... Je crois que nous devons une fière chandelle à Guillaume. En fait, nous lui devons notre amour.

— Rien que ça! dit-elle en badinant.

— Rien que ça! répondit-il en la serrant contre lui.

Il était soulagé de la voir ainsi. Elle était si belle, malgré ses yeux encore troublés par les larmes qu'elle avait versées. Mais une lueur de soulagement et de paix les illuminait peu à peu. La soie dorée de ses cheveux auréolait son fin visage... Elle le troublait, comme aucune autre femme ne l'avait jamais fait auparavant. Une bouffée de désir s'empara de lui, mais il chassa aussitôt cette pensée importune en demandant:

— Qu'est devenu l'enfant de Christine?

— Je n'en sais absolument rien. Je ne sais même pas de quel sexe il est. Tout ce que je sais, c'est qu'il a été adopté par une famille financièrement à l'aise. Il est né le 24 mars 1976, soit neuf mois, presque jour pour jour, après le terrible drame du 23 juin 1975.

— Que diriez-vous d'entrer maintenant dans le chalet? dit Marc. Nous y serons plus à l'aise pour poursuivre cette discussion.

— D'accord, dit Marie-Hélène en se levant.

Marc lui tendit la main et elle le suivit à l'intérieur. Elle se sentait légère comme un oiseau. Elle était complètement réconciliée avec la vie. C'était comme lorsque le soleil brille à nouveau après un orage et que l'on avait eu du mal à croire à son retour... Folle de bonheur, Marie-Hélène se tourna vers Marc, mais ce qu'elle lut dans ses yeux remplit son cœur d'appréhension. Aussi demanda-t-elle sur un ton apeuré:

— Qu'avez-vous Marc?

Il attira la jeune femme vers lui et la serra encore contre sa poitrine en lui disant, sur un ton de violence contenue:

— Je rage à l'intérieur de moi! J'ai envie de remuer ciel et terre pour retrouver ces hommes et leur faire payer leur crime immonde, acheva-t-il, hors de lui.

— Votre colère est inutile, Marc. Ces trois hommes sont en prison pour la vie.

— C'est vrai?

— Oui! Un homme qui marchait dans la rue a été témoin de leur fuite et il a relevé le numéro d'immatriculation de leur voiture. Imaginez, elle appartenait à l'un d'eux.

Il n'a pas été très difficile de les retrouver.

— Tant mieux, dit Marc. Je me sens soulagé. Je crois que j'aurais trouvé pénible de vivre auprès de vous en sachant ces monstres en liberté. Vous avez dû être obligée de les identifier.

— Oui, et ce fut un vrai cauchemar. Ensuite, ce fut le procès... Vu que Christine n'était pas en état de témoigner, c'est moi qui ai dû le faire. Heureusement que j'étais accompagnée d'un psychologue pour m'aider.

— J'imagine assez bien les sentiments que vous avez ressentis lorsque vous avez revu ces hommes.

— Oui... mais il y a autre chose que j'aimerais vous dire, Marc!

— Asseyons-nous d'abord, nous serons plus à l'aise, dit-il en lui prenant la main pour l'emmener vers le canapé. Vous voulez encore un peu de vin?

— Oui, volontiers! Je crois que je suis déshydratée ce soir.

Il sourit en lui tendant une nouvelle coupe de bon vin blanc.

— Que vouliez-vous me dire? lui demanda-t-il.

— La nuit dernière, j'ai rêvé à Christine, dit Marie-Hélène. Je me souviens de très peu de choses... mais je me rappelle, entre autres, qu'elle m'a dit d'être heureuse et de vivre en paix auprès de vous.

Et Marie-Hélène se tut, gênée par sa propre phrase.

— Hum! s'écria Marc en souriant de sa gêne. C'est un rêve très révélateur. Il signifie que, inconsciemment, vous avez décidé d'accepter notre situation amoureuse et que vous avez accepté de vous laisser aimer de moi... J'en suis très heureux, ajouta-t-il en posant ses lèvres sur la bouche sensuelle de la jeune femme.

Marie-Hélène accepta ce baiser avec toute l'ardeur qu'elle pouvait y mettre. Elle savait que Marc avait envie d'elle mais qu'il n'osait pas le lui dire, à cause du récit qu'elle venait de lui faire. Pourtant, elle se sentait prête à se donner à lui... Elle voulait aller jusqu'au bout de son désir, briser toutes les barrières qui les séparaient. Maintenant qu'il savait tout d'elle et qu'elle avait enfin réussi à se libérer de toutes les chaînes qui l'empêchaient de l'aimer, elle voulait le rassurer quant à la passion qui l'habitait tout entière.

Elle se lova au creux de ses bras pendant que ses baisers devenaient de plus en plus passionnés. La respiration de Marc se modifia. Délaissant ses lèvres, il couvrit son cou de baisers fiévreux, tout en murmurant, d'une voix vibrante de passion:

— Parlez-moi, Marie-Hélène. J'ai besoin de sentir... que vous êtes prête à vous donner à moi, en dépit de votre peur... Mais je veux aussi que vous vous sentiez libre de vous abandonner dans mes bras... car jamais, je ne me pardonnerais de vous brusquer, affirma-t-il en l'embrassant de nouveau.

L'enivrement les gagnait. La même passion les embrasait et grandissait dans leur corps, leur faisant perdre graduellement la maîtrise de leurs sens. Entre deux baisers, Marc lui dit, haletant:

— Passez la nuit avec moi... je vous en supplie... J'ai tellement envie de vous... vous me rendez complètement fou...

— Oui, dit-elle dans un murmure.

Leurs regards se soudèrent, remplis du même doute, de la même hésitation, mais brûlant de la même espérance et du même feu qu'ils n'arrivaient plus à éteindre. Finalement, Marc murmura à son oreille, en la couvrant de baisers:

— Mon amour... en es-tu certaine? Je t'aime... je comprendrais que tu veuilles attendre...

— Non... je te veux mais je n'ai qu'une appréhension, avoua-t-elle, soudain rougissante.

— Laquelle? demanda Marc d'une voix enrouée par la passion, tout en posant son regard enfiévré sur elle.

— Je... je n'ai... jamais fait...

— Je sais, dit-il, comprenant ce qu'elle voulait lui dire. C'est... ce qui m'effraie le plus, moi aussi... J'ai si peur de te blesser... de te faire souffrir, dit-il entre deux caresses. Comment pourrai-je arriver à te faire l'amour décemment et à te donner du plaisir alors que j'ai tant envie de toi? J'ai peur de me comporter comme une bête sauvage. J'aimerais tellement que cette première expérience soit agréable pour toi mais j'ai peur qu'elle soit... difficile, acheva-t-il à voix basse en l'embrassant de nouveau.

— Je ne sais pas quelles seront mes réactions lorsque tu... me prendras, dit-elle d'une voix enflammée.

— Ne t'inquiète pas. Je suis sûr que tout se passera bien. Tu es si sensuelle... si ensorcelante. Je n'ai jamais encore tenu une femme aussi passionnée entre mes bras... Ne t'inquiète pas pour ça. Laisse-toi aller... abandonne-toi... aie confiance en moi...

Il ponctuait ses mots de baisers rapides et elle gémissait de plus en plus au contact de ces mains chaudes et caressantes qui parcouraient son corps assoiffé d'amour. Un feu intérieur la dévorait tout entière et sa bouche tremblait d'impatience. Elle avait du mal à respirer, tant elle brûlait d'excitation. Débordant d'ardeur, Marc la couvrait de baisers insatiables, ne ménageant aucun effort pour faire grimper le désir de sa compagne vers les sommets du non-retour. Leurs cœurs battaient à l'unisson, leurs souffles s'entremêlaient. Délirant de fièvre, Marie-Hélène dit en gémissant:

— Continue... ne t'arrête pas... continue... c'est si bon!

Fou de bonheur, Marc comprit qu'il avait son plein consentement. D'une main nerveuse, il déboutonna son chemisier de soie... et s'aperçut que sa poitrine était nue. D'une main experte, il écarta le fin tissu et contempla avec émerveillement ces seins dont la pointe était déjà durcie par l'excitation. Qu'elle était belle! Plus belle que dans ses rêves les plus fous. Il effleura sa poitrine avec doigté, et elle frémit sous cette caresse. Redoublant d'ardeur, il promena sa bouche sur sa peau brûlante, tirant de sa gorge un son étouffé. Il s'emballa, fou d'amour et de désir pour elle. La faisant glisser sous lui, il plaça ses mains sous ses hanches fines et sensuelles et les fit glisser sur ses cuisses fermes et soyeuses. Elle était chaude, douce... et elle vibrait sous ses caresses, gémissante, délirante de passion...

— Marc! cria-t-elle.

— Ne t'emballe pas, chérie...

— Prends-moi maintenant, je t'en supplie... Je n'en peux plus, murmura-t-elle à son oreille.

— Pas maintenant... doucement... calme-toi.

Il la souleva dans ses bras, la porta jusqu'à la chambre et la déposa amoureusement, délicatement sur le lit. Il la contempla longuement pendant qu'elle devenait folle d'impatience. Ses yeux brillaient d'amour et de passion.

Marc retira ses bas, sa chemise et son jean avant de la rejoindre. Il l'embrassa à nouveau en la caressant. Elle était déchaînée. Il lui enleva sa jupe de cuir et son slip de dentelle et bientôt, elle fut nue tout comme lui. Leurs corps vibraient de la même attente...

— Je suis inquiet, dit-il, le souffle court. Je vais te faire souffrir. Pourras-tu me pardonner?

— Ne me fais pas languir, Marc. Je t'en supplie, dit-elle, haletante. Je t'aime...

— Je ne sais pas... si je serai à la hauteur de ce que tu attends de moi. Mais sois assurée que je me rattraperai dans le futur...

Et il la pénétra, brisant la délicate membrane qui obstruait partiellement le passage donnant accès à la félicité et elle fut sienne. Sous la douleur, elle se crispa et enfonça ses ongles dans sa chair. Marc retint sa respiration et cessa tout mouvement en elle.

— Doucement, mon amour! murmura-t-il. Ne bouge pas... nous allons attendre que la douleur diminue. Je t'aime tellement, ajouta-t-il pour la rassurer. Fais-moi confiance, la douleur va disparaître sous peu...

Il reprit ses lèvres et se remit à la caresser, très doucement. Son cœur battait à tout rompre. Bientôt, il l'entendit gémir de nouveau. Il était très attentif au rythme de sa respiration. La passion revint rapidement l'habiter. Sa poitrine se souleva et son souffle devint irrégulier. Marc comprit alors qu'elle avait surmonté sa peur et, encore une fois, il la sentit fébrile d'excitation sous lui.

D'elle même, elle se mit à bouger, dans un lent mouvement de va-et-vient. Il accorda son rythme avec le sien et bientôt, ils vibrèrent du même feu passionné, de la même soif extatique. Il entendait ses gémissements, leurs gestes étaient rapides, frénétiques, exaltés, tendus vers la jouissance. Toutes les barrières de leur résistance étaient abolies. Seuls restaient leur amour, leur désir et leur passion insatiable, voisine de l'inconscience.

Soudain, un cri rauque, hallucinant, un cri d'animal sortit de la bouche de Marie-Hélène, tandis que sa tête se balançait de tous les côtés. Marc comprit alors qu'elle avait atteint le sommet ultime du plaisir. Fou de bonheur, il laissa éclater en elle sa jouissance, en murmurant des paroles incohérentes d'amour et d'enchantement.

Ils restèrent longtemps allongés, l'un sur l'autre, tentant d'apaiser leur agitation extrême et de retrouver une respiration normale. Ils se caressaient doucement, amoureusement, savourant leur nouveau bonheur. Soudain, Marc se rendit compte que Marie-Hélène pleurait. Aussitôt, il la serra contre lui en disant:

— Je t'ai fait souffrir, n'est-ce pas?

— Je pleure de joie, lui dit-elle, émue. Jamais je n'aurais cru qu'un tel bonheur existât réellement. Tu as été merveilleux... Je te dois tout: l'amour, la paix, le bonheur... et le plaisir, acheva-t-elle rougissante...

— C'est bien vrai? Tu ne regrettes rien? dit Marc touché par ce qu'elle venait de lui dire avec tant de ferveur.

— Comment pourrais-je regretter un si grand bonheur... cette joie indescriptible? Avec toi, je me sens revivre. Je viens de naître à nouveau.

— Je crois... qu'il n'y aura pas suffisamment de jours dans ma vie pour te dire combien je t'aime. Tu es mon but, maintenant, tu es ma joie de vivre, dit-il tendrement.

— Marc, dit-elle d'une toute petite voix.

— Oui, mon amour?

— Nous referons souvent l'amour, n'est-ce pas?

— Autant de fois que nous en aurons envie, dit-il en souriant.

— Cette nuit alors?

— Non! Cette nuit, tu dois dormir. Je veux que tu sois en forme demain, dit-il en l'embrassant de nouveau.

— Mais je suis en forme! s'objecta-t-elle amoureusement.

— Tu as eu une soirée plutôt chargée d'émotions ce soir, dit-il en riant. Dors maintenant!

Quelques minutes plus tard, elle s'endormait entre ses bras. Il la contempla une partie de la nuit, ayant du mal à croire à son bonheur. Finalement, il s'endormit à son tour d'un sommeil heureux et réparateur.

CHAPITRE 13

Lorsque Marie-Hélène ouvrit les yeux, elle mit quelques secondes à comprendre où elle se trouvait, puis elle se remémora les événements de la veille en s'étirant et souria.

Elle se rendit compte que Marc était déjà debout, car elle l'entendait chanter dans la salle de bains. En écoutant bien, elle reconnu, un air populaire qui connaissait un énorme succès au Québec dans le moment: *Hélène*, de Roch Voisine.

Elle fut émue lorsqu'elle comprit que c'était elle que Marc visait avec cette chanson. Elle s'efforça d'en saisir les paroles. C'était difficile, car le bruit de la douche couvrait la voix de Marc, mais quelques-unes lui parvinrent tout de même aux oreilles.

— Décidément, il sait tout faire, même chanter, dit-elle à voix basse.

Elle était émerveillée devant l'homme qu'il était et, pour la première fois, elle n'eut pas à faire taire sa conscience qui l'avait si souvent mise en garde contre lui. Un sentiment d'harmonie l'envahit. C'était bon de ne pas avoir à lutter contre ses sentiments.

La douche ne coulait plus à présent, ce qui lui permit d'entendre clairement chanter Marc. Marie-Hélène était éblouie, enchantée. Marc possédait une voix chaude, profonde et sensuelle qui l'émut jusqu'au fond de l'âme.

Il sortit de la salle de bains complètement nu, nullement gêné par sa présence. Il ouvrit la penderie de la chambre et en sortit un jean. Marie-Hélène était embarrassée de le voir ainsi, mais elle l'admira tout de même en silence, retenant son souffle. Son regard était celui d'une femme amoureuse qui détaillait le corps de son amant. Ce corps était athlétique, musclé, splendide et sa peau ferme. Il incarnait la virilité même. «Dieu, qu'il est beau!» pensa-t-elle, le cœur plein d'amour et d'admiration.

Comme s'il avait senti qu'on le regardait, il se retourna vers elle. Marie-Hélène se sentit rougir de confusion lorsqu'il posa son regard sur elle et elle cacha sa tête sous les draps, dans un geste de pudeur confuse.

Voyant son embarras, Marc rit en disant:

— Tu es si belle lorsque tu rougis ainsi!

Elle consentit à sortir sa tête de sous le drap et lui fit une grimace. Il rit à nouveau et lui demanda sur le ton du séducteur affranchi:

— Cela te gêne de me voir nu?

Elle ne répondit pas, mais ses yeux parlèrent pour elle. Il dit alors, sur un ton caressant:

— Hum!... J'étais en train d'oublier que tu étais une jeune fille pleine d'innocence.

— Hum!... reprit-elle sur le même ton. Plus tellement... depuis cette nuit.

— Je dois l'avouer, tu étais plutôt... vivante cette nuit, entre mes bras, dit-il en se rapprochant dangereusement d'elle.

Le pouls de Marie-Hélène s'accéléra lorsqu'il vint s'étendre à ses côtés et qu'il se mit à la couvrir de légers baisers.

— L'expérience t'a plu, n'est-ce pas mon amour? lui demanda-t-il en souriant.

— Je ne sais plus très bien, répondit-elle d'une voix taquine.

Elle s'amusa follement de sa réaction de surprise, puis elle l'attira vers elle en disant:

— Il faudrait que tu recommences... pour me rafraîchir la mémoire.

— Hum! fit-il, soulagé. J'en meurs d'envie. Mais tu devras attendre mon retour, car j'ai un rendez-vous ce matin.

— Mais c'est dimanche! s'exclama-t-elle, déçue.

— Je sais, répondit-il en l'embrassant. Mais mon ingénieur arrive ce matin et je dois voir à ce qu'il soit bien installé. Je dois aussi rencontrer Jacynthe, car j'ai une tonne de papiers à signer pour la décoration du *Pierrot*, ajouta-t-il en lui mordillant le cou, ce qui la fit gémir de plaisir. Reste au lit. Il n'est que neuf heures, et tu as du sommeil à rattraper. Je te veux en forme pour mon retour, acheva-t-il d'une voix enfiévrée.

— Et toi? demanda-t-elle, préoccupeé.

— Je n'ai pas besoin de sommeil... seulement de ton amour, affirma-t-il, plein de désir.

Elle sourit et demanda:

— Quand comptes-tu revenir?

— Vers midi, si tout se passe bien. Nous irons dîner ensemble et, si tu as toujours envie de moi, nous passerons l'après-midi au lit, suggéra-t-il en l'embrassant avec flamme.

— Oh! oui! Mais presse-toi de partir, sinon...

— Sinon? demanda-t-il d'une voix grave.

— Sinon je crois bien que je vais tout tenter pour te retenir près de moi, murmura-t-elle contre son oreille.

Il sourit et s'arracha à ses bras, sortant précipitamment du lit tout en soutenant son regard. Il s'habilla à la hâte et lorsqu'il fut prêt, il la gratifia d'un sourire enjôleur en disant:

— Dors bien, petite tigresse!

Une fois dehors, il fit démarrer le moteur de sa *BMW* et partit à vive allure. Son emploi du temps était chargé et il n'avait pas une minute à perdre s'il voulait être de retour pour midi. Il n'était pas sitôt éloigné qu'il s'ennuyait déjà d'elle.

Il était perdu dans ses pensées quand il croisa le chemin qui conduisait chez les parents de Marie-Hélène. Il hésita quelques secondes, puis il s'y engagea. Il voulait les rencontrer, car il désirait leur faire part des nouveaux développements les concernant, mais il voulait également leur poser une question qui lui tenait à cœur. Il accéléra l'allure et se retrouva bientôt devant leur maison. Sitôt arrêté, il sortit rapidement de la voiture et alla sonner à la porte. Françoise Pelletier vint lui ouvrir. Lorsqu'elle le reconnut, elle lui sourit et le pressa d'entrer en s'écriant:

— Quelle belle surprise! Comment allez-vous?

— Très bien! répondit-il, joyeux.

— Entrez donc, Benoit est au salon. Vous avez un problème au chalet?

— Non, rassurez-vous, j'y suis très bien. Je veux plutôt vous entretenir d'un sujet assez délicat, dit-il d'un ton sérieux.

— Allez rejoindre Benoit au salon. J'arrive dans quelques minutes avec du café fumant.

— Merci, Madame Pelletier! Je crois que j'apprécierai ce café. Je sors de la douche et je n'ai avalé qu'un beigne et un verre de lait.

— Voulez-vous déjeuner avec nous?

— Non, merci, je suis assez pressé! Mais je crois que dans un avenir rapproché, j'aurai l'occasion de manger avec vous, lança-t-il, un sourire flegmatique accroché à son beau visage.

— Dépêchez-vous d'aller rejoindre mon mari, dit Françoise, tout excitée. J'ai hâte d'entendre ce que vous avez à nous dire, mais je crois savoir de quoi il s'agit.

Sans plus attendre, il se dirigea vers le salon et vit Benoit qui sirotait tranquillement son café. Son visage s'éclaira dès qu'il vit Marc. Il se leva et vint à sa rencontre en lui tendant la main, puis il lui fit signe de s'asseoir. Au même moment, Françoise arrivait avec deux tasses de café dans les mains.

Elle en tendit une à Marc et garda l'autre, puis elle prit place dans un fauteuil près de celui de son mari.

— Merci! dit Marc en saisissant la tasse que Françoise lui tendait.

— Vous avez l'air bien grave, mon garçon! dit Benoit. Avez-vous un problème particulier?

— Il s'agit de votre fille, répondit Marc, soudain mal à l'aise.

— Est-elle allée vous voir? demanda Françoise, une lueur d'inquiétude dans le regard.

— Oui! Je sais tout à présent... et j'ai trouvé son histoire absolument horrible, dit Marc d'une voix oppressée.

— Elle devait être complètement déchirée, avança Françoise.

— En effet! répondit Marc, songeur.

Constatant que les parents de la jeune femme avaient besoin d'être rassurés, il s'empressa de dire, sur un ton apaisant:

— Mais, soyez sans crainte, elle va très bien ce matin. Je crois même qu'elle se sent libérée à présent.

— Vous l'avez donc revue de si bonne heure? demanda Françoise.

Marc se mordit les lèvres en se rendant compte de sa bévue. Il se sentit blêmir sous son hâle et il se mit à réfléchir à toute vitesse. Devait-il leur dire qu'ils avaient passé la nuit ensemble?

Regardant à tour de rôle le visage de Françoise et de Benoit, il se dit qu'il valait mieux jouer franc jeu avec eux.

De toute façon, Marie-Hélène était en âge de faire ses propres choix. Après plusieurs secondes d'hésitation, Marc s'adressa à eux d'une voix à peine audible:

— Euh!... Eh bien, oui!... C'est-à-dire que nous avons passé la nuit ensemble et qu'elle est encore au chalet, en ce moment.

Un long silence accueillit cette déclaration des plus surprenantes pour le couple. Ils échangèrent un long regard, puis Françoise dit d'une voix gênée:

— Vous... avez fait... l'amour?

— Euh!... oui, confirma Marc, de plus en plus mal à l'aise.

— Et comment... a-t-elle réagi? s'informa Françoise.

Marc se passa la main dans les cheveux. Visiblement, il regrettait cet aveu. Prenant son courage à deux mains, il répondit:

— Rassurez-vous... cela s'est... enfin... merveilleusement bien passé, lança-t-il d'un trait.

— Je crois que ma femme et moi vous mettons dans une situation des plus embarrassantes... Mais comprenez-nous, cela est si soudain et si surprenant pour nous. Nous n'aurions jamais cru que cela fût possible un jour... Vous comprenez?

— Si, absolument... Je comprends très bien votre réaction, répondit Marc, légèrement soulagé.

— Je... je ne peux m'empêcher... d'être inquiète, dit Françoise. Vous comprenez? Elle est si... fragile. J'espère que vous ne la ferez pas souffrir, dit-elle, mal à l'aise.

Comprenant soudain les sentiments qui habitaient le cœur de la mère de Marie-Hélène, Marc expliqua avec flamme:

— N'ayez aucune crainte à ce sujet. J'aime sincèrement votre fille. Croyez-vous que j'aurais pu abuser d'elle après qu'elle m'eut raconté cet événement si pénible de sa vie, et croyez-vous que je serais ici ce matin pour vous parler d'elle, si je n'avais pas été certain de mes sentiments envers elle? Jamais je n'aurais pu agir de la sorte, croyez-moi!

Devant le silence du couple, il poursuivit:

— Je ne désire qu'une chose, c'est de la rendre heureuse, soyez-en certains! D'ailleurs, si elle veut bien de moi, je désire en faire ma femme. Je veux l'épouser... et j'espère qu'elle acceptera.

Benoit se leva et, s'approchant de Marc, il posa une main sur son épaule en disant:

— Je vous connais à peine, Marc, mais j'ai confiance en vous. Et puisque cette petite tigresse s'est enfin ouvert le cœur, je suis absolument certain que vous êtes l'homme qui lui convient, affirma-t-il, un sourire aux lèvres.

— Votre confiance me touche, Monsieur Pelletier, et soyez assuré de ma bonne foi vis-à-vis de votre fille. Je ferai tout ce qui sera en mon pouvoir pour la rendre heureuse, ajouta-t-il enfin, soulagé par la tournure que prenait la discussion.

— C'est parfait alors! dit Benoit.

— Il y a un point que j'aimerais maintenant éclaircir avec vous, si vous le voulez bien.

— De quoi s'agit-il? demanda Benoit.

— Il s'agit de l'enfant de Christine.

— Nous vous écoutons, répondit Françoise.

— Je me demandais si vous saviez où se trouvait cet enfant.

— Nous n'en avons aucune idée, répondit Françoise.

— Si! lança Benoit.

Françoise se tourna rapidement vers son mari et s'écria, stupéfaite:

— Tu sais où il est?

— Oui, je sais, confirma-t-il.

— Mais tu ne m'en as jamais rien dit, s'offusqua-t-elle.

— Tu étais si bouleversée par cette tragédie que je n'ai pas cru bon de te faire part de cette information, répondit-il.

Marc assista à cette discussion sans intervenir, attendant qu'ils aient fini de s'expliquer. Benoit se tourna finalement vers lui et lui dit:

— Pourquoi voulez-vous savoir ça, jeune homme?

— J'ai pensé que si Marie-Hélène pouvait juste voir cet enfant, sans lui adresser la parole, bien entendu, elle pourrait peut-être effacer de sa conscience tout sentiment de culpabilité, expliqua-t-il.

— J'y ai souvent songé, répondit Benoit. Mais je n'ai jamais pu me résoudre à lui en parler. Voyez-vous, Marc, elle a été si longtemps dépressive, que je ne l'ai pas crue capable d'affronter cette réalité. Aussi, j'ai préféré garder cette information pour moi seul.

— Je pense que vous avez eu parfaitement raison, le rassura Marc. Mais maintenant, je pense qu'elle serait heureuse de connaître cet enfant, dit Marc convaincu.

— Cette enfant se nomme Catherine Bélanger. Elle demeure au 425 de la rue Beaulieu, à Rimouski. C'est une jeune adolescente, brune comme sa mère. Elle lui ressemble même étrangement... C'est une enfant douée qui réussit très bien à l'école. Elle est gaie et elle profite de la vie.

Stupéfaite, Françoise n'avait pas ouvert la bouche tout le temps qu'avait duré la discussion entre les deux hommes. Finalement, elle parvint à demander:

— Comment se fait-il que tu en saches si long sur elle?

— Le père de Christine m'a tout révélé un jour de tristesse. C'était le lendemain de l'enterrement... Et puis, je suis allé la voir à quelques reprises... Environ une fois par année, je me rends sur la rue où elle habite et je la regarde partir pour l'école. Bien entendu, elle ne connaît pas les circonstances de sa naissance, pas plus que ses parents adoptifs, d'ailleurs. Les travailleurs sociaux ont convenu de leur cacher la vérité et ils leur ont dit que les parents de la petite étaient morts peu de temps après sa naissance. Ils ignorent tout de ses origines.

— C'est préférable ainsi, dit Marc.

— Quand avez-vous l'intention d'en parler à Marie-Hélène? demanda Françoise.

— Je ne sais pas encore. Dans quelques semaines, peut-être, lorsque je sentirai que le moment sera propice. Je ne veux tenter aucune démarche qui risquerait de la perturber davantage. Je vais garder cette information secrète, et si un jour il s'avère important de la lui dévoiler, je le ferai sans aucune hésitation.

Tous trois se regardèrent en souriant, heureux du cours que prenaient les événements. Finalement, Marc se leva et dit:

— Il faut que je vous quitte, à présent. J'ai promis à Marie-Hélène que je serais de retour vers midi et si je veux respecter ma promesse, il faut que je parte immédiatement. Ah! j'oubliais! J'aimerais mieux que Marie-Hélène ne sache pas que je suis venu ici ce matin. Je ne voudrais pas la priver de la joie de vous raconter elle-même ce qui nous arrive de si merveilleux. Je vous remercie de votre attention, conclut-il en leur tendant la main.

— C'est entendu, nous ne dirons rien, dit Benoit.

— Vous pouvez compter sur nous Marc! renchérit Françoise. Nous garderons cette conversation pour nous, c'est promis!

— Merci beaucoup! dit Marc. Je pense que Marie-Hélène est vraiment comblée d'avoir des parents tels que vous. J'ai beaucoup d'admiration pour vous et pour votre courage. Marie-Hélène m'a parlé de vous avec beaucoup de tendresse et d'affection.

— Vous êtes très aimable, Marc et nous apprécions beaucoup votre compagnie, dit Françoise sur un ton ému.

— J'ai un coup de fil à donner. Me permettez-vous d'utiliser votre téléphone? demanda Marc sur un ton joyeux.

— Bien sûr, vous le trouverez à votre droite.

— Merci!

Il composa le numéro et attendit la réponse.

— Jacynthe! dit-il. C'est Marc. Écoute, je suis en retard, mais j'ai réfléchi à ton projet et je suis d'accord avec ce que tu m'as proposé. Prépare les documents, je serai chez toi dans dix minutes mais je t'avertis, je n'ai pas beaucoup de temps devant moi...

— Ah! j'oubliais! Prépare aussi la procuration bancaire. Je transférerai les fonds nécessaires pour que tu puisses fonctionner indépendamment de moi... Oui, ce sera plus pratique pour nous deux. Auras-tu suffisamment de temps pour tout préparer? Je n'aurai que cinq minutes à t'accorder... Oui, Oui! Je vais très bien, rassure-toi. Je t'expliquerai plus tard. Bon, je te laisse. On se retrouve dans dix minutes! Salut!

Et il raccrocha puis salua à nouveau les parents de Marie-Hélène.

* * *

Il était déjà onze heures trente lorsque Marie-Hélène se décida enfin à se lever. Elle se précipita aussitôt hors du lit en se disant que Marc serait bientôt de retour.

Comme elle avait très faim, elle se dirigea vers le réfrigérateur. Elle ouvrit la porte et y découvrit des beignes et du lait.

— Voilà qui fera l'affaire, se dit-elle, heureuse de sa trouvaille.

Elle s'assit et dégusta un beigne avec appétit. L'amour lui faisait du bien, constata-t-elle, il lui mettait un brin de folie au cœur. Lorsqu'elle se sentit rassasiée, elle se dirigea vers la salle de bains pour y faire couler un bon bain chaud. Elle fouilla un peu dans les tiroirs de l'armoire et s'aperçut qu'ils ne contenaient que des articles de toilette masculine.

— Tant pis, se dit-elle, je ne prendrai que du savon.

Lorsque la baignoire fut remplie, elle y entra et se savonna rapidement, puis elle décida de se détendre. Elle savoura la douce sensation que lui procurait l'eau chaude sur sa peau nue. C'est ce moment que Marc choisit pour rentrer. Elle ne fit aucun mouvement et retint sa respiration, attendant qu'il vienne la retrouver.

— Marie-Hélène, appela-t-il de sa voix rauque, si pleine de charme.

— Je suis dans la salle de bains, répondit-elle.

Il s'approcha lentement et elle entendit son pas qui résonnait sur le plancher de bois verni. Finalement, il pénétra dans la pièce et s'appuya contre une armoire. En le voyant ainsi, si imposant, une bouffée de désir l'envahit tout entière. Elle ne cessait de s'émerveiller devant cet homme qu'elle aimait désespérément, à la folie. Il la dévorait des yeux et elle rougit de plaisir. Seule comptait l'urgence absolue d'apaiser le délicieux tourment qui affolait tous ses sens. Elle pensa que rien ni personne ne pourrait l'éloigner de lui, désormais. Il était son présent et son avenir...

— Je crois que je devrais sortir, dit-il d'une voix langoureuse de désir, sinon...

— Sinon quoi? le taquina-t-elle.

Il la contempla avec insistance, incapable de détacher ses yeux de son incroyable beauté. Finalement, il dit:

— Ne me taquine pas! Je dois t'emmener dîner. Tu dois mourir de faim!

— J'ai grignoté pendant ton absence, dit-elle sur un ton audacieux dont elle ne se serait pas cru capable.

Il s'avança vers elle et s'assit sur le rebord du bain. Il sourit en pensant que cette femme au teint de pêche et au regard fragile était capable d'une ardeur insoupçonnée. Une coulée de sueur lui descendit dans le dos et il réprima avec peine un frisson de désir. Cette femme l'envoûtait, l'ensorcelait. Bon sang qu'il l'aimait! D'une voix amusée, il demanda:

— C'est donc une invitation?

— Je crois que cela ressemble assez... à une invitation, dit Marie-Hélène les joues roses de plaisir.

— Tant pis, tu l'auras voulu! gronda Marc en se levant.

Lentement, il retira ses vêtements un à un puis, sans qu'elle s'y attende, il enjamba le rebord du bain et s'assit dans l'eau.

— Mais que fais-tu? demanda-t-elle, figée de stupeur.

— Je crois que tu as beaucoup de choses à apprendre, dit-il en s'emparant de ses lèvres.

— Mais... c'est... trop petit, dit-elle en gémissant contre lui.

— Chuuut!

Après quelques minutes de douce torture, il la força à se lever, puis il la souleva et la porta jusqu'au lit. Tous deux se laissèrent alors emporter par leur passion déchaînée...

* * *

La journée se poursuivit dans une atmosphère de douce euphorie, chacun se préoccupant de l'autre, et le comblant de petites attentions amoureuses.

Après avoir fait l'amour, ils allèrent dîner, puis ils passèrent le reste de l'après-midi à se balader au bord du fleuve.

Le soir venu, ils écoutèrent de la musique et bavardèrent tranquillement, parlant de leur amour naissant et se remémorant leurs premières rencontres, heureux de partager leurs impressions et leurs sentiments, concernant les événements pénibles ou joyeux qu'ils avaient vécus. Et quand vint la nuit, ils se retrouvèrent dans le grand lit, pressés de s'aimer à nouveau.

CHAPITRE 14

Un mois déjà depuis le début de leur amour. Un mois de tendresse et de passion, sans heurt ni mésentente. Un mois de bonheur parfait pour le couple qui s'empressait de découvrir toujours plus à fond les merveilles de leurs cœurs assoiffés d'amour.

Ils ne se lassaient pas d'être ensemble, ne se quittant que pour aller travailler. Marie-Hélène avait suivi Marc dans tous ses déplacements d'affaires, en automobile comme en hélicoptère. Marc avait raison, c'était grisant de se promener ainsi dans les airs. Elle avait adoré l'expérience. Durant la dernière partie des vacances de Marie-Hélène, ils avaient fait ensemble le tour de la Gaspésie, contemplant à l'unisson les magnifiques paysages et les plages extraordinaires qui s'offraient à leurs yeux éblouis.

Ce fut un mois fantastique où ils partagèrent tout. Ils habitaient tantôt chez elle, tantôt chez lui. Leur entente était parfaite, chacun savourant la présence de l'autre.

La nuit, leurs corps brûlaient de passion. En apprenant à se rendre mutuellement heureux, ils devenaient des amants en quête du plaisir le plus total. Et le jour, ils étaient des amis et des amoureux qui cherchaient à mieux se connaître et se comprendre.

Déjà, le mois de septembre s'installait, avec ses nuits plus fraîches et ses paysages colorés d'un soupçon de jaune et de rouge. Marie-Hélène était surchargée de travail, comme toujours après une longue période de vacances. Elle travaillait fort et de façon méthodique. Et lorsqu'elle terminait sa journée, elle s'empressait de retourner chez elle, heureuse de retrouver Marc.

L'entourage de la jeune femme avait été très surpris d'apprendre leur relation naissante, mais tous se réjouissaient de leur amour. Marie-Hélène était marquée par le bonheur. Elle était resplendissante de beauté et de bien-être, et cela transparaissait dans chacune de ses paroles, dans chacun de ses gestes.

Benoit et Françoise Pelletier avaient profité de l'occasion pour organiser un repas en leur honneur. Marc et Marie-Hélène s'étaient bien amusés de voir les réactions des membres de la famille lorsqu'ils s'étaient rendu compte qu'ils formaient un véritable couple d'amoureux.

Le plus surpris de tous, ce fut sans contredit Patrice. Un cri de stupeur s'était échappé de sa gorge lorsqu'il avait vu Marc embrasser Marie-Hélène avant d'aller lui chercher un apéritif.

Ils formaient un couple comblé, car ils avaient tout: la beauté, l'intelligence, la maturité, l'expérience, une excellente carrière, et surtout... l'amour. Oui, ils avaient tout, et les gens se retournaient vers eux, enviant leur bonheur.

Un certain vendredi soir, cependant, un nuage vint obscurcir cette joie tranquille. Après une longue semaine de travail, Marie-Hélène rentrait chez elle le cœur léger, heureuse à l'idée de passer deux jours auprès de Marc. Mais, au lieu de sa présence, elle trouva un mot griffonné à la hâte, qui la laissa triste et déçue lorsqu'elle en prit connaissance.

Marc lui écrivait:

Bonsoir, ma chérie,

Je dois rencontrer Jacynthe ce soir, car nous avons un problème urgent à résoudre. Je rentrerai possiblement très tard. Alors, ne m'attends pas pour te coucher. Profite de cette soirée pour dormir un peu.

À demain, je t'aime.

Marc

Un sentiment de profonde désillusion l'envahit. Comme une somnambule, elle se dirigea vers sa chambre. Elle constata que Marc avait pris une douche et qu'il avait changé de vêtements avant d'aller à son rendez-vous. Un sentiment de fureur s'empara d'elle, faisant graduellement place à l'inquiétude et à l'insécurité affective.

Marie-Hélène n'avait rencontré Jacynthe que deux ou trois fois, mais cela lui avait suffi pour remarquer les regards possessifs et jaloux que cette femme lançait à Marc. Elle était persuadée que ces deux-là avaient déjà eu une liaison. Leurs gestes étaient trop familiers pour qu'il en soit autrement.

Elle avait été discrète à ce sujet vis-à-vis de Marc. Elle ne l'avait jamais questionné sur cette liaison possible, estimant que ce qu'il avait vécu avant de la connaître ne regardait que lui. Mais un profond sentiment de jalousie commençait à s'insinuer en elle, à mesure que la situation devenait plus ambiguë. Elle devait en parler à Marc, car elle sentait monter la tension en elle. Son trouble était tel qu'elle était sur le point d'éclater en sanglots. Son imagination faisant des siennes, elle se laissa peu à peu entraîner dans une colère viscérale. Peut-être que cette liaison... s'était tout juste terminée avant leur rencontre, se dit-elle. Elle devait tirer au clair cette situation menaçante et ce, le plus rapidement possible. Elle devait connaître la vérité au plus vite.

La sonnette d'entrée interrompit sa méditation. Elle alla ouvrir et quelle ne fut pas sa surprise de se retrouver nez à nez avec Pierre, qu'elle n'avait pas revu depuis plusieurs semaines! Il avait, accroché à son visage, un sourire qui en disait long sur son bonheur. Il lui dit:

— Bonsoir, poupée!

— Pierre! dit Marie-Hélène franchement heureuse de le revoir. Entre, voyons! Ne reste pas là!

Aussitôt entré, il lui tendit un énorme bouquet de roses.

— Pourquoi ces roses? demanda-t-elle, de plus en plus surprise.

— Pour te remercier, se contenta-t-il de lui répondre.

Elle lui tendit la main et l'entraîna vers le salon en disant:

— Mais de quoi, au juste?

— Devine? dit-il, un sourire malicieux aux lèvres.

Elle porta la main à sa bouche en disant:

— Non, ce n'est pas vrai! Tu ne veux pas dire que...

— Que Ginette et moi, nous avons repris la vie commune.

— Oh! Pierre! C'est... c'est merveilleux. Je suis si heureuse pour toi. Mais comment est-ce arrivé?

— J'ai tout simplement fait ce que tu m'avais suggéré. Je suis allé la voir et nous avons discuté toute une nuit. Puis, à l'aube, je l'ai convaincue de réfléchir à notre situation... et elle est revenue à la maison depuis une semaine. Je suis fou de joie! s'exclama-t-il en l'embrassant. Et tout cela, je te le dois. Je n'ai qu'un regret, celui de ne pas avoir agi plus tôt.

— Je suis si heureuse pour vous deux, Pierre. Tu mérites vraiment d'être heureux!

— Et toi, comment vas-tu? demanda Pierre. On ne s'est pas revu depuis longtemps déjà. Que deviens-tu?

Une lueur taquine dansa dans le beau regard de Marie-Hélène lorsqu'elle dit:

— Comme tu m'avais abandonnée, je t'ai remplacé.

Voyant la surprise qui se peignait alors sur le visage de son ami, Marie-Hélène éclata de rire et dit:

— Je suis amoureuse, Pierre... Et du plus merveilleux des hommes!

— Toi, amoureuse! s'exclama ce dernier.

— Eh oui! Aussi invraisemblable que cela puisse paraître, je suis bel et bien en amour.

— Quel est ce chanceux? demanda Pierre.

À cet instant, une lueur apparut dans son regard, et il dit:

— Non, ne me le dis pas. Attends un peu que je réfléchisse... N'est-ce pas cet homme qui était venu chez toi... le soir de notre dernier match de tennis?

— Oui! répondit-elle.

— Ça, alors! Je me souviens très bien de lui. Voyons un peu... Quel était son nom déjà? Marc... Marc Durand. C'est cela, n'est-ce pas?

— Quelle mémoire! s'exclama-t-elle.

— Eh bien! Je me rappelle très bien la façon dont il te regardait. Comme si tu étais sa possession. Je me souviens que lorsque je t'ai quittée, j'ai pensé que cet homme était amoureux de toi. Maintenant, tu dois tout me raconter. Je suis curieux de savoir comment tout ça s'est passé. Moi qui te croyais une célibataire endurcie!

— D'accord, viens t'asseoir. Je te sers un apéritif?

— Oui, un *Saint-Raphaël*... si tu en as.

Elle lui servit à boire et revint s'asseoir près de lui. Ils bavardèrent tranquillement comme de vieux copains qui se retrouvent, chacun se montrant franchement heureux du bonheur de l'autre.

Il était plus de minuit lorsque Marc rentra enfin. Dès qu'elle entendit ouvrir la porte, la jeune femme se leva et se dirigea rapidement vers Marc pour l'embrasser. Puis, lui prenant la main, elle le conduisit vers Pierre en disant:

— Tu te souviens de Pierre?

— Oui, dit Marc, la voix légèrement sèche et une lueur de jalousie apparaissant dans son regard sombre.

Faisant un effort pour chasser sa soudaine colère, il tendit la main à Pierre en disant:

— Comment allez-vous, Pierre?

— Grâce à Marie-Hélène, je vais admirablement bien, répondit-il avec chaleur. Je suis très content de vous revoir, Marc. Marie-Hélène m'a beaucoup parlé de vous.

Soudain mal à l'aise, Pierre consulta sa montre et s'écria:

— Mon Dieu! Il est plus de minuit. Ginette va s'imaginer Dieu sait quoi... Je dois rentrer maintenant.

— Tu n'auras pas d'ennuis, j'espère? s'empressa de demander Marie-Hélène.

— Non, rassure-toi. Elle sait tout pour nous deux, je lui ai tout raconté à propos de notre relation, expliqua-t-il.

— J'aime mieux ça.

Pierre tendit la main à Marc en disant:

— J'ai été vraiment ravi de vous revoir, Marc. Peut-être pourrions-nous devenir amis, puisque nous avons une amie commune. Mais, j'y pense, pourquoi ne viendriez-vous pas souper un soir de la semaine prochaine? Je suis sûr que Ginette meurt d'envie de vous connaître, dit-il, excité par son idée.

— Ce sera avec plaisir, répondit immédiatement Marie-Hélène. Je serais très heureuse de connaître ta femme.

— Alors, c'est parfait! J'en parle à Ginette et je vous rappelle.

Se penchant vers Marie-Hélène, il lui donna un baiser sur la joue, puis il prit finalement congé du couple en faisant un dernier signe de la main. Dès qu'il fut sorti, Marc désigna le bouquet de roses et s'enquit sur un ton sec:

— Que faisait ce type ici? Et pourquoi t'a-t-il offert ces roses?

Marie-Hélène sursauta en entendant ce ton agressif qui la piquait au vif. Sa riposte ne se fit pas attendre, car elle était elle-même assez contrariée. Aussi dit-elle sur un ton mordant:

— Et toi, que faisais-tu avec Jacynthe? Il est plus de minuit! Qu'aviez-vous donc de si urgent à régler pour que tu rentres si tard?

— Il me semble que je te l'ai écrit sur la note que je t'ai laissée. Jacynthe avait des plans de décoration à me soumettre pour le *Pierrot*. Nous devions nous mettre d'accord avant de passer la commande. Nous n'avons pu régler tout ça pendant les heures de travail... Je t'assure que ce n'est pas de gaieté de cœur que j'ai passé cette soirée dans la paperasse jusqu'au cou... Mais tu n'as pas répondu à ma question? dit-il d'un ton hargneux. Que faisait ce type ici, à t'embrasser et à t'offrir des fleurs?

— Mais tu es jaloux, ma parole! s'exclama Marie-Hélène, de plus en plus surprise en entendant ce ton de voix amer.

— Bien sûr que je suis jaloux! s'exclama-t-il. Mets-toi à ma place. Je suis resté près de toi tous les soirs depuis le début de notre liaison. Je m'absente une seule soirée et, à mon retour, je retrouve ma femme en compagnie d'un homme, qui l'embrasse et lui murmure des phrases telles que: «Non, rassure-toi, elle sait tout pour nous deux. Je lui ai tout raconté à propos de notre relation.» Comment interpréterais-tu cela, à ma place?

Un instant abasourdie, Marie-Hélène éclata soudain de rire devant cette imitation que faisait Marc de Pierre, ce qui augmenta la fureur de Marc.

— Ça te fait rire? s'écria-t-il. Qu'est-ce que j'ai dit de si drôle?

Reprenant son souffle, la jeune femme lui dit sur un ton de voix redevenu normal:

— D'abord, Marc Durand, je ne suis pas ta femme. Et ensuite, je suis encore libre de fréquenter qui je veux. Tu n'as aucun droit de regard sur le choix de mes amis...

En entendant cette déclaration, Marc serra les poings et dit:

— Si! Tu es ma femme! Nous ne sommes pas encore mariés, mais je te ferai remarquer que c'est tout comme si c'était déjà fait, il me semble...

— Aucun contrat ne nous lie. Chacun de nous est libre comme l'air! s'objecta Marie-Hélène, sans penser un traître mot de ce qu'elle venait de dire.

— Ça alors! s'exclama Marc, en proie à une violente colère.

— Attends, je n'ai pas terminé! le coupa Marie-Hélène. De quel droit me défendrais-tu de voir Pierre? Il a été un ami très dévoué pour moi avant que je te connaisse.

Visiblement, Marc faisait des efforts considérables pour ne pas laisser éclater sa fureur mais, au lieu de le calmer, Marie-Hélène l'attaqua à son tour, hargneuse:

— Et toi, Marc Durand? lança-t-elle.

— Quoi, moi?

— Ta Jacynthe! répondit-elle avec aplomb. Tu ne me feras pas croire que cette femme n'est pas amoureuse de toi!

— Jacynthe, amoureuse de moi?

— Parfaitement, elle est amoureuse de toi! Et je suis absolument certaine que tu as eu une liaison avec elle. Mais ça, tu t'es bien gardé de me le dire, alors que tu sais absolument tout de moi. Moi... je ne sais strictement rien de ton passé amoureux. Tu as sûrement connu beaucoup de femmes avant moi, poursuivit-elle tout en sentant une souffrance horrible lui déchirer les tripes. Tu as été plutôt évasif sur le sujet... ajouta-t-elle, la voix vibrante de colère.

Ne la laissant pas poursuivre, Marc reprit la parole en disant:

— Je ne vois pas en quoi ma vie affective pourrait t'intéresser. Qu'est-ce que tu t'imagines? Que je suis un saint descendu du ciel? Le passé est le passé... Ce qui compte, maintenant, c'est nous deux... Il n'y a que cela qui soit important, pour le moment...

— Pour le moment! explosa-t-elle, hors d'elle-même. C'est donc ainsi que tu envisages notre relation? La femme d'un moment, c'est tout ce que je suis pour toi? demanda-t-elle, la voix brisée par la déception.

— Ne dis pas de bêtises, s'impatienta Marc. Tu sais très bien que tu es beaucoup plus que ça pour moi. D'ailleurs... continua-t-il, hésitant, la voix radoucie, j'aimerais que tu acceptes de m'épouser...

Un long silence accueillit ces paroles. Sidérée, Marie-Hélène tremblait, en proie à un mélange de joie et de peur. Voulant donner le change, elle demanda sur un ton léger:

— M'épouser? Tu veux m'épouser?

— Oui! répondit Marc. Qu'y a-t-il de si surprenant à ça? Évidemment que je désire que tu deviennes ma femme. Dès la première nuit que nous avons passée ensemble, j'avais déjà l'intention de t'épouser.

Sous le choc, Marie-Hélène recula et s'assit sur le canapé, à la fois effrayée et déconcertée par ce qu'elle venait d'entendre. Elle prit quelques minutes pour se remettre et dit:

— Pourquoi m'en parles-tu seulement maintenant?

— Je crois que j'avais peur... de ta réaction, dit-il à voix basse.

Un nouveau silence s'interposa entre eux, chacun semblant perdu dans ses propres réflexions. Marie-Hélène avait la tête bourdonnante d'idées, toutes plus embrouillées les unes que les autres. Ce que Marc venait de lui proposer la troublait profondément. Elle prit également conscience que Marc avait habilement éludé les questions qu'elle avait soulevées au sujet de Jacynthe, et qu'il n'avait pas cherché à nier ses suppositions. Reprenant la parole, elle déclara, sur un ton qui ne lui laissait aucun choix:

— Si, un jour, nous devons nous marier, je dois tout savoir de toi. C'est important pour moi. Jamais je n'accepterai de vivre avec un homme en sachant qu'il me cache quelque chose. J'espère que tu comprends cela!

Marc fit quelques pas dans la pièce en se passant la main dans les cheveux, le geste qui le caractérisait si bien, et, après quelques minutes de silence, il dit:

— D'accord! Puisque tu veux tout savoir, je te dirai tout! Mais je te préviens, je ne suis pas totalement convaincu que cela te plaira. Je pense que ça te fera du mal inutilement.

— Essaie toujours, nous verrons par la suite, lui dit-elle en le bravant du regard.

Mais elle était loin d'avoir autant d'assurance qu'elle voulait bien le lui laisser croire.

Il soupira en levant les mains au plafond, puis il dit d'un ton exaspéré:

— Bon sang, Marie-Hélène! Pourquoi m'obliges-tu à te faire du mal? Il n'y a que toi qui comptes dans ma vie.

— Je veux savoir! dit-elle, résolue.

Il soupira à nouveau, baissa la tête, et enfonça ses mains dans les poches de son pantalon, puis il dit:

— Lorsque j'étais aux études, j'ai eu une vie sentimentale, disons assez... intense.

— Je m'en doutais, dit-elle, hargneuse, mais le cœur brisé.

— Enfin, j'ai connu beaucoup de femmes dans le passé. J'étais populaire auprès du sexe opposé. Bon sang! Ce n'était pas très difficile, elles me tournaient toutes autour...

— Pauvre victime! s'écria Marie-Hélène sous l'effet de la colère. Le pauvre Marc Durand, cet homme si généreux, s'est fait un devoir de toutes les satisfaire!

— Ne sois pas vulgaire ni sarcastique, je t'en prie. Ce langage ne te convient pas du tout. Je comprends que tu souffres de ce que je suis en train de te dire, mais je n'admettrai pas que tu sois effrontée à mon endroit parce que je n'ai rien à me reprocher. Ce que j'ai vécu avec d'autres femmes... fait partie des étapes normales dans la vie d'un homme. Et je n'étais pas différent des autres gars de mon âge. J'ai eu des aventures faciles mais je n'ai jamais forcé une femme à coucher avec moi. Lorsque j'ai eu des relations sexuelles avec elles, elles étaient plus que consentantes, et nous traitions d'égal à égal. Je n'ai jamais fait de promesses à quiconque, pas plus qu'elles m'en ont fait, d'ailleurs! Et depuis de nombreuses années, je considère que j'ai été plus que sage dans mes aventures. Il y avait très longtemps qu'une femme ne m'avait pas fait tourné la tête parce que ce que je cherchais, c'était la stabilité. J'étais écœuré de ces aventures sans sentiment et sans lendemain qui me laissaient complètement déçu. Avant toi...

Marc se tut pour reprendre son souffle, hésitant à poursuivre.

— Avant toi, finit-il par dire, il n'y a qu'une femme qui a vraiment réussi à m'émouvoir. Je l'ai rencontrée durant ma dernière année d'université alors qu'elle faisait les Beaux-Arts. Cette fille était très talentueuse et elle était dans le besoin. Je suis tombé amoureux d'elle et je l'ai aidée à se sortir de la situation difficile dans laquelle elle se trouvait.

Marc prit une longue respiration et soupira. Visiblement, il était nerveux à l'idée de lui révéler la suite. Finalement, il continua d'une toute petite voix:

— Elle était enceinte... Il s'agit de... Jacynthe.

Le cœur de Marie-Hélène se serra et elle réprima un sanglot. Ainsi, ses suppositions étaient fondées. Des images horribles s'infiltraient malgré elle dans son esprit. Elle imaginait le couple tendrement enlacé, en train de faire l'amour. Sa souffrance était telle qu'elle ne put retenir les larmes qui montaient à ses yeux.

Elle se leva et se dirigea vers la fenêtre du salon, espérant pouvoir dominer son émotion. Elle avait beau se dire qu'il était normal que Marc ait connu d'autres femmes qu'elle dans sa vie, lorsqu'elle pensa qu'il s'agissait de Jacynthe, cette femme qui travaillait continuellement avec lui, Marie-Hélène eut encore plus mal. Elle dit dans un murmure:

— Était-elle enceinte de toi?

— Bien sûr que non. Que vas-tu t'imaginer? s'indigna-t-il. Pour qui me prends-tu? Elle était enceinte d'un de ses camarades de cours, un espèce de vaurien qui a refusé de prendre ses responsabilités vis-à-vis d'elle et vis-à-vis de l'enfant qu'elle portait. Il l'a abandonnée sans aucun remords.

— Qu'est-ce que tu as fait pour elle?

— Eh bien! je l'ai convaincue d'en parler à ses parents. Elle avait pris la décision de se faire avorter en cachette, mais elle a finalement gardé l'enfant et ses parents l'ont aidée financièrement, jusqu'à ce qu'elle travaille pour moi. Aujourd'hui, c'est une femme heureuse et son enfant compte plus que tout au monde pour elle. Il a presque dix ans maintenant, et c'est déjà un artiste très talentueux. Il est absolument génial pour son âge.

— Et tu as eu une liaison avec elle? demanda la jeune femme d'une voix brisée.

— Oui, dit-il. Mais... cela n'a pas duré longtemps. C'est arrivé après son accouchement. Elle avait besoin de se sentir femme à nouveau et moi je m'étais découvert une grande tendresse pour elle. Alors, c'est arrivé comme ça, sans que ce soit prémédité. Écoute, Marie-Hélène, s'enflamma-t-il soudain, tu dois me croire. Cette histoire a été brève et sans importance. Nous étions de très bons amis et nous avons pris cette amitié pour de l'amour. Elle était si seule et si déséspérée, j'avais pitié d'elle... Mais nous avons compris très vite notre erreur et nous avons cessé d'un commun accord notre relation amoureuse. Je l'ai quittée, mais nous sommes restés les meilleurs amis du monde.

— Tu l'as quittée!

— Oui, avec son accord... sans pleurs ni drame. Nous nous étions trompés, voilà tout, et cela s'est très bien terminé.

Le cœur de Marie-Hélène se mit à battre violemment et un profond malaise s'insinua en elle. Les mots de Marc lui martelaient la cervelle. Il avait eu pitié d'elle. La peur l'étreignit tout entière et son visage devint blanc comme neige, alors qu'une question la hantait. Peut-être avait-il pitié d'elle à présent, se dit-elle, au bord de la nausée. Marc remarqua immédiatement son trouble, il s'approcha rapidement d'elle et la prit dans ses bras. Elle le repoussa et lui tourna le dos. Elle pleurait maintenant, incapable de se ressaisir.

— Je suis certaine qu'elle t'aime encore, cria-t-elle, au bord du désespoir.

— Écoute-moi bien, supplia-t-il. Jacynthe et moi avons tiré cette affaire au clair depuis des années. Il n'est absolument plus question d'amour entre nous. Et si, toutefois, tes appréhensions étaient fondées, je n'en suis aucunement responsable. Tu devras apprendre à vivre avec cette éventualité. C'est toi que j'aime. C'est toi que j'ai choisie comme femme... Crois-tu que je serais auprès de toi si j'étais encore amoureux d'elle?

Marie-Hélène le regarda quelques instants, puis elle tenta de formuler sa peur en disant:

— Peut-être est-ce de la pitié que tu éprouves pour moi aussi!

Marc sursauta, comprenant instantanément ce qui la faisait souffrir. Il dit d'une voix suppliante:

— Cesse de te torturer inutilement. Tu sais très bien que cela est faux. Rappelle-toi nos moments d'intimité, ces moments où tu me fais complètement perdre la tête. Si j'avais pitié de toi, crois-tu que je pourrais te faire l'amour de façon aussi intense? Je suis fou de toi et jamais cela ne m'est arrivé avec d'autres femmes. Tu dois me croire... je t'aurais aimée même si tu avais été prostituée ou religieuse, et ton passé n'a rien à voir avec notre amour. Je t'ai aimée tout de suite, sans rien savoir de toi.

Du revers de la main, elle sécha ses larmes et demanda:

— Et après Jacynthe?

— Il n'y a eu personne d'important pour moi. Que des aventures très brèves. Depuis longtemps, je cherchais une femme à aimer et à chérir pour la vie. Et lorsque je t'ai rencontrée, j'ai su que c'était toi la femme que je cherchais. Je veux que tu deviennes ma femme, je veux avoir des enfants de toi. Je ne suis plus un homme à la recherche d'aventures sans lendemain... Je désire vivre avec toi une relation stable. Toi seule peux combler mon cœur. Épouse-moi, ajouta-t-il sur un ton suppliant. Je t'aime tellement que je ne veux pas risquer de te perdre. Jamais je ne te ferai de mal, je te le jure. Tu es tout pour moi...

— Je... je ne sais pas, répondit-elle d'une voix à peine audible. Je n'avais jamais pensé à l'éventualité de me marier un jour... Je dois réfléchir à cette demande.

Elle vit la déception se peindre sur son visage. Visiblement, il était très déçu par sa réaction. Mais elle était incapable de réagir autrement, elle devait réfléchir à tout cela. Il lui demandait de s'engager pour la vie et cette idée lui faisait peur. Elle n'était plus sûre de rien, à présent. Le mariage, la carrière, autant de sujets qui la préoccupaient. Puis, il désirait des enfants alors qu'elle n'avait jamais pensé à cette possibilité. Cela remettait tout en question... Mais ce qui la torturait davantage, c'était qu'elle n'était plus certaine de pouvoir lui faire confiance, à présent. Son passé était rempli d'aventures et cela ne lui plaisait pas. Lui serait-il toujours fidèle?

Marc interrompit le fil de ses pensées en la prenant dans ses bras. Il la serra si fortement contre lui qu'elle se sentit comme prise dans un piège. Sans aucun doute, il comprenait dans quel dilemme elle se trouvait et il avait peur qu'elle s'éloigne de lui. Il dit:

— Je suis tellement désolé! J'aurais voulu retarder cette conversation ou t'en faire part le soir même où tu t'es confiée à moi, afin que tout soit clair entre nous... Mais je te sentais si vulnérable, je ne pensais qu'à t'aimer... Encore une fois, j'ai précipité les événements entre nous. Ton passé ne ressemble pas à celui des autres femmes de ton âge... J'aurais dû comprendre que tu souffrirais des aveux que je viens de te faire et que je te blesserais cruellement. Je suis tellement triste à cette idée! Je m'en veux terriblement... Mais tu dois me faire confiance parce que je t'aime réellement. Tu ne dois pas mettre ma parole en doute. Je suis sincère. Je te veux avec moi, et pour toute la vie.

Elle le regarda longuement. Comment pouvait-elle douter de lui après ce qu'il venait de lui dire? Quel intérêt pouvait-il avoir à lui mentir? Mais elle avait besoin de temps pour s'en convaincre. Elle n'avait rien à lui offrir alors que lui, il donnait tant.

— Je vais réfléchir à tout cela, dit-elle d'une voix conciliante. Mais je crois... que cette nuit... tu devrais rentrer chez toi. J'ai besoin d'être seule pour penser à tout ce qui nous arrive.

— Tu en es sûre? demanda-t-il d'une voix triste.

— Oui, je t'en prie, essaie de me comprendre. Tout arrive trop vite pour moi.

— Cela m'attriste, d'autant plus que je dois m'absenter toute la semaine prochaine, dit-il, la mine basse.

— Tu pars? demanda-t-elle le cœur lourd.

— Oui, je dois aller aider mon père. Nous avons un problème avec le *Pierrot* d'Ottawa. Je pars demain, à l'aube, et je serai de retour vendredi prochain. J'ai le cœur gros à l'idée de t'abandonner ainsi, mais je pense tout de même que cette semaine de séparation nous sera bénéfique. Cela te permettra de faire le point sur notre amour. À mon retour, j'aimerais beaucoup que tu me donnes ta réponse au sujet de notre mariage. J'espère de tout cœur qu'elle sera positive, dit-il avec ferveur.

Il la serra de nouveau dans ses bras et l'embrassa. Les lèvres de Marie-Hélène avaient le goût salé des larmes qui coulaient sur ses joues. Elle s'accrocha à lui, de toutes ses forces, puis elle s'écarta avec peine de ses bras.

Marc se leva, ramassa quelques effets personnels et, après un dernier signe de la main, il sortit en disant:

— Je te téléphonerai tous les soirs... Au revoir, petite tigresse!

CHAPITRE 15

Marc était parti depuis maintenant quatre jours. Quatre longues et interminables journées où Marie-Hélène errait sans but. Sa présence lui manquait tellement qu'elle ne pensait qu'à travailler et à dormir pour que le temps passe plus rapidement.

Depuis son départ, il lui téléphonait chaque soir, fidèle à son engagement. Il lui disait à quel point il s'ennuyait d'elle. Marie-Hélène sortait chaque fois toujours plus déchirée de ces échanges. Elle l'aimait, elle avait aucun doute là-dessus, mais elle avait peur de l'avenir. Tant d'incertitudes l'habitaient et elle ne parvenait pas tout à fait à faire taire ses appréhensions.

Elle ne cessait de penser à Jacynthe avec qui Marc avait beaucoup en commun. Une solide amitié les liait et ils partageaient l'amour de leur travail ainsi qu'une foule de projets.

Qu'arriverait-il s'il venait à s'apercevoir qu'il ne l'aimait plus, si quelque chose se brisait entre eux? Jacynthe serait là et elle ferait sans doute tout ce qui serait en son pouvoir pour s'accaparer son attention. Elle était terriblement jalouse de cette femme et la pensée de leur liaison passée la faisait atrocement souffrir. Elle devenait folle à l'idée que Marc avait déjà tenu cette femme entre ses bras, qu'il l'avait caressée, lui donnant sans doute beaucoup de plaisir. Elle ne pouvait s'empêcher de verser des torrents de larmes lorsqu'elle y songeait. Pourrait-elle surmonter ses réticences et accorder à Marc une confiance absolue? Elle l'espérait de tout son cœur.

Elle songeait également à sa carrière personnelle. Elle pensa à toute l'énergie qu'elle avait déployée et à tous les rêves qui l'avaient habitée pendant toutes ces années. Sa réussite s'était faite en surmontant des embûches de toutes sortes. Elle avait travaillé dur pour arriver là où elle était maintenant. Qu'exigerait-il d'elle une fois marié? Peut-être lui proposerait-il de faire des choix? Puis, il voulait des enfants. Pourrait-elle continuer à exercer sa profession tout en élevant des enfants? Jamais elle n'aurait même imaginer en avoir un jour... Serait-elle une bonne mère? Elle avait presque trente ans maintenant et elle pensait qu'elle était trop âgée pour songer à élever une famille...

Nicole fit alors son apparition dans le bureau, interrompant le fil de ses pensées. Elle lui dit sur un ton joyeux:

— Pouvons-nous fermer? Les caisses balancent et mon travail est à jour.

— Oui, allons nous reposer, répondit Marie-Hélène en souriant.

— D'accord, j'avertis les autres et je reviens.

Sur ce, elle sortit et revint quelques minutes plus tard. Elle s'assit et regarda Marie-Hélène qui rangeait ses dossiers. Sur un ton hésitant, elle dit:

— J'ai remarqué que tu étais pâle cette semaine. As-tu des ennuis?

— Non, pas vraiment, répondit Marie-Hélène en souriant à son amie. Marc est parti pour Ottawa... et je m'ennuie de lui.

La nouvelle de leur amour avait beaucoup fait jaser le personnel de la banque dernièrement. Lorsque Marc venait y effectuer des transactions ou lorsqu'il venait tout simplement la rejoindre pour le dîner, les employés lui adressaient de petits sourires entendus et ils le traitaient avec beaucoup d'égards. Cela amusait beaucoup Marie-Hélène.

— Quand revient-il? demanda Nicole.

— Vendredi! répondit-elle, rêveuse. Et je trouve cette semaine interminable.

— Tu as beaucoup changé! constata Nicole. Tu n'es plus la même depuis que tu le fréquentes. Tu sembles si heureuse, si épanouie. Tu es tout à fait méconnaissable!

Marie-Hélène rit de cette remarque et dit:

— Cela se voit tant que ça?

— Oui, sourit Nicole.

— Qu'est-ce qui te fait sourire ainsi?

— J'étais simplement en train de repenser au jour de votre première rencontre. J'avais immédiatement senti que cet homme te plaisait. Tu te rappelles comme tu étais en colère contre lui? Tu avais dit, et je cite: «C'est l'homme le plus arrogant que j'aie jamais rencontré et je déteste ce genre d'homme.» Je ne t'avais jamais vue dans un tel état, ajouta-t-elle en riant.

Marie-Hélène sourit à l'évocation de ce souvenir. Elle se rappelait très bien cet incident. Comment pouvait-elle l'oublier? Marc l'avait séduite dès le premier instant. Mais elle décida de changer de sujet et elle demanda:

— Et toi, toujours amoureuse de Mathieu?

— Plus que jamais, répondit Nicole. Nous sommes très heureux ensemble.

— Je n'en doute pas. J'ai remarqué comme il était attentionné avec toi. Tu lui as mis la main dessus, on dirait! dit-elle, taquine.

— Je crois que oui. En tout cas, il ne me quitte plus d'une semelle.

— Je suis heureuse pour toi et je te souhaite beaucoup de bonheur. Tiens, en parlant du loup, je crois qu'il t'attend, dit-elle, un large sourire accroché aux lèvres.

Puis, se levant, elle fit signe au jeune homme d'entrer tout en disant:

— Tu peux venir nous rejoindre, Mathieu!

— Merci, dit ce dernier en s'approchant des deux jeunes femmes. Mais je ne veux pas être indiscret. Peut-être étiez-vous en conversation intime toutes les deux...

— Rassure-toi, dit Nicole. Nous nous disions simplement à quel point nous avions de la chance toutes les deux d'avoir rencontré des hommes aussi charmants que toi et Marc.

— Ah! je vois! dit Mathieu en riant. Est-ce que tu es prête, Nicole? J'ai terminé mon travail et j'aimerais bien me détendre un peu.

— Je suis toute à toi, répondit Nicole, en déposant un léger baiser sur la joue du jeune homme. Puis, elle sourit à Marie-Hélène en disant:

— Il est temps de partir, à présent. Repose-toi bien ce soir. Je persiste à dire que tu as l'air fatigué.

— C'est promis! À demain, les amoureux!

— Salut! répondirent-ils en chœur tout en riant.

Marie-Hélène se retrouva seule. Elle s'empressa de verrouiller les portes de la succursale et se rendit rapidement chez elle.

Sitôt arrivée, elle se dépêcha de mettre au four la lasagne de fruits de mer qu'elle avait confectionné la veille, puis elle résolut d'aller faire un peu de jogging, car elle avait grandement besoin de se libérer des tensions de la journée.

Elle s'habilla rapidement et sortit dans l'air frais de l'automne.

À peine avait-elle parcouru un kilomètre qu'elle se retrouva à bout de souffle, incapable de reprendre sa respiration. Inquiète, elle ralentit l'allure et retourna chez elle d'un pas lent. Dès son retour, elle s'étendit sur le canapé, attendant de retrouver une respiration normale. C'est alors que le téléphone sonna. Elle s'empressa d'aller répondre, espérant que c'était Marc.

— Bonjour, sœurette! lui dit Guillaume.

— Salut, Guillaume! Comment vas-tu?

— Très bien, et toi?

— Oh! moi, je n'en suis plus très sûre, dit-elle, l'air déconfit.

— Tu as des ennuis? demanda-t-il, inquiet.

— Pas vraiment. J'ai plutôt des décisions difficiles à prendre, dit-elle, mystérieuse.

— Marc est avec toi?

— Non, il est en voyage d'affaires, dit-elle d'un ton triste. Il revient vendredi.

— As-tu envie d'en parler? Je suis libre ce soir et je pourrais te rejoindre après souper, qu'en penses-tu?

Elle hésita quelques secondes, se demandant si elle avait le droit de discuter de cela avec Guillaume. Cette affaire ne concernait que Marc et elle. Mais balayant ses appréhensions, elle répondit:

— C'est d'accord! Je t'attends vers sept heures, mais je t'avertis, je n'ai plus de bière.

— Peu importe, je ferai un saut chez le dépanneur. À tout à l'heure!

Marie-Hélène raccrocha et se dirigea vers la salle de bains. Elle prit une douche rapide, s'habilla, puis elle sortit sa lasagne du four. Ce plat sentait rudement bon. Elle était affamée mais elle se força pourtant à manger à petites bouchées afin de freiner son appétit. Elle alla ensuite chercher deux biscuits au chocolat dans l'armoire et elle les mangea en les accompagnant d'un grand verre de lait. Enfin rassasiée, elle se sentit merveilleusement bien. Elle se dit que c'était l'amour qui augmentait ainsi son appétit et elle sourit à cette pensée. Elle pensa aux folles nuits d'amour qu'elle partageait avec Marc et une bouffée de désir l'envahit tout entière. «Mon Dieu! si vendredi peut enfin arriver!» se dit-elle.

Mais on n'était que mardi, et trois jours et trois nuits la séparaient encore de Marc. Elle soupira et tenta de chasser ses pensées lubriques alors qu'elle s'occupait à laver la vaisselle.

Sept heures sonnèrent à l'horloge en même temps que retentit le carillon de la porte. Elle sourit en se disant que son frère avait décidément beaucoup changé, la ponctualité n'étant pas sa principale qualité par le passé, et elle courut lui ouvrir. Il se tenait devant la porte, un sac dans les bras. Il lui sourit en pénétrant dans la maison. Marie-Hélène l'invita à prendre siège et elle s'assit auprès de lui.

— Tu sembles en pleine forme! L'amour te fait du bien, tu es plus belle que jamais, lui dit-il, moqueur.

— Flatteur! lui dit-elle en lui faisant la grimace.

— Je ne plaisante pas, répliqua-t-il. Mais, dis-moi, Marc et toi vous êtes amants, n'est-ce pas?

— Guillaume! s'indigna Marie-Hélène. Cela ne te regarde pas du tout.

Guillaume fut visiblement très déçu par sa réaction et elle en eut du remords. Il était si bon pour elle! Elle comprit que cette question, il ne l'avait posée que pour être rassuré sur son sort. Elle décida donc d'être honnête avec lui, il l'avait bien mérité, après tout...

— Oui, nous sommes amants. Es-tu satisfait maintenant?

— Je l'avais deviné, dit-il en remarquant son embarras.

— Mais comment as-tu pu deviner? demanda-t-elle, surprise.

— Par votre comportement l'un envers l'autre. Vous avez de ces gestes et de ces petites attentions que seuls les amants ont. Et pour quelqu'un d'observateur, c'est facile à deviner.

La jeune femme resta saisie par cette explication. Elle était très surprise que leur amour fût aussi évident. Guillaume interrompit le cours de ses réflexions en disant:

— Je suis heureux pour toi. Je... je craignais vraiment que tu sois incapable d'aimer.

— Eh bien! tu vois? J'y suis arrivée, répondit-elle sur un ton gêné.

— Hum! sourit Guillaume. Marc doit être un homme persuasif.

— Il est bien plus que cela! dit-elle, rougissante.

— Je vois!

Après quelques secondes de malaise, Marie-Hélène participa de bon gré à la conversation en disant d'une voix triste:

— Mais ce n'est pas le sujet de mes préoccupations, pour le moment.

— De quoi s'agit-il alors?

— Marc veut m'épouser.

— C'est tout à fait normal, étant donné les circonstances.

Voyant que Marie-Hélène ne réagissait pas, Guillaume poursuivit:

— Vous vous aimez, n'est-ce pas?

— Oui, mais ce n'est pas aussi simple que ça! C'est une situation plutôt inattendue dans ma vie.

— Je comprends, mais raconte-moi ce qui te rend si hésitante.

Elle lui raconta tout dans les moindres détails, sans omettre de lui parler de Jacynthe. Guillaume l'écouta avec beaucoup d'intérêt et, lorsqu'elle eut terminé, il dit:

— Eh bien! je pense que seul le temps apportera la réponse à tes questions. Marc et toi avez besoin de temps. Je comprends très bien tes hésitations, mais il faut que tu apprennes à faire confiance à Marc. Je suis persuadé que vous êtes faits l'un pour l'autre, mais tu dois comprendre son impatience à vouloir vivre avec toi. Il t'aime et il a dû s'attaquer aux ombres du passé pour te conquérir. Peut-être a-t-il peur que tu le laisses? Puis, il a trente-quatre ans... C'est normal qu'il désire t'épouser et avoir des enfants de toi. Il a vécu seul si longtemps. Cela devrait te convaincre qu'il tient à toi, ne crois-tu pas?

— Tu as sans doute raison.

— Pense aussi qu'il a été le seul homme qui ait réussi à t'approcher. C'est un facteur important à considérer dans ta décision. Puis, tu l'aimes, cela transparaît dans tout ton être. Tu vibres de bonheur. Tu dois admettre que tu n'as pas toujours eu cet éclat sur le visage. Tu as réussi à franchir tous les obstacles qui te séparaient de lui. Écoute ton cœur, et fais confiance à l'amour, à la vie, à ta bonne étoile, ajouta-t-il en lui caressant les mains. Mais surtout, ne détruis pas ce que tu as réussi si péniblement à construire avec lui. Réfléchis bien à tout cela. Une bonne discussion s'impose entre vous deux. Cela éclaircira bien des points qui sont restés en suspens dans ta tête. Parle-lui franchement et honnêtement de tes hésitations. Je suis assuré qu'il comprendra. Il t'aime tellement!

— Mais comment peux-tu en être aussi certain?

— C'est évident. Il te mange des yeux et bois tes moindres paroles. Tous ses gestes te parlent d'amour. Tu en doutes vraiment?

— Non! Mais il reste Jacynthe... Même si je suis sûre qu'elle n'est qu'une amie pour lui actuellement, je ne sais pas si j'arriverai à vivre tranquillement avec lui en sachant cette femme dans les parages.

— Écoute, si Marc avait eu des intentions vis-à-vis de cette femme, il y a longtemps qu'ils seraient ensemble, ne crois-tu pas? Discutes-en avec lui, laisse-le s'expliquer. Ne le condamne surtout pas. Il y a eu d'autres femmes dans mon lit avant Amélie. Je me suis payé du bon temps, c'est normal, à notre époque.

— Et Amélie s'en fiche? demanda-t-elle, peu convaincue.

— Oui, elle s'en fiche. De nos jours, c'est le contraire qui n'est pas normal... Elle aussi, elle a connu d'autres hommes avant moi. Tu oublies que tu as eu une jeunesse pas tout à fait comme les autres.

— Tu as sans doute raison. Merci, Guillaume! Peut-être que je dramatise un peu la situation, après tout!

— C'est bien mon avis! dit-il en la prenant par le cou et en l'embrassant. Le temps arrangera tout, tu verras. Mais en attendant, une bonne discussion s'impose entre vous.

— Oui, je vais cesser de me torturer inutilement. Tu sais si bien me comprendre, lui dit-elle soulagée.

— Ne laisse jamais le doute envahir ton imagination. Va au fond des choses. En amour, il ne faut jamais rien laisser s'accumuler. Essaie d'être un peu plus ouverte. Marc est un type compréhensif et si tu lui en laisses la chance, il saura te rassurer.

— Tu es un amour, Guillaume... et je t'aime, dit-elle en le serrant dans ses bras.

***

La semaine s'étira, Marie-Hélène attendant avec impatience le retour de Marc. Il lui manquait toujours autant et le temps semblait jouer contre elle, car les journées s'écoulaient avec une lenteur insupportable.

Enfin, le vendredi arriva. Après une journée surchargée, la jeune femme se précipita chez elle, espérant que Marc s'y trouverait déjà. Lorsque, enfin, elle tourna le coin de la rue, elle vit sa *BMW* stationnée dans l'entrée. Elle pensa que son cœur allait éclater dans sa poitrine tant elle était heureuse à l'idée de le revoir enfin. Elle gara sa voiture à côté de la sienne et en sortit fébrilement. Le cœur battant, elle courut jusqu'à la porte et, avant même qu'elle pût l'ouvrir, elle se sentit solidement empoignée par deux bras puissants qui la serraient à l'étouffer. C'était Marc. Relâchant légèrement son étreinte, il la contempla longuement.

Son regard sombre aux reflets d'or s'insinua en elle, à la fois tendre et lourd d'un désir grisant, alors qu'il suivait sensuellement les courbes de ses épaules, celles de sa fine taille, de même que celles de ses hanches provocantes offertes à l'amour. Comme dans un rêve, il la tira à l'intérieur et, à l'aide de son pied, il poussa la porte qui se referma sur eux avec un bruit sourd. Lorsqu'ils furent à l'abri des regards indiscrets, il gémit faiblement en s'emparant de ses lèvres et en lui murmurant des mots fous.

Devant l'ardeur du baiser de son amant, les appréhensions de Marie-Hélène s'évanouirent comme par enchantement. Leurs souffles se mêlèrent et les paroles de Marc enivrèrent ses sens:

— Mon amour... mon amour, murmura-t-il, embrasé par la passion qui s'emparait de ses sens et l'habitait tout entier, au point qu'il ne pouvait plus se dominer. Tu m'as tellement manqué, continua-t-il. Je ne peux vivre sans toi...

— Tu m'as manqué aussi, dit-elle d'une voix féline, brûlante de passion... Fais-moi l'amour... j'ai tellement envie de toi...

Il la souleva de terre et, sans quitter ses lèvres, il la transporta jusqu'à la chambre où il la dévêtit, pressé de retrouver la douceur et la chaleur de son corps nu contre le sien.

Marie-Hélène sentait en elle l'urgence absolue d'apaiser ses sens en délire. Marc la sentait vibrer sous lui, avide et tellement impatiente, qu'elle en devenait malhabile dans ses gestes. Elle luttait en effet contre les boutons de sa chemise. En riant, il entreprit de l'aider.

— Qu'est-ce qui te fait rire ainsi? dit Marie-Hélène d'une voix méconnaissable.

— Ton impatience me comble, ma chérie.

— Tu devrais t'acheter des chemises à boutons-pressions, dit-elle en caressant son large torse musclé.

Il gémit contre son oreille:

— Je te promets d'y réfléchir.

Elle luttait contre son jean maintenant.

— Enlève ce foutu jean! s'impatienta-t-elle.

— Marie-Hélène, calme-toi. Nous avons toute la soirée devant nous, dit-il en l'embrassant de nouveau.

Elle délirait et gémissait sous ses caresses.

— Ne me fais pas languir, Marc, je t'en prie! murmura-t-elle.

Il sourit et lui dit, de sa voix rauque et sensuelle, tout en mesurant l'effet de ses caresses:

— Pour une femme qui était vierge... il y a... à peine plus d'un mois... je te trouve bien impatiente...

— Marc...

— D'accord, princesse...

Il se leva et retira ses vêtements un à un, avec des gestes lents et précis, devant le regard ébloui de la jeune femme. Il la rejoignit aussitôt et la caressa du bout des doigts, la torturant dans l'attente. Gémissante, elle arqua son corps contre le sien.

— Que tu es belle! dit-il d'une voix enflammée. Tu me rends complètement fou...

La respiration de la jeune femme devint saccadée. Elle n'en pouvait plus d'attendre. Elle voulait sentir son corps bouger en elle. Elle voulait l'entendre gémir de plaisir contre son oreille. Elle voulait mêler son souffle au sien. Elle délirait de plaisir, n'espérant plus qu'une chose: qu'il mette enfin un terme à cette douce torture, à ce tourment délicieux et insupportable. Dans un soupir, elle murmura:

— Viens!

— Laisse-moi te contempler, répondit-il. Tu es si belle! Quand je te regarde ainsi, j'ai l'impression de rêver. Jamais je n'ai désiré une femme autant que toi...

— Marc, je t'en prie! supplia-t-elle.

— J'aime t'entendre gémir contre moi, t'entendre me supplier et mendier mes caresses...

Dans un sursaut d'audace et de passion, elle l'attira vers elle et se mit à le caresser, se faisant insistante, provocante. Brisant toutes les barrières de sa pudeur, ses mains se promenaient sur son corps, hardies, effrontées, audacieuses. Lorsqu'elle le sentit défaillir d'excitation, elle continua de plus belle, redoublant d'ardeur... Plus rien ne la retenait, désormais. Elle aimait cet homme désespérément, à la folie, au-delà de toute raison, au-delà du bien et du mal. Seul son amour pour lui comptait...

Elle savoura avec délices l'effet de ses caresses sur lui. Il vibrait de passion sous ses mains, sous ses lèvres. Incapable de résister plus longtemps, il la renversa sur le lit et s'abattit sur elle en disant:

— Tu me rends tellement heureux! Je suis fou de toi...

Lové contre elle, il chercha et trouva ses lèvres, puis il les délaissa pour partir à l'aventure sur son corps. Il en explora les moindres parties sensuelles, féminines, charnelles, la laissant haletante de plaisir.

Lorsqu'il sentit qu'elle était au bord de l'extase, il la fit sienne et tous deux se laissèrent emporter vers le monde merveilleux et délirant de l'amour.

Épuisés, ils restèrent étendus, l'un sur l'autre, pendant plusieurs minutes, savourant leur bonheur... Finalement, ils réussirent à rompre ces instants magiques qui n'appartenaient qu'à eux.

— Je suis l'être le plus égoïste qui soit! dit alors Marc.

— Pourquoi dis-tu cela, mon amour?

— Je ne pense qu'à moi. Tu dois être affamée, il est plus de dix-neuf heures et tu n'as pas mangé.

Marie-Hélène sourit, en disant:

— Tu ne penses donc qu'à manger! C'est de toi que j'avais faim... mon amour.

— Hum! moi aussi, dit-il en souriant.

— Que dirais-tu d'un sandwich aux tomates et au bacon?

— Ce serait parfait!

— Alors, allons-y, dit Marie-Hélène, en s'emparant d'un oreiller qui se trouvait près d'elle.

S'en servant comme d'un bouclier, elle se mit à chatouiller Marc en riant. Marc se défendit comme il put, mais très vite, il prit le dessus et immobilisa totalement Marie-Hélène. Celle-ci se débattit vaillamment et une lutte amusante s'ensuivit. Marc réussit finalement à lui placer les bras au-dessus de la tête, puis il l'emprisonna entre ses jambes en disant:

— Tu n'es pas de taille à lutter contre moi.

— Peut-être, mais je connais tes points faibles et je sais te rendre doux et ronronnant comme un matou.

— Petite tigresse! s'exclama-t-il en souriant et en prenant ses lèvres. Tu as le pouvoir de me rendre fou de toi... et tu fais tout ce que tu veux de moi...

Il l'embrassa à nouveau et continua:

— Je te donne tout de moi et tu me rends immensément heureux... Mais tu pourrais aussi faire de moi le plus malheureux des hommes.

— Marc! s'écria-t-elle, surprise par ce qu'il venait de dire. Jamais... je ne voudrais te faire souffrir.

— Alors, épouse-moi! dit-il d'une voix suppliante. J'aimerais mieux mourir que de vivre loin de toi...

Ils se regardèrent, chacun tentant de lire dans le cœur de l'autre. Marie-Hélène se libéra de l'étreinte de Marc et s'assit sur le bord du lit en disant:

— Allons manger et nous pourrons en discuter. Il reste beaucoup de choses à éclaircir entre nous.

— Je suis d'accord, soupira Marc en se levant.

Marie-Hélène entra sous la douche et régla la température de l'eau. Lorsqu'elle fut à point, elle se glissa sous le jet et savoura cet instant bénéfique et apaisant qui la remplissait d'aise et calmait immédiatement son agitation. Elle n'entendit pas Marc qui entrait dans la salle de bains mais elle fut bientôt consciente de sa présence à ses côtés. Ils s'embrassèrent et rirent comme des enfants, s'amusant à faire gicler l'eau dans toutes les directions. Puis, leurs gestes se firent tendres et bientôt, sans que ce soit prémédité, ils s'enhardirent dans leurs caresses et refirent l'amour, là dans la baignoire, sous le jet d'eau chaude.

Quelques minutes plus tard, ils sortirent de la douche, imprégnés d'eau, d'amour et de bonheur. Ils enfilèrent chacun leur robe de chambre en ratine et gagnèrent la cuisine où ils se préparèrent, tout en s'amusant, un repas frugal composé d'une soupe aux légumes et de sandwichs. Une fois rassasiés, ils effectuèrent quelques tâches ménagères. Ils avaient presque terminé lorsqu'ils entendirent retentir la sonnette d'entrée. Marc réprima un geste d'impatience et dit:

— Qui que ce soit, je ne veux voir personne ce soir!

Marie-Hélène s'approcha de lui et lui dit sur un ton mielleux:

— Voyons! Un peu de patience, jeune homme. Nous ne sommes pas en tenue pour recevoir de la visite...

Il sourit, de ce sourire envoûtant et ensorcelant qui lui allait si bien et dit:

— Je reste à la cuisine. Débarrasse-toi rapidement de cet importun!

— Hum!... j'espère que c'est Guillaume! dit Marie-Hélène, songeuse. Lui seul est au fait de notre intimité...

Sur ce, elle tourna les talons et alla ouvrir. Quelle ne fut pas sa surprise de se retrouver nez à nez avec Pierre!

— Salut, poupée! lui dit-il sur un ton familier.

— Bonsoir, Pierre! Entre donc.

— Hum!... je crois que je te dérange, dit-il en la détaillant effrontément, arborant un sourire à la vue de sa tenue légère.

Marie-Hélène rougit jusqu'à la racine des cheveux. Sans aucun doute, Pierre avait deviné, qu'il avait surgi au mauvais moment. Ses cheveux en bataille étaient encore humides, ses lèvres étaient encore imprégnées des baisers de Marc et sa tenue était des plus compromettantes. Voyant son embarras, Pierre dit:

— Je savais que tu devais être magnifique après l'a... disons... dans cette tenue.

À ce moment, Marc fit irruption dans le salon et il dit, sur un ton qui laissait voir sa mauvaise humeur:

— De quoi s'agit-il, Pierre?

— Oh! Bonsoir, Marc. Je suis vraiment désolé de venir vous déranger ainsi. Mais... je me suis arrêté pour vous inviter à souper... demain. Ginette et moi serions très heureux de vous accueillir chez nous, parvint-il à dire, visiblement très mal à l'aise.

Marc regarda Marie-Hélène, une lueur interrogative dans ses yeux sombres. Après quelques secondes d'hésitation, la jeune femme dit:

— Je crois que Marc et moi ne pouvons pas refuser une telle invitation. Dis à Ginette que je suis très heureuse à l'idée de faire sa connaissance.

Puis, se tournant vers Marc, elle demanda, sur un ton de défi:

— N'est-ce pas, Marc?

— Bien entendu, se contenta-t-il de répondre.

Soulagée, elle se retourna vers Pierre pour demander:

— À quelle heure sera servi ce fabuleux repas?

— Disons vers dix-neuf heures. Est-ce que cela vous convient?

— Nous y serons, dit simplement Marc.

— À demain alors! répondit Pierre en les saluant.

Il sortit de la maison et Marie-Hélène referma la porte derrière lui en disant:

— Voyons, Marc! Ce ne sera pas si terrible!

— Le souper, non. Mais cette situation me rend extrêmement mal à l'aise. Bientôt, tout le monde saura que nous sommes amants... et je n'aime pas ça, dit-il les dents serrées, sur un ton agressif. De nouveau, il passa sa main dans son épaisse chevelure et ajouta:

— Puis, je n'aime pas les manières de ce type vis-à-vis de toi. Pourquoi t'appelle-t-il toujours «poupée». Je trouve cela d'un mauvais goût! Comme si tu étais une catin. Franchement, j'ai horreur de ça et je crois que je le lui dirai demain soir.

— Cesse de te tourmenter à son sujet. Pierre est taquin, il aime faire fâcher ses amis. C'est sa façon à lui de leur montrer qu'il les aime bien. Puis je t'assure qu'il est loin d'être dangereux. Il est complètement fou de sa femme et il vient à peine de se réconcilier avec elle. Il y a trois ans qu'ils étaient divorcés et, pendant tout ce temps, il n'a jamais essayé de me séduire parce qu'il n'avait jamais cessé de l'aimer...

— Je devrais essayer de mieux le connaître, je suppose, dit Marc d'un ton résigné.

— Tu verras... tu l'aimeras, j'en suis sûre. C'est un homme sensible qui gagne à être connu...

— Bon! Je ferai des efforts. Mais qu'il ne s'avise pas de te tourner autour, parce que...

Il n'acheva pas sa phrase.

— Marc, je t'assure que ta jalousie est inutile. Viens, assoyons-nous, nous avons à bavarder, lui dit-elle en prenant sa main et en le conduisant vers le canapé.

Pendant des heures, ils discutèrent de leurs projets et de leur avenir. La discussion était parfois ardue, chacun essayant de défendre son point de vue.

— Tu n'as donc aucune confiance en moi? s'écria Marc alors que la tension grimpait entre eux.

— Écoute, je sais que je t'aime. Mais nous nous connaissons si peu. Peut-être changeras-tu d'idée dans quelque temps, risqua Marie-Hélène.

— Je suis très malheureux de constater que tu ne prends pas au sérieux mes sentiments pour toi. Cela me blesse profondément. C'est comme si tu me disais que je ne sais pas ce que je veux. Je suis un homme, ma parole, pas un adolescent qui a envie de se payer un petit caprice!

— Marc, je t'en prie! Tu dois essayer de me comprendre. La vie m'a cruellement blessée et notre amour est si soudain et si nouveau pour moi. Je n'avais jamais pensé que je tomberais un jour aussi éperdument amoureuse. Je ne te demande pas la lune mais tu es célibataire depuis si longtemps que tu peux bien attendre encore un peu, le temps que je me fasse à cette idée du mariage. Je te demande de me donner un peu de temps, c'est tout! Dis-moi que tu peux attendre encore quelques mois... ou quelques semaines... je ne sais pas, moi, le temps qu'il me faudra.

— Excuse-moi! dit-il, soudain radouci. Je ne me reconnais plus. Je ne sais pas ce que j'ai à te harceler ainsi. Je me découvre sous un jour nouveau: possessif, jaloux et égoïste. Je t'assure que ce sont là des défauts que je ne pensais pas avoir. C'est la première fois que je m'en rends compte et je m'en étonne moi-même. C'est... c'est... comme si j'avais peur que tu me quittes et cela, c'est un sentiment nouveau pour moi. Il est vrai que c'est la première fois que je suis réellement amoureux, mais cela ne devrait pas justifier ma conduite... C'est que je deviens fou à l'idée que tu puisses me quitter un jour.

— Pourquoi as-tu si peur de me perdre? demanda Marie-Hélène, surprise.

— J'ai attendu très longtemps avant de rencontrer une femme comme toi et je ne veux pas te perdre, dit-il, ému.

— Ta peur est absurde, insensée. Tu es le seul homme qui ait réussi à faire fondre la glace qui m'emprisonnait le cœur. Durant toute cette semaine d'absence, je n'ai pensé qu'à toi, espérant ton retour. Je t'aime... n'en doute pas. Je t'assure que je ne peux plus me passer de toi, avoua-t-elle en se lovant contre lui. C'est drôle, au fond, dit-elle encore. Nous craignons la même chose, tous les deux.

Ils se regardèrent quelques instants, les yeux dans les yeux, leurs regards parlant pour eux, s'attirant. Finalement, Marie-Hélène demanda:

— Il y a une chose qui m'effraie plus que tout, tu sais!

— Quoi donc?

— Les enfants... Tu veux des enfants! Combien?

— Au moins deux, répondit-il. Peut-être même trois. Pourquoi as-tu peur?

— Avant vendredi dernier, je n'aurais jamais cru que je pourrais avoir des enfants un jour.

— Et puis?

— Je ne sais pas... si je serai une bonne mère. Comment pourrais-je poursuivre ma carrière tout en étant mère?

— Mais beaucoup de femmes le font, pourquoi pas toi? dit-il pour la rassurer.

— Je ne sais pas... j'ai peur. C'est si nouveau pour moi...

— Ne cherche pas à brûler les étapes. Tu verras, cela viendra tout seul... quand le moment sera venu. Un jour, tu te sentiras prête et de toi-même, tu iras de l'avant. Tu n'es pas si différente des autres femmes.

— Et si... je n'en voulais pas? Si ce désir ne naissait jamais en moi, comment réagirais-tu?

Marc prit ses mains entre les siennes et dit:

— Je suis obligé de t'avouer que ce serait difficile pour moi... mais j'accepterais. Tu comptes plus que tout pour moi, sois-en certaine.

— Mais tu désires vraiment des enfants, n'est-ce pas?

— Oui, dit-il sur un ton ferme.

— Vois-tu, c'est à tout cela que je dois réfléchir. Tu seras malheureux si je ne veux pas te donner d'enfant. J'aurais l'impression de te priver de quelque chose de très important pour toi et je ressentirais alors des sentiments de culpabilité. Et ces sentiments de culpabilité, je n'en veux plus dans ma vie. Je ne pourrais plus les assumer, pas après ce que nous avons vécu de si merveilleux ensemble.

— Écoute! dit-il. Avant de te rencontrer, je n'étais pas certain de devenir père un jour et je n'ai pas épousé la première femme venue dans ma vie dans le but d'avoir des enfants. Entre le fait de vivre célibataire sans toi et de vivre marié avec toi sans enfant c'est encore toi que je choisis. Ne te tracasse donc pas inutilement. Fais plutôt confiance à notre amour...

— Tu as raison, dit-elle, convaincue.

Marc sourit, soulagé. Il la serra contre lui et s'empara de ses lèvres, heureux. Elle le repoussa gentiment et demanda:

— Mais où vivrons-nous?

Marc partit d'un grand éclat de rire et s'exclama:

— Mais où tu voudras! Tu sais, moi... je peux m'installer n'importe où dans la province. Nous irons ici et là, selon tes affectations ou, si tu préfères, nous resterons ici. N'importe où, du moment que je sois près de toi...

— Mais ta maison, qu'en feras-tu? Vas-tu la vendre?

— Nous verrons. En attendant que tu prennes ta décision, elle me sera encore utile.

— Et tu accepterais de vivre chez moi?

— Pourquoi pas? dit-il, amusé. Mais tu devras faire une concession, par exemple.

— Laquelle? demanda-t-elle, inquiète.

— Tu devras repeindre ta chambre.

— Pourquoi? Elle est très bien, ma chambre! s'écria-t-elle, un peu vexée.

— Elle est rose! s'offusqua Marc.

— Mais j'adore le rose!

— Moi pas! répliqua-t-il en souriant.

— Macho! s'indigna Marie-Hélène.

— Peut-être pourrions-nous faire un compromis?

— Lequel? demanda-t-elle en riant à présent.

— Nous pourrions la peindre en lilas. C'est un délicieux compromis entre le rose et le bleu.

— Idiot! dit-elle en le chatouillant.

— Attends! J'ai une meilleure idée, dit soudain Marc. Pourquoi ne demanderions-nous pas à Jacynthe de faire une décoration comme celle du *Pierrot*. Ainsi, nous nous penserions toujours dans un motel. Ce serait amusant et excitant.

En entendant le nom de la jeune femme, Marie-Hélène se rembrunit et elle s'écria:

— Je l'avais oubliée, celle-là!

— Ah! non! Tu ne vas pas recommencer avec ça! s'impatienta Marc. Puisque je te dis que c'est de l'histoire ancienne...

— De l'histoire ancienne qui colle drôlement à ton présent! s'indigna-t-elle aussitôt.

— Mais qu'est-ce que tu veux que je fasse? Que je lui retire ses contrats?

— Bien sûr que non, protesta-t-elle devant cette idée.

— Si tu savais... comme tu n'as rien à craindre d'elle. Tomber amoureux de Jacynthe après toutes ces années, ce serait aussi idiot, que ce le serait de toi avec Pierre!

— Tu en es vraiment sûr?

— Absolument! Écoute, je suis comme un grand frère pour elle. D'ailleurs, elle m'a appris, la semaine dernière, qu'elle avait rencontré un homme très bien. Et, pour la première fois de sa vie, elle m'a paru vraiment amoureuse. Tu n'as rien à craindre, je t'assure. Écoute-moi. Tu dois me croire.

— Comment c'était faire l'amour avec elle?

— Bon sang, Marie-Hélène! Tu pousses un peu fort!

— Dis-moi!

— Tu es masochiste, ma parole!

— Dis-moi! répéta-t-elle.

— C'était... c'était tendre et amical, voilà comment c'était! Rien de tellement passionnant. Rien de comparable à ce que nous vivons ensemble... À vrai dire, rien ne peut se comparer avec ce que j'ai connu en ta compagnie.

Cette remarque fit rougir Marie-Hélène de plaisir et elle dit, d'une toute petite voix:

— Tu me fais marcher!

— Non, Marie-Hélène, crois-moi.

— En tout cas, toi, tu peux comparer. Alors que moi, cela m'est impossible.

Marc sourit et la serra étroitement entre ses bras en disant:

— Tu n'as pas besoin de comparer. Je suis le meilleur...

— Tu es bien sûr de toi, je trouve, dit-elle en souriant.

— Je m'amuse. Je t'assure qu'aucune femme ne peut soutenir la comparaison avec toi. Ce qui fait la différence, c'est l'amour que j'ai pour toi, dit-il en l'embrassant avec passion.

— Tu tentes de me séduire pour me faire oublier cette conversation, dit-elle en gémissant contre lui.

— C'est vrai, et je suis très fort à ce petit jeu...

— Je t'aime, dit-elle.

— Et moi donc! Aucune autre femme... ne pourra jamais m'arracher à tes bras.

CHAPITRE 16

Une semaine plus tard, Marc avait réussi à convaincre Marie-Hélène de venir avec lui chez ses parents. Même si Marc lui avait beaucoup parlé d'eux, elle ne les connaissait pas encore et elle se posait certaines questions à leur sujet. Cependant, elle voyait là une occasion supplémentaire de s'intégrer davantage à l'univers du jeune homme, comme si les événements la poussaient, presque à son insu, d'unir leurs deux destinées.

Décidément, tout allait très très vite pour elle. Elle baignait dans une euphorie combinée avec une certaine anxiété, et un léger sentiment de peur voilait son bonheur de vivre et d'aimer.

Après quelques jours, cependant, à cause de l'insistance de Marc, elle finit par céder à sa supplication, se disant que ce voyage l'aiderait sans doute à découvrir une nouvelle facette de la personnalité du jeune homme. Elle serait ainsi mieux en mesure de prendre les bonnes décisions concernant leur projet de mariage.

En apprenant sa décision, Marc interpréta son assentiment comme un heureux présage et il vécut le reste de la semaine dans un moment de délicieuse anticipation.

Finalement, l'heure du départ sonna et, le vendredi soir, Marie-Hélène quitta la banque avant l'heure de fermeture pour aller rejoindre Marc qui l'attendait chez elle. Marc déposait déjà leurs bagages dans le coffre de sa voiture lorsqu'elle stationna sa *Honda* dans l'entrée de la maison. Elle prit une douche rapide, changea de vêtements, puis ils partirent tous les deux en direction de Sainte-Foy. Ils s'arrêtèrent à La Pocatière où ils soupèrent dans une atmosphère de franche gaieté. À vingt et une heures, Marc engagea sa *BMW* dans l'allée principale de la demeure de ses parents.

Marie-Hélène était à la fois nerveuse et excitée à la pensée que, dans quelques minutes à peine, elle rencontrerait pour la première fois les parents de Marc.

Elle fut éblouie par la beauté des lieux. Elle découvrait d'immenses arbres presque centenaires qui masquaient les grilles élevées en fer forgé, dissimulant magnifiquement la propriété aux yeux indiscrets. La vue était splendide. Malgré l'heure tardive, il lui était possible d'admirer ce paysage enchanteur, car il était éclairé comme en plein jour par de nombreux lampadaires qui laissaient voir une ébauche de coloris automnaux des plus féériques.

Marc gara finalement sa *BMW* dans l'allée du domaine, alla galamment ouvrir la portière côté passager, puis il lui tendit la main et l'invita à descendre. Marie-Hélène se réfugia nerveusement dans les bras réconfortants du jeune homme, et celui-ci la serra contre lui. D'une voix très douce, il lui dit:

— Voilà! C'est ici que j'ai grandi.

— C'est vraiment magnifique, Marc.

— Ça te plaît?

— Oh! oui!

— J'en suis heureux. Tu vois, ce site merveilleux est la récompense que se sont méritée mes parents pour leur travail si vaillamment accompli, dit-il sur un ton plein de tendresse et de fierté. Et j'ai passé dans ce lieu une enfance absolument merveilleuse. J'ai couru dans ces jardins et j'ai rêvé pendant des heures sur le bord de ce petit lac... Regarde, tu vois cet arbre, là-bas?

— Oui, dit-elle, émue.

— J'y avais construit, avec l'aide de mon père, une énorme cabane; et c'est dans les branches de cet arbre, tout là-haut, que j'ai fait mes plans d'avenir. Je n'ai que de bons souvenirs de cet endroit. Un jour, j'hériterai de tout cela et, ce jour-là, j'espère que tu seras à mes côtés, car c'est ici que j'aimerais finir tranquillement mes jours... avec toi, acheva-t-il en l'embrassant.

— J'espère de tout cœur que ce jour arrivera, dit Marie-Hélène avec des trémolos dans la voix.

— Moi aussi! Allons, viens, entrons maintenant. Il fait un peu froid dehors. Demain, si la température le permet, je te ferai visiter les lieux.

— J'ai très hâte de voir cet endroit en plein soleil. Ce doit être splendide.

— En effet! Regarde maintenant la demeure.

— Mais elle est immense! s'exclama-t-elle, béate d'admiration.

— Elle a quarante ans, maintenant. Mon père l'a achetée alors qu'il n'avait que vingt-quatre ans, soit immédiatement après son mariage. Nous sommes tous nés dans cette maison. Du temps de mon enfance, elle était beaucoup plus modeste, et plus petite aussi. Mes parents l'ont modifiée au fil des années et, depuis dix ans maintenant, elle a cette apparence qu'ils disent définitive.

— Elle est absolument merveilleuse!

— J'espère qu'elle te plaira autant qu'elle me plaît à moi. Suis-moi maintenant, j'ai hâte de te présenter mes parents. Ils doivent nous attendre avec impatience.

Voyant que Marie-Hélène tremblait légèrement, Marc ajouta sur un ton très doux:

— N'aie pas peur. Je suis sûre que tu leur plairas.

— Je me sens comme une adolescente, répondit-elle avec un rire nerveux.

Le jeune homme rit à cette remarque, puis il prit la main de Marie-Hélène et l'entraîna vers la maison. C'est ainsi qu'ils firent leur entrée, main dans la main comme des amoureux.

Marie-Hélène n'avait pas assez de ses deux yeux pour contempler l'intérieur de cette demeure aux dimensions imposantes. Les pièces, en effet, étaient démesurément grandes et spacieuses et elles étaient meublées dans un style tout autant moderne que raffiné. Cette maison dénotait une aisance et un chic des plus invitants et des plus harmonieux, hors du commun. Il était évident que ses propriétaires avaient effectué des recherches constantes pour la rendre aussi vivante et aussi animée, de sorte que l'on s'y sentait immédiatement comme chez soi.

— Maman, papa, nous voici! dit Marc.

— Marc! s'écria une voix féminine qui se rapprochait d'eux.

— Bonjour, maman! s'exclama le jeune homme en prenant sa mère dans ses bras pour l'embrasser.

— Comment vas-tu, chéri?

— Merveilleusement bien. Et toi?

— Très bien aussi, répondit-elle, l'air heureux.

Elle se tourna aussitôt vers Marie-Hélène et lui tendit les deux mains dans un geste d'accueil et d'amitié, comme si, déjà, elle l'avait acceptée comme faisant partie de la famille. Sur un ton plein de tendresse, elle dit:

— Marc, tu me présentes cette charmante jeune femme?

Marie-Hélène sourit, immédiatement conquise par le charme paisible de cette femme. Elle avait soixante ans, selon ce que Marc lui avait dit, mais elle en paraissait à peine cinquante. Elle était belle, et son visage reflétait la patience et la douceur. Soudain, sa ressemblance avec Marc la frappa. Il avait hérité de la même chevelure abondante, du même regard sombre et taquin, plein de reflets lumineux et pétillant d'humour. Les deux femmes s'apprivoisaient du regard en silence, attendant que Marc daigne les présenter l'une à l'autre.

— Maman, dit enfin Marc, voici Marie-Hélène, la femme de ma vie!

Marie-Hélène rougit et dit sur un ton à peine audible:

— Je suis franchement heureuse de faire enfin votre connaissance, Madame Durand! Marc m'a tellement fait votre éloge que j'ai l'impression de vous connaître depuis toujours...

— Je suis moi-même charmée par votre beauté. Vous êtes plus belle, plus charmante encore que ce que j'avais imaginé. Marc nous avait pourtant prévenus, mais...

— Vous me faites rougir, Madame! s'écria Marie-Hélène, ravie de ce compliment.

— Oui... et cela vous va très bien! Allez, venez vous détendre, Marie-Hélène, ajouta-t-elle en saisissant son coude d'un geste affectueux pour la guider. Soyez la bienvenue dans cette demeure... C'est donc vous, la perle rare qui a conquis le cœur de mon fils! Je n'espérais plus que cela arrive un jour. Lorsque Marc nous a parlé de vous, j'ai tout de suite eu envie de vous connaître.

Puis, se tournant vers Marc, elle s'exclama en éclatant d'un rire léger:

— C'est ton père qui a hâte de faire sa connaissance!

Marc s'enquit:

— Au fait, où est-il?

— Il a fait un saut au *Pierrot*, mais je l'attends sous peu. Il ne devrait plus tarder à présent.

— Parfait! Où vais-je installer cette jeune demoiselle?

— Dans la chambre de Marie-Claude.

— Merci, maman! Je te confie ma femme, le temps d'aller chercher nos bagages et de les monter dans nos chambres, dit-il en souriant.

— J'en prendrai bien soin, sois tranquille, répondit sa mère.

Marc sortit dans l'air frais de la nuit, laissant Marie-Hélène en compagnie de sa mère.

Marie-Hélène avait rougi jusqu'à la racine de ses cheveux en entendant Marc l'appeler «sa femme» devant sa mère. Avait-il parlé à ses parents de son désir de l'épouser? Madame Durand interrompit le fil de ses pensées.

— J'aimerais beaucoup que vous m'appeliez Liliane, dit-elle. J'ai horreur que l'on m'appelle Madame.

— C'est d'accord, Liliane, répondit la jeune femme en souriant. Je suis très sensible à l'honneur que vous me faites.

— Nous allons nous installer au salon pour bavarder. Vous devez être fatiguée... je présume. Que diriez-vous d'un bon café et de quelques gâteaux? Marthe, ma cuisinière, confectionne de fines pâtisseries qui sont absolument exquises, vous verrez!

— J'accepte avec plaisir, répondit Marie-Hélène sur un ton réjoui.

Elle était comblée de constater à quel point elle se sentait à l'aise en compagnie de cette femme.

— Votre maison est extraordinaire s'exclama-t-elle. Elle est si confortable et si accueillante. Je l'aime beaucoup.

— Merci! dit Liliane, le regard brillant. Je suis heureuse qu'elle vous plaise. Jean-Luc et moi avons eu le coup de foudre pour cette demeure. Dès que nous l'avons vue, nous avons su que c'était là que nous voulions vivre toute notre vie. Un jour, elle sera à Marc.

— Je sais, il me l'a dit. Mais, dites-moi, l'entretien de cette maison doit représenter beaucoup de travail. Vous avez sans doute beaucoup de domestiques.

— En effet! Nous avons trois employés, mais ce n'est que depuis quelques années. Mon mari et moi avons entretenu nous même cette maison pendant plusieurs années. Mais malheureusement, notre état de santé ne nous permet plus d'assumer cette lourde tâche. Il y a dix ans, je suis tombée malade. En fait, j'étais épuisée. Mon médecin m'a alors sévèrement réprimandée, me forçant presque à engager des domestiques pour que je puisse enfin me reposer. Mais j'ai trouvé cela très pénible. Voyez-vous, j'aime tellement cette maison que le fait de ne plus travailler à son entretien m'a causé beaucoup de chagrin. Jean-Luc et moi avons déployé tellement d'énergie pour lui donner cette allure. En confier l'entretien à des domestiques était pour nous comme de confier notre enfant à des «nurses», ajouta-t-elle en riant. J'imagine que vous devez trouver mes réactions plutôt enfantines, n'est-ce pas?

— Mais non, voyons, s'objecta Marie-Hélène. Je comprends très bien vos sentiments.

— Je crois que nous allons bien nous entendre, dit Liliane sur un ton enjoué. Jean-Luc a donc engagé des employés; un jardinier, car il n'avait plus le temps nécessaire à consacrer à cet immense terrain; une préposée à l'entretien qui veillait à la propreté méticuleuse de la maison et une cuisinière très attentionnée qui nous cuisine des petits plats absolument délicieux. Vous verrez que je n'exagère rien dans mes affirmations.

À ce moment, Jean-Luc Durand entra et se dirigea immédiatement au salon en appelant sa femme mais il s'immobilisa soudain en apercevant Marie-Hélène. Après l'avoir regardée quelques secondes, il dit, l'air enchanté:

— Mais vous êtes absolument magnifique!

Marie-Hélène rougit à nouveau devant ce compliment franc et direct. Elle constata immédiatement que même si Marc ressemblait beaucoup à sa mère de par les traits de son visage, il était, en revanche, la réplique parfaite de son père, en ce qui concernait l'allure générale. Ils avaient en effet la même carrure et un maintien qui semblait exprimer le même type de caractère et de personnalité.

— Jean-Luc! le gronda Liliane en riant. Regarde comme tu rends Marie-Hélène mal à l'aise. Tu la fais rougir.

— J'adore les femmes qui rougissent ainsi! rétorqua Jean-Luc.

C'est à ce moment que Marc fit irruption à son tour dans le salon. En voyant son père, son visage s'éclaira, et il s'écria joyeusement:

— Bonsoir, Jean-Luc!

Celui-ci se tourna vers lui et fit quelques pas dans sa direction. Posant une main sur son épaule, il lui dit:

— Bonsoir, fils! J'aimerais te dire combien j'apprécie ton bon goût, en ce qui concerne les femmes. Je suis très heureux pour toi!

— Merci, papa, répondit Marc. J'espère que Marie-Hélène saura te charmer autant qu'elle l'a fait pour moi. Je suis très heureux qu'elle te plaise déjà.

— Bien sûr qu'elle me plaît. Elle me fait penser à ta mère, quand elle avait le même âge. Et tu sais à quel point j'ai toujours été amoureux d'elle!...

— Oui, je sais, dit Marc, heureux.

— Comme vous pouvez vous en rendre compte par vous-même, mon mari a un esprit très romanesque, dit Liliane en riant.

— Oui, et je trouve cela merveilleux, dit Marie-Hélène, très émue.

— As-tu offert du café à cette jeune dame? demanda Jean-Luc Durand.

— Oui, j'allais justement en préparer lorsque tu es arrivé.

— Laisse faire, je vais m'en occuper. Assoyez-vous toutes les deux. Marc va me donner un coup de main. Marthe a-t-elle fait des pâtisseries?

— Comme toujours! répondit Liliane.

— Parfait! Tu viens, Marc?

— Avec plaisir, Jean-Luc!

Dix minutes plus tard, ils revenaient au salon, transportant des plateaux dans leurs mains. Ils y trouvèrent les deux femmes en grande discussion. Le reste de la soirée se déroula merveilleusement bien. Marie-Hélène avait été conquise par le charme tranquille des parents de Marc, et, lorsqu'elle monta à l'étage pour aller se coucher, elle fit part de son ravissement à Marc.

— Tes parents sont merveilleux! lui dit-elle. J'ai l'impression de les connaître depuis toujours.

— Je suis très heureux qu'ils te plaisent, dit sincèrement Marc. Puis, la prenant dans ses bras, il murmura:

— Tu me manqueras, cette nuit!

— Toi aussi, mon amour, dit Marie-Hélène en se lovant dans le creux de ses bras.

— Si nous étions mariés, je pourrais dormir près de toi... Marie-Hélène le regarda amoureusement, puis elle l'embrassa en disant:

— Je crois que cela ne va pas plus tarder...

Sous le choc de la surprise, Marc recula de quelques pas tout en tenant la jeune femme au bout de ses bras, une lueur d'espoir dansant dans son regard enfiévré. Ne voulant pas le torturer davantage, Marie-Hélène lui demanda d'une voix enjôleuse:

— Que dirais-tu de Noël?

La stupeur se peignit instantanément sur le visage de Marc et, d'une voix vibrante de bonheur, il demanda:

— En es-tu certaine? Tu ne dois pas me donner de faux espoirs...

— Absolument! le coupa-t-elle. Et je crois que tu savais très bien ce que tu faisais en me présentant à tes parents. Ils sont si charmants et ils semblent si heureux ensemble... que j'ai compris que je désirais vivre un tel bonheur avec toi. En voyant les attentions dont ton père entourait ta mère, je me suis dit que tu étais son digne fils. Tu lui ressembles beaucoup, et je me suis imaginé que tu aurais envers moi sensiblement la même attitude lorsque nous serons plus âgés tous les deux. J'ai très envie de ressembler à tes parents.

Puis, le serrant dans ses bras, elle reprit en enfouissant sa tête contre sa poitrine:

— Si tu ressembles à ton père quand il avait ton âge, tu resteras toujours séduisant et charmant.

Marc la serra contre lui à l'étouffer. Il semblait si heureux qu'elle eut envie de pleurer. Soudain, il s'écarta de nouveau d'elle et lui dit, d'une voix empreinte d'émotion:

— Tu en es vraiment sûre?

— Oui! Je suis sûre de t'aimer et de vouloir vivre toute ma vie auprès de toi.

— Mon Dieu, que je t'aime! dit-il, la voix changée. Tu me rends si heureux. Mais pourquoi attendre si longtemps avant de rendre notre amour officiel? Nous pourrions nous marier la semaine prochaine?

— Non, Marc, s'objecta Marie-Hélène. Pense au mariage de Guillaume qui aura lieu samedi prochain. Pense aussi à nos deux familles: elles seront déçues si nous ne faisons pas les choses dans les règles.

— Oui, tu as raison. C'est complètement insensé. Mais est-ce que tu me laisseras le plaisir d'annoncer notre mariage à mes parents demain? demanda-t-il, suppliant.

— Bien sûr, mon amour, lui dit-elle en caressant ses cheveux.

— Tu n'auras jamais à regretter cette décision. Je te promets que nous serons très heureux ensemble, affirma-t-il en couvrant son visage de baisers brûlants.

— Je t'aime, mon amour!

— Moi aussi! Plus que tout au monde! répondit-elle, folle de bonheur.

Ils s'embrassèrent longuement et se quittèrent pour la nuit.

* * *

Le lendemain matin, Marie-Hélène se leva le cœur léger. Elle baignait dans une douce euphorie, en accord avec ses sentiments du moment qui étaient débordants de félicité. Elle entrevoyait l'avenir sous un jour nouveau, rempli d'un bonheur paisible, ineffable, sans nuage. Elle était aux anges...

Elle chantonnait tout en s'habillant, optant pour une tenue décontractée qui allait avec son humeur du moment: jean et chandail de laine ample et confortable. Elle se sentait légère comme un oiseau, libre, en harmonie totale avec ses émotions.

Marc l'attendait au salon et il sourit lorsqu'il la vit apparaître. Il alla à sa rencontre pour l'embrasser et il lui dit:

— Bonjour, mon amour! Tu as bien dormi?

— J'ai rêvé à notre bonheur, dit-elle, les yeux brillants d'amour.

— Moi aussi, répondit-il d'une voix suave.

— Je t'attendais pour déjeuner... Tu as faim?

— Oh! oui!

— Alors, viens!

Après avoir bien mangé, ils sortirent pour aller se promener. Le temps était splendide. Marc fit faire à Marie-Hélène le tour du domaine familial. Marie-Hélène était comme foudroyée par toute cette splendeur. C'était un paradis! Elle contempla les jardins, les arbres colorés par l'automne, le petit lac entouré de végétation, le tout se perdant dans une débauche de coloris des plus extraordinaires. Les deux jeunes gens marchaient côte à côte, savourant chaque minute passée ensemble.

L'après-midi, Marc l'emmena visiter le *Pierrot* de Québec, après quoi ils se rendirent sur les plaines d'Abraham, terminant ainsi une journée propice à l'émerveillement et à la détente.

Le soir venu, Marie-Hélène fut présentée au reste de la famille et elle fut émue par leur accueil. Tous semblaient heureux de faire sa connaissance et ils lui portaient une attention qui la combla d'aise.

Les quatre sœurs de Marc se ressemblaient beaucoup. C'était de jolies femmes, gaies et amicales. Marie-Hélène perçut immédiatement le climat de bonne entente qui régnait au sein de cette famille, ce qui renforça sa décision d'épouser Marc, car elle se disait qu'elle serait heureuse de vivre dans ce climat sain et agréable.

Vers vingt heures, Marc annonça leur mariage prochain. La nouvelle fut accueillie avec enthousiasme. Émue aux larmes, Marie-Hélène se dit qu'elle n'oublierait jamais cette merveilleuse soirée.

Le lendemain matin, ils reprirent la route pour Rivière-du-Loup, heureux comme des enfants. En chemin, ils firent une halte à Saint-Jean-Port-Joli, histoire de faire un peu de tourisme et de visiter les boutiques des sculpteurs. Ils trouvèrent un petit coin pour dîner et flanèrent une bonne heure, savourant leur intimité et discutant de leur futur mariage. Ils reprirent finalement la route pour renter. À un moment donné, alors qu'ils se trouvaient près de Saint-Pascal, Marie-Hélène dit à Marc sur un ton émerveillé:

— Je suis heureuse de ma fin de semaine. J'aime beaucoup ta famille et je suis sûre de très bien m'entendre avec eux.

— Ils t'aiment déjà, eux aussi. Tu les as tous conquis!

Marie-Hélène sourit. Marc reprit la parole en disant, ému:

— Ton bonheur vient à peine de commencer. Je tenterai l'impossible pour qu'il en soit toujours ainsi.

— Tu sais que tu as une âme de missionnaire? dit Marie-Hélène, taquine.

— De missionnaire, moi! s'exclama Marc, surpris.

— Oui, on dirait toujours que tu te sens responsable du bonheur des autres.

— Peut-être, dit-il, songeur.

— On dirait que tu oublies que je suis l'artisane de mon propre bonheur. Ce bonheur ne dépend pas uniquement de toi, il dépend de moi aussi. C'est à moi de profiter pleinement des moments que je vis. Tu n'as pas à tenter de me rendre heureuse; préoccupe-toi d'être toi-même heureux. C'est tout ce que je te demande. De cette façon, je pourrai envisager une vie d'égal à égal... et...

— Et...? demanda-t-il, curieux.

— Passionnée! répondit-elle en le provoquant du regard.

— Hum!... nous arrivons. Plus qu'une demi-heure de route, et nous serons chez nous. Pourras-tu attendre jusque-là?

— Je ne sais pas, dit-elle, audacieuse. Trois jours sans la chaleur de tes bras, c'est très long.

— Arrête! tu me déconcentres, lui dit-il sur un ton de faux reproche. Si nous arrêtions? suggéra-t-il soudain, en la dévorant du regard.

— Tu es fou! s'exclama-t-elle. Je préfère attendre que nous soyons à la maison.

Il rit devant cet accès subit de sa pudeur et dit:

— Comme tu voudras, mais où désires-tu aller?

— Que dirais-tu du hamac du chalet?

— C'est une excellente idée! répondit-il en posant sur elle un regard éloquent qui laissait transparaître un désir sauvage de l'aimer.

Elle le dévora du regard, immensément heureuse de lire en lui le même désir presque bestial qui le tenaillait depuis le tout début de leur relation. Il la désirait toujours autant qu'elle avait envie de lui, et cette pensée la fit défaillir d'allégresse.

Quelques minutes plus tard, Marc gara sa voiture dans l'entrée du chalet, et ils se précipitèrent à l'intérieur, pressés de se retrouver dans les bras l'un de l'autre.

Ils changèrent de vêtements afin d'être plus à l'aise, puis ils se dirigèrent vers l'arrière du chalet.

Marie-Hélène s'allongea sur le hamac et invita son compagnon à venir la rejoindre. Ses yeux brillaient d'une passion intense. Marc ne se fit pas prier devant cette invitation muette et, en un instant, il fut près d'elle s'emparant de ses lèvres.

— Chérie, dit-il entre deux baisers.

— Oui, mon amour...

— Je me disais qu'il était heureux... qu'il y ait autant d'arbres sur ce terrain...

— En effet, répondit-elle d'une voix rauque tout en caressant ses cheveux.

— Mais...

— Quoi, Marc?

— Tu devras t'efforcer d'être plus silencieuse...

— Silencieuse? dit-elle, surprise.

— Oui. Lorsque nous faisons l'amour..., tu es plutôt... disons... expressive.

Il coupa sa phrase par de fiévreux baisers qu'il déposa sur son visage.

— Vraiment? Je ne m'en suis jamais vraiment aperçue...

— Je sais... et cela me plaît beaucoup... Tes gémissements font partie de mon plaisir... mais...

— Je te promets d'être silencieuse comme une chatte, dit-elle en poussant de petits rires contre son oreille.

— Chérie..., appela-t-il à nouveau.

— Marc... qu'y a-t-il encore? demanda-t-elle sur un ton faussement impatient.

— Les chats...

— Quoi, les chats?

— Ils... ne sont pas silencieux...

Elle rit doucement en enfouissant son visage dans sa chevelure abondante.

— C'est pourtant vrai... Alors, je serai silencieuse tout court!

— Pas trop, tout de même! rétorqua-t-il.

— Il faudrait savoir ce que tu veux, Marc Durand!

Il rit doucement et, d'une main habile, il écarta le tissu du peignoir qui recouvrait son corps nu et il dit d'une voix enflammée:

— Tu n'as pas froid?

— Non, il fait si doux. On dirait presque une journée d'été.

— Oui, profitons-en. C'est sûrement la dernière que nous aurons cette année. C'est si romantique, un hamac!

Il s'empara de nouveau de sa bouche invitante tandis que ses mains se baladaient audacieusement sur son corps alangui par ses caresses, tentant de la faire succomber au ravissement de l'amour. Elle s'accrocha à lui par toutes les fibres de son être, et un élan de passion la transporta dans un monde de plaisir intense.

— Ne me demande pas de me maîtriser, murmura-t-elle. J'en serais incapable...

— Ne t'emballe pas... et puis, bah! tant pis pour les voisins!...

Peu à peu, ils se laissèrent entraîner dans le tourbillon provoqué par l'enivrement de leurs sens. Marie-Hélène se sentait se dissoudre, se fondre en lui. Leurs bras, leurs jambes s'entrelaçaient, se mêlaient, leurs corps s'unissaient pour ne faire plus qu'un. Elle se laissa dériver sur cette mer de volupté, baignant dans un bonheur diffus, rempli de langueur et d'extase. Elle émergea lentement de cet abîme où l'avait entraînée cette étreinte au cours de laquelle elle s'était complètement abandonnée. Exaltée, les joues en feu, les cheveux emmêlés, le regard brillant, elle resta là, le corps apaisé, le cœur inondé d'amour. Elle savoura quelques minutes ce moment privilégié et, d'une voix encore embrasée par ce feu qu'elle avait du mal à éteindre, elle dit:

— Que dirais-tu d'aller annoncer la nouvelle de notre mariage à mes parents?

— Excellente idée! Mais promets-moi que nous rentrerons tôt... Nous avons du temps à rattraper, lui dit-il amoureusement.

— C'est promis! murmura Marie-Hélène en lui mordillant le cou.

— Lève-toi, lui dit Marc en se séparant d'elle à regret et en lui tendant la main pour l'aider.

Comme elle mettait le pied à terre, elle fut saisie d'un soudain étourdissement qui l'obligea à se rasseoir aussitôt pour ne pas s'écrouler sur le sol. Marc vint la soutenir tout en s'écriant, le regard subitement marqué par l'inquiétude:

— Qu'est-ce que tu as, chérie?

Marie-Hélène s'empressa de le rassurer en disant:

— Ce n'est rien, un simple vertige... C'est passé maintenant, je t'assure! confirma-t-elle en voyant que Marc n'était pas convaincu. J'ai peut-être faim, tout simplement, suggéra-t-elle.

— Mais il est à peine seize heures. Et tu as mangé avec appétit ce midi.

— C'est passé maintenant, je te le répète. Ce n'était rien. Je me suis surmenée ces derniers temps. Les vacances que j'ai prises ont occasionné un retard dans mon travail, et je pense que je suis tout simplement fatiguée.

— Tu en es sûre? J'aimerais beaucoup que tu consultes un médecin. Je te trouve un peu pâle depuis quelques jours. Tu devrais passer un examen médical.

Marie-Hélène lui promit de le faire. D'ailleurs, cette idée lui trottait dans la tête depuis quelque temps. Elle téléphonerait donc dès le lendemain pour prendre rendez-vous avec son médecin, car elle était elle-même un peu inquiète. Mais elle ne voulait pas alarmer Marc avec cela. Aussi lui sourit-t-elle tout en se dirigeant vers la cuisine où elle se servit un grand verre de lait accompagné de quelques biscuits. Elle ne comprenait pas pourquoi elle avait autant d'appétit depuis quelque temps.

Ils s'habillèrent en hâte tous les deux et prirent la route qui les conduirait chez les parents de Marie-Hélène.

Ces derniers furent très heureux de les accueillir et, en apprenant la nouvelle de leur prochain mariage, Françoise fondit en larmes, tant elle était émue. Elle s'écria entre deux sanglots:

— Que Dieu soit béni! Enfin, ma fille connaîtra la paix et le bonheur!...

Marie-Hélène se précipita dans les bras de sa mère, et toutes deux versèrent quelques larmes d'émotion. Se dirigeant vers Marc, Benoit posa une main sur son épaule et lui dit en riant:

— Félicitations, Marc! Je crois que je vais vous offrir un trophée comme cadeau de mariage. Je suis content que vous ayez pu convaincre cette petite tigresse! C'est tout à votre honneur.

— Vous me flattez, Monsieur! Disons que j'ai honteusement abusé de mon charme auprès de votre fille en lui faisant des offres qu'elle ne pouvait pas refuser...

— Marc! s'écria Marie-Hélène, rouge de confusion.

Benoit rit à cette plaisanterie, puis il dit:

— Peu importent les méthodes que vous avez employées, jeune homme, c'est le résultat qui compte. Mais appelez-moi Benoit maintenant, et laissons tomber les «vous». Après tout, vous allez devenir très prochainement mon gendre.

— C'est d'accord, Benoit. Cela me fait très plaisir.

— Mon Dieu! deux mariages en moins de trois mois! s'exclama Françoise. C'est le plus beau jour de ma vie!

Ils discutèrent des préparatifs du mariage autour d'un délicieux steak au poivre, Marie-Hélène racontant à ses parents comment elle s'était déjà attachée à la famille de Marc et ajoutant combien elle avait hâte qu'ils se rencontrent tous les quatre. La soirée se poursuivit dans d'agréables bavardages, car tout le monde était excité à l'idée de l'heureux événement qui se préparait. Finalement, le jeune couple prit congé de ses hôtes en promettant de revenir le mardi soir suivant pour annoncer la bonne nouvelle au reste de la famille, comme le voulait la coutume dans la famille Pelletier.

Et c'est ce qu'ils firent. La famille de la jeune femme fut tout d'abord étonnée en apprenant la nouvelle mais, très vite, tous les membres manifestèrent leur joie débordante par un tonnerre d'applaudissements. Vint ensuite l'offrande des vœux. Tout le monde se trouvait dans un état d'agitation fébrile puisque, dans quelques jours à peine, soit le samedi suivant, le mariage de Guillaume serait célébré. Tous se préparaient avec beaucoup d'excitation à cette émouvante journée.

Marie-Hélène était sensible à l'attention que lui portaient les siens. Aussi, lorsque Marc et elle rentrèrent à la maison à la fin de la soirée, elle avait le cœur heureux et rempli de promesses de bonheur.

CHAPITRE 17

Le lendemain matin, quand Marie-Hélène mit ses pieds hors du lit, elle fut à nouveau saisie d'un malaise. Elle se tourna vers Marc et, voyant qu'il dormait paisiblement, elle sortit lentement de la chambre sur la pointe des pieds, en s'appuyant aux murs de la pièce. Elle luttait contre les nausées qui l'assaillaient de plus en plus fortement. Sa tête tournait, son cœur se soulevait.

Elle se traîna jusqu'à la salle de bains et, penchée au-dessus de la cuvette des toilettes, elle fit des efforts considérables pour vomir.

Mais comme elle n'avait rien mangé depuis la veille, ses efforts demeuraient vains et ses haut-le-cœur lui donnaient des crampes d'estomac qui transperçaient sa poitrine de douleurs aiguës.

Un sentiment de panique l'envahit. Elle ne comprenait pas ce qui lui arrivait et elle s'inquiétait de plus en plus pour sa santé. Décidément, elle devait s'avouer que, depuis quelques jours, elle n'était pas en très grande forme. Était-ce l'énervement lié aux événements récents de sa vie? Ou de simples ulcères d'estomac? Oui, ce ne pouvait être que cela. Tant de situations nouvelles survenaient dans son existence. Peut-être ne les assumait-elle pas tous aussi facilement qu'elle le croyait... Elle n'en savait strictement rien, mais l'obligation d'aller consulter un médecin pour éclaircir définitivement cette situation se faisait de plus en plus urgente pour elle.

Le cœur étreint par l'angoisse, elle sortit de la salle de bains et réussit à se rendre à la cuisine sans réveiller Marc. Elle regarda machinalement l'heure: il était à peine six heures trente du matin. Trop inquiète pour aller se recoucher, elle décida de déjeuner et elle se prépara un bol de céréales et deux rôties qu'elle mangea avec appétit. Lorsqu'elle se sentit mieux, elle se servit un café et alla s'installer sur le canapé du salon. Elle but tranquillement et à petites gorgées le liquide bouillant, savourant son bien-être du moment, car elle se sentait beaucoup mieux à présent. Peut-être avait-elle tout simplement faim, après tout, se dit-elle pour se rassurer.

Elle téléphonerait au docteur Ouellet dès cet avant-midi, de son bureau, car elle ne voulait pas alerter Marc avec ses malaises.

Elle songea soudain à son mariage qui était prévu deux mois et demi plus tard et elle sourit à cette idée. Elle n'entendit pas Marc s'approcher d'elle. Soudain, sa voix la sortit de ses réflexions.

— Déjà debout? dit-il en caressant d'une main les cheveux couleur de miel.

Elle sursauta légèrement. Elle était tellement absorbée par ses pensées qu'elle avait à peine pris conscience de sa présence auprès d'elle.

— Tu es bien nerveuse, ce matin... Quelque chose ne va pas? s'enquit-il d'une voix douce en souriant.

— Non..., j'étais simplement dans la lune, répondit-elle en caressant sa main posée sur ses cheveux.

— Dans la lune! Voyez-vous ça? Et à quoi rêvais-tu?

— Hum!... à notre mariage, répondit-elle, l'air soucieux. Tu sais que nous aurons beaucoup de choses à régler d'ici là. Deux mois et demi, c'est vite passé!

— Oui, c'est vrai, répondit le jeune homme en venant s'asseoir à ses pieds, une lueur de bonheur tranquille transperçant son beau regard sombre. Mais ne t'inquiète surtout pas. Nous allons y arriver.

D'autres y sont bien parvenus avant nous, pourquoi pas toi et moi? ajouta-t-il en l'embrassant tendrement.

— Hum!... je pense que si nous unissons nos forces, nous pourrons y parvenir. C'est juste... que ça m'effraie un peu. C'est la première fois que je me marie, après tout, dit Marie-Hélène en riant.

— Tu n'es pas en train de changer d'idée, au moins? questionna Marc, inquiet.

— Mais non, idiot! Je veux t'épouser, dit Marie-Hélène en promenant ses doigts agiles dans ses cheveux.

Elle ne savait pas pourquoi, mais elle aimait caresser sa chevelure. Elle considérait ce geste intime. Ses cheveux soyeux sentaient si bons. Soudain, emportée par un élan de tendresse et de folie, elle déposa un baiser sur le bout de son nez.

— Tant mieux! soupira Marc, soulagé. J'avoue que je suis impatient que cette formalité soit enfin accomplie. J'ai toujours peur que tu me files entre les doigts.

— C'est là toute la confiance que tu as en moi? demanda Marie-Hélène surprise.

— Disons que, parfois, j'ai peine à croire à mon bonheur. J'ai peur de me réveiller d'un trop beau rêve.

— J'éprouve souvent la même impression, poursuivit Marie-Hélène. Comme si une ombre planait au-dessus de nos têtes.... C'est étrange, ne trouves-tu pas?

— Ne dis pas ça, s'objecta Marc. Tu me fais peur. Je pense simplement que nous avons à nous faire à ce nouveau bonheur. Nous n'y sommes pas habitués, voilà tout! Tu déjeunes avec moi? ajouta-t-il en l'embrassant de nouveau.

— J'ai déjà déjeuné, répondit-elle en espérant qu'il ne poserait pas de questions.

Son souhait fut exaucé, car, d'une voix triste, il dit:

— Je devrai coucher à Québec cette nuit!

Aussitôt, le visage de Marie-Hélène s'assombrit. Il tenta de la rassurer en disant:

— C'est juste pour cette nuit. Je serai de retour demain, lorsque tu reviendras du bureau. Je dois passer chez mon comptable, nous avons un petit problème de livraison avec les matériaux. Je n'ai pas tellement le choix, je dois y aller.

— Tu n'as pas d'ennuis importants avec la construction du *Pierrot*, j'espère?

— Non, rassure-toi. La salle de réception sera prête pour notre mariage..., comme prévu. Elle sera terminée dans un mois et elle sera témoin de notre amour, dit-il affectueusement.

— C'est merveilleux! Elle sera comme notre bébé... dit-elle sous le coup de l'impulsion.

— Oui, dit-il en souriant à cette réflexion. Ce sera notre premier bébé.

Pris d'un soudain élan de tendresse, les deux jeunes gens s'embrassèrent. Ce fut un baiser plein de douceur et d'amour. Marie-Hélène se dit que, quoi qu'il arrive, la présence de Marc la rassurerait toujours. Elle se sentait en sécurité près de lui et elle sourit en pensant à sa chance.

— Je ne suis pas parti que je m'ennuie déjà de toi! lui dit Marc.

— Moi aussi, mon amour, répliqua Marie-Hélène. Il nous faudra faire attention pour ne pas devenir un couple fusionné...

— Fusionné à toi pour le reste de ma vie... Ce sera merveilleux! dit Marc en l'embrassant tendrement.

— Marc...

— Oui, chérie?

— Tu pars en hélicoptère?

— Oui, je prendrai la voiture de la compagnie une fois arrivé à l'Ancienne-Lorette. Pourquoi me demandes-tu cela?

— Je suis parfois inquiète... de te savoir dans les airs.

— Ne t'en fais pas pour moi... Je suis toujours prudent.

— D'accord! dit-elle en le caressant.

Marc se libéra de son étreinte et prit la direction de la salle de bains pour prendre une douche. Dix minutes plus tard, il en ressortait pour se rendre dans la chambre afin de s'habiller. L'entendant s'impatienter, Marie-Hélène demanda, surprise:

— Marc! Que se passe-t-il?

— Merde! entendit-elle pour toute réponse.

Elle sourit à cette exclamation et demanda à nouveau:

— Mais qu'est-ce qui t'arrive?

— Où est mon pantalon noir?

Marie-Hélène rit, franchement amusée par la situation et, d'une voix enjouée, elle répliqua:

— Au chalet, je crois...

— Merde! J'en ai assez de cette situation! grogna-t-il.

— Plus que deux mois et demi, mon amour! lui dit-elle sur un ton moqueur.

Lorsqu'ils furent enfin prêts à partir, ils firent leurs adieux sur le bord de la porte en s'embrassant amoureusement. Ils étaient tristes à l'idée de se quitter. Marc s'assit dans sa voiture et fit un dernier signe de la main en mettant le contact, puis Marie-Hélène le vit disparaître au loin.

Malgré sa tristesse, la matinée passa rapidement pour Marie-Hélène. Elle rencontra plusieurs clients et régla plusieurs demandes d'emprunt. Vers onze heures trente, elle dut s'arrêter, car elle se sentait très lasse tout en ayant une faim de loup. Elle se rappela alors qu'elle avait déjeuné très tôt et elle se leva dans son bureau pour aller rejoindre Nicole.

— Je sors dîner! lui dit-elle. Je meurs de faim! Je serai de retour vers treize heures. Prends les messages durant mon absence, veux-tu?

— C'est d'accord.

Nicole fit reculer sa chaise pour se lever, et, ce faisant, elle examina Marie-Hélène. Après quelques secondes, elle fit remarquer, taquine:

— Comme tu es pâle! Ton beau prince te surmène-t-il?

— Cela, Mademoiselle Perspicace, ne te regarde pas du tout, dit Marie-Hélène d'un ton faussement courroucé.

— C'est donc ça! renchérit Nicole. Avoue qu'il ne te laisse pas une minute de répit.

— Mais tu as l'esprit vraiment mal tourné! répliqua Marie-Hélène. On dirait que tu ne penses qu'à ça!

Nicole sourit, magnanime. Les deux jeunes femmes se regardèrent en silence, une lueur amusée dans les yeux. Finalement, Nicole déclara:

— En tout cas, moi..., à ta place, je le laisserais m'épuiser...

— Décidément, on ne peut pas avoir de conversation normale avec toi, répondit Marie-Hélène en riant. Tu ramènes toujours tout au sexe, ajouta-t-elle à voix basse en se penchant vers l'oreille de Nicole afin de s'assurer que personne d'autre ne l'entendrait.

Nicole ne répliqua pas, se contentant de sourire. Marie-Hélène quitta le bureau et, sans un regard pour son amie, elle tourna les talons pour se diriger vers le sous-sol de la banque.

— Bon appétit, Marie-Hélène! dit Nicole. Et essaie de reprendre des forces!

Marie-Hélène haussa les épaules dans un geste d'impuissance mais, avant même que Nicole ait franchi le seuil de la porte, le téléphone sonna. Marie-Hélène fit signe à Nicole de revenir et elle lui dit:

— Si c'est pour moi, je ne suis pas là.

Nicole prit le récepteur et, après avoir écouté son interlocuteur pendant quelques secondes, elle dit:

— Un instant, Monsieur Sirois, je vais vérifier si elle est sortie.

Puis, couvrant le récepteur de sa main, elle ajouta à l'intention de Marie-Hélène:

— C'est Pierre, il veut te parler.

Marie-Hélène prit le combiné. Pierre l'invitait à dîner, et elle se réjouit à l'idée de ne pas manger seule. Ils se donnèrent rendez-vous au restaurant *Saint-Hubert*, et s'y retrouvèrent dix minutes plus tard. Pierre lui administra un baiser sonore sur la joue en guise de bienvenue et il prit place en face d'elle en disant:

— Tu as mauvaise mine, toi!

À cette remarque, le regard de la jeune femme se voila. Décidément, tout le monde remarquait son air fatigué.

— Es-tu malade? demanda Pierre avec sollicitude.

— Non, je crois que je suis nerveuse, ces temps-ci! répondit Marie-Hélène sur un ton quelque peu exaspéré.

Puis, adoptant une nouvelle attitude, elle reprit sur un ton enjoué:

— Tu sais, Marc et moi avons décidé de nous marier.

— C'est fantastique! dit Pierre, l'air sincèrement heureux. Quand avez-vous pris cette décision?

— Samedi dernier. Oh! Pierre! Je suis si contente!

— Merveilleux! Eh bien! on dirait que c'est la journée des grandes nouvelles, dit-il mystérieusement.

— Tu as une nouvelle à m'apprendre, toi aussi?

— Eh oui! dit-il en étirant le temps pour piquer sa curiosité.

— Alors, parle! dit-elle, curieuse.

— Ginette et moi allons... avoir un bébé.

En entendant cette nouvelle, une évidence sournoise s'imposa tranquillement à l'esprit de Marie-Hélène. Ses pensées se bousculaient avec une rapidité incroyable. Elle se rappela qu'elle avait plusieurs jours de retard dans ses règles. Mentalement, elle fit le compte. Ses dernières menstruations remontaient à la fin du mois d'août. Cela faisait plus de quarante jours à présent.

— Mon Dieu! s'écria-t-elle, soudain affolée.

Elle se sentait blêmir au fur et à mesure qu'elle prenait conscience qu'elle pouvait être enceinte. Elle se leva, tremblante.

Pierre l'imita, alerté par son état.

— Qu'est-ce que tu as? lui demanda-t-il.

«Je suis enceinte», se dit-elle. Un vertige s'empara d'elle, la tête lui tournait. Elle s'appuya sur sa chaise et Pierre bondit sur elle, la saisissant juste avant qu'elle s'effondre.

Quand elle retrouva ses esprits, Marie-Hélène était couchée sur le canapé, dans le bureau du propriétaire du restaurant, et des gens s'agitaient autour d'elle pour la ranimer. Lorsqu'elle comprit ce qui lui était arrivé, elle demanda à ce qu'on lui apporte un verre de lait. Au moment où elle saisit le verre que lui tendait le serveur, elle constata qu'elle tremblait.

— Tu te sens mieux à présent? lui demanda Pierre, inquiet.

— Oui, je vais très bien maintenant! J'ai simplement faim, expliqua-t-elle.

— Tu crois que tu pourras te rendre à la salle à manger?

— Oui, mais tu serais gentil de m'aider à me lever.

Elle mangea avec un appétit vorace, sous le regard de plus en plus surpris de Pierre. Lorsqu'elle eut terminé, elle dit:

— Bon! Il est temps de retourner au travail à présent.

Elle désirait fuir, échapper le plus rapidement possible au regard de Pierre qui se faisait pressant, curieux. Elle savait qu'elle ne pourrait éviter une explication concernant son comportement, mais elle voulait s'éloigner pour qu'il cesse de la dévisager de la sorte.

Ne lui laissant aucune chance de se défiler, Pierre s'écria:

— Tu es folle! Je te reconduis chez toi. Tu... tu m'as fait une sacrée peur, tu t'en rends compte? Tu crois vraiment que je te laisserais retourner au bureau, comme si de rien n'était.

— Je t'en prie, Pierre, cesse de me materner. Je me sens tout à fait remise à présent. Je retourne travailler!

— Si tu veux mon avis, tu devrais consulter un médecin...

Il laissa sa phrase en suspens quelques secondes, puis reprit:

— Ou plutôt un gynécologue...

Marie-Hélène rougit et un long silence s'installa entre eux. Si Pierre, en plus, en avait l'intuition...

— Tu crois? dit-elle finalement.

— Je ne suis pas médecin, mais tu as tout à fait l'allure et les symptômes d'une femme enceinte.

— Chuuut! fit-elle, alarmée.

Le regardant intensément, elle lui dit sur un ton qu'elle voulait sans équivoque:

— Pas un mot de cet incident à qui que ce soit! Surtout pas à Marc!

— Mais qu'as-tu l'intention de faire? demanda-t-il, inquiet.

— Tu n'as tout de même pas... Tu ne vas pas... te faire avorter sans lui en parler?

— Idiot! Que vas-tu t'imaginer? Je désire simplement que personne ne sache rien avant que mon état soit confirmé. J'ai d'ailleurs pris rendez-vous avec mon médecin pour mardi prochain. Je ne suis pas certaine d'être enceinte, tu comprends?

— Ouf! J'aime mieux ça, répliqua Pierre, franchement soulagé. Je comprends mieux ta requête à présent. Mais comment Marc prendra-t-il cette nouvelle? Quand est fixée la date de votre mariage?

— Pour Noël. Je ne sais pas comment Marc réagira face à cette nouvelle situation. Jusqu'à maintenant, je n'avais même pas envisagé moi-même cette possibilité, dit-elle tristement.

— Ne fais pas cette tête! Ce n'est pas la fin du monde! Tu verras, tout se passera très bien. Tu n'es tout de même pas la première femme à qui cela arrive!

— Ah! mon Dieu! s'écria Marie-Hélène. Imagine... j'ai vingt-neuf ans... C'est plutôt stupide de se faire ainsi prendre comme une collégienne. J'aurais dû prévoir cela, ajouta-t-elle sur un ton irrité, fâchée qu'elle était de sa propre inconséquence.

— C'est assez surprenant, en effet, dit Pierre. Depuis ta jeunesse, tu as déjà sûrement fait face à cette éventualité. Comment se fait-il que tu n'aies pas prévu de moyens contraceptifs?

— Pour qui me prends-tu, Pierre Sirois? Qu'est-ce que tu imagines? Que j'ai eu des centaines d'amants avant de rencontrer Marc?

— Calme-toi! Je n'ai rien insinué de tel. Je suis simplement surpris par ce qui t'arrive. De toute façon, vous allez vous marier. Alors, ce n'est pas très grave.

— Je vais me marier enceinte... Ah! mon Dieu! Je n'avais même pas songé à cela, dit-elle, les larmes aux yeux.

— Écoute..., tout va s'arranger. Marc est un type compréhensif... De toute façon, vous l'avez fait ensemble, cet enfant... Je suis sûr qu'il prendra très bien la nouvelle, rassure-toi.

— Tu as raison. Ce n'est pas le temps de m'apitoyer sur mon sort. Bon, je dois rentrer au travail maintenant. Mais promets-moi de ne rien dire à personne.

— Je te le promets, dit Pierre en souriant.

Marie-Hélène se leva, ramassa son sac et prit la direction des toilettes pour se refaire une beauté. Pendant ce temps, Pierre régla l'addition à l'aide de sa carte de crédit.

Quelques minutes plus tard, lorsque Marie-Hélène le rejoignit, Pierre lui demanda:

— Tu es sûre que ça va?

— Oui, oui, je me sens très bien.

— Tu me donneras des nouvelles... lorsque tu sauras?

Marie-Hélène se retourna vers lui en souriant, puis elle l'embrassa sur la joue en disant:

— C'est promis! Merci pour tout, Pierre!

— Ce n'est rien, je t'aime bien, tu sais. Salut! J'attends de tes nouvelles.

* * *

L'après-midi parut interminable à Marie-Hélène. Elle était incapable de se concentrer sur son travail. Mille et une idées se bousculaient dans sa tête. Elle passa en revue les symptômes qu'elle ressentait depuis plusieurs jours: nausées, essouflement, vertiges, augmentation de l'appétit. Elle consulta le calendrier pour la dixième fois en une heure et refit le calcul de son cycle menstruel. Il s'était écoulé très exactement quarante-trois jours depuis ses dernières menstruations. Selon ses calculs, elle devait en être à sa cinquième semaine de grossesse et elle se marierait enceinte de trois mois et demi...

Tout cela lui paraissait déconcertant, insensé. Elle tentait de dominer son émoi tout en se disant que, décidément, sa vie prenait une tournure vraiment inattendue. Elle était passée de l'état de célibataire endurcie à celui d'une femme qui allait se marier enceinte. Une vague d'appréhension la submergea jusqu'au plus profond de l'âme. Et si Marc était déçu par cette nouvelle? Certes, il désirait des enfants, mais sûrement pas aussi rapidement... Peut-être aurait-il du mal à accepter cette réalité.

Elle prit de longues respirations pour calmer son agitation. Il ne fallait pas qu'elle dramatise la situation. Marc serait sans doute très heureux, tenta-t-elle de se convaincre. Mais comment réagiraient les gens de leur entourage? Tout le monde avait été si surpris à l'annonce de leur mariage. Cette nouvelle ferait l'effet d'une bombe dans les deux familles. Elle qui n'était pas certaine de désirer des enfants, elle se trouvait maintenant devant le fait accompli. Chassant ses idées sombres, Marie-Hélène décida de quitter le bureau et de rentrer chez elle prendre un bon bain chaud. Cela l'aiderait à mieux analyser la situation.

Une fois chez elle, elle fit couler son bain et se cala jusqu'au cou dans l'eau tiède. Elle caressa son ventre et soudain, une joie inexplicable envahit son cœur, une joie nouvelle, inconnue d'elle jusque-là. Elle pensa que Marc et elle avaient engendré un petit être vivant, et que cet enfant qui grandissait en elle était le témoignage évident de leur amour. Il était le fruit de cette passion et de cet amour fou qui les dévoraient tous les deux.

À cette pensée, son cœur se gonfla de tendresse.

Oui, elle voulait cet enfant, du plus profond de son être. Elle acceptait sa présence, s'émerveillant devant ce miracle dont elle était porteuse et complice secrète. Il représentait la concrétisation de son amour pour Marc.

Du coup, elle oublia toutes ses craintes pour se concentrer uniquement sur ce nouveau sentiment d'émerveillement. Cette situation la dépassait et la déroutait, mais elle l'inondait aussi de douceur. Pendant quelques minutes, elle se permit de rêver à cet enfant. Puis, elle s'épongea et s'habilla à la hâte. Elle sentait soudain le besoin de se dégourdir un peu. Elle sortit dans l'air frais d'octobre et marcha pendant une bonne heure avant d'aboutir devant la porte de ses parents. Elle décida d'entrer pour souper avec eux.

Elle ne les avait pas visités depuis longtemps et elle désirait bavarder seule avec eux. Elle ne dit cependant pas un mot sur son état, car elle voulait attendre la confirmation de son médecin et, de plus, elle voulait d'abord partager cette nouvelle avec Marc... N'était-il pas le père de cet enfant?

Ses parents l'accueillirent avec beaucoup de joie et ils discutèrent longuement, heureux de passer un bout de soirée ensemble. Puis, vers vingt et une heures, Marie-Hélène rentra chez elle, car elle éprouvait de la fatigue.

L'absence de Marc lui pesait énormément. Elle se sentait si seule sans lui. Elle s'émerveilla en constatant combien il comblait son existence à présent. Il faisait partie de sa vie et, désormais, elle ne pouvait plus concevoir de vivre sans lui. C'est sur ces pensées apaisantes qu'elle s'endormit d'un sommeil profond.

* * *

Le lendemain matin, la sonnerie du téléphone la tira du lit. Elle allongea le bras pour décrocher le récepteur, luttant contre les nausées qui l'assaillaient, et elle regarda l'heure. Mon Dieu! Déjà huit heures et elle était toujours au lit. Elle répondit sans plus tarder.

— Allô! dit-elle.

— Bonjour, mon amour!

— Marc..., c'est bien toi?

— Oui, chérie... Tu dormais, je crois, lui dit-il, étonné.

— Eh oui! Je crois bien que la paresse me gagne...

— C'est plutôt surprenant. Toi qui es toujours si matinale... Tu as dû te coucher très tard!

— Même pas... Il était à peine vingt et une heures trente. Je pense que j'ai tout simplement oublié de régler mon radioréveil.

— Hum!... J'ai essayé de t'appeler hier soir, mais tu étais sortie...

— Oui, je suis allée souper chez mes parents. Ils étaient très heureux de me recevoir.

— C'est ce que j'ai pensé. Mais j'étais déçu de ne pas te parler. Tu me manques, tu sais..., dit-il dans un souffle.

— Toi aussi, tu me manques beaucoup. Je me sentais terriblement seule sans toi, cette nuit.

— Je serai de retour pour le souper. Au fait, as-tu des projets pour ce soir? demanda-t-il sur un ton invitant.

— Non..., juste celui d'être dans tes bras, répondit-elle d'une voix ensommeillée mais tout de même suggestive.

— Hum! la journée va être longue!

Elle avait le cœur sur le bord des lèvres et elle se sentait très mal. Elle décida donc de mettre fin à la conversation.

— Marc, je dois te quitter, dit-elle. Je serai très en retard au bureau si je ne me dépêche pas un peu...

— O.K., chérie, je serai de retour vers seize heures, et c'est moi qui préparerai le souper en t'attendant. J'ai hâte de te prendre dans mes bras..., lui dit-il amoureusement.

— À ce soir alors!

— À ce soir!

— Marc?

— Oui?

— Je t'aime...

— Je t'aime aussi.

Et il raccrocha. Marie-Hélène se leva lentement et se dirigea vers la salle de bains, désireuse d'en finir avec ses nausées. Quand elle fut enfin soulagée, elle s'habilla rapidement et déjeuna avec appétit. Lorsqu'elle arriva au bureau, tous les regards des employés se tournèrent vers elle. Elle était déjà en retard d'une bonne vingtaine de minutes. Elle décida de ne fournir aucune explication et elle s'enferma dans son bureau. Elle y passa une bonne partie de la matinée, à dicter des lettres à Nicole et à répondre au téléphone.

Vers dix heures trente, elle se sentit lasse et affamée. Elle prit une pomme dans son tiroir et descendit au sous-sol de l'édifice pour se restaurer un peu. Elle se versa un grand verre de lait qu'elle but lentement en l'accompagnant de quelques biscuits qu'elle avait glissés dans son sac à main avant de quitter la maison le matin même. Puis elle mordit dans sa pomme.

Elle était là, adossée contre un mur en train de manger, lorsque Nicole surgit brusquement à côté d'elle. Lorsqu'elle comprit ce que Marie-Hélène faisait, la surprise se peignit instantanément sur son visage.

— Décidément, tu as des comportements de plus en plus bizarres, ces temps-ci! s'exclama-t-elle. Tu ne te sens pas bien?

— Mais qu'est-ce que vous avez tous à me questionner sur mon état de santé? Cela devient très désagréable à la fin! Franchement, allez-vous me laisser en paix? Je suis capable de prendre soin de moi toute seule.

Devant l'air inquisiteur de son amie, elle poursuivit sur un ton exaspéré:

— J'avais juste un peu faim. J'ai bien le droit de prendre une pause santé à l'occasion, il me semble?...

— Toi, tu as des ennuis et tu refuses de m'en parler.

— Écoute-moi bien, Nicole, dit-elle sur un ton qui frisait l'agressivité, j'ai presque trente ans. Je suis baptisée et dûment vaccinée. Je suis amoureuse, donc folle de bonheur, et je me sens très très bien... O.K.?

— Bon..., calme-toi. Si tu ne veux rien me dire, libre à toi... Je ne peux tout de même pas te forcer à tout me raconter, n'est-ce pas?

— Nicole! s'impatienta Marie-Hélène.

Voyant l'air contrarié de la jeune femme, Nicole baissa les bras et haussa les épaules en disant:

— Monsieur Perrier est ici.

— Dis-lui que je le verrai dans dix minutes, répondit Marie-Hélène en mordant dans un biscuit au chocolat.

— Vraiment..., tu m'étonnes! Tu n'as pas l'habitude de faire attendre les clients... Mais enfin, vas-tu me dire ce qui se passe?

— Ce que tu peux être exaspérante! s'écria Marie-Hélène sur un ton excédé. J'ai besoin de dix minutes de repos et de calme..., est-ce trop demander? Vas-tu me laisser tranquille finalement? Oui ou non?

— Mais c'est que tu as mauvais caractère avec ça! Vraiment, je ne te reconnais plus! dit Nicole en tournant les talons.

Lorsque Nicole eut disparu de sa vue, Marie-Hélène soupira à fendre l'âme. Elle s'en voulait un peu de son attitude agressive. Nicole lui offrait sa sollicitude et, plutôt que de s'en réjouir, elle la repoussait. C'était mesquin de sa part, mais elle voulait conserver son secret pour elle. Du moins, tant qu'elle n'aurait pas la confirmation de son état.

Le reste de la journée s'écoula lentement. Marie-Hélène n'avait qu'un seul client à rencontrer et elle en avait profité pour mettre un peu d'ordre dans ses dossiers. Lorsque, enfin, dix-sept heures arrivèrent, elle quitta le bureau, heureuse de se retrouver bientôt auprès de Marc.

Marc ne l'entendit pas rentrer. Il était assis au piano et interprétait un air populaire de sa voix mélodieuse et sensuelle. Marie-Hélène fit très attention de ne pas faire de bruit. Elle déposa son sac sur le canapé et se dirigea sur la pointe des pieds et à pas de tortue vers la pièce d'où lui parvenait la mélodie.

Doucement, elle s'approcha de Marc, écoutant avec ravissement cette voix qui l'enchantait et qui rendait son cœur débordant d'amour. Il chantait si bien! C'était un pur enchantement pour l'oreille. Il aurait pu faire carrière s'il l'avait désiré, elle en était sûre. Avec le charme qui le caractérisait et cette voix vibrante, affolante et terriblement masculine, il aurait assurément pu se tailler une place dans le monde artistique.

Elle l'écouta en silence, retenant sa respiration, ne voulant pas qu'il s'arrête. Elle voulait l'entendre encore et encore...

Comme s'il avait deviné sa présence, Marc se retourna soudain et, lorsqu'il la vit, ses doigts agiles s'arrêtèrent de jouer. Il la détailla en silence, la contemplant sans pouvoir détacher son regard de la frêle silhouette harmonieuse. Elle était belle à en couper le souffle. Elle portait une jupe de couleur crème et un chemisier assorti, taillés tous les deux dans un tissu ultraléger, ample et souple, qui donnait une impression d'aisance et de liberté totale. Béat d'admiration, il dit:

— Bonjour, mon amour... C'est nouveau, ce que tu portes?

— Oui et non. J'ai acheté cet ensemble il y a un mois, mais c'est la première fois que je le porte... Ça te plaît?

— Énormément... Tu es plus que belle... Je pense que je ne me lasserai jamais de ton charme, de ta distinction..., de ta perfection, acheva-t-il en l'enveloppant d'un regard étincelant d'admiration.

Elle leva les yeux vers lui, se disant qu'elle était habitée par les mêmes sentiments. Tout en rougissant légèrement, elle dit:

— Je pense que tu n'es pas tout à fait objectif. Tu me vois avec les yeux de l'amour...

— Je n'exagère en rien, la coupa-t-il. Je crois que tu n'es pas consciente de tes charmes. Tu es si belle... que parfois j'en ai des sanglots dans la gorge... lorsque je te contemple...

— Marc..., dit-elle, émue.

Elle était complètement bouleversée par ce qu'il lui disait, car elle ressentait la même chose à son égard. Il lui arrivait même de penser que son admiration pour lui ainsi que l'amour qu'elle lui portait étaient sources de souffrance, tellement des sentiments étaient forts et intenses...

— Parfois, dit Marc, cela m'effraie. J'ai presque peur de moi..., de mes réactions... Si jamais un jour tu devais me quitter, je pense... que je ne pourrais jamais m'en remettre.

— Marc, dit Marie-Hélène d'une voix très douce. Je t'aime plus que tout au monde... Tu ne dois jamais en douter.

Il se leva et vint vers elle. Lorsqu'il fut à sa hauteur, il s'arrêta... tout près d'elle. Il ne fit aucun geste pour la prendre dans ses bras, se contentant de la fixer, comme s'il voulait graver à tout jamais dans sa mémoire cet instant de tendresse, ce moment de partage, ce cœur à cœur émouvant et rempli d'amour.

Marie-Hélène était subjuguée par la force de ses propres sentiments. Elle soutint l'éclat des beaux yeux sombres, où elle pouvait lire tout l'amour du monde ainsi qu'un désir sauvage doublé de passion. Marc la dépassait d'une tête. Il paraissait si fort! Et pourtant, il était si tendre et si doux que c'en était déconcertant... Il la séduisait...

— Je t'aime, dit-il simplement.

Elle s'approcha de lui et, dans un geste invitant, elle mit ses mains autour de son cou et caressa son abondante chevelure, infiltrant ses longs doigts dans les lourdes mèches de ses cheveux sombres.

— Tu ne sauras jamais combien j'ai envie de toi, dit-elle dans un souffle. Lorsque je suis près de toi, j'oublie tout ce qui est raisonnable, convenable... Je découvre en moi une femme nouvelle qui désire te plaire et te séduire ... Tu es si beau, si viril, si séduisant que j'en perds la tête...

Sa voix s'éteignit sur ses lèvres. Elle se languissait de lui, de ses caresses.

Il gémit sous ses doigts agiles, fébriles, qui parcouraient son cou, ses épaules et ses cheveux. Elle savait allumer en lui un feu qui le consumait tout entier. D'un geste rapide, il emprisonna ses mains, puis prenant une bonne respiration pour calmer ses sens en alerte, il dit d'une voix rauque:

— Attends, chérie..., j'ai une surprise pour toi..., et je tiens à te l'offrir avant que tu me fasses complètement perdre la tête.

— Une surprise! dit Marie-Hélène curieuse.

Il sortit alors une petite boîte de velours de la poche de son pantalon qu'il lui tendit d'un geste lent. Le regard de Marie-Hélène brilla aussitôt.

— Qu'est-ce que c'est?

— Regarde, tu verras! lui dit-il sur un ton enjoué.

D'une main tremblante, elle ouvrit l'écrin et lorsqu'elle en découvrit le contenu, elle blêmit sous l'effet de la surprise.

— Marc! s'écria-t-elle.

— Elle te plaît?

— Mon Dieu! Mais c'est la plus belle bague de fiançailles que j'aie jamais vue, hoqueta-t-elle.

— Elle ne pourra jamais être assez belle pour toi. J'ai mis du temps à la choisir. Mais lorsque je l'ai vue, j'ai su qu'elle était faite pour toi. C'est un modèle unique.

Elle se jeta dans les bras de Marc en pleurant. Celui-ci la serra contre lui à l'étouffer et il la berça pendant quelques minutes. Lorsqu'elle fut un peu calmée, elle lui murmura à l'oreille:

— Tu es si délicat envers moi. Jamais je ne serai à la hauteur de cet amour que tu me portes.

— Je ne demande que ton amour et ta présence, lui dit-il d'une voix changée. Tu m'as tellement manquée, tu sais. Je ne peux plus me passer de toi...

— Moi non plus, mon amour.

— Écoute, lui dit-il, soudain excité. J'ai pensé que nous pourrions annoncer nos fiançailles à l'occasion du mariage de Guillaume... Qu'en dis-tu?

La panique s'empara d'elle en entendant cette proposition. Elle ne voulait pas se fiancer avant que Marc ne soit au courant de sa grossesse. La tentation était forte de tout lui avouer, mais elle voulait être certaine avant de lui annoncer cette nouvelle qui le surprendrait sans aucun doute. Se renforçant dans sa décision, elle se dit qu'elle ne lui en parlerait que le mardi suivant, lorsqu'elle aurait la confirmation de son médecin. Elle lui en ferait la surprise. Réfléchissant rapidement, elle dit:

— J'aimerais mieux une circonstance plus intime. Je n'aime pas tellement les manifestations publiques, et déjà que notre mariage sera célébré en grande pompe!... Puis, j'aurais l'impression de voler la vedette à Guillaume...

Elle lut la déception sur son visage et tenta de lui proposer une autre solution.

— Pourquoi ne pas attendre quinze jours et organiser alors un souper? On pourrait inviter tes parents et les miens, et fêter cet événement en famille. Ce serait une occasion exceptionnelle de réunir nos deux familles. Papa et maman meurent d'envie de rencontrer tes parents. Nous ferions beaucoup d'heureux, de cette façon. Nous décorerons la maison et nous demanderons les services d'un traiteur pour la nourriture... Cela nous donnera du temps pour tout organiser..., ne crois-tu pas?

Il la regarda, l'air songeur, et répondit:

— Je suis d'accord. C'est ce que nous ferons!

— Merci, mon amour, dit-elle en l'embrassant, soulagée de sa réaction.

— Tu dois être affamée? lui dit-il en l'embrassant de plus en plus passionnément.

— Oui, j'ai très faim, répondit-elle dans un murmure.

— Cesse de me provoquer ainsi, supplia Marc, c'est déloyal. Tu fais tout pour réveiller mes bas instincts.

— C'est de toi que j'ai faim et soif, mon amour...

CHAPITRE 18

Le vendredi se révéla une journée très agitée. C'était la veille du mariage de Guillaume, et celui-ci était très nerveux. Il tournait en rond, au grand désespoir de Françoise, qui se donnait un mal fou pour calmer l'agitation de son fils cadet.

Elle fit appel à Marc et à Marie-Hélène, les suppliant de faire quelque chose pour le tranquiliser un peu. Ceux-ci décidèrent de l'emmener souper à l'*Auberge de la Pointe*, histoire de libérer un peu Françoise qui s'était surmenée avec ces préparatifs de mariage. Un lunch était en effet prévu chez les Pelletier à la fin de la soirée. Beaucoup de convives habitaient à l'extérieur de la région et, comme ils avaient une longue route à faire pour retourner chez eux, la maison des Pelletier avait été transformée en hôtel pour les accueillir.

Déjà, des membres de la famille étaient arrivés, créant une multitude de va-et-vient et de courants d'air.

Patrice et Johanne avaient recueilli plusieurs de ces invités, ainsi que Marie-Hélène qui, elle aussi, avait ouvert sa maison à certaines de ses cousines. Même Marc s'était offert pour héberger quelques invités afin de libérer un peu les membres de la famille. Il avait dû ramener ses effets personnels au chalet et il avait alors constaté qu'il s'était peu à peu installé chez Marie-Hélène.

Heureusement, la journée s'était écoulée très rapidement. Le lendemain, tous se retrouvèrent à seize heures sur le perron de la magnifique église de Saint-Patrice et ils assistèrent à la cérémonie religieuse au cours de laquelle Guillaume Pelletier et Amélie Beaudoin s'unirent par les liens sacrés du mariage.

Marie-Hélène se sentit très émue tout au long de la célébration. De temps en temps, elle essuyait une larme qui roulait sur sa joue enfiévrée. Marc était près d'elle, tenant sa main d'une façon possessive tout en la prenant par la taille. À plusieurs reprises, son regard se posa sur elle, brûlant et profond. Il y brillait une certaine lueur d'anticipation, ce qui émouvait Marie-Hélène jusqu'au plus profond de son être.

Tous deux réfléchissaient à leur propre mariage qui serait célébré dans quelques mois et qui les unirait devant Dieu et devant les hommes jusqu'à la fin de leur vie, pour le meilleur et pour le pire. À cette pensée, Marie-Hélène se sentit parcourue d'un long frisson et elle tressaillit d'allégresse et de bonheur.

«Embrassez la mariée», entendit-elle alors.

Ses yeux étaient rivés sur le jeune couple, qui ne cachait pas son bonheur. Le cœur de Marie-Hélène débordait de joie alors qu'elle regardait son frère qui serrait entre ses bras celle qui était maintenant devenue sa compagne pour la vie. Elle se sentait transportée d'admiration pour ce magnifique jeune homme qui avait si bien su l'aimer et l'entourer d'affection tout au long de sa vie. Elle se promit de continuer à entretenir avec lui les mêmes relations complices qui les unissaient depuis toujours.

Le jeune couple allait s'installer à Québec, afin de permettre à Amélie de terminer sa maîtrise en psychologie. Guillaume, pour sa part, avait réussi à obtenir un emploi chez *Hydro Québec*, ce qui leur permettrait de vivre confortablement jusqu'à la fin des études de la jeune femme. Ils s'étaient déniché un petit logement à proximité de l'Université Laval, afin d'éviter l'achat d'une voiture. Bref, malgré leurs conditions quelque peu précaires, un avenir prometteur s'ouvrait devant eux.

Une fois la cérémonie terminée, tous se rendirent au *Motel Lévesque* où avait lieu la réception. Les convives applaudirent fortement quand le jeune couple fit son entrée dans la salle, se précipitant vers eux pour les féliciter et les embrasser.

Marie-Hélène était au comble de l'émotion lorsqu'elle serra les deux jeunes gens dans ses bras en leur présentant ses souhaits de bonheur. Les larmes qu'elle avait retenues avec beaucoup de peine lors de la cérémonie jaillirent alors sans aucune retenue de ses yeux émeraude. Elle était tellement heureuse pour les nouveaux époux qu'elle s'attarda dans les bras de son frère en pleurant. Finalement, Marc vint la chercher et la serra contre lui, la berçant longuement afin de lui permettre de se calmer un peu.

Beaucoup de gens exprimaient leur surprise en la voyant en compagnie d'un homme. Ils étaient curieux de faire la connaissance de Marc et ils se pressaient autour du couple. Marc fut sans contredit très populaire auprès des dames. Quelques-unes poussèrent même l'audace jusqu'à lui témoigner ouvertement leur admiration.

Marie-Hélène sentit une pointe de jalousie la piquer, mais, en même temps, elle se sentait fière d'être au bras de cet homme, qui suscitait autant d'intérêt chez les femmes..., un homme avec qui elle partageait toutes ses nuits d'amour.

Elle comprenait qu'il puisse attirer les regards féminins et elle était flattée qu'il l'ait choisie, elle, et qu'il lui ait promis un amour éternel.

Il était splendide dans son pantalon noir et son smoking blanc. Il possédait un charme naturel, qui le rendait irrésistible et elle ne pouvait se lasser de le contempler.

Le souper se déroula de très joyeuse façon, chacun étant heureux de retrouver les autres et de bavarder avec eux. Après cet agréable repas, les convives se dirigèrent vers une autre salle où les attendait un orchestre rétro de la région. Cet orchestre était composé de six musiciens talentueux et de deux jeunes choristes féminines qui accompagnaient le groupe de leurs voix harmonieuses et de leurs danses bien rythmées.

Dès les premiers accords de l'orchestre, la piste de danse fut envahie par les danseurs impatients de se dégourdir les jambes. Les gens étaient enchantés en entendant plusieurs succès popularisés entre les années 50 et 70. Ce style rétro plaisait à tous les groupes d'âge.

La soirée battait son plein, Marie-Hélène et Marc dansaient à en perdre haleine. À un certain moment, l'animateur invita les gens qui avaient du talent à venir en faire la démonstration devant les invités.

Plusieurs vinrent s'exécuter sous l'œil et l'oreille attentifs des spectateurs. Plusieurs minutes ainsi s'écoulèrent lorsque Guillaume s'avança au micro et dit à l'assistance:

— Il y a parmi nous, ici ce soir, un excellent chanteur que, jusqu'à maintenant, je croyais n'être qu'un musicien doué. Mais je l'ai entendu à son insu il y a quelques semaines, fredonnant un air populaire, et j'ai été agréablement surpris par sa voix mélodieuse, des plus agréables à entendre. Ce chanteur est un homme que j'apprécie beaucoup, et la famille Pelletier est très honorée de l'accueillir ce soir comme l'un des siens... puisqu'il va épouser ma charmante sœur, Marie-Hélène, le jour de Noël prochain. Cet homme, vous l'avez sans doute tous remarqué en compagnie de Marie-Hélène... Son nom est Marc Durand... Et je lui demanderais de venir interpréter pour nous une chanson de son choix.

Tous applaudirent fortement à cette présentation, mais Marc secoua la tête en signe de refus. Plusieurs personnes vinrent alors l'encercler, insistant pour qu'il s'exécute. Devant leur insistance, il finit par se résigner. Après avoir embrassé Marie-Hélène, il se dirigea vers l'orchestre et monta d'un pas léger sur la scène. Il se pencha vers l'animateur et lui glissa quelques mots à l'oreille. Ce dernier consulta les musiciens et bientôt un guitariste s'avança vers le jeune homme et discuta quelques instants avec lui. Après avoir réclamé et obtenu une chaise de l'assistance, le musicien s'assit, une guitare entre les mains. On lui donna un micro, et celui-ci dit d'une voix chaude et profonde:

— Bonsoir! J'aimerais tout d'abord vous exprimer ma joie d'entrer dans une famille aussi attachante et chaleureuse que la famille Pelletier, en épousant la femme la plus merveilleuse qui soit. C'est d'ailleurs avant tout pour elle que je vais interpréter une chanson qui connaît actuellement un grand succès à travers la province... Cette chanson me touche particulièrement... parce qu'elle fait référence à l'un des prénoms de la femme de ma vie... Le titre de cette chanson, vous l'avez sans doute deviné, c'est *Hélène*, de Roch Voisine. Et c'est pour toi, Marie-Hélène, que je la chante ce soir...

Les accords de la mélodie débutèrent, marqués par un tonnerre d'applaudissements, mais bientôt tous s'imposèrent le silence. La voix de Marc se fit alors entendre. Chacun avait les yeux rivés sur lui, semblant retenir son souffle. Le cœur de Marie-Hélène battait à tout rompre. Elle était émue aux larmes pendant que Marc entamait, de sa voix virile et pleine de charme, le refrain de la chanson.

L'émotion était à son comble. Tous gardaient le silence, enchantés par ce spectacle gratuit... La voix de Marc, remplie de tendresse, portait merveilleusement bien.

Près de la scène, Françoise laissait libre cours à des larmes de joie, tant l'émotion l'étreignait tout entière. Son bonheur était si intense qu'elle sentit son cœur se gonfler d'affection lorsqu'elle vit Marc inviter, d'un geste de la main, Marie-Hélène à venir le rejoindre sur la scène. Elle remarqua sa fille rougir en marchant vers lui. Marc lui tendit la main et, lorsqu'elle fut à ses côtés, il encercla sa taille fine. Dans un geste qui lui était familier, Marie-Hélène appuya sa tête sur son épaule en souriant. Sous les yeux de tous, il l'embrassa, puis il attaqua les notes finales de la chanson.

Pendant que l'orchestre *Contre-4* plaquait les derniers accords de la mélodie, il prit le visage de la jeune femme entre ses mains et l'embrassa à nouveau devant un public ébahi et charmé par cet amour qui n'avait pas peur de se révéler au grand jour.

Marie-Hélène lui rendit son baiser avec tout l'ardeur dont elle était capable. Plus rien n'existait maintenant en dehors d'eux. Ils étaient à cent lieues de toute cette excitation dont ils faisaient l'objet, tant leurs sentiments étaient forts en cet instant d'enchantement. Finalement, Marc lui glissa à l'oreille:

— Voilà! À présent, tous connaissent notre secret.

— Oui..., et c'est parfait ainsi, dit Marie-Hélène, une larme au coin de l'œil.

Les invités se pressaient autour d'eux, désirant féliciter Marc pour son talent et également offrir au couple leurs meilleurs vœux de bonheur. Avec son aisance naturelle, Marc avait charmé son public, comme il avait conquis le cœur de Marie-Hélène. Marie-Hélène se sentait fière d'être aimée par un homme aussi merveilleux. Un seul nuage obscurcissait son bonheur, celui de sa grossesse, et elle se prit à souhaiter ardemment que Marc soit heureux en apprenant la nouvelle.

Lorsqu'ils se quittèrent après cette fabuleuse soirée, ils avaient le cœur lourd.

— Encore une nuit loin de toi, dit Marc.

Pour toute réponse, Marie-Hélène lui offrit ses lèvres, et tous deux se quittèrent avec, au fond des yeux, un regard débordant de tendresse, rempli de promesses de bonheur.

CHAPITRE 19

Le mardi suivant le mariage de Guillaume, la vie avait repris son cours normal. Assise à son bureau, Marie-Hélène consulta l'horloge pour la cinquième fois depuis son retour. Avant la fin de l'après-midi, elle serait définitivement fixée sur sa grossesse. Elle rangea rapidement son bureau, donna quelques consignes à ses employés et quitta finalement la banque en adressant un sourire préoccupé à son personnel, et tout particulièrement à Nicole, qu'elle salua de la main.

Elle s'engouffra dans sa petite *Honda* et mit le contact. En moins de cinq minutes, elle fut dans le stationnement du centre médical.

Elle entra dans l'édifice et se dirigea d'un pas nerveux vers la secrétaire. Celle-ci l'accueillit avec un charmant sourire et lui demanda sa carte d'assurance-maladie. Elle la lui fournit, d'une main tremblante. Les formalités complétées, elle alla s'asseoir près de la salle de consultation, et une longue attente s'amorça pour elle, dans l'anxiété.

La veille, elle avait pris soin d'aller porter un échantillon de son urine à l'hôpital, afin d'être fixée plus rapidement sur son état, car elle ne voulait plus le cacher à Marc. Jusqu'ici, elle avait réussi à camoufler ses nausées matinales, sans trop attirer son attention. Mais cette situation la rendait très nerveuse, et elle se sentait coupable de le laisser à l'écart de cette nouvelle. Après tout, ils étaient tous les deux concernés par cet événement. Elle soupira. Elle n'en pouvait plus de vivre dans cette incertitude et de mentir ainsi à Marc. Si le test de grossesse s'avérait positif, elle avait prévu de commander des mets chinois pour le souper et de lui annoncer la nouvelle à la lueur des chandelles... Ses réflexions furent interrompues par la voix de la secrétaire qui l'appelait:

— Mademoiselle Pelletier?

Elle sursauta légèrement en entendant son nom. Elle se leva, le visage blême, tremblant de la tête aux pieds.

— Oui, parvint-elle à dire péniblement.

— Le docteur vous attend.

— Merci! dit-elle en la suivant.

Elle pénétra à l'intérieur du cabinet de consultation, et le médecin se leva pour l'accueillir. Puis, il lui tendit la main et l'invita à s'asseoir. Ce qu'elle s'empressa de faire, tant elle était anxieuse.

— Comment allez-vous? lui demanda-t-il.

Elle prit une longue inspiration et regarda le médecin droit dans les yeux. Sans aucun doute, il percevait son angoisse, car il se rapprocha de son bureau, de façon à être plus près d'elle. D'un simple regard, il l'invita à lui révéler le but de sa visite. Prenant son courage à deux mains, elle dit:

— En fait..., je n'en sais rien... Je... je pense que je suis enceinte. Je suis en retard dans mes règles depuis plus de quarante jours maintenant...

Elle fit une pause pour tenter de calmer son trouble intérieur, puis elle poursuivit:

— Je pense..., enfin..., je crois que peut-être..., j'attends un enfant. Je suis allée porter un échantillon de mon urine à l'hôpital hier matin... et j'espérais que vous ayez reçu le résultat de cette analyse.

À ces mots, le médecin fouilla dans les papiers qui constituaient son dossier. Il en retira une feuille qu'il consulta d'un œil exercé et attentif. Soudain, une ride lui barra le front, et il arqua les sourcils. Finalement, il dit sur un ton enjoué:

— Effectivement, vous êtes enceinte!

Marie-Hélène pensa s'évanouir, un violent malaise la saisissant tout à coup. Voyant qu'elle avait blêmi, le médecin se précipita vers elle en disant:

— Vous vous sentez mal?

— Non, c'est passé maintenant. Je m'étais préparée à cette nouvelle, mais je n'avais pas prévu réagir ainsi. C'est sans doute l'émotion qui m'étreint. Je suis désolée, docteur!

— Cette nouvelle vous pose-t-elle un problème? s'enquit le médecin sur un ton paternel.

— Je ne crois pas, répondit-elle, songeuse. Je désire cet enfant. C'est juste... que cette nouvelle arrive un peu tôt dans ma vie, actuellement. Disons que ce n'était pas prévu. Je... je me marie en décembre prochain et j'aurais préféré annoncer ce genre de nouvelle à mon futur époux après notre mariage...

— Je vois! se contenta de répondre le médecin. Je vais vous examiner afin de faire votre bilan de santé, et nous en discuterons ensuite tranquillement. Si vous voulez passer à la salle d'examen, qui est juste à côté. Je vous demanderais de vous dévêtir... Je vous envoie mon infirmière qui vous aidera à vous installer. Ne vous en faites pas..., tout se passera très bien.

— Merci! dit-elle simplement.

Elle se leva et fit tout ce que lui dit l'infirmière, se refusant à réfléchir à ce qui lui arrivait. Comme une automate, elle se dévêtit et se coucha sur la table d'examen. Elle se sentait terriblement nerveuse. Il y avait des années qu'elle n'avait pas subi d'examen gynécologique. Le dernier, et le seul en fait qu'elle avait eu dans sa vie, était celui qui s'était imposé après la tragédie que Christine et elle avaient vécue. Mais les médecins l'avaient à peine touchée lorsqu'ils avaient constaté qu'elle était toujours vierge. Au souvenir de cet événement, elle eut une nausée passagère mais bientôt, l'arrivée du médecin la ramena à la réalité. Elle était enceinte à présent. Qui l'eût cru.

Le médecin l'examina consciencieusement tout en bavardant avec elle. Peu à peu, elle se détendit et se mit à le questionner sur son état. L'examen terminé, il lui dit:

— Vous semblez en pleine forme. Je n'ai rien constaté d'anormal dans votre état. Votre pouls est excellent ainsi que votre tension artérielle. L'examen gynécologique est tout à fait satisfaisant. Je pense que tout devrait se dérouler normalement. Bien sûr, vous devrez venir me voir chaque mois et subir quelques tests sanguins afin de nous assurer que vous ne faites pas d'anémie. Peut-être que je devrai vous prescrire quelques suppléments vitaminiques dans le futur. Nous serons fixés lorsque vous aurez terminé ces examens, lui dit-il en remettant une ordonnance médicale qu'elle saisit de ses mains tremblantes.

Elle écouta attentivement les recommandations du médecin et elle sortit du bureau légère comme un oiseau. Sa tête tourbillonnait, emportée par ses réflexions. Elle pensa à Marc. Il serait des plus surpris en apprenant cette nouvelle. Pourvu qu'il soit heureux, se dit-elle en croisant les doigts.

Elle s'assit dans sa voiture et consulta sa montre. Il était quinze heures quinze minutes. Les employés de la banque devaient être sur le point de partir à présent; le mardi, la succursale fermait toujours ses portes plus tôt. Elle décida de rentrer directement chez elle et d'aller faire une promenade au grand air. Après tout, une nouvelle pareille appelait bien un peu de détente.

Elle se précipita à l'intérieur de la maison et changea de vêtements en toute hâte, fébrile d'excitation.

Maintenant que sa grossesse était confirmée, elle l'assumait pleinement.

Elle sortit, vêtue chaudement, car elle ne voulait pas prendre froid. Elle marcha à une allure modérée, en pensant à ce petit être qui vivait dans son corps et qui éveillait déjà ses instincts maternels. Cette pensée la rendait heureuse, et elle avait hâte à présent d'apprendre la nouvelle à Marc.

Perdue dans ses pensées, elle se rendit soudain compte qu'elle avait hâté le pas. Elle ralentit son allure, se rappelant que le médecin l'avait encouragée à poursuivre ses activités physiques, mais de façon modérée en adoptant un rythme plus lent, moins violent. Elle respira à fond, voulant remplir ses poumons de cet air vivifiant.

Elle marcha ainsi une bonne heure, puis elle se dit qu'il était temps de revenir sur ses pas, car elle désirait prendre un bain et commander le repas avant le retour de Marc. Il lui avait assuré qu'il rentrerait vers dix-huit heures. Cela lui laissait donc suffisamment de temps pour accomplir tout ce qu'elle s'était proposée de faire.

Elle marchait toujours d'un pas tranquille, complètement plongée dans ses réflexions, et elle ne vit pas la voiture qui se dirigeait droit sur elle, à vive allure. Le conducteur venait de passer une courbe à grande vitesse et il ne se méfia pas de la jeune femme qui traversait tranquillement la petite route de campagne.

Lorsque Marie-Hélène prit conscience de ce qui se préparait, la voiture était déjà presque sur elle. Elle n'eut pas le temps de réagir et le conducteur ne put freiner à temps. La jeune femme fut heurtée de plein fouet et projetée sur le bord de la route, tête première. Elle sombra alors dans le coma...

* * *

Vers seize heures quinze, Marc quitta le chantier de construction pour se rendre plus tôt que prévu auprès de Marie-Hélène. Il ne comprenait pas pourquoi il se sentait si pressé de rentrer. Toute la journée, il s'était senti nerveux, et une sourde angoisse l'avait tenaillé. Il avait imputé cet état au fait qu'il n'avait guère eu d'intimité avec Marie-Hélène depuis le mariage de Guillaume, étant donné que leurs deux demeures ne s'étaient libérées de leurs visiteurs que la veille, dans l'après-midi.

Il stationna sa voiture et pénétra à l'intérieur du chalet. Marie-Hélène serait surprise de le voir arriver si tôt. Il prit rapidement une douche et enfila des vêtements plus confortables, soit un jean et un chandail imprimés en molleton de couleur vert menthe, que Marie-Hélène lui avait offert lors de leur voyage à Québec. Il avait travaillé dur aujourd'hui, car il avait prêté main-forte aux ouvriers du chantier. Il avait maintenant envie de se restaurer et de se retrouver en compagnie de Marie-Hélène pour pouvoir passer une agréable soirée dans ses bras.

Depuis un certain temps, il avait remarqué que Marie-Hélène semblait lutter contre le sommeil. Elle avait les traits tirés et cela l'inquiétait beaucoup. Il se culpabilisait, car leurs nuits d'amour étaient tellement intenses qu'il se sentait responsable de son manque de sommeil. Toutefois, elle était loin de s'en plaindre... Elle était toujours aussi ardente et aussi passionnée, quémandant presque ses caresses et son amour. À cette pensée, une bouffée de désir s'empara de lui. Décidément, le feu qui l'embrasait ne s'éteindrait jamais et il ne se lasserait jamais de la prendre dans ses bras. Il avait besoin d'elle et du contact de son corps contre le sien.

Il verrouilla les portes du chalet et sortit à l'extérieur, après avoir revêtu sa veste de cuir marine. Il s'installa au volant de sa *BMW* et démarra sur-le-champ.

Il avait à peine parcouru un kilomètre lorsqu'il vit deux véhicules de police qui lui barraient la route, ainsi que des ambulanciers qui donnaient les premiers soins à une jeune femme étendue par terre. Une foule de curieux s'était amassée autour d'eux.

Marc gara sa voiture sur le côté de la route et sortit aussitôt pour voir ce qui se passait. À mesure que ses pas le rapprochaient de la scène de l'accident, son cœur se serrait d'appréhension. En voyant la couleur des cheveux de la jeune femme, il eut un choc et crut qu'il allait s'évanouir, tant la peur lui martelait les tempes. L'effroi se peignit instantanément sur son visage, son pouls s'accéléra, et une angoisse indéfinissable lui donna des sueurs froides dans le dos.

Il réussit à s'approcher de la jeune femme étendue et, comme dans un film au ralenti, il cria son nom en bousculant les gens qui se trouvaient sur son passage. Il s'accroupit près de Marie-Hélène qui gisait inconsciente sur le sol froid de ce mois d'octobre... Sa tête baignait dans une mare de sang qui provenait de son cuir chevelu, et son abondante chevelure, d'ordinaire si dorée, était brunâtre et poisseuse.

À cette vue, un sentiment d'horreur l'envahit tout entier. L'un des ambulanciers le vit alors et lui demanda:

— Vous connaissez cette jeune femme?

— Oui..., c'est ma femme, dit-il d'une voix brisée.

— Vous allez nous accompagner. Elle a besoin de soins immédiats.

— Va-t-elle s'en sortir? demanda-t-il sur un ton angoissé. Son cœur menaçait d'éclater à chaque nouvelle inspiration qu'il prenait.

— Je crois que oui, lui répondit l'ambulancier, elle a l'air plutôt solide. Pour l'instant, elle est dans le coma, mais j'ai vérifié sa blessure à la tête et elle semble sans trop de gravité. Par contre, ce qui m'inquiète un peu, c'est qu'elle a été heurtée violemment à la hanche droite, et que du sang s'échappe de son pantalon. J'espère qu'elle ne fera pas d'hémorragie interne.

— Mon Dieu! s'exclama Marc, visiblement affolé.

L'ambulancier lui mit la main sur l'épaule et lui dit pour le rassurer:

— Ne soyez pas inquiet, elle n'est pas en danger de mort, je peux vous l'assurer. Êtes-vous en voiture?

— Oui!

— Où est-elle?

— Là-bas, à quelques mètres d'ici, dit-il en tremblant.

— Avez-vous de la famille près d'ici?

— Oui.

— Alors, montez avec nous dans l'ambulance. Je crois que vous êtes trop nerveux pour conduire. De l'hôpital, vous pourrez appeler quelqu'un qui viendra prendre votre voiture.

— D'accord!

— Ils étendirent avec précaution la jeune femme sur une civière et ils démarrèrent rapidement en faisant fonctionner la sirène de l'ambulance, afin d'avertir les gens de leur passage.

Marc tenait la main de Marie-Hélène entre les siennes, trop abasourdi par l'accident pour laisser libre cours à ses émotions. Il tremblait et se contentait de murmurer son nom, espérant ainsi la faire sortir de son inconscience. Il entendit l'ambulancier discuter avec un membre du personnel de l'hôpital, donnant des explications sur la nature des blessures de Marie-Hélène.

— Par précaution, préparez des unités de sang, précisa-t-il. Il y a peut-être des hémorragies internes, car elle a reçu un violent coup à la hanche droite.

— Quel est son groupe sanguin? demanda une voix masculine.

— D'après ses papiers, elle serait du groupe O positif.

— Parfait! Bon travail, Guy! Notre équipe se prépare tout de suite à la recevoir.

— Merci. Terminé!

Lorsque le véhicule s'engagea sur le boulevard Thériault, les yeux de Marie-Hélène se mirent à papilloter, et elle commença à gémir.

— Elle revient à elle, dit Marc à l'ambulancier, le cœur soudain plein d'espoir.

Il s'approcha d'elle et se pencha pour lui parler:

— Je suis là, chérie. Je suis près de toi.

— Marc... dit la jeune femme d'une voix à peine audible.

— Ne crains rien, chérie.

— J'ai mal au ventre...

— On va te soigner..., n'aie pas peur! tenta-t-il de la rassurer.

— Je... je vais... vomir...

L'ambulancier qui se trouvait près d'eux écarta Marc et mit un bassin métallique sous la gorge de Marie-Hélène tout en la soulevant afin de l'empêcher de s'étouffer. Marie-Hélène fit des efforts considérables pour vomir pendant que l'ambulancier lui prodiguait des paroles de réconfort, lui assurant qu'elle s'en tirerait.

Elle perdit à nouveau connaissance sous le regard affolé de Marc. Au même moment, l'ambulance faisait son entrée sur le terrain de l'hôpital où plusieurs infirmières et médecins l'attendaient. On sortit rapidement la civière et on transporta la blessée dans les corridors de l'hôpital en courant. Marc ne voulant pas laisser Marie-Hélène, une infirmière lui dit d'attendre dans le corridor pendant qu'ils effectuaient les premiers examens. Mais il ne voulait rien entendre, incapable qu'il était de la quitter. Une autre infirmière le prit alors par le bras et le fit sortir en lui promettant qu'elle viendrait souvent lui donner des nouvelles. Finalement, il s'assit près de la salle d'observation et, la tête entre les mains, il pleura et pria pour que Dieu intervienne et sauve la femme qu'il aimait.

Au bout d'une demi-heure, on transporta Marie-Hélène dans une salle de radiologie. Elle sortit quelques minutes plus tard et Marc se précipita alors vers l'infirmière pour demander de ses nouvelles. Celle-ci le rassura un peu, ajoutant que le médecin viendrait le voir dès qu'il aurait obtenu le résultat des radios de la jeune femme.

Marc pensa alors qu'il était temps de prévenir les parents de la jeune femme. Ceux-ci arrivèrent à peine dix minutes plus tard, et leur présence le réconforta un peu, malgré le fait qu'ils étaient tout aussi angoissés que lui.

Il téléphona aussi à Patrice, pour lui demander d'aller récupérer sa voiture qui se trouvait toujours à La Pointe. Celui-ci passa à l'hôpital pour prendre les clés de la *BMW* et il repartit aussitôt en compagnie de Benoit.

Marc se retrouva seul avec Françoise qui était blême à faire peur et qui sanglotait doucement. Il s'approcha d'elle et la prit dans ses bras en la berçant doucement contre lui. C'était bon de l'avoir près de lui en ces moments pénibles.

Une demie-heure plus tard, Benoit et Patrice revenaient, et Marc récupéra ses clés de voiture.

— Merci! dit-il simplement.

— Je reviendrai ce soir avec Johanne, dit Patrice..

— Ce ne sera pas nécessaire, Patrice, dit Benoit. Nous vous donnerons des nouvelles aussitôt que nous en aurons. Retourne auprès des tiens. Nous ne sommes pas utiles à Marie-Hélène en ce moment.

— J'attendrai des nouvelles, alors.

— C'est promis, fiston! dit simplement Benoit.

Une longue et interminable heure s'étira avant que le médecin vienne finalement à leur rencontre. À sa vue, Marc se leva aussitôt, la peur lui déchirant la poitrine.

— Monsieur Durand? dit le médecin.

— Oui, c'est moi, dit-il en tremblant.

— Rassurez-vous. Votre femme va se remettre rapidement de cet accident.

Un immense soulagement se peignit aussitôt sur le visage du jeune homme. Une joie indescriptible l'envahit tout entier.

— Elle a eu beaucoup de chance, continua le médecin. Elle semble être en excellente condition physique. Elle n'a absolument rien de cassé, bien que nous n'y comprenions strictement rien.

Le cœur de Marc battait violemment dans sa poitrine, et le médecin pouvait percevoir sa nervosité. Le jeune homme soupira et demanda:

— A-t-elle repris connaissance?

— Oui, elle n'a eu qu'une légère commotion. Présentement, elle est en chirurgie, car nous devons lui faire un curetage.

— Un curetage? Mais pourquoi? demanda Marc, très surpris d'entendre cela.

— Oui..., enfin..., c'est la mauvaise nouvelle que je voulais vous annoncer. Elle a perdu son enfant à cause de l'accident. Le fœtus n'a pu survivre au coup violent qu'elle a reçu sur la hanche...

Marc blêmit à cette nouvelle. Le médecin s'en aperçut et il s'empressa d'ajouter:

— Mais rassurez-vous. Il n'y a aucun dommage interne, et votre femme pourra avoir d'autres enfants, à condition de respecter un délai normal.

— Elle était enceinte...

C'était plus une constatation qu'une question. Marc se rassit, tentant de bien saisir ce que le médecin venait de lui apprendre. Il se passa la main dans les cheveux, complètement ahuri par cette nouvelle.

— Bon! Je constate que vous n'étiez pas au courant, reprit le médecin. En fait, elle n'a reçu la confirmation de cette nouvelle qu'au cours de l'après-midi. Nous sommes entrés en communication avec son médecin traitant qui nous a confirmé sa grossesse. Il nous a aussi mentionné qu'elle semblait heureuse de son état. Par ailleurs, il est à prévoir qu'elle fasse une légère dépression lorsqu'elle prendra vraiment conscience de cette tragédie.

— Est-elle au courant, dans le moment? demanda Françoise, qui s'était tue jusqu'à présent.

— Oui... Nous lui avons appris la nouvelle.

— Et comment a-t-elle réagi? demanda Marc, inquiet pour elle.

— Elle a pleuré et elle a prononcé votre nom à maintes reprises.

Marc enfouit sa tête dans ses mains, luttant contre le chagrin et la déception qui l'envahissaient tout entier. Il se sentait soulagé à cause de l'état de santé de Marie-Hélène, mais il était terriblement bouleversé à l'idée d'avoir perdu le fruit de leur amour. Ils n'avaient même pas eu le temps de partager cette nouvelle ensemble.

Essuyant une larme qui roulait sur sa joue, il demanda d'une voix brisée:

— Docteur? Marie-Hélène et moi devions nous marier à Noël. Est-ce que cet accident va nous obliger à remettre la date de notre mariage?

— Absolument pas! dit fermement le médecin. Nous allons la garder sous observation pendant quelques jours et nous lui donnerons ensuite son congé. Elle devra cependant poursuivre une convalescence de trois semaines. Soyez assuré qu'elle sera complètement rétablie pour votre mariage.

— Merci, docteur! dit Benoit. Prenez bien soin de notre fille... Nous, nous allons nous occuper de ce jeune homme.

— Bien, Monsieur! répondit le médecin.

— Est-ce que je pourrai la voir bientôt? demanda Marc.

— Dans environ deux heures. Elle sera alors dans sa chambre, au cinquième étage. Avez-vous mangé?

— Non! répondit Marc, et c'est le dernier de mes soucis actuellement.

— Vous avez tort. Allez vous restaurer un peu et revenez vers vingt heures. Vous pourrez alors la voir mais vous ne pourrez pas lui parler, car elle sera sous sédatif et ce, pendant encore deux jours. Elle aura besoin de repos après un tel choc, et comme elle souffre en plus d'une bonne entorse à la colonne cervicale, deux jours de sommeil lui éviteront des souffrances inutiles. Bonne chance, Monsieur Durand..., et ne vous inquiétez pas. Je vous assure que votre compagne est hors de danger maintenant et que dans quelques semaines, vous la retrouverez en grande forme physique.

— Merci docteur! dit simplement Marc en lui serrant la main.

Le médecin s'éloigna d'eux d'un pas rapide. Marc le regarda partir, et s'assit. Au bout d'interminables minutes, il finit par balbutier:

— Je... ne... savais pas qu'elle... était enceinte. Pourquoi ne m'a-t-elle rien dit?

— Marc..., dit Françoise d'une voix très douce, ne lui en veux pas. Elle désirait simplement être certaine de son état avant de t'en parler. J'ai agi de la même façon lorsque je me croyais enceinte. À l'heure qu'il est... tu serais déjà au courant de la nouvelle, n'eût été de cet horrible accident. Tu dois comprendre qu'elle a dû être surprise, elle aussi. Mets-toi à sa place... Sa vie affective a été passablement bouleversée depuis quelque temps... Tout va si vite pour elle à présent. Je suis certaine qu'elle voulait t'annoncer la nouvelle ce soir même.

Prenant sa future belle-mère dans ses bras, Marc lui dit:

— Vous avez sans doute raison, pardonnez-moi... Je me comporte comme un parfait égoïste. Mais je ne peux m'empêcher d'être triste à la pensée qu'elle portait notre enfant... et que cet enfant est mort... Si vous saviez comme une telle nouvelle m'aurait réjoui! J'aurais aimé cet enfant..., acheva-t-il, la voix brisée.

— Écoute, Marc, dit Benoit qui, jusque-là avait écouté le dialogue sans intervenir. Je sais que ma fille n'est pas toujours facile à comprendre... Mais je suis sûr qu'elle est sensible et honnête... Et peu importe ce qu'elle avait l'intention de faire, tu dois te ressaisir... Elle a besoin de toi, de ton amour et de ta compréhension. Elle n'a surtout pas besoin de tes reproches. Rappelle-toi que tu as été le seul homme sur cette terre à l'émouvoir, au point qu'elle s'est donnée à toi sans offrir aucune résistance. Alors, je crois que tu devras être fort dans les semaines à venir, car, la connaissant comme je la connais, elle sera très perturbée par la perte de cet enfant... Ce qui compte en ce moment, c'est son équilibre mental..., et toi seul peux l'aider à le conserver. Je crains qu'elle ne fasse des rapprochements entre cet événement et celui de son adolescence...

— Tu crois? demanda Françoise, terriblement inquiète.

— C'est probable, répondit Benoit.

Puis, s'adressant à Marc, il poursuivit:

— Tu dois te rappeler qu'elle t'aime. Et surtout, ne mets pas en doute ses intentions, car je suis absolument certain qu'elles étaient honnêtes.

— Tu as raison, Benoit, dit-il à voix basse. Je m'efforcerai d'être patient et de veiller sur elle. Je suis désolé de cette scène. Pardonnez-moi tous les deux.

— Nous comprenons très bien tes sentiments, Marc, dit Françoise. Maintenant, tu dois manger. Nous resterons ici pendant ton absence.

— Je n'ai pas faim. Je serais incapable d'avaler une seule bouchée.

— Va manger au moins une soupe quelque part, suggéra Benoit.

— C'est bien, acquiesça-t-il. Je vais descendre à la cafétéria... mais je remonte dans une demi-heure.

CHAPITRE 20

Une heure plus tard, ils entraient tous les trois dans la chambre de Marie-Hélène. Celle-ci avait un large pansement autour de la tête et elle était complètement inerte. Ils restèrent à son chevet jusqu'à vingt-deux heures, et, durant tout ce temps, elle ne manifesta aucun signe de vie, ne semblant pas vouloir sortir de son sommeil. Finalement, Françoise et Benoit décidèrent de rentrer chez eux, non sans avoir promis à Marc de revenir tôt le lendemain matin. Ils tentèrent de le convaincre d'en faire autant, mais celui-ci s'obstina, refusant catégoriquement de les écouter, et leur disant qu'il n'arriverait pas à dormir de toute façon.

Toute la nuit, il resta aux côtés de Marie-Hélène, au grand désespoir des infirmières. Il parvenait à sommeiller de temps en temps, mais chaque fois que l'infirmière faisait un pas dans la chambre, il sursautait.

Il n'arrivait pas à se pardonner la grossesse de la jeune femme. Il se culpabilisait en se disant qu'il aurait dû prévoir cette éventualité. Marie-Hélène était bien trop fragile pour pouvoir faire face au nouveau coup que venait de lui asséner le destin. Comment allait-elle réagir à son réveil? Ces doutes l'angoissaient jusqu'au plus profond de son cœur. Il avait pourtant l'expérience de la vie et il aurait dû la forcer à aller voir un médecin afin de lui éviter de devenir enceinte. Il avait manqué de jugement et de discernement. C'était à croire qu'il était dénué de raison.

Il devait admettre qu'il avait eu une attitude manipulatrice et possessive envers elle. Maintenant qu'il y réfléchissait, il s'avouait qu'inconsciemment, il avait souhaité qu'elle soit enceinte de lui. Ainsi, elle aurait été placée dans une situation de dépendance vis-à-vis de lui et elle aurait été obligée de s'unir définitivement à lui. En se rendant compte de sa conduite infâme, il se fit horreur. Se pouvait-il qu'il ait été aussi égoïste avec elle? Il n'en revenait tout simplement pas. Il n'avait aucune excuse sinon cet amour déraisonnable et intense qu'il éprouvait pour elle, tellement qu'il se faisait peur à lui-même.

Il n'arrivait pas à se faire une idée claire concernant cette attitude possessive. Il avait toujours été si indépendant vis-à-vis des autres femmes qu'il avait fréquentées. La passion qu'il éprouvait pour Marie-Hélène était une obsession maladive, voilà tout. Il était malade, jaloux, égoïste et possessif... Non, il ne pourrait pas se le pardonner. Et si cet événement venait à briser leur amour, il serait le candidat idéal pour la dépression nerveuse et ce, pour le restant de ses jours...

Non, il devait se ressaisir. Marie-Hélène avait besoin de lui à présent. À quoi lui serviraient tous ces sentiments de culpabilité? Il lui appartenait de lui prouver l'amour qu'il ressentait pour elle. Il devait marcher à ses côtés et la soutenir dans cette nouvelle épreuve et il ne devait pas avoir honte de cet intense sentiment d'amour. C'était le plus beau cadeau que la vie lui avait jamais offert. Il l'entourerait d'affection sans rien demander en retour. Ils se marieraient et ils auraient d'autres enfants.

Il en était là de ses réflexions lorsque l'infirmière pénétra à nouveau dans la chambre. Elle tenta encore une fois de le convaincre de rentrer chez lui pour dormir, affirmant que Marie-Hélène ne se réveillerait pas de toute façon, mais il refusa de partir.

Vers six heures, elle gémit faiblement et prononça son nom à plusieurs reprises. Il se précipita vers elle. La voix de la jeune femme était brisée, entrecoupée de sanglots. Elle lui parlait de leur enfant. Prenant sa main entre les siennes, il tenta de la rassurer en disant:

— Je suis là, chérie, tout près de toi... Je ne te quitterai pas... Je t'aime, mon amour... N'aie pas peur...

Il ne savait pas si elle l'entendait, mais elle se calma aussitôt et s'endormit. Elle dormit ainsi jusqu'à l'arrivée de deux nouvelles infirmières qui avaient remplacé les premières. Elles trouvèrent Marc profondément endormi. L'une d'elles posa sa main sur son épaule, ce qui le fit sursauter.

— Vous devriez aller dormir, Monsieur Durand, lui dit-elle en souriant. Mademoiselle Pelletier se porte très bien... Il faut absolument que vous vous reposiez un peu; vous semblez totalement épuisé.

— J'ai sommeillé une partie de la nuit et j'espère être là lorsque Marie-Hélène se réveillera.

— Je me sens très bien... dit Marc d'une voix ensommeillée, en passant sa main dans son abondante chevelure.

— Il n'y a aucune chance pour que cela se produise, dit l'infirmière, car nous avons mis un puissant sédatif dans son soluté, pour la faire dormir... Nous ne cesserons ce traitement que la nuit prochaine. Je peux donc vous affirmer qu'elle ne se réveillera pas avant demain matin.

— Vous en êtes vraiment certaine? demanda-t-il d'une voix peu convaincue.

— Je vous l'assure! Allez dormir un peu, vous pourrez revenir ce soir. Nous allons faire sa toilette et vérifier son état de santé... et je peux vous certifier qu'elle n'en aura même pas conscience. Soyez raisonnable, Monsieur Durand, ajouta-t-elle d'une voix très douce.

À ce moment, les parents de Marie-Hélène firent irruption dans la chambre, Benoit tenant une boîte de fleurs dans les bras. En voyant son futur gendre, Françoise s'écria:

— Marc! Tu n'es pas raisonnable. Tu es encore ici?

— C'est bien ce que nous essayons de lui faire comprendre depuis hier soir, dit l'une des infirmières, mais il ne veut rien entendre.

Devant l'air obstiné de Marc, Benoit s'approcha de lui en disant sur un ton ferme:

— Tu vas aller te reposer. Françoise et moi, nous allons veiller sur Marie-Hélène. Nous ne quitterons pas cette chambre avant ton retour.

Marc se laissa finalement convaincre; il était mort de fatigue. Il promit d'être de retour pour seize heures et il rentra directement à la maison de Marie-Hélène. Il prit une douche et mangea légèrement. Il n'avait pas faim, mais il se convainquit qu'il devait s'alimenter un peu s'il voulait tenir le coup. Il téléphona ensuite au *Pierrot* pour annoncer à Jacynthe qu'il ne rentrerait pas de la journée et il la pria d'en avertir l'ingénieur et le contremaître du chantier. Puis, il se coucha et dormit d'un sommeil agité jusqu'à quinze heures, au moment où le réveil sonna.

Comme un automate, il se leva, mangea une soupe et quelques rôties, et appela son contremaître pour lui donner le numéro de téléphone de la chambre de Marie-Hélène. Il en profita pour l'aviser qu'il serait également absent le lendemain et qu'il comptait sur lui pour que tout se déroule normalement au chantier. Finalement, il fut de retour auprès de Marie-Hélène, qui ne s'était pas réveillée de la journée. Il embrassa Françoise, tira une chaise près du lit et s'y installa pour la nuit.

Le lendemain, Marie-Hélène ouvrit enfin les yeux. Elle balaya la pièce du regard, essayant de rassembler ses souvenirs, elle vit Marc qui dormait profondément à côté du lit et elle tenta un mouvement dans sa direction, mais une douleur aiguë dans la nuque lui arracha un cri, ce qui réveilla Marc. Il mit quelques secondes pour revenir à lui, puis il et se précipita vers elle en disant, le cœur battant:

— Marie-Hélène..., enfin! J'ai eu si peur. Comment te sens-tu?

— J'ai un terrible mal de tête... et j'ai mal dans la nuque, lui dit-elle en grimaçant.

— C'est normal, ne t'inquiète pas. Tu as été heurtée par une voiture, et cela t'a causé une légère commotion en plus d'une entorse à la colonne cervicale... Mais tu es hors de danger maintenant et tu sortiras bientôt de cet hôpital... Je te ramènerai à la maison dès que tu seras un peu plus en forme, poursuivit-il en souriant.

En entendant ces explications, Marie-Hélène sortit instantanément du brouillard de son inconscience. Subitement, elle se rappela tout ce qui s'était passé depuis sa sortie du cabinet du médecin et un sanglot lui déchira la gorge.

— Marc!, s'écria-t-elle, mon inattention à tué notre enfant!

Cette remarque claqua comme un coup de fouet dans la pièce. Marc garda le silence, se sentant complètement impuissant devant ce grand chagrin. Il se dit qu'il devait être assez fort pour lui laisser vivre sa propre peine.

Dans un sursaut d'agressivité, Marie-Hélène explosa:

— Tu ne comprends pas... J'étais enceinte! J'en avais eu la confirmation l'après-midi même de l'accident... Et, au lieu de retourner au bureau, je suis revenue chez moi, car je voulais réfléchir à la façon dont je t'apprendrais la nouvelle. Je me suis changée, puis je suis allée prendre l'air... Mais au moment où je me suis dit qu'il était temps de rentrer à la maison pour t'attendre, j'ai vu une voiture qui se dirigeait droit sur moi. J'étais si absorbée par mes pensées que je n'ai pas réagi... Tout ce que je me rappelle, c'est qu'on m'a annoncé à l'hôpital qu'on devait me faire un curetage parce que j'avais perdu mon bébé à cause de l'accident... Mon Dieu! J'ai tué notre enfant, sanglota-t-elle, en proie à un violent chagrin.

— Marie-Hélène..., ce n'est pas ta faute, dit Marc en serrant sa main. Tu n'es pas responsable de cet accident. C'est un événement complètement imprévisible... impondérable. Comment peux-tu te sentir coupable de cela? ajouta-t-il d'une voix déchirée par le désespoir.

Des torrents de larmes ruisselaient sur le beau visage de la jeune femme. Marc se sentait tellement inutile. Après quelques secondes de silence, il dit:

— Bon sang! J'ai eu si peur pour toi! Mais, nous aurons d'autres enfants... Je me suis renseigné auprès du médecin qui t'a traitée, et il m'a affirmé que tes organes internes étaient intacts. N'aie aucune crainte, tu te remettras très rapidement et nous aurons d'autres enfants. L'important, c'est que tu sois saine et sauve et que tu te rétablisses le plus vite possible afin de rentrer à la maison avec moi...

Marie-Hélène saisit la main de Marc et la porta à son visage en pleurant. Son chagrin était si intense qu'elle laissa libre cours à ses larmes en gémissant sa douleur et en répétant le nom de Marc.

Marc la laissa pleurer en lui murmurant des paroles d'amour.

— Comment aurais-tu pris cette nouvelle? lui demanda-t-elle soudain.

— J'aurais été fou de bonheur, dit-il tristement. Je ne comprends pas pourquoi tu ne m'en as pas parlé.

— Ne sois pas amer... Je me sens si coupable envers toi. Ce n'est que quelques jours avant l'accident que j'ai compris ce qui m'arrivait et je n'étais pas sûre de la façon dont tu réagirais. J'ai pris plusieurs jours à me faire à cette idée. Avant, je me croyais malade et j'étais terriblement inquiète...

— Je comprends, dit-il simplement. Nous en reparlerons lorsque tu iras mieux. Tu dois penser à toi maintenant, et non à moi. Je m'en sortirai, ne crains rien. Je t'aime tellement. Tu ne peux pas savoir comme j'étais fou d'angoisse à ton sujet.

— Oh! Marc! Je m'en veux tellement!

— Calme-toi à présent, lui dit-il sur un ton ferme.

À ce moment, les parents de Marie-Hélène arrivèrent dans la chambre, et toute la journée, elle reçut la visite de ses proches qui tentèrent à tour de rôle de la rassurer. Ils faisaient tout leur possible pour atténuer sa peine, et Marie-Hélène leur en était reconnaissante, mais elle se sentait si lasse, si abattue qu'elle n'avait pas la force de réagir de façon positive.

Les jours passèrent, interminables. Finalement, le samedi, le médecin se présenta au chevet de Marie-Hélène, et s'assit sur le bord de son lit en disant:

— Vous êtes en excellente voie de guérison. Si vous vous sentez prête, je signerai votre congé aujourd'hui même, et vous pourrez ainsi rentrer tranquillement chez vous.

— Oui, dit-elle en essuyant une larme qui roulait sur sa joue.

— Écoutez, reprit le médecin d'une voix douce. Je sais que vous êtes triste d'avoir perdu votre enfant, mais ne vous en faites pas inutilement. Vous jouissez d'une excellente santé et vous pourrez à nouveau être enceinte dans quelques mois, je vous l'assure... Votre grossesse s'annonçait très bien et, malgré cet accident, vous n'aurez aucune séquelle permanente. Considérez-vous chanceuse et remerciez le ciel de votre extraordinaire vitalité. Elle vous a sauvé la vie... Une personne moins active que vous ne s'en serait pas sortie aussi facilement. Nous avons examiné à plusieurs reprises vos radiographies, tant nous étions surpris que vous n'ayez rien de cassé. Vous êtes solide comme le roc...

— Et pour les saignements, est-ce que ça va durer longtemps? s'enquit-elle d'une voix chagrinée.

— Environ une semaine, puis votre cycle menstruel reprendra normalement. Mais il vous faudra attendre au moins six mois avant d'envisager une nouvelle grossesse... C'est pourquoi j'avais l'intention de vous prescrire un anovulant, car il ne faut prendre aucun risque dans votre cas.

— D'accord! dit-elle d'une toute petite voix.

— Votre ami m'a dit que vous deviez vous marier prochainement, n'est-ce pas?

— Oui, à Noël, répondit-elle en essuyant une autre larme qui coulait sur sa joue.

— Vous serez tout à fait rétablie à cette date, ne craignez rien. Il n'y a aucune raison pour que vous retardiez cet événement qui vous permettra de passer à travers votre chagrin. J'espère que vous ne vous laisserez pas abattre.

— Non!

— Parfait! Je vous ai préparé une ordonnance pour la pilule contraceptive ainsi qu'un certificat médical pour un congé de maladie de trois semaines. Je crois que ce sera suffisant pour que vous vous rétablissiez parfaitement. Profitez de ce répit pour vous faire gâter un peu et prenez l'air souvent, il vous sera bénéfique. Votre nuque sera ankylosée pour une bonne semaine encore. Pas de sports pendant cette période...

Le médecin arrêta de parler et lui sourit en la regardant droit dans les yeux, puis il dit:

— Bonne chance! Si vous avez des inquiétudes ou des questions auxquelles vous ne trouvez pas de réponse, n'hésitez pas à communiquer avec moi. Je me ferai un plaisir de vous aider et de vous rassurer... C'est promis?

— Oui, docteur, et merci pour tout! dit-elle simplement.

— Je suis là pour ça. Au revoir!

Au moment où le médecin se levait pour sortir de la chambre, Marc y entrait, les bras chargés de fleurs. Il regarda Marie-Hélène et lui dit:

— Bonjour!

— Bonjour! répondit-elle en souriant.

— Ils ont finalement enlevé le bandage autour de ta tête? lui dit-il en s'approchant.

Il était si heureux de revoir sa belle crinière couleur de miel.

— Oui, et ils m'ont aussi lavé les cheveux.

— Hum! Ils sentent délicieusement bon!

— Arrête!

— Laisse-moi voir ta blessure... J'ai cru devenir fou lorsque j'ai vu qu'il y avait du sang sur le sol autour de ta tête. Je n'ai jamais eu aussi peur de toute ma vie...

— Je suis désolée, dit-elle, peinée.

— Je suis heureux que ce cauchemar soit terminé. Ta blessure commence déjà à se cicatriser.

— Marc?

— Oui, mon amour, dit-il en s'assoyant à côté d'elle sur le lit.

— Je sors aujourd'hui, dit-elle sur un ton inquiet.

— Enfin... C'est la meilleure nouvelle que j'aie entendue cette semaine. À quelle heure? constata-t-il, franchement heureux.

— Je ne sais pas!

— Eh bien! nous le saurons rapidement!

Et, disant cela, il appuya sur le bouton d'appel. Une infirmière se présenta sur-le-champ.

— Qu'y a-t-il? demanda-t-elle sur un ton enjôleur à la vue du jeune homme.

— Cette charmante demoiselle aimerait savoir à quelle heure elle pourra sortir d'ici, dit-il, complètement indifférent aux regards langoureux que lui lançait la jeune infirmière.

— Le docteur Paradis a déjà signé son congé. Elle pourra donc sortir à l'heure qui lui conviendra, répondit-elle d'une voix suave.

— Quel temps fait-il dehors? demanda Marie-Hélène à l'intention de Marc.

— C'est frais, mais il fait très beau!

— Tu veux bien aller me chercher un pantalon et un chandail de laine, ainsi que quelques sous-vêtements? Je vais prendre un bain pendant ce temps et, lorsque tu reviendras, nous pourrons partir.

— Certainement, et c'est avec le plus grand des plaisirs que je le ferai. Je vais de ce pas te faire couler ton bain... comme tu l'aimes, dit-il en souriant.

— Je vais le faire! s'écria l'infirmière.

— Il n'en est pas question! répondit Marc sur un ton plein de charme. Mademoiselle a des petits caprices que je suis seul à pouvoir satisfaire... Alors, je vous remercie, mais nous n'aurons plus besoin de vos services. Nous saurons nous débrouiller, termina-t-il en souriant.

— Marc! s'écria Marie-Hélène en riant.

C'était la première fois qu'elle riait depuis qu'elle séjournait à l'hôpital.

— Alors, je vous laisse, dit l'infirmière en souriant. Au revoir et bonne chance, Mademoiselle Pelletier.

— Merci pour tout, répondit simplement Marie-Hélène.

Après son départ, Marc alla ouvrir les robinets de la baignoire et il régla la température de l'eau pour qu'elle soit juste comme l'aimait Marie-Hélène. Lorsqu'il revint près d'elle, elle lui dit:

— Je crois que ce ne sera pas de tout repos de vivre avec toi!

— Pourquoi dis-tu cela? lui demanda-t-il, surpris.

— Je vais toujours me sentir en compétition avec les autres femmes, répliqua-t-elle sur un ton plein de sous-entendus.

— Je ne comprends pas ce que tu veux dire! Explique-toi.

— Ah! si, tu comprends! J'ai remarqué que lorsque tu n'étais pas dans cette chambre, je ne recevais que les soins nécessaires... ni plus ni moins, dit-elle en souriant.

— Alors?

— Eh bien! lorsque tu y mets les pieds, toutes les infirmières de l'étage accourent, sous prétexte de voir à mon bien-être. «Avez-vous mal à la tête, Mademoiselle Pelletier?», «Désirez-vous quelque chose?», «Si vous avez besoin de quoi que ce soit, vous n'avez qu'à sonner!»

Marc rit de bon cœur et dit:

— Ma foi, tu me fais une scène de jalousie!

— Il y a de quoi, ne crois-tu pas? dit-elle en rougissant.

— Enfin, je te retrouve... Mais laisse-moi te dire que je me fous complètement de toutes ces infirmières... Il n'y a que toi qui comptes pour moi... Bon sang! s'écria-t-il soudain, le bain!

Il se leva rapidement et courut vers la salle de bains. Il en ressortit en souriant et dit:

— Prends ton temps. Je serai de retour dans trois quarts d'heure environ.

— Marc?

— Oui, chérie?

Elle rougit et dit, visiblement mal à l'aise:

— J'aurais besoin de quelques petites choses à la pharmacie.

— Bien sûr, quoi donc?

— Des serviettes hygiéniques. Pourrais-tu aller m'en chercher? demanda-t-elle d'une toute petite voix.

— Bien sûr, dit-il, l'air naturel.

— As-tu un crayon et un papier?

— Oui.

Il fouilla dans les poches de sa veste de cuir et lui tendit ce qu'elle demandait en disant:

— Tiens, voilà!

— Merci, chéri.

Marie-Hélène écrivit ce dont elle avait besoin, puis ajouta quelques articles à sa liste.

— Ah! j'oubliais..., se souvint-elle. Le médecin m'a aussi prescrit des anovulants. Pourrais-tu me les apporter.

Marc lui sourit, de ce sourire indescriptible fait de charme et d'assurance. Au bout de quelques secondes, il dit:

— C'est drôle!

— Qu'est-ce que tu trouves de si drôle?

— Eh bien!... nous nous comportons déjà comme de jeunes mariés.

— En effet! dit Marie-Hélène en caressant du revers de la main sa veste de cuir.

Il s'approcha d'elle et emprisonna son visage délicat dans ses mains viriles. Pris d'un élan subit d'affection, il l'embrassa avec tendresse. Marie-Hélène répondit avec ardeur à son baiser mais, soudain, elle poussa un cri de douleur. Marc sursauta, et la lâcha aussitôt en lui disant:

— Excuse-moi, chérie...

— Je regrette... C'est ma nuque! répondit-elle en portant sa main à l'endroit où la douleur s'était manifestée.

— Je suis désolé, mon amour.

— Ce n'est rien... Je crois que nous devrons être très sages dans les semaines à venir.

— En effet! répondit-il avec un sourire sur les lèvres. Ce sera pénible, mais je crois que je survivrai...

— Tu es un amour! lui dit-elle avec un demi-sourire accroché au coin des lèvres.

— Ton bain va être froid, lui dit alors Marc. As-tu besoin d'aide?

— Non, je me débrouillerai.

— Je reviens le plus rapidement possible.

Et il sortit. Marie-Hélène se leva doucement et se dirigea à pas très lents vers la salle de bains. Une douleur lui déchirait la hanche à chaque pas qu'elle faisait. Elle prit son temps et enjamba le rebord de la baignoire. Bientôt, elle fut complètement assise, savourant le contact de l'eau tiède sur son corps meurtri.

Elle s'efforça de ne pas penser à ce qui l'obsédait, se contentant d'examiner les nombreuses ecchymoses qui couvraient son ventre, sa hanche et ses cuisses. Elle s'attarda sur celle qui se trouvait sur la hanche droite et qui était de grande dimension. Une énorme tache rougeâtre tirant sur le bleu lui recouvrait en effet entièrement la hanche, et ce n'était pas très esthétique. L'infirmière lui avait dit que pour une ecchymose de cette taille, on donnait généralement le nom d'hématome.

Elle avait été plus que chanceuse de n'avoir absolument rien de cassé ni aucune lésion interne. La douleur allait diminuer graduellement et la peau retrouverait sa couleur naturelle au bout d'un certain temps. Marie-Hélène pensa soudain que sa fausse-couche avait été provoquée par le coup qu'elle avait reçu à cet endroit et, à cette pensée, elle se mit à sangloter.

Elle ne sut combien de temps elle était restée là avec ses pensées de désespoir. Un coup discret frappé à la porte la ramena à la réalité. Marc se présenta le bout du nez en disant:

— Je peux entrer?

— C'est déjà toi?

— Eh oui! Je suis allé acheter le plus rapidement possible ce que tu m'avais demandé.

Il s'avança et s'assit sur le rebord du bain. Un cri d'horreur jaillit alors de sa gorge en voyant l'étendue du bleu qui colorait la hanche de la jeune femme.

— Mon Dieu, Marie-Hélène! s'écria-t-il. Cela doit te faire très mal.

— C'est assez sensible, en effet, répondit-elle en se levant pour sortir du bain. Tu me passes la serviette?

— Oui, tu peux sortir! Je vais t'éponger.

Il l'aida à sortir lentement, la maintenant avec fermeté. Il enroula la serviette autour de son corps, puis il lui demanda sur un ton franchement inquiet:

— Ils sont absolument certains que tu n'as rien de cassé?

— Absolument certains, ne t'inquiète pas. Cela va disparaître d'ici à quelques semaines. Tu as les articles que je t'ai demandés?

— Oui. Attends un peu.

Il sortit de la chambre pour revenir quelques secondes plus tard avec sa valise qu'il déposa par terre. Puis, il lui remit le sac de la pharmacie en disant:

— Ne fais aucun mouvement brusque... Prends ton temps. Je vais ramasser les fleurs et tes effets personnels, et je descendrai mettre le tout dans le coffre de la voiture. J'en ai pour une bonne vingtaine de minutes. Quand tu seras habillée, assieds-toi confortablement et attends-moi, d'accord?

— Oui!

Lorsque tout fut prêt, il alla chercher un fauteuil roulant et obligea la jeune femme à s'y asseoir, puis il la conduisit vers la sortie.

Ils quittèrent l'hôpital en silence, tout de même heureux de mettre fin à ce cauchemar.

CHAPITRE 21

Les trois semaines suivantes s'écoulèrent lentement, Marie-Hélène se remettant peu à peu de son accident. Elle reçut beaucoup de visiteurs, car tous voulaient l'assurer de leur sollicitude en compatissant à sa peine. Bien sûr, très peu de gens connaissaient le drame réel qu'elle devait affronter jour après jour. Presque tous ignoraient qu'elle avait fait une fausse-couche. Seuls quelques membres de la famille et des amis étaient au courant, Marie-Hélène se gardant bien de révéler son secret aux autres.

Marc était aux petits soins pour elle. Il avait transporté dans sa maison plusieurs de ses effets personnels, lui assurant qu'il pourrait ainsi mieux prendre soin d'elle. Marie-Hélène ne s'objecta pas à cette décision, car la présence du jeune homme la rassurait et la réconfortait énormément.

Personne n'ignorait à présent les liens intimes qui les unissaient, et Marie-Hélène se fichait éperdument de ce que les gens pouvaient penser. Marc et elle n'étaient plus des adolescents obligés de se cacher pour s'embrasser. Elle était même contente que tout soit clair désormais. Elle aimait Marc et il faisait partie de sa vie à présent, pour le meilleur et pour le pire. Tel était le destin qu'elle avait choisi de vivre pour le reste de ses jours, Marc à ses côtés. Il ne lui venait même plus à l'esprit qu'il pût en être autrement. Elle assumait son choix de façon très positive, en se disant qu'ils avaient déjà réussi à passer à travers plusieurs épreuves, et qu'il en serait toujours ainsi dorénavant, et cela, tout simplement parce qu'ils s'aimaient...

Marc était très délicat et respectueux envers elle. Il lui permettait de vivre sa peine, en respectant ses silences. Jamais il ne s'interposait entre elle et sa douleur. C'était comme s'il avait compris quelque chose, lui aussi, de par cet événement. Elle savait qu'il était bouleversé tout autant qu'elle et elle n'ignorait pas qu'il souffrait en silence et qu'il trouvait très difficile son mutisme et sa réserve vis-à-vis du drame qu'elle vivait. Mais jamais il ne la brusquait, car il savait au fond de lui que lorsqu'elle serait prête, elle se confierait à lui. Elle était sûre qu'il avait confiance en elle et en leur amour, et elle lui en était très reconnaissante, car elle voyait là de nouvelles preuves de son amour.

Mais l'heure du retour au travail approchait pour elle, car il ne lui restait plus que quelques jours de convalescence. Elle se dit qu'il était temps à présent d'épancher son cœur. Le mois d'octobre se terminait le lendemain et déjà l'hiver s'annonçait avec des journées de plus en plus froides.

Dans moins de deux mois, ils seraient mariés, et elle ne désirait pas que subsiste le moindre malentendu entre eux.

Elle décida donc de mettre fin à cette période de silence et de confier à Marc ce qui l'oppressait et la rendait si morose. Oui, il était temps à présent qu'ils aient tous les deux une bonne discussion.

Jusque-là, Marc avait manifesté une grande patience face à sa dépression, et elle ne lui avait fourni que très peu d'explications sur son état d'esprit. Mais elle se devait d'être enfin honnête envers lui et se vider le cœur définitivement. Elle devait partager avec lui ses sombres pensées de même que ses craintes face à l'avenir.

Elle pensa alors aux cartes d'invitation qu'elle devait expédier dans les jours suivants. Il y avait tant de choses à régler avant le grand jour. Soudain, une bouffée d'énergie l'envahit et elle se leva avec l'intention de commander un souper pour le soir. Même s'ils n'étaient pas sortis, depuis trois semaines, elle préférait rester encore à la maison. Ils pourraient ainsi bavarder plus tranquillement.

Elle décrocha le téléphone et composa le numéro du chantier. Marc lui avait affirmé que la construction avançait rapidement. Les charpentes de l'édifice étaient toutes montées et déjà, les maçons s'étaient mis à l'œuvre.

Il lui avait assuré que la salle de réception ainsi que le restaurant seraient terminés pour leur mariage, et que quelques chambres seraient même prêtes pour accueillir d'éventuels clients pour le temps des fêtes.

Le téléphone sonna trois coups avant que quelqu'un se décide enfin à décrocher. Une voix féminine et essoufflée se fit entendre à l'autre bout du fil.

— Bonjour! Vous êtes *Au repos de Pierrot*. Puis-je vous aider?

— Bonjour, ici Marie-Hélène Pelletier! J'aimerais parler à Marc, je vous prie.

— Marie-Hélène! s'exclama la dame au bout du fil. Je suis heureuse de vous entendre... C'est Jacynthe qui parle. Comment allez-vous?

La jeune femme garda le silence quelques instants en tentant de contenir son émotion. Finalement, elle dit sur un ton de voix posé:

— Je vais très bien.

— Tant mieux, répondit son interlocutrice. Je suis heureuse de vous l'entendre dire. Vous savez, le pauvre Marc semble très abattu depuis quelques semaines. J'espère que tout rentrera dans l'ordre d'ici peu. Il n'est plus lui-même depuis quelque temps. Il est tellement amoureux de vous, et il semble si inquiet pour votre équilibre et votre santé...

Le sang de la jeune femme ne fit qu'un tour. Pour qui se prenait-elle, cette chipie? Et que voulait-elle insinuer?

Elle répondit du tac au tac, d'une voix sèche et ferme:

— Ne vous inquiétez pas... Je peux très bien veiller sur lui!

Elle crut alors remarquer que Jacynthe grinçait des dents.

— Oh! Je sais que vous avez beaucoup de pouvoir sur lui, répondit son interlocutrice, d'une voix lourde de sous-entendus. Mais il se trouve que j'ai beaucoup d'estime pour lui. Comme vous le savez sans doute, je lui dois beaucoup... Il m'a sortie du pétrin il y a quelques années et il s'est très bien occupé de moi... ainsi que de mon fils. Ne le prenez surtout pas mal...

mais je suis triste pour lui en ce moment. Je le sens abattu, et il semble lutter contre un sentiment d'impuissance et d'insécurité... C'est d'ailleurs la deuxième fois que je le vois dans cet état, et cela à quelques mois d'intervalles. Depuis qu'il vous connaît, pour être plus précise.

— Pour qui vous prenez-vous? Vous ne savez rien de moi et vous osez m'accuser de jouer avec les sentiments de Marc?

Puis, il me semble que vous vous préoccupez beaucoup de lui, poursuivit-elle, un sentiment de colère et de jalousie lui étreignant le cœur.

— Oh! mais c'est tout à fait normal! Voyez-vous, je considère Marc comme un frère... et je l'aime beaucoup... Je me fais beaucoup de souci pour lui, expliqua-t-elle d'une voix suave.

— Tant que cela restera des sentiments fraternels, je serai bien obligée de composer avec la situation. Mais je vous avertis, ne tentez surtout pas de m'enlever l'homme que j'aime, parce que... je vous arracherais les cheveux de la tête un par un... Est-ce bien clair? acheva-t-elle, surprise de sa propre audace.

— Mais vous êtes jalouse! s'exclama Jacynthe avant d'éclater de rire.

Marie-Hélène bouillait de rage. Elle était si irritée qu'elle faillit raccrocher, mais la voix de Jacynthe se fit à nouveau entendre:

— Je... je suis désolée. Ne m'en voulez pas... Je crois que je vous ai mal jugée. Je vous prenais pour une de ces femmes arrivistes qui veulent mettre le grappin sur

Marc et sa fortune. Voyez-vous, quand je m'aperçois qu'une femme tourne un peu trop autour de lui, je lui fais le coup de la femme qui souffre d'un amour incompris... Vous êtes maintenant en mesure de constater que cela fonctionne à merveille.

— Écoutez-moi, Jacynthe. Je trouve que vous prenez un peu trop au sérieux votre rôle de défenseur. Vous n'avez aucun droit de vous immiscer dans ma vie comme ça... ni dans celle de Marc. J'ai le goût de vous écorcher vive, vous m'entendez?

— Parfaitement, et j'en suis vraiment navrée... Écoutez, vous me devez tout de même une fière chandelle, car nombreuses sont les femmes qui ont tenté d'user de leurs charmes à l'endroit du pauvre Marc.

— Je ne crois pas que Marc soit homme à se laisser abuser par qui que ce soit, et ce n'est pas un pauvre homme non plus. Mon Dieu! À vous entendre, on dirait qu'il n'est qu'une mauviette incapable de se prendre en main. Marc n'a certainement pas un tempérament...

— Ce n'est pas ce que j'ai voulu dire, s'objecta Jacynthe. Ma parole! Vous êtes une vraie bombe, et je me rends maintenant compte que vous l'aimez vraiment... Écoutez, je suis réellement désolée... Je ne sais plus quoi vous dire, ne serait-ce qu'il n'y a rien entre Marc et moi..., seulement une belle et solide amitié. Nous nous connaissons depuis trop longtemps pour vivre une autre forme de relation. D'ailleurs, depuis que je suis à Rivière-du-Loup, j'ai rencontré un homme très bien, et c'est la première fois que je suis réellement... Mon Dieu... Je suis tellement navrée de cette scène! Si Marc apprenait cela, je crois qu'il m'étriperait.

— Ça va! dit Marie-Hélène, consciente du malaise de la jeune femme au bout du fil. Mais j'espère que cette petite conversation vous a permis de voir de quoi j'étais capable... lorsque Marc est en cause.

— Ne vous en faites pas pour moi... J'ai bien mérité vos reproches et je sais ce que peut faire une femme amoureuse. Je vous souhaite beaucoup de bonheur... et je suis très heureuse pour Marc. C'est un homme tellement bon et généreux, il mérite d'être aimé par quelqu'un comme vous.

— Je vous remercie, dit simplement Marie-Hélène, très soulagée par cette conversation.

Maintenant, elle savait que Jacynthe ne représentait aucun danger pour elle. Aussi dit-elle d'une voix radoucie:

— Peut-être pourrions-nous nous rencontrer? Finalement, je crois que je suis assez curieuse de faire votre connaissance.

— Êtes-vous sérieuse?

— Mais bien sûr. Que diriez-vous de venir souper à la maison avec votre ami jeudi prochain? Est-ce que cela vous ferait plaisir? demanda Marie-Hélène, que la situation amusait désormais.

— Je suis certaine que cela plairait beaucoup à Yves. Il apprécie déjà tellement Marc...

Mais elle interrompit là la conversation pour annoncer:

— Voilà Marc! Je vous le passe à l'instant. À jeudi prochain, donc. Je suis très heureuse d'avoir eu cette petite discussion avec vous. J'espère que vous ne m'en tiendrez pas rigueur.

— Non, la tornade est passée maintenant, répondit Marie-Hélène en riant.

— À jeudi alors!

Pendant que Jacynthe passait l'appareil à Marc, Marie-Hélène s'efforçait de retrouver son calme. Elle se demandait si elle devait mettre Marc au courant de cette petite discussion. Puis, elle se dit que non, que cela ne ferait qu'envenimer sa relation avec Jacynthe. Maintenant qu'elle était rassurée, elle ne voulait causer aucun tort à la jeune femme. Elle décida donc de tenir leur conversation secrète.

Soudain, la voix rauque aux accents familiers se fit entendre:

— Marie-Hélène? Tu vas bien, chérie?

— Bien sûr, mon amour, que je vais bien. Je vais même très bien. Je voulais simplement te faire part d'une invitation.

— Une invitation? demanda-t-il, curieux.

— C'est moi qui t'invite. J'ai commandé un souper pour deux... pour dix-huit heures. J'aimerais discuter avec toi, ajouta-t-elle presque timidement. Pourras-tu te libérer?

Elle l'entendit soupirer à l'autre bout du fil, puis, après quelques secondes de silence, il dit:

— Tu sais bien que je peux toujours me libérer pour toi.

Puis, d'une voix hésitante, il demanda:

— Tu n'iras pas prendre l'air cette fois?

— Mais non, idiot! le rassura-t-elle, sensible à sa détresse. Il ne m'arrivera rien cette fois. J'ai plutôt l'intention de commencer à adresser nos cartes d'invitation pour notre mariage... Je pense qu'il est grand temps que je m'en occupe.

— J'en suis heureux! Je pense que je pourrai me libérer pour dix-sept heures et j'apprécierais que tu me prépares un bon bain chaud. Je pourrais ainsi me détendre un peu avant de souper.

— C'est d'accord. Je t'attends!

— Merveilleux!

Un long silence suivit. Marie-Hélène savait que Marc faisait des efforts pour ne pas poser de questions, et elle admirait le pouvoir qu'il avait sur lui-même. Finalement, il dit:

— Je t'aime, tu sais.

— Moi aussi. À ce soir!

— À ce soir!

Et il raccrocha. Marie-Hélène s'assis confortablement et commença à écrire les adresses sur les enveloppes des cartes d'invitation. Elle en avait fait une trentaine lorsqu'elle se rendit compte qu'il était déjà dix-sept heures. Elle rangea rapidement la boîte qui contenait les cartes et se rendit à la salle de bains où elle fit couler l'eau dans la baignoire.

Précipitamment, elle alla chercher des vêtements de rechange pour Marc, et les déposa sur le comptoir près du bain. Elle entendit alors s'ouvrir la porte d'entrée, et Marc pénétra à l'intérieur de la maison en sifflant. Il l'appela aussitôt:

— Marie-Hélène, tu es là?

— Oui, chéri, répondit-elle en allant à sa rencontre pour se jeter dans ses bras.

Il l'étreignit en la soulevant de terre.

— Tu m'as manqué aujourd'hui.

— Toi aussi! lui dit-elle en l'embrassant passionnément.

— Hum! quel accueil!

— Va vite prendre ton bain. Tu trouveras des vêtements propres dans la salle de bains.

— Tu me gâtes! Qu'est-ce qui se passe? Aurais-tu de mauvaises intentions?

— Peut-être..., dit-elle, mystérieuse.

— Ne blague pas avec ça, lui dit-il en l'embrassant.

Elle se libéra et dit sur un ton amusé:

— Va prendre ton bain! Il va être froid si tu ne te hâtes pas.

— Est-ce un ordre? demanda-t-il, le cœur plein d'espoir.

— Absolument! Je désire manger chaud!

— Zut! Et moi qui pensais que tu avais envie de moi, lui dit-il, sur un ton faussement déçu.

— Allez! Dans le bain!

— Vos désirs sont des ordres, chère Madame! s'exclama-t-il en faisant une révérence.

Elle rit et disparut d'un pas rapide dans la cuisine pendant que Marc accrochait sa veste dans la penderie et se dirigeait vers la salle de bains. Elle attendit quelques minutes, puis elle décida de lui faire une surprise en allant le retrouver. Adoptant une démarche féline, elle s'avança vers lui et vint s'asseoir sur le rebord du bain. Elle le contempla longuement en silence, en l'enveloppant d'un regard chargé de désir.

Marc ne se trompa pas sur ce regard qui en disait long sur ses intentions.

— Je... je ne t'ai pas gâté dernièrement..., lui dit-elle amoureusement.

Il soutint son regard, et une envie violente, puissante, insensée de l'aimer le submergea. Détournant les yeux, il se força à reprendre ses esprits, puis un peu calmé, il dit:

— Je suis capable d'attendre.

— Vraiment? dit-elle, enjôleuse.

— J'avoue que je trouve cela plutôt difficile...

Il soupira et regarda vers le plafond, pour fuir ce regard de braise qu'elle posait sur lui avec insistance.

— Marc..., l'appela-t-elle, d'une voix infiniment douce.

— Ne joue pas avec moi, lui dit-il en la regardant droit dans les yeux cette fois.

Il soupira à nouveau et ajouta:

— Tu sais, vivre auprès de toi... te contempler nue lorsque tu sors de ton bain ou que tu changes de vêtements sous mes yeux..., sentir la chaleur de ton corps près de moi la nuit, lorsque tu me serres dans tes bras en dormant... me donne des nuits d'insomnie!

— Vraiment?

— Je crois que tu te moques de moi...

— Tu crois? demanda-t-elle, sournoise.

— Mais... je veux que tu saches que je t'aime et que je comprends tes sentiments. C'est pour cette raison que je n'ai rien tenté vis-à-vis de toi... Je ne veux pas te brusquer. Je souhaite que tu surmontes ta peine et que tu acceptes de refaire l'amour avec moi quand tu te sentiras prête.

— J'avais compris, dit-elle avec un sourire de séductrice dégageant un charme quasi magique, en même temps qu'elle s'approchait dangereusement de lui.

Les paroles de Marc la touchaient énormément. S'accroupissant à côté du bain, elle prit entre ses mains la main mouillée de Marc et la porta à ses lèvres en disant:

— C'est la plus belle preuve d'amour que tu pouvais me donner. Je crois que je t'aime davantage à présent... enfin, si c'est possible de t'aimer encore plus. Souvent, il m'arrive de penser que je ne mérite pas ton amour... et j'ai parfois des sentiments de culpabilité à ton endroit. Tu es... si bon... si généreux, si compréhensif, et je me sens si moche parfois...

Marc ne la laissa pas terminer sa phrase et il lui dit sur un ton vraiment amoureux:

— Je t'aime, toi, toute entière et telle que tu es. Je te dois mon bonheur. Tu me rends immensément heureux... Tu me donnes déjà plus que je n'aurais espéré. Tu remplis ma vie et, sans toi, cette vie n'aurait plus aucun sens. J'ai tant besoin de toi...

— Marc! Comment pourrais-je vivre sans toi? Dire que j'ai failli renoncer à ton amour il y a quelques mois.

— Chuuut! fit-il. Tu es là et je suis là. Nous sommes heureux ensemble, et c'est tout ce qui compte.

— Tu as raison, dit-elle en lui tendant ses lèvres dans un geste d'offrande, comme pour sceller leur amour.

Il répondit avec ardeur à son baiser, mais elle s'éloigna rapidement de lui en disant:

— Arrête! tu vas me mouiller!

— Tu me rends fou! Sors d'ici, sinon...

— Sinon? demanda-t-elle, taquine.

— Sinon... je t'attire dans la baignoire avec moi.

— Tu n'oserais pas, lui dit-elle d'une voix provocante.

Pour toute réponse, il se mit debout dans le bain et fit mine de l'attraper. Marie-Hélène recula de quelques pas et, au même instant, la sonnette de la porte d'entrée se fit entendre.

— Sauvé par la cloche! constata-t-elle.

— Tu n'es qu'une trouillarde! s'écria Marc sur un ton faussement déçu en s'assoyant à nouveau dans le bain.

Marie-Hélène alla ouvrir. C'était le livreur du restaurant. Elle paya l'addition et déposa les plats sur la table tout en tendant l'oreille vers la salle de bains. Marc chantait encore *Hélène*, et ce vibrant hommage qu'il lui rendait la réjouit au plus haut point.

Lorsqu'il fut habillé, il la rejoignit à la cuisine et lui donna un coup de main en allumant quelques chandelles et en ouvrant une bouteille de vin. Bientôt, ils s'attablèrent et mangèrent avec appétit tout en bavardant. Soudain sérieux, Marc lui dit:

— J'ai une proposition à te faire.

— Je t'écoute! dit-elle, intriguée.

— J'ai entendu parler d'une magnifique demeure qui était à vendre et je suis allé la visiter... Elle m'a beaucoup plu et j'aimerais bien qu'on la visite ensemble. Je pense qu'elle pourrait te plaire à toi aussi.

— Tu crois?

— Oui! Elle appartient à une femme dont le mari est décédé l'été dernier et qui désire s'établir en Floride. Nous ne pourrions pas en prendre possession avant l'automne prochain, mais si elle te plaît à toi autant qu'à moi, nous pourrions mettre nos deux maisons en vente pour pouvoir en faire l'acquisition. Qu'en dis-tu?

— Où est cette maison?

— À Notre-Dame-du-Portage.

— Et combien ses propriétaires en demandent-ils?

— Trois cent mille dollars, répondit-il en guettant sa réaction.

— Trois cent mille dollars! s'écria-t-elle en manquant de s'étouffer avec sa nourriture.

— C'est un prix très raisonnable, affirma-t-il, un sourire aux lèvres. À Québec, cette maison vaudrait un demi-million.

— Mais... as-tu pensé aux paiements mensuels que nous aurions à assumer?

— Écoute, combien vaut ta maison?

— Je crois que je pourrais la revendre environ quatre-vingt mille dollars. Mais j'en dois encore quinze mille.

— Donc, il t'en resterait soixante-cinq mille.

— Oui!

— Eh bien! moi, la mienne en vaut deux cent cinquante mille. En vendant nos deux maisons, nous aurons suffisamment d'argent pour acheter l'autre et nous pourrons même nous procurer une partie de l'ameublement.

— Ça alors! s'écria Marie-Hélène. Mais tu ne dois plus rien sur ta maison?

— Non, dit-il, conscient de sa surprise.

— J'avais une hypothèque de dix ans sur cette maison... et j'ai fini de la payer en avril dernier.

— Mais c'est incroyable!

— C'est pourtant la vérité.

Marie-Hélène était complètement fascinée par la proposition de Marc. Ils en discutèrent tout le reste du repas et ils con-tinuèrent d'en parler en mettant de l'ordre dans la cuisine. Finalement, ils convinrent d'aller la visiter le lendemain. Après avoir pris cette décision, ils allèrent s'asseoir sur le canapé, un verre de digestif à la main, comme ils en avaient pris l'habitude.

Marie-Hélène se dit alors qu'il était temps de faire part à Marc de ses appréhensions.

— Il reste un point qui n'a pas été éclairci entre nous, commença-t-elle.

— Lequel? demanda Marc, le cœur battant.

— Celui de ma grossesse.

— Je t'écoute, dit-il en la prenant dans ses bras.

— Bon... eh bien, voilà! Je voulais te dire que l'idée que je puisse être enceinte m'a effleuré l'esprit quelques jours seulement avant mon accident. Je ne me sentais pas bien depuis un certain temps. J'avais souvent des étourdissements et des nausées le matin... Mais je me croyais nerveuse ou malade... En fait, j'étais particulièrement inquiète pour ma santé.

— Et tu ne m'en as rien dit? mentionna Marc sur un ton de reproche.

— Je sais... mais j'étais tellement effrayée moi-même que je ne voulais pas t'alarmer inutilement. J'espérais que c'était simplement de la nervosité. Alors, un midi où tu te trouvais à Québec... Tu te rappelles? C'est le jeudi où tu m'as offert ma bague de fiançailles.

— Oui! Je m'en souviens très bien.

— Eh bien! pendant ton absence, Pierre m'a invitée à dîner. Il voulait m'annoncer que Ginette et lui attendaient un enfant. C'est alors que le déclic s'est fait dans mon esprit. Et en faisant cette découverte, j'ai perdu connaissance...

Marie-Hélène s'arrêta pour observer la réaction de Marc, mais son visage resta impassible. Déçue, elle poursuivit:

— On m'a transporté dans un bureau du restaurant où on m'a ranimée. J'ai alors demandé quelque chose à manger, et dès que j'ai réussi à avaler quelque chose, je me suis très bien sentie, et cela a confirmé mes doutes.

— Pierre était donc au courant? dit Marc sur un ton amer.

— Oui... C'est même lui qui a confirmé ce que je soupçonnais... J'étais tellement surprise que je ne savais pas comment réagir. Je n'arrivais pas à croire que cela puisse m'arriver, et j'avais besoin de temps pour me faire à cette idée...

— Je vois, dit Marc très déçu.

— Le lendemain, quand tu es revenu, tu m'as proposé d'annoncer nos fiançailles lors du mariage de Guillaume... Alors, j'ai paniqué. Je ne savais pas comment tu allais prendre la nouvelle et j'ai bien failli tout te raconter ce soir-là...

Marc passa une main dans ses cheveux et dit:

— Mais tu ne l'as pas fait...

— Non... écoute, mon rendez-vous était pris chez le médecin pour le mardi suivant. Alors, je me suis dit... qu'il était préférable que j'aie la confirmation de mon état avant de t'en faire part... quand le mardi est arrivé, je me suis donc rendue chez le médecin qui a confirmé mes pressentiments. J'ai failli m'évanouir à nouveau, tant j'étais saisie. Je suis alors retournée chez moi plutôt qu'au bureau, car j'avais besoin de prendre un peu l'air... Je voulais me préparer mentalement à t'annoncer cette nouvelle plutôt surprenante. J'étais folle de bonheur... mais je ne savais pas comment toi, tu allais réagir à tout cela... J'avais un peu peur de ta réaction...

Il la regarda longuement, une peine immense voilant son regard. Prenant une profonde respiration, il dit:

— J'aurais été absolument fou de joie... Comment peux-tu ainsi douter de ma réaction. Je me suis senti si triste et impuissant... lorsque j'ai appris que tu étais enceinte et que tu avais perdu cet enfant... J'en ai même pleuré...

— Marc... je te demande pardon, lui dit-elle en caressant ses cheveux. J'ai beaucoup réfléchi durant ces trois semaines, et je m'en veux de ne pas avoir partagé avec toi ces moments d'attente et d'incertitude... Mais il faut que tu comprennes que j'étais totalement dépassée par les événements. J'avais si peur...

— Tu as vraiment eu peur que je ne veuille pas de cet enfant?

— Pas que tu n'en veuilles pas... mais plutôt que le moment ne soit pas propice. Je me serais mariée enceinte de près de quatre mois... Disons que j'avais peur que tu trouves cela un peu prématuré. Avoue que c'était particulier comme situation, ajouta-t-elle en souriant.

— Mais nous nous serions mariés tout de suite, répliqua-t-il.

— Je n'étais pas en mesure d'envisager cette solution...

— Oui... je comprends mieux maintenant ton comportement.

Dans un geste de tendresse, il caressa ses cheveux et dit:

— Tu voulais vraiment m'apprendre la nouvelle le soir même?

— Oui, répondit-elle tristement. Je voulais commander un souper que nous aurions mangé en tête-à-tête, et je t'aurais alors tout avoué.

— J'aurais été heureux d'avoir cet enfant. Promets-moi qu'à l'avenir, tu partageras tes sentiments et tes craintes avec moi. C'est important pour moi... Je ne veux plus qu'il y ait de doute et d'incertitude entre nous désormais.

— C'est promis!

— Et maintenant, comment te sens-tu?

— Je suis triste. J'ai l'impression que tout ce qui touche à ma vie sentimentale et affective se termine toujours par un échec, et j'ai peur de l'avenir, dit-elle dans un souffle.

Marc la serra contre lui et dit:

— La perte de notre enfant n'était qu'un accident indépendant de ta volonté.

— Comme le viol de Christine! s'exclama-t-elle, un sanglot au fond de la gorge.

— Que dis-tu là? demanda Marc qui avait sursauté à cette déclaration.

— Cet accident a réveillé en moi des souvenirs douloureux et déchirants.

Un long silence s'installa entre eux. Marc se taisait, se disant qu'il valait mieux la laisser parler.

— Alors? finit-il par demander.

— Je t'ai tout raconté du drame que j'ai vécu ce fameux soir... mais j'ai volontairement omis un détail que je n'ai jamais été capable de révéler à personne.

Marc saisit immédiatement le caractère tragique de ce qu'elle allait lui révéler. Il l'embrassa dans le cou pour l'encourager un peu et la rassurer, puis il lui dit sur un ton très doux:

— Raconte-le-moi...

— Je... je...

Les souvenirs du passé s'imposèrent à sa mémoire, provoquant un déluge de larmes. Elle se rappela le moment où les ravisseurs avaient tiré au sort le nom de leur première victime...

— Mon Dieu! articula-t-elle péniblement, je suis incapable de le dire... Les mots... refusent... de se former dans ma bouche.

Marc avait le cœur brisé. Il la sentait au bord de la crise de nerfs, mais il savait qu'elle devait parler pour se libérer définitivement de ce qui l'empêchait d'être une femme totalement épanouie. Il savait instinctivement que ce ne pouvait être que des sentiments de culpabilité qui l'assaillaient, mais il voulait qu'elle en prenne elle-même conscience. Aussi lui dit-il sur un ton à la fois ferme et doux:

— Calme-toi, tu vas y arriver! Prends une longue inspiration.

— Je crois... que la vie... s'est permis de me punir à cause de mes mauvaises intentions envers Christine... Lorsque nos agresseurs... ont tiré au sort... pour savoir laquelle de nous deux allait subir la première leurs assauts sexuels..., eh bien!...

Sa voix se brisa à nouveau, et elle pleura de plus belle.

Marc la soutint et d'une voix posée, il dit pour la rassurer:

— Du calme chérie! Je suis là, n'aie pas peur!

— J'ai... j'ai souhaité que... que ce soit Christine et non pas moi qui y passerait la première... et... Mon Dieu!...

elle en est morte..., continua-t-elle en criant. Elle est morte à cause de moi... tu comprends?

— Oui, chérie, je comprends, lui dit-il en prenant son visage entre ses mains et en l'enfouissant contre sa poitrine, espérant ainsi la rassénérer un peu.

Elle pleura ainsi pendant plusieurs minutes, se libérant de son énorme chagrin. Finalement, elle redressa la tête et poursuivit:

— Elle est morte après avoir donné naissance à un enfant conçu dans la violence... Il est normal que le mien, qui fut conçu dans l'amour, meure aussi... Cela était juste... C'est ce qui devait m'arriver...

Marc n'en croyait pas ses oreilles. Se pouvait-il qu'elle pense ainsi? Il répliqua:

— C'est vraiment ce que tu crois?

— Comment veux-tu que j'interprète cet événement autrement? C'est pour me punir, à cause de la vie merveilleuse que je vis auprès de toi... C'est le prix que je dois payer... Je n'ai pas le droit d'être heureuse, tu comprends! Elle est morte alors que moi, je vis... Et en plus de vivre, je connais l'amour, la passion, le bonheur, et je ne peux plus m'en passer... Elle, elle a été violée et elle est morte après avoir donné naissance à l'enfant de la violence... Peux-tu imaginer cinq secondes quel cauchemar a été le sien? hoqueta-t-elle en lui adressant un regard chargé d'horreur.

Marc se sentait complètement démuni face à cette façon de voir les choses. Il savait que son raisonnement était complètement insensé, mais comment le lui faire comprendre?

Les seuls responsables de cette tragédie étaient ces monstrueux bandits qui avaient brisé la vie de deux jeunes femmes.

Dans un geste d'impuissance, Marc se passa la main dans les cheveux, réfléchissant à ce qu'il allait dire pour convaincre Marie-Hélène qu'elle avait tort. Au bout d'interminables minutes, il dit sur un ton doux mais convaincant:

— Si je suis bien ton raisonnement, aucune femme au monde n'a le droit de donner naissance à un enfant à cause de Christine! Ne comprends-tu pas que tu as été simplement témoin d'une agression sexuelle commise sur ton amie d'enfance? Tu étais là, victime tout autant qu'elle de cet horrible drame... et tu ne pouvais rien faire pour elle, ni pour toi, d'ailleurs... Tu étais toi-même séquestrée et attachée à une chaise, complètement impuissante... dans une situation aussi difficile que la sienne. Et lorsque ce tirage au sort a eu lieu, tu étais aussi vulnérable qu'elle, et ta vie était autant en danger que la sienne. Ne crois-tu pas que le sort aurait pu te désigner, toi, tout autant que Christine? Tu ne lui voulais aucun mal... Tu voulais juste te sauver, toi! Tu ne désirais pas que Christine soit violée! Tu ne voulais tout simplement pas que ces sales types te touchent..., toi.

Il s'interrompit quelques secondes, puis enchaîna:

— Tu ne peux plus changer quoi que ce soit à ce qui est arrivé. Ce qui est arrivé est arrivé! Ni toi ni moi ni Christine ne pouvons plus revenir en arrière. Tu ne pourras jamais oublier cette tragédie qui fait partie de ton passé... Mais tu dois arriver à te libérer de ces sentiments de culpabilité qui t'habitent et t'empêchent de vivre une vie de femme normale. Il le faut... tu m'entends? Il le faut..., d'abord pour toi, et ensuite pour moi et les enfants que nous aurons un jour. Tu dois lutter contre ces idées noires qui t'assaillent et te ressaisir rapidement.

— Y arriverai-je un jour? C'est si dur, si pénible. Il n'y a que toi qui puisses m'aider à m'en sortir, dit-elle, d'une voix à peine audible.

— Je t'aiderai, dit-il en l'embrassant. Tu peux compter sur moi!

Il la berça pendant de longues minutes, et une idée s'infiltra alors dans son esprit, mais il ne savait pas s'il devait lui en faire part. Cela représentait un risque de la déchirer davantage, comme cela pouvait la pacifier à jamais. Un espoir naquit en lui, et il se hasarda:

— Comment imagines-tu l'enfant de Christine?

— Monstrueux et malheureux! répondit-elle sans hésiter.

— Eh bien! tu te trompes! répondit-il dans un souffle.

Se dégageant de ses bras, elle le regarda sans comprendre.

— Je l'ai vu, dit-il en hésitant.

— Quoi?

— Oui, je l'ai vu. C'est une fille et elle demeure à Rimouski. Je l'ai cherchée, puis, quand j'ai su son adresse, je me suis rendu devant sa maison de bonne heure le matin afin de la regarder partir pour l'école. Elle est absolument merveilleuse, affirma-t-il, bouleversé par l'expression qu'il voyait sur le visage de Marie-Hélène.

— Mais comment est-ce possible? demanda-t-elle en reprenant des couleurs.

— Ton père savait depuis toujours où elle se trouvait et, un jour, alors que je discutais avec lui, il me l'a dit. J'ai conservé ce secret jusqu'à ce soir, en me disant que si un jour, il était utile de te le révéler, je le ferais. Et ce soir, le moment me semble plus qu'indiqué..., ne crois-tu pas?

Marie-Hélène croyait rêver, tellement son agitation était grande. Elle le pressa de poursuivre.

— Comment est-elle? demanda-t-elle. Décris-la-moi!

Soulagé, Marc sourit et dit:

— Te sentirais-tu capable de la voir? Je veux dire de loin... sans lui adresser la parole, bien entendu. Les travailleurs sociaux n'ont pas jugé bon de lui révéler les circonstances de sa naissance... Ils ont préféré dire à ses parents adoptifs que ses parents naturels étaient morts dans un accident, quelques jours après sa naissance. Catherine... c'est son nom, dit-il avec douceur, ne sait rien sur ses origines.

Catherine... Ce nom martelait les tempes de Marie-Hélène. Elle s'appelait Catherine... Quel nom merveilleux! Mais Marc interrompit ses réflexions en demandant:

— Tu aimerais la voir?

— Oh! oui! affirma-t-elle sans aucune hésitation.

— Quand aimerais-tu que nous effectuions ce voyage?

— Demain! s'exclama la jeune femme.

Mais son visage s'assombrit soudain et elle dit:

— Non, pas demain. C'est samedi, et elle n'a pas de classe.

— Disons lundi. Qu'en penses-tu?

— Je dois rentrer au travail... répondit-elle.

— Tu n'as qu'à retarder ton retour d'une journée.

— Oui, c'est ce que je vais faire! Mais toi, comment feras-tu? Ils ont besoin de toi au chantier.

— Je me libérerai.

— Oh! merci, Marc! Je t'adore!

— Nous devrons nous lever très tôt, car elle quitte la maison vers huit heures trente. Pour être sûrs de ne pas la manquer, nous devrons être devant sa demeure vers huit heures quinze. Il faudra partir d'ici pas plus tard que sept heures du matin.

— Tu es vraiment le plus extraordinaire des hommes, dit Marie-Hélène en lui tendant les bras, un sourire désarmant accroché aux coin de ses lèvres.

Marc se félicita pour son initiative. Il avait risqué gros, mais il se réjouissait maintenant d'avoir pris la bonne décision. Le visage de Marie-Hélène, qui quelques minutes plus tôt avait exprimé la douleur et l'horreur, était maintenant resplendissant de joie:

— Tu es sûre qu'elle est jolie? dit-elle.

— Elle est magnifique! répondit Marc en l'embrassant.

Elle répondit avec ardeur à son baiser, qui devenait de plus en plus exigeant. S'arrachant de ses bras, il murmura:

— Chérie...

— Faisons l'amour, dit Marie-Hélène, j'en meurs d'envie.

— Mais... mais tu risques d'être à nouveau enceinte, lui dit-il, conscient qu'il perdait de plus en plus la maîtrise de ses sens.

— Tu oublies que je prends la pilule maintenant, lui dit-elle d'une voix transformée par le désir.

Elle glissa ses mains à l'intérieur de son chandail et l'entendit gémir de plaisir.

— Comment pourrais-je te résister? Il y a si longtemps que je n'ai pas senti ton corps contre le mien.

— Ne résiste pas, lui dit-elle d'une voix fiévreuse. Aime-moi... comme tu sais si bien le faire.

— Petite tigresse!

Il s'abandonna complètement aux sensations qu'elle faisait naître en lui avec beaucoup de savoir-faire et d'intensité. Bientôt, ils se laissèrent emporter par la passion de plus en plus insoutenable qui les animait. Leurs gestes s'accordaient, leurs souffles se mêlaient, transformant leurs respirations saccadées en gémissements d'extase. N'en pouvant plus ni l'un ni l'autre de subir ce délicieux supplice, ils y mirent fin en unissant leurs corps dans un mouvement de va-et-vient obsédant, déchaîné, frénétique... pour arriver à la jouissance finale et à l'apaisement de leurs sens...

Haletants, ils restèrent soudés l'un à l'autre pendant plusieurs minutes, tentant de sortir peu à peu de l'état d'hébétude physique où les avaient plongés l'amour et la passion qui les unissaient dans l'harmonie et la félicité. Cet instant d'intimité était fait d'un doux mélange de bonheur, de consentement mutuel, de plaisir et de joie indescriptible.

Après un long moment de silence, Marc dit:

— Tu es la femme la plus merveilleuse et la plus sensuelle du monde entier!

— Et toi, tu es l'amant le plus extraordinaire qui soit!

Il rit doucement et dit:

— Comment peux-tu dire cela? Tu n'as pas connu d'autres hommes que moi!

— J'en suis persuadée, et il ne me viendrait même pas à l'idée de faire l'amour avec un autre homme que toi.

— C'est très flatteur, ce que tu me dis là...

— Non, c'est la pure vérité... Si on recommençait? dit-elle audacieusement.

— Oui, nous recommencerons, dit-il en l'embrassant.

— Tout de suite! murmura-t-elle contre son oreille.

— Laisse-moi une petite chance, dit-il en riant. Je suis peut-être un bon amant, mais je ne suis pas une machine.

— Commencerais-tu déjà à montrer des signes de vieillesse?

— Marie-Hélène! s'écria-t-il, offusqué. Je ne suis pas vieux!

— Alors, fais-moi l'amour..., dit-elle pendant qu'une des ses mains s'aventurait sous le drap...

Les yeux de Marc s'agrandirent de stupéfaction et d'incrédulité devant son audace.

— Quel comportement dévergondé! remarqua-t-il en riant.

— Ta morale réprouverait-elle les caresses que je te donne?

— Si on allait prendre l'air? dit-il, décontenancé.

— Essaierais-tu de changer de sujet? dit-elle, amusée.

— Chérie...

— Oui, mon amour?

— Accorde-moi une petite demi-heure, je t'en supplie... mais arrête, gémit-il contre son oreille.

— J'ai lu quelque part que la femme atteignait le sommet de ses performances sexuelles dans la trentaine, tandis que chez les hommes du même âge... les performances dim...

En entendant ces mots, Marc la fit rouler sous lui en disant:

— Vraiment? C'est ce que nous allons voir...

À cet instant, le téléphone sonna, et Marc se redressa pour décrocher l'appareil. Légèrement haletant, il dit:

— Allô Guillaume! Comment vas-tu?

— C'est Guillaume? demanda Marie-Hélène, excitée.

— Oui, lui répondit Marc en couvrant le récepteur d'une main.

Puis, revenant à Guillaume, il demanda:

— Quand êtes-vous revenus de voyage? Hier? Et où êtes-vous? Chez tes parents? Pas trop fatigués?

Il rit de la réponse qu'il entendit.

Marie-Hélène trépignait à ses côtés en demandant:

— Mais qu'est-ce qu'il dit?

— C'est une blague d'homme, répondit-il en couvrant de nouveau le récepteur d'une main.

— Puis s'adressant de nouveau à Guillaume:

— Non, Guillaume, c'est ta sœur qui m'empêche de te parler... Oui, elle est près de moi... Non! non! Tu ne nous déranges pas du tout... continua-t-il en adressant un sourire complice à Marie-Hélène qui se retenait pour ne pas pouffer de rire. D'accord, nous y allons. Nous devrions être chez tes parents dans une vingtaine de minutes... Non, elle va très bien, rassure-toi... Il ne lui reste qu'une petite tache jaunâtre sur la hanche, mais elle s'est très bien remise... Oh! oui! j'ai eu très peur... Écoute, nous en parlerons tout à l'heure... C'est ça... À tout de suite! Salut!

Et il raccrocha en disant:

— Ton petit frère vient de me sauver la vie...

— Ce n'est que partie remise! lui dit-elle en le chatouillant.

— Oui, lorsque nous reviendrons, j'aurai retrouvé toute mon énergie...

— Hum...!

— Debout, lève-toi et habille-toi. Nous sommes invités chez tes parents.

Lorsqu'ils arrivèrent chez les parents de Marie-Hélène, Guillaume et Amélie les attendaient avec impatience. La soirée se déroula de façon très agréable, et tout le monde était heureux de se retrouver après une longue séparation. Au moment où ils se quittèrent, vers minuit, Marie-Hélène les invita à souper pour le lendemain soir.

CHAPITRE 22

Le lundi arriva finalement. Marie-Hélène et Marc se levèrent vers six heures. Ils désiraient partir suffisamment tôt pour ne pas rater la jeune Catherine qui quittait la maison vers huit heures trente, afin de se rendre à la polyvalente de Rimouski.

Arrivés à destination, ils s'arrêtèrent dans un restaurant non loin de l'endroit où habitait la jeune fille et ils prirent leur petit déjeuner, car ils avaient faim.

Marie-Hélène avait les mains glacées par l'appréhension. Elle était si nerveuse que Marc avait du mal à tempérer sa nervosité. Sur un ton inquiet, il lui dit:

— Calme-toi, chérie! Il est encore temps de rebrousser chemin si tu ne te sens pas capable d'affronter la situation.

— Non! J'irai jusqu'au bout. Je la verrai, et cela me fera le plus grand bien, j'en suis sûre.

Il consulta sa montre puis il dit:

— Il est temps d'y aller!

Ils roulèrent en silence. Marc prit la route 132 et il la suivit pendant un certain temps, puis il l'abandonna pour s'engager dans un quartier résidentiel. Il bifurqua ensuite sur une petite rue où il immobilisa sa voiture. Il coupa le contact et prit la main de Marie-Hélène en disant:

— Nous y voilà! Regarde sur ta droite. Tu vois la maison blanche et bleue, là-bas.

— Oui, dit-elle d'une toute petite voix.

— C'est là qu'elle habite, lui dit-il en surveillant sa réaction.

Mais elle garda le silence tout en serrant sa main, méditant sur ses propres réactions et tremblant d'incertitude. Comment allait-elle réagir lorsqu'elle la verrait? Son cerveau refusait de réfléchir à la question. Tous ses muscles étaient tendus sous l'effet de la nervosité.

Après une attente de plusieurs minutes qui lui parut interminable, elle entendit Marc qui s'écriait:

— La voilà!

Marie-Hélène pensa que son cœur allait cesser de battre. Elle vit alors une magnifique jeune fille aux cheveux bruns qui s'avançait tranquillement vers eux d'un pas léger, totalement inconsciente de l'émoi qu'elle suscitait. Retenant sa respiration, Marie-Hélène la contempla. Elle ressemblait à Christine à s'y méprendre... Un tressaillement d'allégresse et de bonheur indescriptible fit vibrer son cœur. Cette enfant qu'elle avait toujours imaginée monstrueuse était belle à couper le souffle et, de toute évidence, elle respirait la joie de vivre... Une sensation de délivrance totale la submergea, et elle sentit son cœur déborder de tendresse. Transportée de reconnaissance, elle s'écria:

— Dieu soit loué!

— Tu te sens bien? demanda Marc, attendri.

— Je ne me suis jamais sentie aussi bien... Mais j'ai une faveur à te demander.

— Laquelle? demanda-t-il, heureux de sa réaction.

— J'aimerais parler à ses parents!

Sentant que Marc allait s'objecter, elle se dépêcha d'expliquer:

— Je veux simplement voir dans quel milieu elle vit et en savoir davantage sur sa personnalité, savoir quel genre de jeune fille elle est, si elle réussit bien dans ses études, etc.

— Marie-Hélène, je ne sais pas si c'est une bonne idée.

— Écoute, Marc. Tu n'as qu'à dire que j'étais une amie d'enfance de sa mère et que je l'ai très bien connue..., que j'ai simplement envie de bavarder un peu avec eux... que j'aimerais savoir si la fille de mon amie est heureuse. Je ne dirai rien de notre passé. Je ne veux pas être une menace pour elle...

Marc réfléchit quelques minutes à sa requête, puis il répondit:

— Je crois que la vie te doit bien ça!

— Merci, mon amour! répondit-elle en l'embrassant.

— Une minute! Avant, tu dois m'écouter. Je vais sortir et bavarder un peu avec ces gens. Pendant ce temps, tu resteras dans la voiture. Et s'ils sont d'accord pour te rencontrer, je viendrai te chercher. Mais promets-moi une chose...

— Quoi, chéri?

— S'ils ne veulent pas te voir, tu accepteras leur décision, c'est d'accord?

— Je te promets que je ne ferai pas de scène et que je me conduirai comme une femme raisonnable, dit-elle en souriant.

— Bon! Je pense que je peux te faire confiance, lui dit-il en l'embrassant doucement sur les lèvres. Sois patiente, cependant. Il se peut que j'aie de la difficulté à les convaincre.

— Je t'attends. Vas-y à présent.

Il l'embrassa de nouveau, puis il sortit de la voiture sans se retourner. Elle le vit s'engager dans l'entrée de la maison puis disparaître. Cinq longues minutes s'écoulèrent avant qu'il ne revienne. Ouvrant la portière de la voiture, il dit:

— Viens! Ils t'attendent!

— Oh! Marc! Je suis si heureuse!

— Allez, viens. Ne les faisons pas attendre!

Elle sortit précipitamment de la voiture et saisit sa main avant de le suivre. Son cœur battait la chamade tandis qu'elle se dirigeait vers la maison. Les parents de la jeune fille les attendaient sur le seuil de la porte un sourire sur les lèvres. Ils accueillirent gentiment la jeune femme et l'invitèrent à entrer, de même que Marc.

Marie-Hélène jeta un coup d'œil circulaire autour de la pièce où elle se trouvait. À n'en pas douter, ces gens étaient à l'aise financièrement. La jeune Catherine ne devait manquer de rien.

— Je suis désolée de vous importuner à une heure aussi matinale, dit-elle, gênée. J'avais simplement envie de connaître les gens qui avaient recueilli si gentiment Catherine...

— Venez vous asseoir, dit le père de la jeune fille. D'après ce que monsieur Durand m'a dit, vous étiez une amie de la mère de Catherine.

— Oui, répondit Marie-Hélène, sur un ton qui laissait transparaître son émotion. Je... enfin, nous avons fait nos études secondaires ensemble. Mais je l'ai perdue de vue par la suite. J'ai su qu'elle était morte dans un accident de voiture avec son mari..., quelques jours à peine après avoir donné naissance à Catherine.

Marie-Hélène se sentait très mal à l'aise de mentir ainsi à ces braves gens. Mais elle se reprit rapidement, se disant qu'il était préférable qu'ils ne connaissent pas la vérité. Aussi continua-t-elle sur un ton détaché:

— Mais rassurez-vous... Je n'ai aucunement l'intention de me présenter à votre fille. J'espérais seulement être rassurée quant au sort de cette enfant. Vous savez, Christine... Oh! pardon! Christine était le prénom de sa mère. Christine, dis-je, était une jeune fille très bien, studieuse et sérieuse. D'ailleurs, la ressemblance de Catherine avec sa mère... m'a vraiment frappée... et je suis encore sous le choc.

— Nous sommes très heureux d'apprendre que la mère de Catherine était une bonne personne, dit madame Bélanger.

— Oui, nous en sommes enchantés, répliqua à son tour le père. Malgré que Catherine soit un peu «tête en l'air», comme la plupart des adolescentes de son âge, nous en sommes très fiers. Voyez-vous, ma femme et moi n'avons pas eu la joie de donner la vie à un enfant... Aussi Catherine représente-t-elle tout pour nous, et nous l'aimons comme si elle était notre propre fille.

— Nous en sommes persuadés, répliqua Marc.

— Bon, dit Marie-Hélène en se levant pour prendre congé du couple, il ne me reste plus qu'à vous remercier d'avoir bien voulu vous entretenir un peu avec moi. Je vous en remercie du fond du cœur.

— Tout le plaisir fut pour nous, Mademoiselle Pelletier, répondit le père de Catherine en lui tendant la main.

— Oh, mais vous prendrez bien un café avec moi? proposa madame Bélanger.

— Non, merci! Il est préférable que nous en restions là. Je vous remercie sincèrement pour votre hospitalité, mais j'ai su ce que je voulais, et cela me suffit. Je désirais simplement voir Catherine et je suis satisfaite à présent.

Mais comme ils s'apprêtaient à sortir, ils furent bousculés par Catherine qui revenait à la maison, essoufflée d'avoir couru. Voyant ce qu'elle avait fait, la jeune fille s'immobilisa brusquement sous le porche en murmurant des excuses à l'intention du couple.

Marie-Hélène blêmit en la voyant et Marc lui serra la main pour la soutenir, pendant qu'un lourd silence tombait sur la pièce. Tous regardaient la jeune fille. Soudain avec un brin de lucidité retrouvé, le père s'écria:

— Mais que fais-tu encore ici à cette heure? Tu devrais être déjà en classe.

— Je sais, mon petit papa chéri. Mais j'ai oublié mon costume d'éducation physique et mon prof ne me l'aurait pas pardonné. Aussi, je suis revenue en courant pour le prendre, laissant Martin se débrouiller avec les explications.

Elle fit une pause pour donner à son père un baiser sonore sur la joue, puis elle lui demanda d'une voix mielleuse:

— Papa chéri, peux-tu me ramener à la poly?

— Tu es vraiment impossible! lui dit-il, attendri. C'est d'accord pour cette fois, ajouta-t-il en souriant. Mais dépêche-toi, sinon tu vas être en retard.

— Merci! Tu es le plus adorable des petits papas en sucre!

À cette remarque, tous éclatèrent de rire. Pour sa part, Marie-Hélène ne pouvait détacher son regard de cette jeune fille. Sa ressemblance avec sa mère était frappante, et Marie-Hélène se revit avec Christine, comme au temps de son adolescence.

— Catherine... Tu ne connais pas cette dame? C'est une amie d'enfance de ta mère, dit le père de la jeune fille, en la prenant par les épaules.

— Non! répondit cette dernière.

— Alors, ma chérie, je te présente Marie-Hélène Pelletier. C'était une camarade de classe de ta mère.

Il marqua une pause, puis il continua:

— Et voici son futur époux, Marc Durand. Il est le propriétaire des motels *Le repos de Pierrot*, tu connais? Nous nous y sommes déjà arrêtés à Québec, il y a deux ans.

— Oui, je me rappelle très bien. Mais dites-moi, Monsieur Durand, est-ce que l'on vous a déjà dit que vous ressembliez à Rob Lowe, un acteur américain?

— Je lui ressemble peut-être un peu... mais je suis beaucoup plus vieux que lui.

— Ah! bon! Je n'aurais pas cru. Mais quel âge avez-vous, au juste? demanda-t-elle curieusement.

Tous rirent à cette question.

— Catherine, s'objecta sa mère. Tu es impolie!

— Ce n'est rien, dit Marc en souriant. J'ai trente-quatre ans!

— Ça alors! C'est vrai que c'est vieux, trente-quatre ans, mais vous ne les faites pas, je vous l'assure.

— Catherine, tu deviens vraiment effrontée! la gronda sa mère.

— Je trouve cela très amusant, je vous assure, Madame Bélanger! s'écria Marc.

Puis, s'adressant de nouveau à Catherine, il demanda:

— Mais quel âge me donnes-tu?

— Trente ans, tout au plus.

Marc rit un peu et continua à la questionner:

— Et trente ans, c'est vieux pour toi?

— C'est moins pire que trente-quatre, en tout cas.

Tous éclatèrent à nouveau de rire. Décidément, elle était charmante, cette jeune fille. Son père lui ébouriffa les cheveux en disant:

— Dépêche-toi, nous allons être tous les deux en retard, cette fois.

— Oui, papa! Tu n'oublieras pas de venir me chercher à dix-sept heures? tout de suite après mon cours de peinture, n'est-ce pas?

— Non, je n'oublierai pas, c'est promis.

— Alors, au revoir Mademoiselle Pelletier, dit Catherine en lui tendant la main. Je suis très heureuse d'avoir fait votre connaissance ainsi que celle de votre futur époux.

— Je suis moi-même ravie, répondit Marie-Hélène en retenant un peu trop longuement entre les siennes la main de la jeune fille.

— Bon, on y va, jeune fille? lui dit son père.

— Bonjour! lança-t-elle à nouveau, en se dirigeant vers une autre pièce de la maison pour en revenir avec un sac à la main.

Quelques minutes plus tard, Marie-Hélène prenait son deuxième café de la journée et elle le dégusta à petites gorgées. Marc la contempla. Elle semblait si détendue qu'il en était ému.

— Comment te sens-tu? lui demanda-t-il.

— Complètement guérie. Je me sens... si libérée. Jamais je ne pourrai assez te remercier, lui dit-elle, l'air épanoui.

— Je suis le plus heureux des hommes de te voir ainsi, mon amour... Tu n'as pas à me remercier.

— Je crois que je ne serai plus jamais la même à présent, dit-elle, songeuse. C'est comme si je venais de me réconcilier avec la vie... Elle lui ressemble tellement, si tu savais!... C'est comme si je l'avais revue, vivante et heureuse comme par le passé. Sa vie n'a pas été inutile... Maintenant, je le comprends... Elle a donné naissance à une enfant merveilleuse et pleine de vie.

— Oui... je sais ce que tu dois ressentir, et cela me bouleverse presque autant que toi.

— Marc, est-ce que je t'ai déjà dit que tu étais merveilleux?

Et que c'est à toi que je dois mon bonheur...

— Non! s'objecta Marc. Ton bonheur, tu ne le dois qu'à toi-même. C'est toi qui as accepté de faire ce cheminement difficile. Et tu peux être fière de ta propre réussite.

— Oui... mais sans ton amour, je n'y serais jamais parvenue, dit-elle d'une voix tendre, en prenant sa main dans la sienne.

— Je t'aime, dit-il, le regard plein de tendresse. Et jamais les mots ne pourront exprimer ce que je ressens pour toi...

— C'est aussi ce que je ressens... et j'ai hâte d'être ta femme et de porter nos enfants, dit-elle dans un souffle.

Un long silence accueillit cette déclaration, tous deux se laissait emporter par ces sentiments riches et intenses qui les habitaient. Au bout de plusieurs minutes, Marc dit:

— Puisque nous sommes ici, pourquoi ne pas en profiter pour magasiner un peu?

— C'est une bonne idée, répondit Marie-Hélène en souriant, mais à une condition!

— Laquelle? demanda-t-il sérieusement.

— Je veux que nous soyons rentrés pour le souper!

— Pourquoi? demanda-t-il, devinant ses pensées.

Elle se pencha par-dessus la table, en vérifiant que personne n'entende leur conversation, et elle dit d'une voix caressante:

— J'ai envie de passer la soirée dans tes bras!

Il sourit et, sur un ton théâtral, il répliqua:

— Vos désirs sont des ordres, chère Madame!

CHAPITRE 23

Les jours s'écoulèrent à une vitesse vertigineuse. Décembre était déjà avancé et Noël approchait à grands pas, mettant Marie-Hélène dans un état de félicité sans pareille. Entre le travail et les préparatifs du mariage, elle n'avait que très peu de temps à consacrer à ses loisirs.

Marc, pour sa part, avait ramené ses effets personnels au chalet de Benoit et Françoise. Les deux amoureux avaient convenu de vivre séparément durant la semaine qui précédait le grand jour. De nombreux déplacements étaient prévus des deux côtés, car ils voulaient être prêts à temps afin que cette journée mémorable qui les unirait pour toujours se passe dans l'harmonie et le plus grand calme possible. Chacun avait ses petits secrets qu'il désirait cacher à l'autre, afin de se réserver des surprises mutuelles.

Le *Repos de Pierrot* était presque achevé, à la grande joie de Marc. Il ne restait qu'à terminer l'aile nord de l'établissement qui contenait plus de quarante chambres. La salle de réception, le restaurant ainsi que plusieurs chambres étaient déjà ouverts au public.

Marc était très fier du travail accompli, d'autant plus que, pendant quelques semaines, il avait craint de ne pas pouvoir y arriver. De petites difficultés avaient en effet pointé à l'horizon vers la fin de novembre, plongeant les futurs époux dans l'incertitude. Fort heureusement, tout était rentré dans l'ordre, grâce à la ténacité de Marc. Le *Repos de Pierrot* avait finalement ouvert ses portes le 15 décembre.

Ce fut un événement marquant à Rivière-du-Loup et à Notre-Dame-du-Portage. Marc avait organisé une soirée d'ouverture et avait convié les notables de la place à un buffet d'honneur servi dans la salle des congrès. Il s'était ainsi assuré plusieurs contrats de location de salle, ainsi que des commandes de buffets à être servis dans ce lieu de rassemblement.

Ensuite, ce fut au tour au public de visiter les lieux. Pendant deux jours, les gens défilèrent dans l'établissement, paraissant enchantés de ce qu'ils voyaient. Déjà, la publicité faisait son chemin et le bureau des réservations de l'établissement recevait des demandes d'hébergement pour la future saison estivale, ce qui laissait présager la réussite de l'entreprise.

Les futurs époux avaient décidé de vivre leur première année de mariage dans la maison de Marie-Hélène. Par la suite, ils s'installeraient dans la maison de Notre-Dame-du-Portage que Marc avait fait visiter à Marie-Hélène. Cette dernière avait été charmée, car la maison était absolument magnifique. Elle se voyait déjà vivre dans cette demeure chaude et accueillante à souhait. Ils avaient convenu tous les deux de donner carte blanche à Jacynthe pour l'aménagement et la décoration intérieure de la maison. Déjà, celle-ci avait proposé aux futurs époux des projets de décoration qui les avaient emballés.

Le début des travaux était fixé pour le mois d'avril, pour se terminer à la fin d'octobre. Entre-temps, Marc avait mis sa maison en vente, et Marie-Hélène ferait bientôt de même avec la sienne, soit à la fin de janvier, au retour de leur voyage de noces d'un mois dans le sud.

On était maintenant à la veille de Noël et Marie-Hélène était excitée et fébrile en préparant ses bagages pour son voyage de noces. Elle avait honteusement dépensé une fortune pour sa garde-robe, mais elle ne le regrettait pas. Elle était emballée de ranger tous ses achats dans ses nombreuses valises. Un mois de rêve s'offrait à elle.

Elle s'ennuyait de Marc, car ils ne s'étaient pas vus de toute la semaine, se contentant de se parler au téléphone quand le soir venait et qu'ils avaient enfin passé à travers leurs journées chargées en énervements de toutes sortes...

Elle bouclait sa dernière valise lorsqu'elle entendit le carillon de la porte d'entrée. D'un pas alerte, elle se précipita pour ouvrir et elle se retrouva, le cœur battant, dans les bras de Marc. Tout en le couvrant de baisers fiévreux, elle lui dit:

— Mon amour, comme tu m'as manqué.

— Toi aussi, tu m'as manqué, gémit Marc contre son oreille tout en pénétrant chez elle. Mais je dois repartir presque tout de suite.

— Oh! Marc! je me sens si nerveuse... J'ai hâte à demain soir pour que tout soit enfin terminé, lui dit-elle en tremblant légèrement.

— Moi aussi, fit-il en la serrant contre lui. À propos, j'ai réservé notre suite nuptiale...

— Et où dormirons-nous? demanda-t-elle.

Il prit son temps pour répondre, désirant la faire languir un peu. Voyant qu'elle s'impatientait, il dit, l'air innocent:

— Au *Pierrot...*

— À Québec? s'écria-t-elle, surprise.

— Mais non..., ici, chez nous... à Notre-Dame-du-Portage, dit-il, amusé.

— Mais... c'est complètement insensé. Nous n'aurons pas la paix cinq minutes...

— J'ai tout prévu. J'ai donné congé à tout le personnel jusqu'au 27 décembre et j'ai dit aux autres que nous coucherions à Québec, parce qu'il nous fallait prendre l'avion le lendemain en fin d'après-midi.

Ils éclatèrent tous les deux de rire.

— C'est génial, Marc! s'exclama Marie-Hélène, admirative.

Je suis heureuse. Mais comment pourrons-nous nous y rendre sans éveiller les soupçons? demanda-t-elle, soudain inquiète.

— C'est Guillaume qui nous y conduira. Je lui ai fait promettre de ne rien dire. Il nous conduira à l'hôtel dans une voiture de location. Le lendemain, nous prendrons un taxi qui nous amènera à ta voiture, et nous prendrons celle-ci pour faire le voyage jusqu'à Mirabel. Et le lendemain... départ pour le sud, dit-il en l'embrassant.

— Mais, Marc, tout le monde connaît ma voiture! s'objecta-t-elle.

— Connaissait... dit-il, mystérieux.

— Que veux-tu dire?

— Mets tes bottes et ton manteau, je vais te montrer mon cadeau de mariage...

— Mais qu'est-ce que tu...

— Allez, dépêche-toi!

Elle s'empressa de s'exécuter, curieuse qu'elle était de voir ce qu'il voulait lui montrer avec tant d'empressement. Elle le suivit dans la rue et là, son regard se fixa instantanément sur une magnifique *Beretta* rouge d'allure sportive. Le souffle coupé, elle s'écria:

— C'est... pour moi?

— Oui, Madame! dit-il, amusé de sa surprise. J'ai pensé que tu l'apprécierais...

Elle porta ses mains à son visage, mais quelques instants suffirent pour qu'elle se précipite en courant vers la voiture. En moins de temps qu'il n'en faut pour le dire, elle était assise au volant, s'exclamant:

— Elle est... fabuleuse! Moi qui comptais justement mes sous pour m'en offrir une...

Marc sourit et l'enlaça tendrement en disant:

— J'ai vendu ma maison la semaine dernière et j'ai déposé la plus grande partie de la somme que m'a rapportée cette vente dans mon compte en banque, ce qui servira de mise de fonds comptant pour l'achat de notre maison... Mais j'ai voulu t'offrir ce petit cadeau en gage de mon amour pour toi.

— Petit cadeau? s'écria-t-elle, les larmes aux yeux.

— J'aurais voulu y attacher des ballons, mais je ne voulais pas attirer l'attention des gens du quartier... Si tu es d'accord je vais la mettre à l'abri jusqu'au moment de notre départ.

— Mon Dieu! s'écria Marie-Hélène, qui n'en revenait tout simplement pas.

— J'ai dû mettre les papiers à mon nom pour en faire l'acquisition, mais dès notre retour de voyage, je t'en ferai don, expliqua-t-il d'une voix douce.

— Marc... tu es merveilleux! Je ne sais comment te remercier.

Il la serra dans ses bras et essuya les larmes qui coulaient librement sur ses joues enfiévrées, puis il l'embrassa et dit:

— Je dois te quitter maintenant... Je vais ramener la voiture.

— D'accord, dit-elle, émue.

— À demain, mon amour! dit-il en mettant le contact. Et il disparut de la vue de Marie-Hélène.

* * *

— Marie-Hélène Pelletier, acceptez-vous de prendre Marc Durand, ici présent, comme légitime époux, de l'aimer et de le chérir jusqu'à ce que la mort vous sépare?

— Oui, je le veux, répondit Marie-Hélène, les larmes aux yeux.

— Et vous, Marc Durand, acceptez-vous de prendre Marie-Hélène Pelletier, ici présente, comme légitime épouse, de l'aimer et de la chérir jusqu'à ce que la mort vous sépare?

— Oui, je le veux, répondit Marc avec un éblouissant sourire.

— Je vous déclare donc mari et femme, devant Dieu et devant les hommes, dit le prêtre en souriant. Maintenant, vous pouvez embrasser la mariée...

Marc ne se fit pas prier pour étreindre sa femme. Il l'embrassa devant tout le monde avec une incroyable intensité. Un tonnerre d'applaudissements accueillit cet élan d'amour.

Françoise serra le bras de son époux tout en essuyant du revers de sa main libre les larmes qui roulaient sur son visage ému. Tous étaient sensibles à la joie évidente du jeune couple. Ils applaudirent de nouveau, à la vue des nouveaux époux qui sortaient de l'église par l'allée centrale pendant que retentissaient les accords de la marche nuptiale. Les nouveaux mariés prirent place dans la *Cadillac* blanche qui les attendait, puis les invités suivirent le cortège jusqu'au *Repos de Pierrot* où un somptueux repas était servi en leur honneur.

Les convives allèrent féliciter les nouveaux mariés et, à plusieurs reprises pendant le repas, ils leur demandèrent avec insistance de s'embrasser afin de pouvoir partager leur bonheur. Le repas terminé, un orchestre attendait tout le monde dans la salle de danse.

Les jeunes époux furent souvent séparés, car les convives se disputaient l'honneur de danser avec eux. Ils n'eurent pas un seul instant de répit, dansant jusque très tard dans la nuit. Finalement, la foule réclama le bouquet de la mariée ainsi que sa fine jarretière. Tous s'entassaient autour d'eux, réclamant qui le bouquet, qui la jarretière.

Devant leur insistance, Marc et Marie-Hélène se prêtèrent de bon gré à ce petit jeu. L'animateur de la soirée demanda aux invités de se tasser un peu pour laisser le champ libre aux héros de la fête. Finalement, le silence se fit. Marie-Hélène grimpa sur une chaise en se faisant aider par Marc et elle lança son bouquet par-dessus son épaule. Quand elle se retourna, elle constata que c'était Nicole qui l'avait attrapé. Elle se dirigea aussitôt vers elle et l'embrassa avec affection.

L'animateur reprit alors le micro et dit:

— Maintenant, c'est au tour de ces messieurs de s'avancer. S'il vous plaît, ne vous bousculez pas. Nous sommes très conscients, Marc et moi, que vous avez hâte d'assister à ce spectacle gratuit... mais éloignez-vous un peu, afin de permettre au marié de s'exécuter.

Le silence se fit à nouveau. Marc s'avança près de son épouse, puis, avec des gestes lents et précis, il glissa ses mains sous la robe de soie de Marie-Hélène et fit glisser lentement la jarretière de dentelle le long de la cuisse ferme, de façon qu'aucun de ces messieurs ne puisse voir quoi que ce soit...

Les hommes de l'assistance, que le spectacle anticipé des longues jambes fuselées de la jeune femme rendait lubrique, furent déçus et ils manifestèrent leur mécontentement. Mais Marc s'adressa à eux avec un sourire désarmant accroché à ses lèvres sensuelles:

— Je veux bien vous donner cette jarretière... mais vous n'aurez pas la mariée!

Tous éclatèrent de rire et Marc lança à son tour la fine pièce de dentelle par-dessus son épaule. Ce fut Yves, l'ami de Jacynthe, qui l'attrapa. On applaudit encore une fois, et la soirée se poursuivit joyeusement. Tout le monde était d'accord pour dire qu'ils n'avaient pas assisté à un Noël aussi gai et aussi chaleureux depuis longtemps. L'animateur vint de nouveau au micro et il dit d'une voix joyeuse:

— Marc se sent l'âme généreuse ce soir. Il me prie de vous dire de retourner à vos tables, car des bouteilles de champagne vous y attendent. Marc veut ainsi vous montrer sa reconnaissance pour votre participation extraordinaire à cette soirée mémorable. C'est son cadeau de Noël...

L'euphorie était à son comble. Heureux du bonheur de ses invités, Marc dit à Marie-Hélène:

— On fait une tournée pour saluer tout le monde et on s'éclipse... Qu'en dis-tu?

— J'en serais heureuse. Il me tarde d'être enfin seule avec toi! lui dit-elle, un sourire de bonheur sur les lèvres.

— Alors, allons-y!

Marc lui présenta le bras, et ils firent ensemble le tour des tables, prenant le temps de saluer chacun et de les remercier chaleureusement de leur présence à leur mariage.

Une heure plus tard, ils prirent place dans la voiture de Guillaume, en saluant une dernière fois les parents et amis qui les avaient accompagnés jusqu'à leur départ.

Pleurant d'émotion, Marie-Hélène serra une dernière fois ses parents dans ses bras, leur promettant de leur envoyer des cartes postales pendant son voyage. Finalement, ils réussirent à se libérer, et la voiture de Guillaume les emmena sur la route 20.

Lorsqu'ils furent enfin seuls, Marie-Hélène entoura de ses bras le cou de son époux et, dans un élan d'amour, elle lui tendit ses lèvres comme une offrande, ne laissant ainsi aucun doute sur ses intentions.

Marc répondit avec ardeur à la passion de la jeune femme, puis il lui dit sur un ton admiratif:

— Tu es merveilleuse dans cette robe de soie... mais j'ai hâte de te la retirer... Tu es encore plus belle... toute nue contre moi...

— Eh! vous deux! s'écria Guillaume. Pouvez-vous attendre encore un peu, le temps que je vous dépose à votre chambre?

Les jeunes époux rirent aux éclats devant cette allusion de Guillaume. Marc lui dit alors:

— Dépêche-toi de faire demi-tour...

— Vos désirs sont des ordres, Monsieur Durand! répondit Guillaume.

Quelques minutes plus tard, ils revenaient au motel, en espérant ne pas être remarqués. Ils descendirent de voiture et s'engouffrèrent dans la suite nuptiale.

Marie-Hélène fut ébahie devant la beauté de la pièce. Marc avait pensé à tout. Une bouteille de champagne les attendait même dans un seau à glace. Elle s'émerveilla en silence en pensant à son bonheur, puis, se tournant vers celui qui était maintenant son époux, elle dit d'une voix transportée d'amour:

— Je t'adore!

— Moi aussi... répondit Marc en l'enlaçant de ses bras puissants.

Lentement, il retira une à une les fleurs qui retenaient les beaux cheveux couleur de miel tout en couvrant sa nuque et son cou de baisers passionnés. Un à un, il détacha les petits boutons qui retenaient la robe de soie blanche. Quand la jeune femme fut totalement dévêtue, il admira en silence, de son regard sombre brillant de désir, le corps de sa bien-aimée. Il effleura les courbes de ses épaules, de sa fine taille, de ses hanches au galbe parfait en disant, sur un ton rauque chargé de passion:

— Je constate que je viens d'épouser la plus belle femme qui existe sur cette terre...

Elle sourit, sachant qu'il la regardait avec les yeux de l'amour. Elle l'aida à se dévêtir et, lorsqu'il fut nu à son tour, elle se sentit soulevée de terre. C'est Marc qui l'avait prise dans ses bras pour la déposer sur le lit immense, tendu de velours bleu royal. Et là, ils se laissèrent emporter par l'amour et la passion de cette nuit d'enchantement qui n'appartenait qu'à eux...

Longtemps après avoir assouvi leur besoin d'amour réciproque, Marc se releva sur un coude et dit à sa femme d'une voix lente et caressante:

— Je t'aimerai jusqu'à mon dernier souffle...

Marie-Hélène lut dans ce regard tant aimé la promesse d'un amour éternel et elle lui répondit en serrant entre ses bras et en embrassant tendrement celui qui était maintenant son mari.

ÉPILOGUE

DEUX ANS PLUS TARD...

— Marc! s'écria Marie-Hélène en se levant péniblement dans son lit.

— Oui, chérie? demanda-t-il, la voix ensommeillée.

— Les bébés!

— Quoi, les bébés? reprit Marc sur un ton inquiet, tout à fait réveillé à présent.

— Je crois que le moment est arrivé, dit-elle en grimaçant de douleur.

Cette nouvelle lui fit l'effet d'une bombe éclatant dans son cerveau. Il bondit hors du lit, le contourna, rejoignit la jeune femme et la prit par les épaules.

— Quoi? Tu veux dire qu'ils vont naître?

— J'en ai bien l'impression..., parvint-elle à dire en gémissant légèrement.

— Mon Dieu! s'exclama-t-il. Tu veux dire tout de suite, cette nuit?

— Eh oui!... répondit-elle en souriant de sa réaction, malgré son inconfort.

Marc sortit de la chambre en courant, allant d'une pièce à l'autre, complètement perdu dans leur grande demeure. Finalement, il revint vers Marie-Hélène essouflé et, le visage blême, il dit:

— Mais où as-tu mis cette foutue valise?

— Mais, mon chéri, c'est toi-même qui l'as mise dans le coffre de la voiture... la semaine dernière, tu t'en souviens?

— Bon sang! s'écria-t-il, en passant une main dans ses cheveux, dans un geste qui lui était familier.

— Je suis tellement nerveux que j'en perds la tête... Ne... bouge pas, je vais t'aider à t'habiller.

— Merci..., tu es un trésor! lui dit-elle en souriant, pour le rassurer.

Les mains tremblantes, il sortit quelques vêtements de la penderie, il s'activa, tentant de mettre ses bas à Marie-Hélène. Il la brusquait tellement, il était soucieux.

— Marc! s'écria Marie-Hélène. Doucement..., du calme, tu me fais mal...

— Oh! pardon, chérie... C'est que tu n'es plus tout à fait légère! dit-il en riant nerveusement.

— Marc! s'indigna-t-elle. C'est qu'il y a foule là-dedans! gémit-elle en désignant du doigt son ventre proéminent.

— Pardon, j'oubliais, dit-il en souriant, malgré la nervosité qui le gagnait de plus en plus. Comment te sens-tu? ajouta-t-il.

— Très bien! répondit-elle en grimaçant de nouveau, en proie à une nouvelle contraction.

— Tu pourras te rendre à la voiture?

— Je ne suis pas une poupée gonflable...

— J'oubliais..., répliqua-t-il avec un rire nerveux.

Il sortit rapidement de la maison pour faire réchauffer la voiture, car en février, la température n'est pas particulièrement clémente. Au bout de quelques minutes, il revint en disant:

— Voilà, la voiture t'attend.

— Merveilleux! répondit-elle d'une toute petite voix.

Il l'aida à enfiler son manteau et entreprit de lui faire descendre les marches de l'escalier. Mais il dut s'arrêter en route, car une nouvelle contraction déformait de douleur le beau visage de Marie-Hélène, l'obligeant à s'asseoir. La contraction passée, ils sortirent de la maison, et Marc installa Marie-Hélène le plus confortablement possible sur le siège avant de la voiture. Il prit le volant et emprunta aussitôt le chemin de l'hôpital.

Marc était de plus en plus nerveux, ne sachant s'il devait conduire lentement, ou, au contraire, accélérer l'allure. Il serrait le volant de ses doigts crispés, en prenant de longues respirations pour calmer son agitation. Au bout d'une dizaine de minutes interminables, il poussa un soupir de soulagement en apercevant l'hôpital du boulevard Thériault.

— Ça va? demanda-t-il pour la dixième fois.

— Ça pourrait aller mieux... répondit Marie-Hélène, en respirant de façon haletante, comme on le lui avait recommandé, pour mieux dominer la douleur qui l'assaillait de plus en plus fortement.

— Tiens bon... nous arrivons, dit Marc angoissé.

Il gara sa voiture dans l'aire de stationnement et sortit précipitamment pour aider Marie-Hélène à descendre. Il l'emmena à l'intérieur, l'aida à s'asseoir, puis se dirigea rapidement à la réception en disant, tout agité:

— Je vais avoir mes bébés!

La jeune femme qui l'avait accueilli sourit, puis elle lui désigna un fauteuil roulant en lui faisant signe d'avancer. Il aida Marie-Hélène à s'installer, puis ils prirent l'ascenseur et montèrent jusqu'au troisième étage. Une employée les conduisit alors au poste des infirmières, puis, s'adressant à Marc, elle lui dit:

— Veuillez me suivre, Monsieur. Vous allez m'aider à remplir les formulaires d'admission pour votre épouse, ainsi que pour vos bébés, dit-elle en souriant.

— Je ne peux la laisser toute seule, s'objecta-t-il nerveusement.

— Cela ne prendra que cinq minutes, répondit l'employée, et votre épouse est entre bonnes mains...

— Vas-y chéri, lui dit Marie-Hélène. Je vais très bien, je t'assure.

Lorsqu'il revint près d'elle, les infirmières l'aidaient à se dévêtir. Et la longue attente commença. Marc épongeait le front de Marie-Hélène tout en l'encourageant à faire correctement ses respirations. Malgré la douleur qui déformait son beau visage, pas un cri ne sortait de sa bouche. Elle se contentait de gémir doucement, se concentrant pour suivre à la lettre les conseils des infirmières et se soumettant à leurs examens périodiques.

Au bout de cinq longues heures, tous les deux étaient épuisés par la fatigue et l'anxiété, mais une infirmière annonça alors triomphalement:

— Dix centimètres! Votre attente sera bientôt terminée. J'appelle immédiatement le médecin.

À son retour, elle se fit aider d'une autre infirmière pour transférer Marie-Hélène sur une civière. Elles la conduisirent jusque dans la salle d'accouchement.

Quelques minutes plus tard, Marc avait revêtu la tenue de circonstance et pénétrait à son tour dans la salle, se retrouvant auprès de son épouse qui faisait des efforts considérables pour mettre au monde son premier enfant.

— C'est parfait, Marie-Hélène, lui dit le médecin. Vous vous en tirez très bien... Je vois déjà les cheveux de l'enfant...

— Ah! mon Dieu! gémit-elle, le visage ravagé par la souffrance, blême à faire peur.

— Tout va bien, la rassura le médecin.

Marc crut que son cœur allait cesser de battre. Il se sentait tellement impuissant face à ce que sa femme vivait. Il se contenta donc de prendre sa main dans la sienne en lui adressant des paroles de réconfort.

— Bloquez! lui ordonna alors le médecin. La tête est engagée... Je vais retourner votre enfant... N'ayez aucune crainte, tout se passe normalement...

Un cri terrible sortit alors de la gorge de Marie-Hélène. Marc retint son souffle, et, quelques secondes plus tard, on entendit hurler un bébé.

— C'est un garçon! annonça fièrement le médecin.

— C'est incroyable! s'écria Marc, le cœur chaviré de bonheur.

— Attention! l'autre suit. Un peu de courage, Marie-Hélène... Tout va bientôt prendre fin...

— Je... n'en peux plus..., cria-t-elle en se tordant de douleur.

— Tiens bon, mon amour! dit Marc nerveusement.

— Voilà, il arrive... Bloquez!

Tout le monde retenait sa respiration. Finalement, le médecin attrapa l'enfant presque au vol, un enfant qui était pressé de naître.

— C'est une magnifique petite fille, annonça-t-il.

Marc sentit des larmes couler sur ses joues pendant qu'il serrait la main de Marie-Hélène et que les infirmières les félicitaient chaleureusement. Ce fut une date mémorable que celle du 12 février...

— Mon amour... mon amour... ne cessait de murmurer Marc, dont le bonheur était si évident que Marie-Hélène en pleurait d'émotion.

— Je t'adore! lui dit-il en l'embrassant.

— Moi aussi..., répondit-elle entre deux sanglots.

* * *

La chambre de Marie-Hélène était remplie de somptueux cadeaux. Bon nombre de gens étaient venus lui rendre visite et la féliciter. Marc distribua des cigares à tous les hommes qui se présentaient. Les nouveaux parents étaient si fiers de leur progéniture, et leur bonheur faisait tellement plaisir à voir que tous étaient contents pour eux. Ils débordaient de félicité, ne se cachant aucunement pour témoigner leur chance incroyable.

Marc ne quittait Marie-Hélène que pour aller manger et dormir et, le soir précédant son retour à la maison, il lui dit:

— Tu sais..., j'ai finalement engagé deux employées: une gouvernante et une préposée à l'entretien ménager.

— Deux employées! s'écria Marie-Hélène. Mais ce n'est pas ce que nous avions prévu...

— Eh bien! j'ai pensé... que si je ne voulais pas être privé trop longtemps de ton affection, j'avais intérêt à te fournir toute l'aide dont tu avais besoin, dit-il sur un ton apaisant.

— Ratoureux! le taquina-t-elle en l'embrassant.

Ils se regardèrent amoureusement dans les yeux, en pensant aux deux merveilleuses années qu'ils venaient de vivre l'un auprès de l'autre.

— Tu sais que tu es la source de mon bonheur? lui dit Marc.

— Je sais... et je ne peux m'empêcher de penser que c'est grâce à toi... si je suis tellement heureuse, moi aussi.

— Nous en avons traversé des tempêtes, toi et moi, lui dit-il d'une voix vibrante d'amour.

— Je suis immensément heureuse de m'être abandonnée à ton amour... Tu sais, je ne regrette absolument rien, bien au contraire. Tu m'as appris à aimer...

— Tu en as surmonté des crises et je suis plus que fier de toi. Tu es une femme remarquable, et je t'aimerai toujours, murmura-t-il doucement, tout ému. Et quoi qu'il arrive dans notre vie future, continua-t-il d'une voix vibrante d'amour, rappelle-toi toujours qu'après l'orage, le soleil brille...